ИРОНИЧЕСКИЙ
ДЕТЕКТИВ

D0204295

Читайте романы примадонны иронического детектива Дарьи Донцовой

Дарья Донцова

Чудеса в кастрюльке

Москва
ЭКСМО-ПРЕСС
2 0 0 2

ИРОНИЧЕСКИЙ ДЕТЕКТИВ

УДК 882
ББК 84(2Рос-Рус)6-4
Д 67

Разработка серийного оформления
художника *В. Щербакова*

Донцова Д. А.

Д 67   Чудеса в кастрюльке: Роман. — М.: Изд-во ЭКСМО-
Пресс, 2002. — 384 с. (Серия «Иронический детектив»).

ISBN 5-04-010219-4

Я, Виола Тараканова, не могу жить без преступлений. Притом они
меня сами находят! На этот раз все началось с того, что во время моего
визита у Аси Бабкиной случилось страшное горе — умерла дочь Ляля.
Уснула и не проснулась... Потом от чужого несчастья меня отвлекли
разные события: я затопила соседей, издательство приняло к печати
мой первый детектив. Я млела от счастья! И вдруг раздался звонок из
больницы: меня требовала к себе Ася, попавшая туда с инфарктом. От
нее я узнала невероятное: похоронили совсем не ее дочь, а чужого ребенка. Чтобы развестись с постылым мужем и сохранить за собой дочь,
Ася согласилась на помощь соседа-врача, ее любовника. Спящую Лялю
перенесли через балкон к нему, а на ее место положили труп похожей
девочки, который «достал» сосед. А потом любовник Аси повесился, и
Ляля пропала. Теперь именно я должна найти девочку. Каково, а!

УДК 882
ББК 84(2Рос-Рус)6-4

Чудеса в кастрюльке

_____
_____ роман
_____

ИРОНИЧЕСКИЙ ДЕТЕКТИВ

ГЛАВА 1

Из любой, даже самой противной и злобной свиньи можно получить хороший кусок ветчины. Этот простой вывод Ася Бабкина сделала еще в школьные годы. Знаете, как часто случается в детских коллективах, — класс делится на группы, в каждой из которых имеется свой лидер. Хорошо еще, если члены разных группировок сквозь зубы здороваются друг с другом, чаще всего они стараются поддеть того, кто не принадлежит к их «стае».

Во всяком случае, в моем 8-м «Б» это было именно так. Когда красавица Оля Лапшина на экзамене по математике начала тонуть, Вера Корсакова с милой улыбкой передала заклятой подруге шпору. Глупая Олька решила, что ей протягивают руку дружбы, и без тени сомнения перекатала решенную задачу. Результат всех ошеломил: двойка и путевка в ПТУ. Родителям Ольги стоило больших нервов и денег уговорить директрису перевести свою девочку в девятый класс. Сами понимаете, что два года, пока они продолжали учиться вместе, Ольга и Верка не здоровались, а клевреты Лапшиной гадили подругам Корсаковой изо всех сил. В ход шло все: доносы учителям, подкладывание дохлых мышей в портфель, порча пальто и драки.

Я дружила с Лапшиной, но жила в одном дворе с Веркой, и последняя не упускала случая, чтобы мне напакостить. Когда Верка утянула мой портфель, а потом сбросила его с чердака на тротуар, я обозлилась и довольно сильно побила ее. Через полчаса на пороге нашей квартиры возникли Анна Львовна Корсакова и участковый.

— Эта дрянь изуродовала мою дочку! — завопила соседка.

Вышедшая на шум Раиса мигом отбила мяч.

— Да твоя дрянь у ней сумку сперла.

— Молчи, пьяница!

— А ты ... подзаборная, — не растерялась моя мачеха.

Анна Львовна очень гордилась своим особым положением в нашем дворе. Основная часть местных мужчин работала на заводе и поколачивала своих жен. А Геннадий Филиппович был самый настоящий полковник и, на удивление всем вокруг, трезвенник. Дом у Корсаковых ломился от хрусталя и ковров, мимо скамеечки во дворе, где жаловалась подружкам очередная жертва мужниной «любви», Анна Львовна проходила с гордо поднятой головой, а если кто-нибудь при ней случайно говорил слово «жопа», дама ужасалась:

— Как вы можете так выражаться!

Но, ворвавшись к нам в квартиру, Анна Львовна неожиданно отбросила в сторону хорошее воспитание. Стоило моей мачехе начать ругаться, как мадам Корсакова разинула в ответ рот и, блестя безукоризненно сделанными коронками, дала достойный отпор Раисе. Я наблюдала за сценой с квадратными глазами. Оказывается, чопорная Анна Львовна знает не только про жопу!

Теперь вам понятно, отчего до сих пор, даже став взрослыми женщинами, мы с Веркой, столкнувшись в магазине, стараемся побыстрей разбежаться в разные стороны. Правда, сейчас здороваемся, а в школьные годы проходили друг мимо друга с каменными лицами.

К чему я вспомнила ту давнюю ссору? А к тому, что Аська Бабкина ухитрилась сохранить хорошие отношения не только со мной, но и с Верой. Ася пила чай у нас на кухне, а Раиса, умильно приговаривая: «Ешь больше, экая ты тощая», — подкладывала ей на тарелку блинчики.

Но, с другой стороны, Бабкину приглашали к Корсаковым. Самое интересное, что все знали про Аськин редкостный конформизм, но никто не обижался. Любую другую девчонку из нашей «стаи», посмевшую бы просто поздороваться с Веркой, ждал бойкот и колотушки, но Бабкиной все сходило с рук. Каким образом она ухитрилась так себя поставить, мне было совершенно непонятно.

Дальше больше. Злобная географичка Марианна Лазаревна, лепившая двойки даже тем, кто просто не успевал до звонка вынуть из портфеля тетрадь, услыхав от Аськи: «Мы вчера ключ от квартиры потеряли, и я не сделала домашнее задание», — хитро улыбнулась и погрозила пальцем.

— Ну, Бабкина, фантазерша. Ладно, принесешь на следующее занятие.

Умение общаться с людьми Аська не растеряла и в зрелые годы. Ее всегда хвалило начальство, коллеги по работе обожали, а бывшая свекровь превратилась в лучшую подругу. Кстати, первый муж Бабкиной до сих пор ходит к ней в гости и никогда не отказывается присмотреть за двухлетней Лялькой, когда Аське требуется отойти вечером по делам. При этом учтите: Андрей не отец Ляльки. Второй супруг Аськи, Сергей, — вполне благополучный компьютерщик, работает чуть не сутками в какой-то конторе, стремясь обеспечить жене и дочери счастливую жизнь.

В общем, Аська Бабкина редкая личность, ухитрившаяся за всю свою жизнь ни разу ни с кем не поругаться. Представьте теперь мое удивление, когда сегодня утром Ася позвонила и чуть ли не со слезами в голосе сказала:

— Вилка, умоляю, приезжай!

— Случилось что-то? — испугалась я.

— Ага, — буркнула Аська, — целая телега неприятностей.

Естественно, я подхватилась и понеслась к подруге.

Живет Ася в хорошем месте, возле метро «Сокол». В двух шагах от ее квартиры шумит никогда не засыпающий Ленинградский проспект. Честно говоря, я не слишком понимаю, отчего переименовав «колыбель революции» в Санкт-Петербург, власти оставили все остальные названия? Следовало проявить последовательность и переименовать Ленинградский проспект в Санкт-Петербургский.

Аськина квартира находится на втором этаже «сталинского» дома из серого кирпича. Мне ее апартаменты очень нравятся: много комнат, километровые коридоры, чуланчики, эркеры. Единственное, что вызывает раздражение, это тесно натыканные балконы. При желании можно легко перебраться с одного на другой, что, согласитесь, в наше время опасно. Мало ли какие криминальные личности обитают рядом.

Но Аське и тут повезло. Величавое здание увешано со всех сторон мемориальными досками. Когда-то здесь селили только высшее армейское руководство, и местные жители зовут дом «генеральским». Огромный, словно корабль, он стоит буквой «п», на первом этаже расположена куча магазинов. Одним словом, лакомое местечко для недавно разбогатевших субъектов. Когда в нашей стране начался период дикого накопления капитала, Аська очень боялась, что вдовы генералов и маршалов распродадут свои квартиры и престижный уголок с интеллигентными соседями превратится в отстойник. Но, как ни странно, почти никто из старых жильцов не двинулся с места, и в Асином подъезде все осталось по-прежнему. Тут до сих пор стоят фикусы в деревянных кадках, лежат довольно потрепанные ковровые дорожки и сидят древние старухи-лифтерши.

Впрочем, я никогда не пользуюсь подъемником, приходя к Бабкиной. Во-первых, она живет на втором этаже, а во-вторых, кабина скользит внутри проволочной клетки, открывать и закрывать двери надо самой, и мне элементарно страшно — слишком хлипким кажется сооружение. К слову сказать, квартира принадлежит бывшей свекрови Аси, Розалии Никитичне, но пожилая дама давно прописала сюда невестку и считает ее дочерью. Развод с Андреем, а потом женитьба с Сергеем абсолютно не изменили взаимоотношений Аси теперь уже с бывшей свекровью. Пока Розалия Никитична была на ногах, она помогала Аське, как могла: готовила обеды и носилась на молочную кухню, чтобы молодая мать могла выспаться. У Аськи не было молока, и Лялька росла «искусственницей». Впрочем, сей факт не отразился на младенце. Сейчас Ляля ходит в детский садик, это розовощекий, радостный бутуз, больше всего любящий покушать.

Устроившись на огромной, кокетливо обставленной кухне и получив чашку изумительного кофе, я спросила:

— Что стряслось?

Аська плюхнулась на соседний стул.

— Прикинь, меня выживают с работы!

Я поперхнулась арабикой:

— Тебя?!

— Именно!

— За что?

— Вопрос следует задать по-другому. Почему?

— Ну и?

— Все очень просто, — пожала плечами Ася, — сама знаешь, я закончила полиграфический и работала редактором, потом стали, словно грибы после дождя, вырастать рекламные агентства, ну я и начала карьеру пиарщика, между прочим, жутко интересное дело, да и зарплата привлекательная, тысяча баксов на дороге не валяется.

Я кивнула:

— Это точно.

— Все было хорошо до недавнего времени, — вздохнула Аська, — умение ладить с людьми...

— Мама! — заорала Лялька. — Мама! Мика!

— Куда подевался этот мишка! — воскликнула Аська и выскочила в коридор.

Я налила себе еще кофе и отрезала кусок изумительно вкусного лимонного пирога. Бабкина великолепно готовит. Встречаются такие женщины, которые из куска жилистого, старого мяса стряпают восхитительное второе, я же мигом порчу даже свежайшую вырезку.

— Вот хитрюга, — засмеялась вернувшаяся Ася, — их в садике в час дня спать укладывают, так она там великолепно дрыхнет до четырех. Дома же в выходные не уложить. Сидит в кровати и ноет.

— Выпусти ребенка, пусть бегает, — сказала я.

Ася покачала головой:

— Ну уж нет. Сейчас всего полтретьего. Режим надо соблюдать. Не хочет спать, пусть книжки глядит, но в кроватке. Главное — режим.

Я не стала спорить, у нас с Олегом детей нет, и я не могу служить авторитетом в вопросах воспитания.

Аська снова шлепнулась на стул и продолжила рассказ. Ничего удивительного она не сообщила, странно было только то, что эта история приключилась с ней, с женщиной, которая всегда умела манипулировать людьми.

Несколько месяцев назад в Аськином отделе сменился начальник. На смену интеллигентному Вячеславу Марковичу явился тридцатилетний парень, наглый выскочка и хам. А еще через пару недель Ася с изумлением поняла: ее выживают. Гадкий юноша бегал к вышестоящему руководству и регулярно капал хозяину агентства на мозги: Бабкина непрофессионал, она не имеет специального образования, плохо знает компьютер, слабо владеет английским...

Определенная правда в его словах была. У Аськи диплом полиграфического института по специальности редактор. Но в то время, когда она училась, ни о рекламе, ни о пиаре никто в нашей стране слыхом не слыхивал. С компьютером у нее полное взаимопонимание, а вот с английским швах, как говорится, «читаю со словарем». Но в отделе имелись люди с такими же анкетными данными, и Аська искренне недоумевала, отчего новый начальник взялся именно за нее.

Затем на работе появилась стажерка Катенька, и Николай Петрович вновь забегал по кабинетам, правда, на этот раз с восхищенными панегириками. Катя — великолепный специалист, учится на пятом курсе института рекламы и менеджмента, следовательно, завершает специальное образование, два иностранных языка, привлекательная внешность... Одним словом, гоните Асю Бабкину взашей, берите на службу Катюшу.

Думаю, что многие из вас не раз сталкивались с подобными ситуациями. Многие, но не Аська, привыкшая быть со всеми в дружбе.

В пятницу она не выдержала и, разрыдавшись, кинулась в туалет. За ней бросилась Галка Леонидова. Найдя Бабкину судорожно всхлипывающей у рукомойника, Галя сказала:

— Плюнь и разотри.

— Хорошо тебе говорить, — шмыгнула носом Ася, — прямо поедом ест! Главное, никак не пойму, за что?

Леонидова всплеснула руками.

— Ну ты даешь! Да всем вокруг известно: Катька спит с Колькой, он свою любовницу хочет сюда на постоянный оклад пристроить.

— Почему на мое место? — только и сумела спросить ошарашенная Ася.

— Так ты больше всех получаешь, — пояснила Галя, — у нас по восемьсот в конвертике, а тебе целую тысячу дают!

Мы с Аськой принялись обсуждать, как поступить. Пару раз из коридора доносилось слабое: «Сюнечка», — и подруга бежала на зов.

Это Розалия Никитична, пережившая два инсульта, подзывала Аську. Бабкина с улыбкой подает старухе судно. Если ей и противно выполнять сию процедуру, то никто об этом не знает. Бывшая свекровь лежит на кружевных, хрустящих от крахмала простынях, и Ася не забывает приготовить для нее любимые вареники с творогом.

Мы перебрали множество сценариев поведения и пришли к неутешительному выводу: Аське следует искать другое место работы, Николай ее непременно выживет.

Приняв решение, Бабкина повеселела и, глянув на часы, воскликнула:

— Гляди-ка, уже поздно, а Лялька дрыхнет, неладно вышло!

— Вот родители какие, вечно им все не так, — улыбнулась я, — не спит — плохо, заснула — еще хуже.

— Да пойми ты, — рассердилась Аська, — у нас режим! Ребенок должен приучиться все делать в свое время, иначе потом начнет укладываться в час ночи, и ничего хорошего не получится. Посиди спокойно, пойду ее разбужу.

Она ушла, а я осталась допивать десятую по счету чашечку кофе. Наверное, я ничего не смыслю в детях, хотя и живу в одной квартире вместе со своей лучшей подругой Тамарочкой и ее новорожденным сыном Никиткой[1]. Но мне всегда казалось, что челове-

---

[1] История семьи Виолы Таракановой, обстоятельства, при которых она вышла замуж, описаны в книгах Дарьи Донцовой «Черт из табакерки», «Три мешка хитростей», «Чудовище без красавицы», вышедших в издательстве «ЭКСМО-Пресс». *(Прим. автора.)*

ческий организм не машина. Иной раз кусок в горло не лезет, а в другой день ешь без остановки, то же и со сном. То валишься с ног от усталости около восьми вечера, а то кукуешь до полтретьего, листая давно прочитанную книгу. Ну как может маленький ребенок всегда вести себя одинаково!

Мой супруг Олег Куприн служит в милиции. Как-то раз он сказал мне:

— Знаешь, что самое неприятное в тюрьме и на зоне?

— Ну, — призадумалась я, — дедовщина, наверное, хотя это в армии. В лагере она есть?

Олег мрачно сказал:

— Есть, только называется по-иному. Но хуже всего невозможность ни на секунду остаться одному и необходимость регулировать свои естественные надобности по приказу.

— Это как? — не поняла я.

— Спать, есть и ходить в туалет не тогда, когда хочется, а когда начальству угодно, — пояснил Олег.

Так зачем создавать двухлетнему ребенку лагерные условия? Ну почему Аська понеслась будить мирно спящую Ляльку? Сама проснется, ляжет потом попозже. Только в этом-то все дело. Аське захочется вечером попить спокойно чай с Сережкой, а не возиться с шаловливой Лялькой. Отсюда и режим: когда Ляля укладывается в девять спать — у супругов впереди целый свободный вечер. Так что забота о детском режиме на самом деле...

— Помогите! — понесся по квартире крик, больше похожий на вой. — Помогите!..

Звук летел из детской. Чуть не упав на повороте, я понеслась по узкому бесконечному коридору.

— Помогите... — неслось мне навстречу, — ну кто-нибудь...

Распахнув рывком дверь, я увидела Асю, держащую на руках Лялю. Ребенок лежал, откинув голову.

— Она не просыпается, — сказала Ася, — открой скорей балкон.

Я распахнула дверь. Холодный ноябрьский воздух ворвался внутрь. Ася выскочила наружу.

— Лялечка, открой глазки, Ляленька...

Но девочка продолжала безвольно висеть. Несмотря на ощутимый холод, ее бледная кожа не покрылась мурашками. Я повнимательней посмотрела на круглое личико и схватилась за стену. Лялечка, не мигая, смотрела куда-то вдаль. Маленький рот приоткрылся, нос вытянулся.

— Ляля!!! — заорала Ася. — Ляля!!!

На соседний балкон выглянул мужчина. Я достаточно хорошо знаю этого дядьку. Зовут его смешным именем Ежи, и он квалифицированный кардиолог. Когда у Олега начались неприятности с давлением, Ежи живо подобрал ему препараты, которые поставили моего мужа на ноги. Его необычное имя сочетается со смешным отчеством и, на мой взгляд, он немного комично представляется: Ежи Варфоломеевич. Правда, мне, наверное, не следует посмеиваться над чужими именами, поскольку у самой в паспорте записано: Виола Ленинидовна Тараканова.

Ежи мигом оценил обстановку, перескочил на наш балкон и, втолкнув Асю в комнату, приказал мне:

— Налей ей воды.

События понеслись, словно скорый поезд на зеленый свет. Невесть откуда появился Сережа и принялся обнимать жену. Потом появился врач, отчего-то только один. Всех посторонних, включая родителей, выпихнули в коридор. Мы с Сережей привалились к косяку и стали вслушиваться в непонятные звуки, доносившиеся из детской.

— Сюнечка, — донеслось из коридора, — поди сюда.

Словно сомнамбула, Ася двинулась на зов.

— Пойди сядь в гостиной! — остановил ее муж.

— Розалии Никитичне надо сменить памперс, — тихо ответила жена.

— Ничего, полежит так, — отрезал Сергей.

— Она не любит...

— Перебьется! — побагровел тот.

Он хотел сказать еще что-то резкое, но тут из детской вышел врач и устало сказал:

— Все.

Ася дернулась и прошелестела:

— Пойду дам Розалии Никитичне новый памперс.

— В каком смысле все? — пробормотал Сережа, сникая на глазах. — Хотите сказать, что Лялечка проснулась?

Доктор слегка замялся, но потом решительно ответил:

— Ваша дочь умерла.

ГЛАВА 2

Я прижалась спиной к стене. Умерла? Да быть того не может. Ум отказывался верить в этот кошмар. Пару часов назад подпрыгивающая Лялька получила от меня киндер-сюрприз, тут же разломала и слопала шоколадку, а пластмассового бегемотика понеслась показывать полупарализованной бабушке, потом она начала капризничать, упираться, не желала укладываться спать, и Аське пришлось шлепнуть дочурку. Та мигом заревела... Одним словом, все шло так, как и должно было быть.

Умерла! Да Ляля за всю свою недолгую жизнь ни разу не болела. Она пошла в полтора года в частный садик, такой, где на двух детей четыре няни, и благополучно избежала разнообразных инфекций. Что с ней приключилось?

Ася отчего-то не упала в обморок. С милой улыбкой на лице она предложила:

— Хотите чаю?

Ежи глянул на соседку и толкнул Сергея:

— Немедленно уложите жену, ей плохо.

На мой взгляд, отец чувствовал себя намного хуже, чем мать. Бледный до синевы Сережка трясся на пороге детской комнаты, не решаясь войти внутрь. Неожиданно Аська рассмеялась, весело, звонко, словно смотрела самую лучшую комедию. Врач и Ежи переглянулись и начали вытаскивать шприц, ампулы, резко запахло спиртом.

— Сюнечка, — донеслось из спальни Розалии Никитичны, — Сюнечка, поди сюда, и скорей.

Внезапно Сережа покраснел и со злым лицом двинулся вперед. Я схватила его за рукав.

— Ты куда?

— Пусти, — сердито ответил мужик и принялся выворачиваться из моих рук, — пусти... убью эту старую дуру, надоела! Орет целыми днями, никак не умрет! Сегодня же скажу Андрею, чтобы забирал мать. Ишь, придумал, сам женился и не хочет своей новой супруге неприятности доставлять. Свалил на глупую Аську инвалидку и доволен.

Я не стала напоминать парню, что Розалия Никитична находится у себя дома. Ситуация-то немного другая, это она приютила Аську и ее второго мужа. У Сережки нет никакой жилплощади, а крохотную двушку Бабкиной они сдают. Испугавшись, что Сергей и впрямь обидит Розалию Никитичну, я повисла на нем.

— Стой.

— Пусти, — рвался парень, — убью старую идиотку. Дожила до восьмидесяти лет...

Внезапно он сел на пол и зарыдал.

— Сюнечка, — неслось из комнаты, — Сюнечка, ну где же ты?

Боясь, что Сережа сейчас вскочит и побежит к старухе, я толкнула дверь спальни. Розалия Никитична полулежала в подушках. Аська постаралась, чтобы бывшая свекровь не испытывала никакого дискомфорта. Огромная кровать итальянского производства была завалена уютными пледами, на тумбочке чернели пульты от телевизора и видика, здесь же громоздились книги и стояла тарелка с фруктами.

Можно сказать, что Розалии Никитичне повезло: после инсультов у нее сохранились разум и речь, одна беда — плохо ходят ноги. Впрочем, старуха кое-как, опираясь на чью-нибудь крепкую руку, способна доплестись до туалета. Но Розалия Никитична весит почти сто килограммов, а Аська не дотянула до шестидесяти, таскать по коридорам грузную старуху ей тяжело, отсюда памперсы и судно.

Увидав меня, Розалия отложила газету.

— А где Сюнечка?

— Вам памперс поменять? Давайте.

— Нет, деточка, — с достоинством ответила бабушка, — эту процедуру выполняет только Сюнечка, хотя спасибо за внимание. А где же она?

— В магазин ушла, — ляпнула я.

— А-а-а, — понесся из коридора женский крик, — не отдам, нет, ни за что! Пусть дома лежит!

— Что случилось? — приподнялась на локте старуха. — Это же Сюнечкин голос! Что происходит?

От неожиданности и растерянности я ляпнула:

— У вас горе, Лялечка умерла.

Розалия Никитична нервно воскликнула:

— Как?

— Я ничего не знаю. Заснула и не проснулась.

— Доктора вызывали?

— «Скорая помощь» до сих пор здесь.

— И что врачи сказали?

— Ничего сделать нельзя.

— Это все?

— Да.

Розалия Никитична откинулась на подушки.

— Иди, Виолочка, побудь с Сюнечкой, она, наверное, в шоке.

В полном изумлении от невероятного самообладания пожилой женщины я двинулась к двери. Надо же, Розалия Никитична не ужаснулась, не испугалась, не заплакала. Хотя Ляля ей не родная внучка, у Андрея с Асей детей не было. Но внезапная смерть даже чужого ребенка должна заставить любую женщину хотя бы вздрогнуть.

На пороге я обернулась. Розалия Никитична продолжала полулежать в подушках. Руки ее спокойно держали сложенный газетный лист, а на лице играла легкая улыбка. Я растерялась. Во взоре старухи были явное торжество и плохо скрытая радость.

Сами понимаете, в каком настроении я ехала домой. Прежде чем войти в квартиру, следовало успокоиться. Томочка совсем недавно родила сына Никитку. Представляю, в какой ужас она придет, услышав про то, что случилось у Бабкиной.

Не в силах объясняться с Тамарой, я зашла в первое попавшееся кафе, оказавшееся третьесортной забегаловкой. Столы тут были круглые, пластмассовые, шаткие, зато чай неожиданно разливали не в одноразовые пластиковые, а в стеклянные граненые стаканы. Я давно уже не встречала подобные в системе общепита. Да и весь интерьер харчевни навевал воспоминания о 80-х годах. Слегка обшарпанные стены, в меню сосиски с тушеной капустой и яйцо под майонезом, а между легкими столиками бродит бабища в некогда белом халате и отвратительно воняющим обрывком вафельного полотенца вытирает пролитые на столешницы лужицы того, что тут гордо именуется кофе.

Следовало развернуться и уйти сразу, но на улице неожиданно повалил снег, и я, купив чай, устроилась за столиком рядом с кассой.

Жидкость, плескавшаяся в стакане, вызвала приступ ностальгии. Мне не сунули бумажный пакетик с ниточкой, нет, здесь наливали нечто кирпично-красного оттенка из огромного чайника с деревянной ручкой. На вкус пойло напоминало отвар из веника, точь-в-точь такой, каким нас потчевали в школьной столовой.

Я обхватила ладонями стакан и попыталась успокоиться, тут отворилась дверь и появился дядька в рваной темно-синей куртке. Нетвердым шагом он подошел к буфетчице и попросил:

— Надька, дай стакан.

Баба, хозяйничавшая за стойкой, повернулась, уткнула кулаки в крутые бедра и отрезала:

— Фиг тебе, двигай отсюда.

— Ну, Надюха, — заскулил пьяница, — жалко, что ли?

Дверь снова хлопнула, и появился еще один мужичонка, бомжеватого типа, в засаленном плаще.

— Долго ждать-то? — недовольно спросил он. — Чего копаешься, Петруха!

— Так стакан не дает!

— И не дам, — взъелась буфетчица, — в прошлый раз разбили, а я из своего кармана плати. Заказывайте у меня водку, будет из чего пить.

— У тебя с наценкой, — протянул Петруха и вытащил из кармана бутылку, — вон, такую же в магазине приобрел дешевле.

— Ну и ступай в магазин пить.

— Надюха, дай стакан.

— Пошел вон.

— Во жадина! Что же нам делать?

— Из горла хлебайте, не впервой, — держала оборону Надежда.

— Так у Ваньки лихорадка на губе, — возразил Петруха, — кому заразиться охота, ну кинь стакан.

— Сказано, нет, — вызверилась «барменша» и отвернулась.

Петруха огляделся по сторонам и обратился ко мне:

— Девушка, вам стаканчик нужо́н?

— Я из него чай пью.

— Нет, вон тот.

Пальцем с грязным, обломанным ногтем он ткнул в пластмассовую вазочку с салфетками.

— Это берите, — милостиво разрешила я.

У самой папенька из бывших алкоголиков, и я хорошо знаю, каково сейчас мужикам, вон, прямо трясутся от вожделения.

Петруха аккуратно вытащил салфетки и сказал, сдергивая пробку:

— Я из стаканчика хряпну, а ты из бутылки допьешь, коли заразный.

Ванька согласно кивнул. Тоненькая струйка прозрачной жидкости наполнила емкость. Петруха отдал бутылку приятелю. Тот мигом опрокинул в себя остаток и занюхал рукавом. Петька крякнул, взялся за вазочку и... не сумел ее поднять.

— Чегой-то? — удивленно протянул мужик. — Не двигается.

— Так специально для таких уродов, как вы, придумано, — захихикала буфетчица, — и не старайся даже, не шелохнется.

— Почему? — изумился Ванька, благополучно проглотивший свою долю.

— А он шурупчиком к столешнице приделан, — пояснила баба, — чтобы всякие не тырили.

— Делать-то чего? — растерялся Петька, глядя на стоящую посередине круглого стола пластмассовую емкость, полную огненной воды.

— А чего хочешь? — веселилась буфетчица. — Хоть языком лакай, если дотянешься, конечно.

— Дай ложку, — взвился Петька.

— Только вилки есть! Ложечки у нормальных клиентов на столиках, у таких людёв, которые в кассу заплатили, а не с улицы с ханкой прибегли, — с достоинством заявила бабища.

Внезапно из-под донышка салфетницы показалась жидкость.

— Слышь, Петруха, — ожил Ванька, — она протекает.

Лужица у нас на глазах становилась все больше. В Петькином взгляде заплескался откровенный ужас, он обратился ко мне:

— Ну-кось, отойди.

Я покорно выполнила просьбу. Честно говоря, мне стало интересно: ну как он собирается выйти из положения?

Петруха ухватил салфетницу, поднял ее вместе со столиком и, расплескав часть водки, все-таки ухитрился вылить в себя остаток вожделенной жидкости. Через секунду он вернул стол на место, рукавом куртки вытер капли «брынцаловки» и вежливо сказал:

— Ставь чай назад, извини за беспокойство, так уж получилось!

Потом, недовольно ворча, он вышел на улицу, Ванька двинулся следом.

— Видела?! — всплеснула руками буфетчица. — Уж шурупами привернули салфетницы, так все равно ухитрился использовать. Эх, видать, столики у нас слишком легкие. Ну ничего, завтрева кирпичи к ножкам пристрою, пусть тогда поднять попробует.

Лялю хоронили во вторник. Согласитесь, в посещении кладбища нет ничего приятного, даже в солнечный июльский день на погосте пробирает дрожь. А сегодня, хмурым ноябрьским утром, и вовсе было мрачно. Деревья стояли без листвы, над огромным квадратом земли, заставленным памятниками, с оглушительным карканьем носилась стая ворон.

Автобус-катафалк стоял у дверей крематория. Мы оказались в очереди третьими. Перед нами кремировали какую-то бабку. Немногочисленные ее родственники столкнулись в дверях с процессией, впереди которой покачивался маленький, словно кукольный, бело-розовый гробик, заваленный роскошными цветами.

Одна из чужих родственниц, увидав домовину, принялась истово креститься и приговаривать:

— Господи, вот горе-то. Нашей уж за девяносто перевалило, умерла и всех освободила, а эта и не пожила совсем.

Проводить Лялю пришло огромное количество народа. Ася, вся в черном, с удивительно спокойным лицом стояла в изголовье гроба. Иногда она нервным движением поправляла белую накидку и зачем-то надвигала на лицо покойницы кружевной чепчик. Я оттягивала момент прощания с девочкой. Наконец пришлось подойти к гробу.

Ляля была похожа на куклу. Гример перестарался, разукрашивая девочку. Слишком красные щеки, пурпурные губы и голубые веки. Разрисованное личико производило жутковатое впечатление, и я вздрогнула. Маленькие, желтые ручки, сложенные на груди, держали иконку, в ногах лежал плюшевый велюровый зайчик. Было от чего разрыдаться, и по моим щекам потекли слезы.

Я положила в гроб хризантемы, погладила покойницу по чепчику и, ощущая на ладони страшный, неживой холод, отошла. Наверное, нехорошо, но заставить себя поцеловать то, что осталось от Ляли, я не смогла. Впрочем, наблюдая за толпой, я заметила, что большинство присутствующих просто касается покойницы, а кое-кто норовит побыстрей пробежать мимо гробика. Даже Ася не поцеловала дочь. Правда, подруге стало плохо, и ее усадили на стул у стены, оттуда она и наблюдала, как крохотный гробик медленно уезжает за темную занавеску, отделяющую мир живых от царства мертвых.

Похороны произвели такое гнетущее впечатление, что, возвратившись в квартиру Бабкиной, я опрокинула рюмку коньяка и закусила лимоном. Горячая жидкость побежала по сосудам, и стало немного легче.

Ася посидела во главе стола минут десять, потом выскользнула в коридор. Сережа, не обращая внимания на отсутствие жены, лихо опрокидывал стопки, но никто из присутствующих его не останавливал, понимая, что парню лучше всего набраться до бровей и погрузиться в сон. Но алкоголь не желал забирать мужика, Сережка только краснел, сохраняя трезвость рассудка.

Я с трудом высидела час за длинным столом. Обычно на поминках все стараются сказать побольше хорошего о человеке, который ушел из жизни, но сегодня народ молчал. Да и к чему речи? Лялька еще не успела пожить.

Ощущая тупую усталость, я добрела до ванной и подергала дверь. Она не желала отворяться. Кто-то из гостей или хозяев заперся изнутри. Я вошла в туалет и, опустив крышку, села на унитаз. Хоть тут проведу пяток минут в одиночестве. Надо бы уйти домой, да неудобно перед Асей и Сережкой. К слову сказать, на похороны, а потом на поминки явилась куча народа, никто не остался равнодушным к горю Бабкиной. В туалете было тихо, только изредка шумела вода в трубе. Я сидела в прострации, разглядывая довольно просторное помещение. В моей старой квартире, той, где я жила до замужества с Олегом, кухня была чуть больше этого сортира. У Аси в «уголке задумчивости» стоял шкаф, набитый всяким барахлом: бытовой химией, туалетной бумагой и тряпками. Внизу было предусмотрено место для пылесоса, сбоку втиснута гладильная доска, немного странно, что ее хранят рядом с унитазом. С другой стороны, Аська патологическая чистюля. Даже полупарализованную бабушку она уложила на кружевные простыни. Другие подсунут под старуху кусок тряпки, и ладно. Впрочем, тряпок в привычном понимании этого слова у Бабкиной нет. Пол она моет куском ткани нежно-розового цвета, а на кухне повсюду разложены крахмальные салфетки из вышитой холстины, которые плохо знающие ее люди принимают за полотенца и страшно удивляются, когда видят, что Аська вытирает ими столики.

— Значит, так, — раздался над самым ухом красивый голос, чуть хрипловатое меццо, — тихо и спокойно уходишь от нас.

От неожиданности я подскочила и ударилась головой о шкаф. Что за ерунда? Неужели в туалете кто-то прячется?

— Убирайся из дома, — настаивал голос, и я поняла, что он доносится из ванной.

На стене, под самым потолком имелось вентиляционное отверстие, и звук беспрепятственно проникал из одного помещения в другое.

— С какой стати? — ответила другая женщина, явно молодая и не слишком застенчивая. — Вам моча в голову ударила?

— Смотри, как бы тебе по голове не дало, — быстро ответило меццо.

— Вы о чем? — засмеялась собеседница.

— Сама знаешь! — пробормотало меццо. — Я все расскажу!

Я сидела, привалившись к трубе. Хриплый голос казался удивительно знакомым, но я никак не могла припомнить, кому он принадлежит.

— Хорошо, но я не могу так сразу, дайте хоть десять дней!

— Ладно, — повысила голос обладательница меццо, — но по истечении этого срока все.

Потом послышался стук, я приоткрыла чуть-чуть створку и увидела, что по коридору вышагивает женщина средней полноты, одетая в пронзительно-фиолетовую майку. У Аси в квартире очень жарко, и большинство гостей сразу сняли с себя пиджаки, свитера и кардиганы. Не успела дама скрыться в гостиной, как дверь ванной вновь хлопнула и наружу выбралась, опираясь на две палки... Розалия Никитична.

ГЛАВА 3

Я молча следила в узенькую щелку за тем, как она ползет по коридору. Старуха не сидела за столом и, естественно, не ездила на кремацию. Да и кому могло прийти в голову позвать на кладбище еле живую даму, для которой путь от туалета до спальни занимает почти час? Зачем она вообще вышла из своей комнаты, почему, как обычно, не позвала Аську? Впрочем, последнее понятно. Розалия Никитична любит бывшую невестку, она на самом деле считает ее дочерью, вот и решила не беспокоить Асю в скорбный день, взяла свои палки и поползла в ванную.

Когда стало ясно, что бывшая свекровь тяжело больна, Ася установила в ванной комнате еще один унитаз. Я удивилась, увидав его впервые, но подруга спокойно пояснила:

— Место позволяет, сама видишь, у нас в ванной плясать можно. Розалия, если усядется в туалете, все, часа на два, никак не меньше. Знаешь, как Сережка злится. Ему на работу бежать, а бабушка заперлась и выходить не собирается. Ну каждый день скандал. Один вопит, что он нас кормит, поэтому заслуживает любви и внимания, а другая обижается и плачет. Так что второй унитаз это не прихоть, а суровая необходимость.

Дождавшись, пока старуха исчезнет в своей комнате, я вернулась в гостиную и пошарила глазами по толпе гостей. В помещении много курили, под потолком висел синий дым, и кто-то распахнул дверь балкона. Холодный воздух быстро заполнял пространство, поэтому большинство присутствующих натянули пиджаки и свитера. Женщины в фиолетовой майке не было видно, наверное, она тоже утеплилась. Вздрогнув от сквозняка, я тяжело вздохнула. Еще три дня тому назад Аська бы мигом заорала:

— С ума сошли, да? Сначала надымили, потом Антарктиду устроили! Ну сколько раз объяснять: в доме маленький ребенок, идите на лестницу.

После рождения Ляльки Аська сама бросила курить и нещадно гоняла тех, кто доставал сигареты в квартире. Даже на Сережкин день рождения она, несмотря на крайне недовольный вид мужика, отправила его приятелей к лифту. Но сегодня народ беспрепятственно курил и заполнял пепельницы окурками. Я посмотрела на пепельницу, набитую до отказа чинариками, и внезапно окончательно поверила: Ляля умерла.

Из мрачных раздумий меня вывел довольно сильный толчок в бок.

— Ой, прости, — воскликнула Оля Лапшина с полным подносом грязной посуды в руках, — не хотела тебя толкать, да, боюсь, вся эта гора звезданется.

Я сняла с подноса стопку грязных тарелок и пошла на кухню. Ольга поставила ношу на подоконник и со вздохом предложила:

— Давай освежим посудку-то. Глянь, сколько всего. Аське три дня не разгрести.

— Конечно, — кивнула я и встала у раковины.

Сушка у Аськи небольшая, поэтому я мыла сервиз, а Ольга вытирала тарелки, блюда, салатницы. Когда дело дошло до приборов, Лапшина сказала:

— Надо же, чтобы из всего класса именно Аське так не повезло. У наших уже по двое, а то и по трое, а у Бабкиной все никак не получалось.

Я молча удаляла остатки «Фейри». Брак с Андреем, сыном Розалии Никитичны, развалился у Аси еще и потому, что она никак не могла родить. Правда, Бабкина не сразу поняла, что причина бесплодности кроется в муже, но потом произошел ряд неприятных событий, и она мигом развелась, выскочив замуж за Сережку, тут же забеременела и произвела на свет Ляльку. Но вот интересная деталь: Андрей тоже создал второй раз семью, женился на простоватой Светочке, девочке, не слишком подходившей ему ни по образованию, ни по социальному статусу. Света служила бухгалтером в воинской части, и Розалия Никитична, узнав, кто теперь будет у нее в невестках, поджав губы, заявила:

— Жениться следует на ровне.

Андрей психанул, хлопнул дверью и сыграл свадьбу без участия матушки. Потом Аська их помирила, Розалия Никитична пригласила молодых на чай и даже подарила Светке антикварную брошь — камею. Но после ухода довольных родственников она заявила Аське:

— Уж извини, но она меня утомляет. И о чем нам разговаривать? Знаешь, я очень старалась, но болтать два часа о засолке огурцов не в моем стиле.

Розалия всю жизнь проработала врачом, имеет в кармане кандидатский диплом и живо интересуется новыми книгами, театральными премьерами и вернисажами. Сейчас она, естественно, никуда не ходит, телевизор заменил ей весь мир, но три года тому назад пожилая дама не сидела дома.

— Если эта снова нагрянет в гости, — объясняла Розалия Асе, — скажи, что я болею, избавь меня от общения с дурой.

Но Светка не горела желанием общаться с излишне интеллигентной свекровью, а потом у нее не стало времени, потому что Света... родила дочь.

Когда взволнованный Андрей объявил о том, что скоро станет отцом, Аська не поверила. Ведь она точно знала — бывший муж неспособен к зачатию ребенка, а тут вдруг такой поворот. Когда на свет появилась маленькая Ниночка, Розалия Никитична, еще здоровая и вполне энергичная, приехала в гости к Свете и, дав ребенку игрушку с булавкой, незаметно взяла у внучки несколько капель крови. Пробирку она отвезла приятелю, заведовавшему лабораторией. Андрей обследовался ранее, и его анализы имелись. Результат ошеломил бабушку и Асю, сначала тоже заподозрившую неладное: Андрей — отец Нинушки. Никаких сомнений у медработников, проводивших исследование, не было. Ошарашенная Аська сбегала к гинекологу и задала вопрос:

— Как такое вышло?

Профессор развел руками.

— Есть вещи, которые иначе, чем божья награда, и не назвать.

За что господь решил вознаградить Свету, для Бабкиной осталось непонятным, ну да это ерунда, интересно другое. Нинушка и Лялька были практически одного возраста, обе хорошенькие, как картинки, блондиночки с весело сверкающими голубыми глазами. Но Ляля — любимая внучка, с которой Розалия Никитична охотно возилась. Она разрешала девочке рыться у себя в шкафу, и много приятных часов Лялька провела, примеряя ожерелья, бусы, цепочки и кольца бабушки. Чуть ли не каждый день она получала от Розалии подарочки. Даже прикованная к постели, старуха ухитрялась порадовать свое солнышко. Как-то раз, придя к ним в гости, я увидела Ляльку с огромным шоколадным зайцем в ручках.

— Большего не нашла? — усмехнулась я. — Этот косоглазый небось два кило весит.

— Это Розалия купила, — отмахнулась Ася, — совсем Ляльку разбаловала. Та каждое утро влетает к ней в комнату и кричит: «Лублу тебя, лублу, дай подалок!» И ведь получает, шельма.

— Ты хочешь сказать, — изумилась я, — что еле-еле передвигающаяся женщина ходит по магазинам?

Аська дернула плечом.

— Знаешь, Вилка, прогресс зашел очень далеко, Розалия просто набирает телефон службы 77, и через пару часов курьер доставляет заказ.

Нинушка же бывала у Розалии раза два в год, не чаще. Пожилая женщина весьма равнодушно целовала ее в макушку и вручала простую шоколадку. Если во время визита между девочками вспыхивала свара, Розалия мигом говорила:

— Света, уйми Нину, наша Лялечка никогда так себя не ведет.

Особо странным поведение бабушки кажется, если учесть, что Ниночка-то родная кровь, дочь сына, а Лялька не пойми кто, ребенок бывшей невестки от постороннего мужика. Но факт оставался фактом: Лялечка была любимой, а Нинуша нет.

— Вон у Ленки Красильниковой, — бубнила Ольга, — целых трое, и все живы-здоровы, а у Аськи...

— По-моему, не слишком уместно вспоминать в этой связи деток Красильниковой, — укоризненно сказала я.

Ольга с силой поставила блюдо на мойку. Раздался тихий треск, и оно развалилось на два совершенно одинаковых куска.

— Я ничего не имела в виду, — взвилась Ольга, — просто мне кажется со стороны бога несправедливым оставлять одним кучу вечно голодных ртов и отнимать у несчастной Аськи единственную радость в жизни. Надо же — СДС!

— Что? — не поняла я.

— Ты не знаешь, отчего умерла Ляля? — удивилась подруга.

— Нет, Ася с Сережкой не сказали, а я постеснялась спросить.

— СДС, синдром детской смертности.

— Это болезнь такая?

Ольга пожала плечами.

— Никто этого не знает, случается такое иногда с детьми дошкольного возраста. Ложится ребенок спать совершенно здоровым, а утром не просыпается. Отчего это происходит, не ясно, есть разные теории, но четкого ответа на вопрос нет. Американцы считают, что причина кроется в аллергии, японцы предполагают, будто дело в нарушении сердечного ритма. Только ничего от этого не меняется, и лечить эту болячку никто не может, потому как не понимают врачи, в чем проблема, ясно?

Я кивнула.

— Слышь, Олька, а кто здесь ходит сейчас в такой фиолетовой майке?

Лапшина задумчиво повторила:

— В фиолетовой майке? А, это Светка, вторая жена Андрея. Такая странная особа, ну вообще без головы! Прикинь, ей даже Ленка сейчас замечание сделала. Села за стол, наелась, водкой налилась и давай анекдоты травить, да все такие глупые, прямо отвратные, ржет беззастенчиво, а потом спросила: «Может, музыку включим, потанцуем!» Тут Ленка не вынесла и говорит: «Ты забыла, куда пришла? У людей горе». Угадай, что Светка ответила?

— Не знаю.

— Тебе и в голову не придет такое сказануть, — вздохнула Ольга, собирая осколки блюда, — эта кретинка повернулась к Ленке и заявила: «А у меня нет повода для плача, впрочем, у вас тоже, насколько я понимаю, все остальные дети живы и здоровы». Ну не сволочь?

Я закрутила краны. Да уж, Света не отличается ни умом, ни тактом. Интересно, что за конфликт вышел у нее с Розалией?

Домой я приползла около пяти, вся разбитая от усталости. В квартире, слава богу, почти никого не оказалось. Олег и Семен, естественно, были на работе, Тамарочка с Никиткой ушла в поликлинику, а Кристина занимается в своей комнате английским с репетитором. Я села на кухне и уставилась на чайник. Хочется пить и есть, на поминках мне кусок в горло не лез, а теперь желудок взбунтовался. Пришлось встать, открыть холодильник и вытащить масленку. Сделаю себе пару тостов, никаких сил нет разогревать котлеты. Не успела я закрыть дверцу, как масленка, круглая керамическая баночка в виде коровы, выскользнула из моих пальцев и разбилась на множество уродливых осколков.

От обиды я топнула ногой. Да уж, день сегодня выдался не из лучших! Представляю, как расстроится Крися, она так долго выбирала эту масленку. Все коровы были с синими бантиками, а девочке обязательно хотелось с красными, она заставила продавщицу перерыть все коробки и найти нужную буренку.

Может, по-быстрому замести осколки да сбегать в магазин за другой масленкой?

Но мне вновь не повезло. В кухню влетела Крися.

— Ой, что стряслось?

— Ты уж закончила заниматься? — я начала потихоньку злиться. — Если нет, то сделай милость, ступай назад.

— Ты разбила масленку!

— Случайно вышло, сейчас побегу куплю новую.

— Наплюй, — отмахнулась Крися, — она мне давно разонравилась.

— Кристина, — послышался из комнат голос Юли, преподавательницы английского, — ты где?

— На, — девочка сунула мне в руки трубку, — тебе звонят, из издательства, да так торжественно попросили: «Будьте любезны к аппарату Виолу Ленинидовну Тараканову».

Я в ужасе уставилась на телефон. Нет, теперь еще и эта неприятность, ей-богу, на сегодня хватит!

— Скажи, что меня нет!

— А я уже сообщила, что ты дома, — радостно выкрикнула Криська, — да отвечай скорей! Может, что-нибудь хорошее!

Но я ждала только плохого.

Несколько месяцев назад я закончила писать детективный роман. Вообще-то, я тихо и мирно работаю в журнале, который издает Семен, муж Томочки. Я обожаю криминальные романы, прочитала всю классику жанра от Агаты Кристи до Марининой и, естественно, занимаясь в журнале рубрикой «Журналистские расследования», пишу очерки, основанные на реальных делах. Я уже упоминала, что мой муж Олег Куприн служит в милиции, но помощи от него нет. Другой бы супруг, имея жену-журналиста, мигом бы начал рассказывать ей о своих героических буднях, но Олег только отмахивается и бурчит:

— И ничего интересного, сплошная рутина!

Приходится выкручиваться самой, чтобы добыть

материал для будущей статьи. Семен, несмотря на то, что мы живем в одной квартире и считаем себя ближайшими родственниками, не дает мне спуску и на редколлегии может здорово отругать.

Пару раз я влипала в криминальные истории, в последний раз Олег мрачно сказал:

— Вместо того чтобы корчить из себя комиссара Мегрэ, лучше пиши детективы, с твоей буйной фантазией должно получиться.

Сначала мысль показалась мне дикой, но потом я взяла бумагу, ручку и очень быстро накропала нечто, названное в порыве вдохновения «Чужая кровь».

Процесс написания романа оказался настолько увлекательным, что я никуда не ходила, а сидела на кровати, положив на колени книжечку «Двенадцать подвигов Геракла». Она служила мне письменным столом. Больше всех был доволен Олег. Жена постоянно дома, просто не вылезает из спальни.

Пока роман писался, было замечательно, но вскоре пришлось поставить последнюю точку.

Потеряв замечательное хобби, я загрустила.

— Ваяй следующий, — велел Олег.

Но я колебалась. Зачем? Ну к чему я испортила такое количество хорошей финской бумаги?

Потом Олег утащил рукопись на работу, и девчонки-машинистки отпечатали текст. К слову сказать, они потом позвонили мне и выразили свой восторг, но я все равно решительно не знала, что теперь делать с уже готовым текстом. От тоски я дала его почитать подругам, выслушала дифирамбы и стала подумывать над написанием другой «нетленки». В конце концов, у людей бывает хобби. Кто-то шьет, иная вяжет, а я строчу детективы. Можно читать их вечером во время ужина всем вслух.

В общем, так я и поступила. Стоило домашним очутиться у стола, как я вытаскивала пачку листов и «превращалась» в радио. В конце концов, мой папенька сказал:

— Слышь, Вилка, дурь ты, конечно, наваяла жуткую, на правду совсем не похоже, но забирает. Прям извелся весь, пока понял, что убила бабушка.

— А вот и не бабушка, — с торжеством заявила я, — ты не дослушал!

— Почему бы тебе не отнести эту лабуду в издательство? — не успокаивался Ленинид.

Я уронила рукопись на пол.

— Куда?

— В издательство, — повторил папенька.

— Сейчас столько дряни выпускают, — подхватил Семен, — тебя обязательно издадут!

Я медленно собирала рассыпавшиеся листы.

— В издательство? В какое?

— Погоди, — подскочила Кристина и бросилась в мою спальню.

Через пару минут она прибежала назад с кипой разноцветных книжек.

— Вот, смотри, — затараторила девочка, — вот тут, на последней странице все указано, эти детективы выпущены в «Марко», а находится оно по адресу: улица Вронского, дом девять.

— Вронского? — удивилась Тамарочка. — Совсем рядом, пешком дойдешь.

— Судьба, — загадочно сказал папенька, — карма, бери свою писанину и ступай.

— Так не делают, — возмутился Семен, — давайте я завтра все разузнаю про «Марко», хотя прямо сейчас могу сказать, что на рынке два монстра — «Марко» и « Таро-пресс», все остальные издательства значительно меньше. Ты, Вилка, не пори горячку, выясню, кто главный редактор, позвоню, попрошу, чтобы внимательно прочли рукопись.

Вечером в мою комнату влез папенька и жарко зашептал:

— Слышь, доча, я тобой жутко горжусь. У нас отродясь писателей не случалось. Я все вспоминал про своих сейчас, ну одни крестьяне, я-то первый в город выехал.

— Какая я писательница!

— Э, погоди, вот увидишь, — бормотал Ленинид, — Семена не слушай, от блата только хуже, ступай завтра сама, адрес имеешь, не тушуйся.

— А если выгонят?

— Ну и чего? Уйдешь, и все, эко удивление, бить же они тебя не станут!

Когда возбужденный папенька наконец ушел домой, я открыла одну из книг Марины Орловой, потом заглянула в томик, написанный Анной Смоляковой. Ну что ж, если этих обожаемых мною авторов издает «Марко», значит, я иду туда без страха.

Утром, около одиннадцати, я нажала кнопку звонка около сияющей латунной таблички. Дверь щелкнула, стал виден длинный узкий коридор и письменный стол, за которым сидел охранник.

— Вы к кому? — весьма вежливо спросил он.

— Э-э, понимаете, я написала детектив, — потрясла я красной папочкой, — «Чужая кровь» называется, вроде ничего получилось, может, подойдет?

— Так вы автор? — уточнил секьюрити.

Внезапно я ощутила прилив необычайной гордости.

— Вы автор? — повторил мужчина.

— Да! — радостно ответила я.

— Ступайте во второй кабинет налево, — сообщил охранник и потерял ко мне всякий интерес.

Я дошла до нужного места и поскреблась в дверь. Никакого ответа. Пришлось приоткрыть створку и просунуть голову в комнату. В маленьком помещении, больше всего похожем на спичечный коробок, стояло впритык друг к другу два письменных стола. Все остальное пространство было завалено книгами. Тома в разноцветных обложках лежали на подоконнике, громоздились стопками на полу, красовались на стеллажах и буквально падали со столов.

— Простите, — проблеяла я, обращаясь к молодой женщине, уткнувшей нос в компьютер.

— Ну, — буркнула та, не поднимая головы.

— Я написала детектив.

— Олеся Константиновна, — прозвучал ответ.

— Нет, меня зовут Виола.

— Вам следует подождать Олесю Константиновну, — сообщила девушка и весьма нелюбезно добавила: — В коридоре.

Я собралась выйти за дверь, но тут в комнатушку влетела женщина, маленькая, щуплая, рыженькая, страшно похожая на юркого подростка. Она ужом ввинтилась за письменный стол и выжидательно посмотрела на меня.

— Вот, — залепетала я, — романчик детективный, «Чужая кровь», жутко интересный, подружкам нравится.

Без тени улыбки Олеся Константиновна сказала:

— Давайте.

Дрожащей рукой я протянула папочку. Редактор взяла ее.

— Мы не комментируем отказ. Если ваша рукопись будет принята, сообщим.

Потом она ловко зашвырнула «Чужую кровь» за спину. Я проследила глазами за полетом рукописи и увидела, что в правом углу, за столом высится гора разномастных папок, моя самым чудесным образом оказалась сверху. Олеся Константиновна уставилась на меня круглыми карими глазами.

— Это все? — растерянно спросила я.

Она кивнула.

— Вам позвонят.

В полной прострации я вышла на улицу и села на скамейку на троллейбусной остановке. Вообще-то, я не плаксива, зарыдать могу в основном от злости, но сейчас по щекам потекли горькие слезы. «Господи, ну зачем я послушалась Ленинида? За каким чертом поперлась в издательство? Вон там сколько неопубликованных вещей лежит! Никто никогда не станет печатать «Чужую кровь».

— Девушка, — раздался над ухом участливый голос, — вам плохо?

Обозлившись на себя, я принялась рыться в сумочке, пытаясь найти платок.

— Нет, мне очень хорошо.

— Но вы плачете.

— От счастья! — рявкнула я и, так и не обнаружив платка, вытерла лицо рукавом. — Отвяжитесь, рыдаю себе и рыдаю.

Стоит ли говорить, что весь следующий месяц я бросалась на любой телефонный звонок с воплем:

— Не берите трубку, это меня из издательства ищут!

Но время шло, Олеся Константиновна не звонила, и постепенно становилось понятно, что детектив ей не понравился. И вот сейчас редакторша наконец хочет сказать мне это сама. Нет, сегодняшний день просто ужасен!

ГЛАВА 4

Решив покориться судьбе, я взяла протянутую трубку и безнадежно сказала:

— Алло.

— Виола Ленинидовна?

— Да.

— Мы приняли положительное решение по вашей рукописи. Не могли бы вы прямо сейчас подъехать в издательство?

— Сейчас? — глупо переспросила я.

— Если успеете до полседьмого, то хочется переговорить сегодня.

— Вы намереваетесь вернуть мне рукопись, чтобы она не занимала места в издательстве?

— Мы собираемся напечатать вашу книгу, — спокойно уточнила Олеся Константиновна.

— Бегу, — заорала я, вскакивая на ноги, — бегу, сейчас, несусь, только не уходите!

В трубке послышалось сдавленное покашливание, потом раздались короткие гудки. Словно испуганная мышь, я заметалась по квартире. Ну где мои брюки, куда подевались колготки, кто взял губную помаду? Расшвыряв ненужные вещи, я влезла в куртку, натянула сапожки и побежала на улицу Вронского, чувствуя, что обувь отчего-то просто сваливается с ног.

В маленькой комнатке все осталось так, как месяц тому назад. Мрачная девушка снова не подняла головы от ноутбука и сделала вид, будто не слышит мое робкое:

— Здравствуйте.

Олеся Константиновна опять без тени улыбки предложила:

— Садитесь. Мы собираемся напечатать вашу вещь, но потребуется внести изменения.

— Конечно, конечно, что хотите!

— Нас не устраивает один из главных героев. Володя, он мужчина, нужна женщина.

— Без проблем, сделаю из него Валю.

— Совершенно ни к чему в книге подробные описания природы и утомительные рассказы о переживаниях матери.

— Уберу.

— Название меняйте.

— Пожалуйста.

Олеся Константиновна склонила голову набок, внимательно посмотрела на меня и поинтересовалась:

— Когда предоставите готовую рукопись?

— Завтра!!!

В лице редакторши появилось нечто живое, уголки ее рта дрогнули, дама явно сдерживала улыбку.

— Можно так не торопиться. Жду пятнадцатого

числа. Тогда же подпишем договор, и вы получите деньги.

— Какие?

Олеся Константиновна вздернула брови.

— Мы должны заплатить вам гонорар. Разве вы не знали об этом?

Боясь выглядеть в ее глазах полной идиоткой, я ответила:

— Знала, конечно.

Ну не признаваться же ей, что я полагала, будто сама заплачу им за выпуск книги!

— И еще, имя Виола не подходит для обложки, ищите псевдоним.

Сказав последнюю фразу, она уткнула глаза в чью-то рукопись. Понимая, что аудиенция окончена, я тихо встала и, ощущая под ногами мягкий ворс ковролина, шагнула к двери.

— Виола Ленинидовна, — окликнула меня редактор.

Я повернулась.

— Вы забыли ботинки, — сообщила Олеся Константиновна и ткнула ручкой вниз.

Я опустила глаза и онемела. Так вот почему ступни ощущают ворс, я очутилась на ковре просто в колготках. Понятно теперь, и отчего сапожки все время норовили соскользнуть у меня по дороге с ног. Возле стула спокойно стояли полуботинки Олега, а мой муж носит сорок второй размер.

Олеся Константиновна с интересом глянула на меня, нелюбезная девушка тоже наконец оторвала взор от компьютера и уставилась на мою обувь. Глупо хихикая, я подхватила баретки Куприна, вышла босиком в коридор, потуже затянула шнурки и, шаркая, словно дряхлая бабка, пошла домой.

В квартире горел скандал, из кухни слышались негодующие вопли Маринки Рымниной, нашей соседки снизу.

— Что за шум? — поинтересовалась я, влетая в помещение.

Следующие слова застряли в горле. Повсюду были лужи и грязь. Тамарочка, стоявшая с тряпкой, вздохнула.

— Кто-то заткнул пробку в раковине, пустил во всю мощь воду и ушел. Кристя занималась английским, а я, на беду, заснула. Проснулась, когда Маринка в дверь звонить начала.

— Между прочим, — понеслась в атаку соседка, — вы нас капитально затопили, обои поотлетали, штукатурка осыпалась, паркет начал вздуваться. Придется ремонт делать, за ваш счет! Имейте в виду, я этого так не оставлю...

— Мариша, — миролюбиво сказала Томочка, — ты не волнуйся, естественно, мы оплатим все расходы, только скажи сколько!

Не ожидавшая такой реакции, соседка осеклась, потом пробормотала:

— Подумать надо.

Когда обозленная Маринка ушла, я удрученно воскликнула:

— Я забыла про пробку и про воду, вообще все из головы вылетело, представляешь, мою книгу собрались напечатать!

Тамарочка опустилась на стул.

— Да ну! Вот это новость! Ради нее стоило затопить весь подъезд!

Всю следующую неделю я просидела над рукописью, старательно превращая Володю в Валю и убирая описание природы. Желание увидеть свой опус напечатанным было настолько сильным, что я была готова на все, лишь бы суровая Олеся Константиновна благосклонно кивнула. Не понравилась редактору старенькая мама одной из героинь? Не беда, превратим бабушку в бойкую двоюродную сестрицу. Отталкивают восторженные слова о закате солнца? Значит, вы мараем все. Я не гордая, и потом, небось Олеся

Константиновна лучше меня знает, как следует писать детективы.

Через семь дней я похудела на четыре кило, осунулась, и Олег отнял у меня рукопись со словами:

— Заставь дурака богу молиться, он лоб расшибет. Отдохни, успеешь исправить!

— Дай сюда, — заорала я, — пятнадцатого в десять ноль-ноль я должна представить готовый текст, а мне еще двадцать страниц править!

Муж постучал пальцем по лбу.

— Совсем ума лишилась! Сегодня двенадцатое, времени полно.

Я легла на диван и мигом заснула, чувствуя невероятную усталость во всем теле. Честно говоря, это удивительно. Ладно бы носила тяжелые сумки или стирала вручную пододеяльники... Так ведь просто сидела и водила ручкой по бумаге, отчего же так притомилась!

— Эй, Вилка, — раздалось издалека.

Стряхнув с себя остатки сна, я села. Томочка протягивала трубку.

— Извини, разбудила, но мне кажется, это важно.

— Виола Ленинидовна, — донеслось из мембраны, — вас беспокоят из кардиореанимации сто шестьдесят девятой больницы, не могли бы вы подъехать к нам сейчас?

Я посмотрела на часы: девять вечера.

— Мне? В больницу? В такое время? Зачем?

Голос врача стал громче:

— Анастасия Федоровна Бабкина вам знакома?

— Аська? Конечно, мы дружим со школы, ходили в один класс!

— Ее привезли сюда пять дней тому назад с инфарктом.

— Боже! Но она же совсем молодая!

— К сожалению, сердечно-сосудистые заболевания не зависят теперь от возраста. Сейчас ее состояние более или менее стабилизировалось, но она находится в крайнем волнении и требует вас. Понимаю, что поздно, но Бабкиной нельзя нервничать, а Анастасия Федоровна страшно беспокоится.

— Еду, — коротко ответила я и побежала в ванную.

Зачем понадобилось Аське вызывать меня?

Олега, как всегда, не оказалось дома. Муж успел убежать, пока я мирно дрыхла под пледом, поэтому пришлось похоронить надежду на то, что он довезет меня до больницы. Безрезультатно прождав автобус, я поймала бомбиста и докатила до места назначения в полном комфорте, в тепле и под приятную музыку.

Аська выглядела ужасно. Маленькое личико терялось на огромной подушке, сливаясь по цвету с серовато-желтоватой наволочкой.

— Привет, — слишком бодро сказала я, — как дела? Валяешься тут, симулянтка, чужое место в реанимации занимаешь. Заканчивай кукситься, доктор говорит, что скоро тебя выкинет отсюда.

Ася медленно распахнула огромные глаза и пробормотала:

— Вилка, пришла!

— Конечно, ты же позвала. Что случилось? Принести продуктов или вещи какие?

— Закрой дверь поплотней, — прошелестела Ася, — сядь на кровать.

— Лучше на стул, чего же грязными джинсами и прямо на белье.

— Нет, — забеспокоилась подруга, — сюда, на одеяло, не хочу, чтобы кто-нибудь услышал, ближе садись.

На ее лбу заблестели капли пота. Испугавшись, что Аське станет хуже, я устроилась прямо возле ее лица и забормотала:

— Не волнуйся, говори спокойно.

Ася с трудом подняла тонкую руку.

— Ляля пропала.

Я постаралась не измениться в лице. Бедная Аська,

не всякий способен пережить такое горе, как смерть единственной, нежно любимой дочери. Кажется, у Аси поехала крыша.

— Ляля пропала, — повторила подруга, хватая меня бледными, ледяными пальцами, — только на тебя надежда, найди ее.

Мне стало страшно. Погладив Асю по спутанным волосам, я осторожно произнесла:

— Ты только так не волнуйся, пожалуйста. Скажи, где Сережка?

— В командировку, как всегда, укатил, — прошептала подруга, — деньги зарабатывать.

Я только вздохнула. Сергей не самый заботливый муж. Жена попадает с инфарктом в реанимацию, а супруг преспокойненько отправляется прочь.

— А Розалия Никитична с кем?

— К ней Андрей переехал, — прошелестела Аська, — умоляю, найди Лялю. Господи, какой ужас! А все Ежи, его выдумка! Ну почему я согласилась! Испугалась скандала! Сережа сказал, что убьет меня, он может...

Вспомнив тихого, застенчиво улыбающегося Сергея, я перепугалась окончательно. К Аське следует срочно вызвать психиатра.

— Найди Лялю, — задергалась больная.

— Ася, — сурово сказала я, — Ляля умерла, мы кремировали ее, неужели ты не помнишь?

— Нет, это не она.

— А кто?

— Другая девочка.

Все понятно, нужно немедленно поставить в известность лечащего врача.

— Ты думаешь, я с ума сошла?

— Нет, конечно, ты просто устала, надо отдохнуть, поспишь сейчас спокойно, и все пройдет.

— Ляля жива!

— Конечно, конечно.

— Это правда!!!

— Безусловно, вот что, полежи, я сейчас приду.

— Если пойдешь к врачу и вызовешь психиатра, — с мрачной решимостью сказала Аська, — если не поверишь мне и станешь считать психопаткой, если не поможешь, я сегодня же покончу с собой, ясно?

Я испугалась.

— Только не волнуйся!

— Сядь назад.

— Ладно.

— Слушай!

— Говори.

— Ляля жива, — выпалила Ася, — она и не думала умирать, мы кремировали другого ребенка, так придумал Ежи. Мне затея показалась правильной, а теперь вижу, что совершила страшную глупость, просто безумие, словно под гипноз попала. Мне не нужен Ежи, найди Лялю!

Лицо Аськи приобрело синевато-розоватый оттенок, лоб снова вспотел, руки затряслись.

— Думаешь, почему я инфаркт спустя почти неделю после поминок заработала? — свистящим шепотом спросила она. — Отчего у меня сердце сразу, когда труп в кровати увидала, не разорвалось? Да потому, что не Ляля умерла, а другая, Ирочка Забелина.

В глазах подруги метались мрачные огоньки, и я внезапно с ужасом поняла: Аська совершенно вменяема, а то, что она сейчас рассказывает про Ляльку, дикая правда.

— Ну-ка, — прошептала я, поудобней устраиваясь на высокой кровати, — быстро выкладывай все!

ГЛАВА 5

Первая часть истории выглядела вполне обычно. Асе всегда хотелось иметь ребенка, но в браке с Андреем это не удалось. Бабкина очень хорошо относилась к первому мужу, можно сказать, даже любила его. Андрей устраивал ее со всех сторон, но дети-то не получались. А потом выяснилось, что у Андрюшки есть любовница... Аська развелась и поняла, что сглупила. Умная женщина не уходит от супруга в никуда. Сначала требовалось найти ему замену.

Примерно полгода Ася прожила одна, не видя вокруг достойного кандидата. Все попадавшиеся на пути мужики были, как один, разведенными, с детьми. Асе же хотелось, чтобы ее долгожданный ребеночек оказался единственным, она мечтала, чтобы ее крошка получила родительскую любовь и ласку целиком, не деля ее со сводным братом или сестрой. Да и алименты не хотелось отдавать на сторону.

Но свободный полностью «объект» не попадался. Потом Оля Лапшина познакомила Асю со своим дальним родственником. Честно говоря, я не очень-то разобралась, кем Сережка приходится Ольге: то ли троюродным братом, то ли внучатым племянником. В общем, седьмая вода на киселе, но Лапшина и будущий муж Аськи дружили, ходили друг к другу в гости, и Олька решила женить парня на Аське.

Сережа показался Бабкиной идеальным женихом. Никаких бывших жен и детей он в анамнезе не имел, в брак собирался вступить впервые, работал компьютерщиком, получал вполне приличные деньги и был сиротой. Отец и мать парня умерли очень давно, его воспитывала бабушка, тоже покойная к тому времени, когда Сережка познакомился с Асей. Упустить подобный сказочный вариант было просто глупо, и Бабкина побежала в ЗАГС. Под венец Аська шла уже беременной. Помня о бесплодности Андрея, она решила подстраховаться и устроила себе медовые полгода до свадьбы, чтобы проверить интимные способности предполагаемого спутника жизни. Все получилось лучше некуда, и на свет появилась Лялька. Аська в одночасье превратилась в сумасшедшую мамашу, впрочем, Сережка тоже обожал дочь. Собственно говоря, их брак держался на любви к девочке, потому что уже через месяц после рождения Ляли Ася поняла, что жить с Сережей невозможно.

Нет, он не делал ничего плохого: не пил, не бил жену и, казалось, не бегал налево. Наоборот, был хорошим добытчиком, нес каждую заработанную копейку в дом, не злился, когда Аська покупала себе очередную кофточку, миролюбиво воспринимал всех многочисленных знакомых жены, толпой проносящихся по квартире, и никогда не капризничал, обнаружив, что в шкафу закончились чистые рубашки, а в холодильнике еда. Одним словом, ничего плохого о Сереже Ася сказать не могла, кроме одного: он ее жутко раздражал, абсолютно во всем. Неприязнь вызывала манера мужа есть с упоением креветки, его привычка долго сморкаться в ванной, бесил Сережа, уютно сидящий у телевизора с бутылочкой пивка, казалась отвратительной его любовь к бане и рыбалке. Проанализировав однажды свои чувства, Аська пришла к выводу, что фатально ошиблась. Андрюша в качестве спутника жизни устраивал ее намного больше, но он изменял ей, и от него не могло быть детей. Сергей просто бесил, зато появилась Лялька.

Через год после рождения дочери Ася поняла, что больше не может так жить, и потребовала развод. Она, наивная душа, полагала, что муж спокойно согласится и съедет. Но тихий, безропотный, даже апатичный мужик неожиданно проявил крайнюю твердость и заявил:

— И не надейся.

Аська слегка оторопела.

— Почему?

— У нас ребенок, — заявил постылый муж, — если хочешь знать, ты мне тоже надоела, но ведь я тебя терплю ради Ляли!

— Как это надоела? — захлопала глазами Ася, пребывавшая в твердой уверенности, что Сережка сидит у нее под каблуком.

— Просто, — пожал плечами парень, — шумишь много, орешь, по квартире носишься, никакого покоя, но я, в отличие от тебя, человек ответственный и понимаю: раз родил ребенка, должен его воспитать, поставить на ноги и только тогда гулять. Никаких разводов, а если начнешь настаивать, имей в виду, отсужу Лялю, лишу тебя материнских прав. А коли суд оставит тебе девочку, я ее украду и спрячу так, вовек не найдешь!

Посинев от злости, Аська в тот же день перетащила свою кровать в другую комнату. Огромная квартира Розалии давала большой простор для маневров. Сережка сделал вид, будто не заметил рокировку. Ася принялась провоцировать скандалы, закатывала истерики... Но муженек спокойно сидел, уткнувшись в телевизор, и отвечал с невозмутимым лицом:

— Как хочешь, дорогая, ты права.

Вышел из себя он только один раз, когда супруга заявилась домой около пяти утра, в легком подпитии.

Твердой рукой Сережка сначала запихнул Аську под ледяной душ, а потом, накачав блудную жену кофе, сообщил:

— Еще раз позволишь себе подобное, мигом лишишься Ляли, имей в виду, я не собираюсь, чтобы моего ребенка касались руки бляди.

Аська сначала возмутилась и попыталась возразить:

— Да я на дне рождения была, ничего такого, о чем ты думаешь, и не было, просто первый раз в жизни текилу попробовала и опьянела.

— Я сказал, а ты слышала, — рубанул Сергей и через час ушел на службу.

После этого случая их отношения разладились окончательно, но внешне они выглядели вполне счастливой парой. Аська перестала скандалить, поняв, что

муж никогда не даст ей развода. Вернее, он преспокойненько поставит штамп в паспорт, но Лялечку ей
в этом случае не видать, а жизнь без обожаемой дочки Бабкиной была не нужна. Одним словом, взвесив
все «за» и «против», Аська пришла к выводу, что ей
следует наладить с супругом приятельские отношения, в конце концов, лучше считаться замужней женщиной и не лишать своего ребенка отца.

Наверное бы, их брак и вошел в какую-то устояв-
шуюся колею, но тут, как на грех, Аська влюбилась,
словно пятнадцатилетний подросток, в своего соседа по лестничной клетке Ежи.

Начался их роман будничо. В доме отключили
электричество, и врач помог Аське дотащить наверх
Ляльку.

— Какая девочка хорошенькая, просто ваша копия, — галантно сказал добрый самаритянин, ставя
Лялю на пол квартиры, — и развита не по годам, цифры знает.

Ася покраснела от удовольствия и решила, что
Ежи, с которым у нее до сих пор было только шапоч-
ное знакомство, очень милый человек.

Спустя пару дней Аська вышла на лестницу протереть сапоги и обнаружила там крайне удрученного
соседа с пиджаком в руках.

— Вот беда, — сказал Ежи, — хотел почистить, да
карман оторвал! Придется теперь ателье искать!

Аська затащила неряху к себе, устранила непо-
ладку и напоила мужика чаем с пирожками.

Роман начал развиваться стремительно, и, оказавшись летом вместе с Лялькой на даче, Ася поняла, что жить без Ежи больше не сможет.

А потом произошло невероятное событие. Ежи за-
звал Аську к себе и сказал:

— Люблю тебя, давай жить вместе.

— Сергей не отдаст Лялю, — грустно ответила Ася.

— Слушай внимательно, есть уникальный шанс, —
сообщил врач. — В нашу клинику обратилась некая

Милена Забелина, молодая баба с мерцательной аритмией. Прикинь, ей всего тридцать четыре года, а на руках семеро детей!

— Сколько? — подскочила Аська.

— Семеро, — повторил Ежи, — рано замуж вышла, муж попался верующий, аборты делать не разрешил, вот и плодила нищету, пока, слава богу, не заболела. Теперь ей доктора запретили рожать, придется Милениному супругу наступить на горло своим принципам и отпустить несчастную бабу к гинекологу. Ты бы ее видела! На вид почти старуха, одета жутко, да и понятно, откуда взяться деньгам в семье, где требуется прокормить такую ораву. В общем, Милена нуждается в средствах.

— А мы тут при чем? — удивилась Ася. — Какое нам дело до чужой глупости?

— Три тысячи долларов, и проблема Ляли решена, — потер руки Ежи.

— Каким образом?

Ежи обнял любовницу за плечи.

— Слушай.

Чем дольше он говорил, тем больше у Аськи отвисала челюсть. У Милены есть двухлетняя девочка Ирочка, совсем больная. Очевидно, частые роды настолько истощили организм женщины, что с пятого ребенка она стала производить на свет инвалидов. Один получился с дефектом почки, другой — умственно отсталый, а Ирочка явилась на свет с серьезными нарушениями мозгового кровообращения. Девочку пытались лечить, но толку чуть. И родителям и врачам стало понятно, что крошка не выживет. Сегодня ночью девочка умерла.

Маленькие дети похожи друг на друга. Несчастная Ирочка просто копия Ляли — такая же беленькая, голубоглазая и полненькая. Ребятки с нарушениями в сердечно-сосудистой системе кажутся посторонним людям пухленькими. На самом деле это нездоровая одутловатость и отечность, а румянец на лице — не признак здоровья, а симптом грозной болезни головного мозга, но такие подробности известны только специалистам. Для всех остальных Ирочка выглядела просто изумительно.

Вот Ежи и пришла в голову «гениальная» идея поменять Иру на Ляльку. Дальнейшее просто, несчастную дочку Забелиных кремируют под чужим именем, Ася через некоторое время разведется с Сережей. Ее супруг не станет сопротивляться, да у него и не будет повода для этого. Потом Ася оформит брак с Ежи. Никого из знакомых не удивит, когда спустя некоторое время Ася и Ежи удочерят девочку из неблагополучной семьи. Правда, Ляльке придется откликаться до конца дней на имя Ирочка, ну да это детали!

Аська сначала обомлела, но потом пришла в себя и стала задавать вопросы:

— Кто же разрешит вынести из больницы тело?

Ежи спокойно пояснил:

— Беру на себя все проблемы.

— Но как это сделать? — принялась обсуждать технические проблемы Ася.

— Просто, — пожал плечами Ежи, — положу тело в спортивную сумку. Балкон детской граничит с балконом моей спальни, там и совершим обмен. Я перелезу и положу тело в кровать Аси. Твое дело погромче плакать и позвать в гости какую-нибудь подругу, желательно болтливую.

— Зачем?

— Чтобы потом всем рассказывала, как она видела, что девочка скончалась у нее на глазах.

— Разве так бывает? Бегал здоровый, веселый ребенок, и все?

— Сколько угодно, — спокойно пояснил Ежи, — синдром внезапной детской смертности — загадочная вещь. Тело, естественно, отправят на вскрытие, обнаружат патологию и выдадут соответствующее свидетельство, только никому не надо его показывать, говори про синдром детской смертности — просто и загадочно.

— А где будет Ляля?

— Отвезу ее в надежное место.

— Какое?

Ежи улыбнулся:

— У меня есть родная сестра, Евдокия.

— Ты никогда не говорил про родственников, — изумилась Ася.

Ежи пожал плечами:

— Ты не спрашивала. Дуся — монашка.

— Кто? — продолжала поражаться Аська.

— Монашка, — повторил любовник, — живет в Подмосковье, в селе Тартыкине, там женская обитель, совсем небольшая. Женщины содержат приют для бездомных ребятишек, и появление еще одной девочки не вызовет ни у кого удивления. Можешь быть абсолютно спокойна: место хорошее, за детьми великолепно присматривают, кстати, сестры принимают только совсем маленьких, до шести лет. Как только ребенок достигает школьного возраста, они передают его в другую обитель. Соглашайся, это единственный шанс нам быть вместе. Давай без колебаний. Ты хочешь быть со мной и Лялей? Пойми, судьба посылает нам уникальный шанс! Больше такого не будет.

— Но как Милена объяснит всем отсутствие девочки?

Ежи махнул рукой:

— Муж в курсе, а больше никто ничего не заметит. Живут они уединенно, ни с кем не общаются. Ну же, не бойся!

И Аська дала согласие. В конце концов, это была единственная возможность обрести счастье с любимым человеком и дочерью.

Первая часть задуманной операции прошла без сучка и задоринки. Ежи привез тело ребенка в свою квартиру, Аська позвала меня в гости и устроила спектакль.

— Значит, про неприятности на работе ты выдумала? — хмуро уточнила я, не к месту припомнив, что Ежи велел Бабкиной позвать в гости самую болтливую подругу.

Ася кивнула.

— А где была Ляля, пока по дому ходили врачи?

Бабкина всхлипнула:

— Ежи дал ей совершенно безобидное лекарство, сначала мы хотели положить Ляльку у него в квартире, но я испугалась, вдруг она все же проснется. Поэтому сунули девочку в кровать к Розалии Никитичне и прикрыли с головой одеялом. Если помнишь, Ежи принес Сергею капли от сердца, так в стаканчике на самом деле было сильное снотворное. Когда Сергей заснул, мы отнесли Лялю в машину, и Ежи повез ее в Тартыкино.

— Погоди, — подскочила я, — ты хочешь сказать, что Розалия Никитична в курсе аферы?

— Ну да, — кивнула Ася, — ей очень нравится Ежи и совершенно не по вкусу Сергей.

Не успела я переварить невероятную информацию, как на меня обрушилась новая порция ошеломляющих сведений.

На следующий день после поминок Ася подхватилась и поехала в Тартыкино навестить Лялю. Матушка Евдокия встретила ее приветливой улыбкой.

— Что желаете?

Аська принялась объяснять суть дела.

— Я мать той девочки, которую привез ваш брат Ежи. Как она?

— Кто? — удивилась монашка. — Простите, я не понимаю.

— Ежи повез ее сюда еще в начале недели, — забормотала перепуганная до последней стадии Бабкина, — мою дочь, Лялю.

— Брат не был у меня, — покачала головой Евдокия, — давно не появлялся.

Еле живая от ужаса, Ася кинулась назад. Весь день, ночь и следующие сутки она пыталась найти Ежи, но тот словно сквозь землю провалился. В квартире его не было, на работе спокойно отвечали:

— Ежи Варфоломеевич взял десятидневный отпуск.

Представляете, что пережила несчастная Аська, бегая на каждый телефонный звонок и дергавшаяся от любого шороха за стеной?

Через день до нее внезапно дошло, что сосед никогда ничего о себе не рассказывал. Ася не знала о его друзьях, о прошлой жизни и была не в курсе, имеются ли у любовника родители и бывшая жена. Ослепленная любовью, Бабкина просто-напросто забыла как следует расспросить любовника, а тот сам не стал откровенничать. Оставалось лишь ждать, когда Ежи появится дома, но шло время, а он не показывался. Ася дошла до ручки, она не могла ни есть, ни пить, а главное, рассказать кому-нибудь, что стряслось. В милицию, сами понимаете, было не обратиться. Розалия Никитична, как могла, утешала ее:

— Успокойся, дорогая, это очень хорошо, что Ежи нет.

— Почему? — всхлипывала Аська, сидя у бывшей свекрови на кровати.

— Наверное, ему что-то помешало отвезти Лялю в обитель, и он отправил ее в другое тайное место, — объяснила пожилая женщина, — и сам остался с девочкой.

— Но он не звонит!

— Может, там нет телефона!

— У него мобильный! Только он выключен!

Розалия Никитична на секунду растерялась, но быстро нашлась:

— Небось потерял трубку.

Бедная Аська от безнадежности поверила пожилой даме и села возле телефона, но тот словно умер.

На следующий день около двенадцати часов из квартиры Ежи донеслись громкие звуки, после там кто-то двигал мебель.

Обрадованная Ася кинулась к Ежи и стала нервно звонить в дверь. Она распахнулась не сразу. Бабкина, уже собравшаяся заорать: «Где Лялька?» — оселкась и отступила назад.

На пороге вместо улыбающегося, хорошо одетого любовника стоял довольно мрачный парень в мятых брюках.

— Вы кто? — отрывисто спросил он.

— Соседка, — растерялась Ася, — а где Ежи?

— Вы хорошо знали покойного? — поинтересовался юноша и посторонился. — Входите.

— Как — покойного? — оторопела Ася. — Почему? Вы с ума сошли? Ежи совсем молодой!

— Так умереть можно в любом возрасте, — философски заметил парень.

Ася, словно сомнамбула, вошла в хорошо знакомую комнату и опустилась на диван. Два мужика, просматривающие шкаф, оглянулись. Аська тупо смотрела на них, потом спросила:

— Что случилось с Ежи?

— Он покончил с собой, — спокойно ответил один из рывшихся в шифоньере дядек, — повесился.

— Где? — продолжила бормотать Ася. — Почему? Зачем?

— Да тут, — объяснил парень, впустивший Асю, — в туалете, на трубе. А уж почему, одному богу известно.

— На трубе? — прозаикалась женщина.

— Да вы не волнуйтесь так, — миролюбиво протянул юноша, — не бойтесь, тело уже унесли.

Ася хотела встать, но не смогла, ноги подкосились, тело стало свинцовым, голова чугунной.

Очнулась Аська в больнице, в палате реанимации, и, едва придя в себя, потребовала вызвать Виолу Тараканову.

ГЛАВА 6

Когда она договорила последнюю фразу, я уставилась на нее. Мозг отказывался верить услышанному. Все-таки у Аськи был инфаркт, наверное, у таких больных нарушается и умственная деятельность. Может, Бабкина обчиталась детективов, до которых она большая охотница? Ей-богу, все рассказанное звучит как дурацкая криминальная история.

— Вилочка, — пробормотала Ася, — сколько лет мы знаем друг друга?

Я мигом ответила:

— Всю жизнь, я дня без тебя не помню.

И это правда. Мы познакомились в яслях. Вернее, глагол «познакомиться» тут употреблять неуместно. Когда моя родная маменька бросила папеньку и исчезла в неизвестном направлении, бедный Ленинид сначала растерялся. Впрочем, его трудно осудить. Не всякий мужчина сообразит, как следует поступить с младенцем, оставшись с ним один на один. Папенька отволок меня в ясли, куда я благополучно ходила до трех лет, и потом плавно перебралась в детский сад и школу. Вместе со мной этот же путь проделывала и Аська. Она тоже из неполной семьи, но только от нее убежал отец. Впрочем, моего папашку тоже скоро унесло бог знает куда, и я осталась с мачехой Раисой. Аськина же мать больше замуж не выходила.

— Ты моя самая преданная подруга, — шептала Ася, — помоги, найди Лялю.

— Надо идти в милицию.

— Нет, — почти закричала Аська, — совершенно невозможно. Если Сережка узнает про задуманное, он со мной мигом разведется и отберет Лялю, нет, только тихо, никому не рассказывая. Вилка, умоляю!

Она попыталась сесть, но не сумела и закашлялась. Меня испугала синеватая бледность, медленно разливающаяся по ее лицу.

— Хорошо, хорошо, только успокойся! Ты можешь ответить на пару моих вопросов?

Аська кивнула.

— Кому ты рассказывала про обмен?

Подруга помотала головой.

— Ни одной живой душе.

— Даже маме?

— Я похожа на сумасшедшую?

Мои губы дрогнули в улыбке. На мой взгляд, Аська не просто похожа на сумасшедшую, она самая настоящая ненормальная со съехавшей крышей.

— Мама бы сразу кричать начала, — пояснила Ася, — ей же много лет.

Аська демонстрировала редкостное отсутствие логики. Насколько я помню, Анна Васильевна не так давно справила шестидесятипятилетие, она намного моложе Розалии Никитичны, которая была в самом центре аферы.

— Может, твоя бывшая свекровь разболтала подружкам?

Аська пробормотала:

— Розалия — могила, кладбище секретов. И потом, она же никуда не выходит, ни с кем не встречается.

Я уставилась в окно. Если господь хочет наказать человека, он отнимает у него разум. Никуда не ходит, ни с кем не встречается... А телефон? Розалия Никитична болтает по нему сутками, просто висит на проводе. Где гарантии, что она не поделилась с кем-нибудь потрясающим секретом? Хотя если бы Ляльку украли, то похититель потребовал бы выкуп, непонятно почему негодяй решил обогатиться за счет Бабкиной. И Ася и Сережа достаточно хорошо зарабатывают, но этих денег семье едва хватает на жизнь. Никаких особых накоплений у них нет.

— Вилочка, — забормотала Аська, — ты сумеешь, ты умная, ловкая, тебе все всегда удавалось, ты в нашем классе самая замечательная была. У тебя муж в милиции служит...

Ну не дура ли? Умение расследовать детективные ситуации не передается половым путем, это же не СПИД и не гонорея!

— Милая, любимая, — бубнила Ася на одной ноте с остановившимся взглядом, — найди мне Лялю, живую или мертвую, мне бы только взглянуть на нее, а то все время думаю, вдруг девочку мучают или на органы разделывают...

У изголовья кровати запищал какой-то прибор, в палату вошел доктор.

— Вам лучше уйти, — сказал он.

Я послушно повернулась к двери.

— Нет, — крикнула Аська. — Вернись!

— Подождите, — велел доктор, — зря вы ее так разволновали. Кабы знал, что ее до такого состояния доведете, не пустил бы ни за какие пряники!

Аська прошептала:

— Наклонись.

Я нависла над ее сине-бледным личиком и почувствовала резкий запах лекарств.

— Если не станешь искать Ляльку, — прошелестела подруга, — покончу с собой, накоплю снотворных таблеток и съем да записку оставлю: «В моей смерти виновна Виола Тараканова». Живи потом дальше с этим камнем на шее.

Если бы Аська была здоровой и произнесла эти слова, сидя на кухне, она мигом бы получила от меня пощечину и твердо сказанное:

— Нет! Если хочешь, травись! В том, что случилось, никто, кроме тебя, не виноват!

Но Бабкина находилась в реанимации, голос ее

срывался, руки дрожали, ей было очень плохо, что извиняло ее беспардонность и хамство.

— Я умру, — словно заклинание, повторяла Ася, — умру, если ты не поможешь, непременно умру.

— Хорошо, я сделаю, что смогу, только не нервничай.

Аська прищурилась.

— Ладно, а теперь повторяй за мной. Пусть Тамарка попадет под машину, если не найду Лялю.

— С ума сошла! — вскипела я.

Вот мерзкая баба! Аська слишком хорошо меня знает, она понимает, что я никогда не нарушу подобную клятву. На собственное здоровье и безопасность могу наплевать, но не стану рисковать жизнью Томы.

— Не хочешь, — просвистела Аська, — вот ты какая! Моя жизнь для тебя ничто! Так и знай, умру!

— Хорошо, — со злостью сказала я.

Терпеть не могу, когда мне выкручивают руки. До сегодняшнего дня Ася никогда так себя не вела. Но, с другой стороны, у нее до сих пор в жизни не случалось таких неприятностей. Не считать же грызню с мужем несчастьем.

— Хорошо, — повторила я, — если тебе от этого станет легче, пожалуйста! Пусть я попаду под машину, если не найду Лялю!

Аська откинулась на подушку, по ее лицу разлилось умиротворение. Я пошла к двери.

— Стой, — донеслось из-за спины.

Я обернулась.

Ася, снова бело-синяя, с мрачно горящими глазами, торжественно произнесла:

— Не забудь, ты поклялась.

— Не волнуйся, — ответила я и собралась уходить.

— Погоди!

— Что еще?

— Видела когда-нибудь тело того, кто погиб под колесами? Имей в виду, это жуткая смерть! Помни о клятве, ты не можешь теперь меня обмануть! — пригрозила Ася.

Не говоря ни слова, я вывалилась в коридор. В душе боролись самые разнообразные чувства. С одной стороны, безумно хотелось отдубасить подругу, надавать ей зуботычин, с другой, было жалко глупую Аську, влипшую в невероятную историю. И еще Ляля! Вдруг ребенку грозит опасность. Аська сгоряча ляпнула про разборку на органы, но я-то знаю, что эта страшная вещь и впрямь может случиться с девочкой, хотя оказаться в руках у педофила еще хуже...

В полном смятении, с мыслями, разбегающимися в разные стороны, я отправилась домой. Олег небось опять явится за полночь, забьюсь в кровать и пораскину мозгами спокойно, приму ванну, лучше всего мне думается в теплой воде.

Мечтая о том, как погружусь в ароматную пену, я открыла дверь, споткнулась о нечто, стоящее почти на пороге, и ахнула. Весь коридор был заставлен коробками и завален узлами.

— Эй, есть тут кто-нибудь? — заорала я. — Что у нас происходит? Мы переезжаем?

В ответ — тишина. В полном недоумении я отправилась в ванную мыть руки и обнаружила там еще пару полосатых сумок и маленького мальчика лет шести, самозабвенно пускавшего кораблики.

— Ты кто? — совсем растерялась я.

— Ваня, — ответил ребенок, расплескивая в разные стороны воду.

— В гости пришел?

— Нет, живу тут.

— Где?! В ванной?

— Не-а, в комнате.

Окончательно обалдев, я вошла в кухню и увидела около плиты толстую бабульку в ярко-синем байковом халате. Огромной вилкой старуха перевернула на сковородке отвратительно жирный кусок мяса и заорала:

— Ваняша, топай жрать!

Послышался легкий стук, и мальчик, мокрый с головы до ног, влетел на кухню. Не говоря ни слова, он влез на стул. Бабка грохнула перед ним тарелку, доверху набитую толстыми, как бревна, макаронами. На вершине горы покачивалась свиная отбивная. Светлое мясо обрамлял толстый слой сала. На мой взгляд, не лучший ужин для ребенка.

Мальчик схватил бутылочку с кетчупом, вытряхнул густую красную массу на макароны, уцепил жирный кусок пальцами и, игнорируя положенную возле тарелки ложку, принялся быстро-быстро жевать. Впрочем, я на его месте поступила бы точно так же. Попробуйте-ка подцепить чайной ложечкой макароны и отбивную, живо поймете, что лучше есть мясо руками!

Ни бабка, ни внучок не обращали на меня никакого внимания, вели себя так, словно находились одни. Я тихонечко вышла на лестницу и посмотрела на дверь снаружи. Может, я ошиблась и попала не в свою квартиру? Но нет! Получалось, что я живу тут вместе с непонятной парочкой и в окружении узлов.

— Чего стоишь? — раздалось сзади.

Я обернулась. Олег, потный и красный, выходил из лифта, держа в руках огромную коробищу. Судя по доносившемуся звяканью, в таре находилась посуда.

— Ты дома?!

Олег, отдуваясь, поставил короб на пол, вытащил сигареты и ответил:

— Пока нет, ты же видишь, я стою на лестнице, но, вероятно, через пару минут окажусь внутри квартиры.

Я облокотилась о перила. Олег медленно, но верно превращается в зануду. Может, у него начинаются необратимые старческие процессы в мозгу? Хотя, скорей всего, отпечаток наложила профессия. Попадались ли вам на глаза когда-нибудь милицейские протоколы? Знаете, там никогда не пишут: на шее золотая цепочка, а в бутылке вода. Нет, менты поступают по-другому, данная фраза на их суахили прозвучит так: на шее цепочка из желтого металла, похожего на золото, в бутылке жидкость без цвета и запаха, предположительно вода. Даже если на месте преступления обнаружат наглухо закрытую заводской пробкой бутылку боржоми, в протокол внесут: «Поллитровая стеклянная емкость с этикеткой «Боржоми», внутри бесцветная жидкость, похожая на воду».

В конечном итоге это правильно, выводы должны делать не оперативники, а эксперты и следователи. Но, общаясь таким образом на работе, Олег приходит домой, где продолжает разговаривать таким же диким образом.

На вопрос: «Купил свежий батон?» — он преспокойно отвечает: «На первый взгляд, да, но точную дату выпечки не назову».

Позавчера он довел нас с Томочкой до нервной икоты. Мы купили новый кран на кухню, такой, который следует поднимать и поворачивать в разные стороны, чтобы добиться нужной температуры воды. До сих пор у нас был самый обычный смеситель, и мы с Томуськой принялись крутить новинку и обсуждать ее качество. Олег спокойно пил кофе. В какой-то момент он оторвался от чашки и задумчиво сообщил:

— У меня есть кое-какие предположения в отношении данного агрегата.

Мы с Тамарочкой повернулись к нему.

— Видите сверху два кружочка: красный и синий? — продолжил мой муж.

— Да, — ответила я.

— Так вот, если повернуть рычаг в сторону крас-

ного, — невозмутимо произнес Олег, — из него, вероятно, потечет горячая вода.

Пару секунд стояла тишина, потом Томуська, давясь от рвущегося наружу хохота, пробормотала:

— Кажется, Никитка заплакал, пойду проверю.

Я посмотрела на Куприна, продолжавшего с до-
вольным видом вкушать кофеек, и не утерпела:

— А у меня имеется не предположение, а уверенность.

— В чем? — спросил Олег.

— Знаешь, если повернуть сей кран в сторону си-
него кружочка, из него стопроцентно хлынет холодная вода!

Какое-то мгновение Куприн пялился на меня,
потом резко встал и спросил:

— Издеваешься, да? Дураком мужа считаешь?

— Кто, я?

— Ты, ты.

Обиженно сопя, он пошел к двери, но на пороге
обернулся и возвестил:

— Кстати, насчет стопроцентно льющейся холодной воды ты дала маху.

— Это почему?

— А вдруг в бойлерной авария? Тогда вместо ожи-
даемой струи из трубы понесется только свистящий
звук. Никогда ни в чем нельзя быть уверенным на
все сто.

Я не нашлась что возразить, отчего-то при под-
ведении окончательного итога мой муж всегда оказывается прав.

— Что у нас происходит, — налетела я на Олега, — откуда эти коробки? Только не говори, что опять
прибыли гости. По горло сыта твоими родственниками.

— Еще и спрашивает! — сморщился Олег. — Сначала устраивает безобразие, а потом злится.

— Я? Что я устроила?

— Да это все.

— Что?

— Ты виновата, — бубнил Куприн, гася о перила окурок, — ну кто унесся из дома, забыв закрутить кран? Из-за кого затопило Рымниных?

В то же мгновение в голове прояснилось. Значит, на нашей кухне ужинают сейчас Ванька, сын Марины, и ее мамаша, баба Клава. Бабку я давно не видела, вот и не узнала, а Ваня, как все дети, быстро растет и изменяется.

— Маринке придется делать ремонт, — спокойно пояснял муж, — дело дорогое, хлопотное, к тому же мы тут виноваты.

— Да у Рымниной и без нас потолок на пол падал, — возмутилась я, — а обои лохмотьями висели! Маринка ни разу квартиру в порядок не приводила, как въехала, так и живет.

— Оно верно, — вздохнул Олег, — только приходила комиссия из домоуправления и констатировала — повсюду протечки, паркет вздут, штукатурка обвалилась. Нам ремонт оплачивать.

— Да Маринка просто воспользовать ситуацией!

— Похоже, что так, но нам от этого не легче, — заметил муж. — Марина и впрямь не растерялась. Она не только комиссию из домоуправления вызвала, но еще и обратилась в ремонтную контору. Знаешь, какую сумму насчитали! Одна новая проводка бешеных денег стоит!

— При чем тут проводка?!

Куприн вытащил новую сигарету и облокотился на перила.

— Так комиссия проводила экспертизу. Все чинчинарем, с подписями трех членов и печатью. Из-за протечки старая проводка пришла в негодность.

Я просто онемела от возмущения. Ну Рымнина, вот ловчила! Решила провернуть за наш счет капитальное обустройство квартиры. Все понятно, поставила членам комиссии бутылку, вот и подписали они нужный документик.

— Прибавь сюда еще деньги на съем квартиры...

— Какой?

— Маринка справки приложила. У нее сын-аллергик, мать-инвалид, они не могут дышать штукатуркой и краской, следовательно, требуется вывезти их в удобное место.

Я только хлопала глазами. Молодец, Маринка, у таких людей нужно поучиться, все предусмотрела. Ребенок-аллергик! Да Ванька только что на моих глазах трескал свиную отбивную, заливая ее кетчупом! Кстати, и бабуся-инвалид достаточно шустро передвигается по нашей кухне.

— Оно, конечно, — протянул Олег, — можно было подать на нее в суд, только проиграем дело.

— Это почему?

— Маринка — мать-одиночка, малооплачиваемая женщина, имеющая на руках двух иждивенцев. А у нас Семен — издатель, ты — журналист, я работаю в органах. Одним словом, сплошные богатеи и взяточники. Угадай, на чьей стороне будет судья? Даже и заводиться не стоит!

— Но ты не берешь взяток, а у Сени сейчас большие проблемы, все его деньги вложены в дело, мы очень скромно живем! — возмутилась я. — А Маринка, несмотря на крохотный оклад, щеголяет в новой шубе!

Олег махнул рукой:

— Никому ничего не докажешь! На мой взгляд, Ленинид придумал правильно.

— И какая замечательная идея пришла в голову папеньке? — вздрогнула я.

Ленинид способен на многое!

— Да он предложил, на наш с Семеном взгляд, отличный выход, — пояснил супруг, потягиваясь. — Марина, Ваня и Клавдия Васильевна переезжают к нам, тем самым мы избегаем трат на съем квартиры. Неудобств никаких, лишняя комната есть, к тому же нас целыми днями нет дома.

Я постаралась сдержать рвущееся наружу негодование. Все правильно, Олег и Семен всегда отсутствуют, даже субботу и воскресенье мужики предпочитают проводить на работе, но, между прочим, в квартире проживают еще Томочка с грудным младенцем, Кристина и я. Нас-то почему не спросили? Может, мы не хотим толкаться на одной кухне с противной бабой Клавой?

— Вещи их тоже пока у нас постоят, — как ни в чем не бывало сообщил Олег.

— Что еще придумал папашка? — прошипела я. — Между прочим, ремонт дело долгое.

— Да нет, — отмахнулся Куприн, — у Рымниных жилплощадь маленькая, наша-то квартира из двух соединена. Еще хорошо, что не Костюковых залили, вот там бы пришлось повозиться! А здесь ерунда, Ленинид за месяц сделает.

— Как — Ленинид! — подскочила я.

— Так он сам предложил, — попятился Олег, — сказал: «Ну зачем чужим платить, мы с Петрухой живо в порядок фатерку приведем». Ладно, недосуг болтать, там еще столько коробок!

Вздохнув, он поднял картонный ящик и исчез в квартире. Я стояла, привалившись к перилам. Добро пожаловать в сумасшедший дом, господа! Значит, нам на голову сваливаются Маринка, Ванька, баба Клава, да еще прибавьте сюда узлы, коробки, пакеты. Интересно, мебель тоже приволокут? И благодарить за «удачное» решение проблемы следует скупердяев Сеню и Олега, которые пожалели денег на ремонт и наем квартиры. Естественно, всем будет жутко неудобно, начнутся скандалы, а виноватой сделают меня. Возразить что-либо я не смогу, потому что и впрямь забыла закрыть злополучный кран.

Следующее утро началось с дикого вопля:

— Не хочу, не пойду, а... а... пусти!

Испуганная, я вылетела в коридор и увидела Марину, которая пыталась застегнуть на орущем Ваньке куртку.

— Что случилось?

Маринка повернула ко мне красное, злое лицо.

— Вон, выкобенивается! В садик идти не хочет.

— Нет! — зашелся Ванька. — Там Марь Андреевна тряпкой дерется!

— Еще как отправишься, — рявкнула мать и, ухватив сыночка за плечи, принялась трясти его, словно бутылку с кефиром, — мигом полетишь, спиногрыз!

Голова мальчика болталась на тоненькой шее, но Ванька упорно орал:

— Нет, нет, нет!

— Оставь его дома с бабкой Клавой, — предложила я, — может, в садике плохо, видишь, как он расстраивается.

Маринка наконец-то застегнула на Ваньке одежду. Отдуваясь, она сообщила:

— Ежели этот бандит тут денек проведет, вы в больницу попадете.

С этими словами она выскочила на лестницу, таща за собой упирающегося изо всех сил Ваняшу. Я пошла умываться и наткнулась на бабу Клаву, одетую в невероятно розовые панталоны и атласный лифчик.

— Увели ирода? — поинтересовалась она, шумно сморкаясь.

Я не ответила и ушла к себе. Все понятно, следует как можно меньше бывать дома. Да у меня и возможности нет, чтобы валяться на диване, надо начинать искать Ляльку.

Первый звонок я сделала Розалии Никитичне. Трубку снял Андрей.

— Алло, — процедил он.

— Позови маму.

— Это кто?

— Вилка, не узнал?

— Чего в такую рань звонишь? — недовольно протянул бывший муж Аськи. — Ни свет ни заря людей будишь!

— Так десять уже!

— Самый сон, — возразил Андрей, — что за спешка?

— Розалия Никитична дома?

— Издеваешься, да? Куда ж ей деться!

— Тогда я сейчас приеду.

Андрей продолжал бубнить что-то в трубку, но я уже отсоединилась и понеслась одеваться.

Оказавшись на улице, я пожалела, что не вытащила с антресолей сапоги на меху. Холод наступил невероятный, правда, градусник показывал всего минус один, но мне показалось, будто на дворе тридцать градусов мороза. Порывистый ветер сбивал с ног, в лицо летела колючая крупа, ноги разъезжались на замерзшей грязи. Продрогнув до костей, я ввалилась в квартиру Розалии, мечтая о чашечке обжигающего кофе. Но стоило переступить порог, как стало понятно: на угощение нечего рассчитывать. За широкой спиной Андрея маячила Светка.

— Чего надо? — хмуро спросила она.

Я решила не сдаваться сразу и широко улыбнулась:

— Добрый день! Какой халатик на тебе красивый, глаз не оторвать. У Аси похожий был, ей Сережка его подарил!

Света фыркнула и исчезла. Андрей нахмурился:

— Подумаешь, надела Аськину хламиду, и что? Не тащить же сюда все вещи! Света, между прочим, устала, целыми днями к Розалии бегает, а та капризничает: этого не хочу, то не буду!

Я повесила куртку в шкаф и отбила мяч:

— Аська о твоей матери уже много лет заботится.

— Всего два года! — возмутился Андрей.

— Так ведь не неделю, как Света!

— Уже десять дней!

Честно говоря, Андрей начал меня раздражать. Я сунула ноги в домашние тапочки и отрубила:

— Не дергайся, я пришла в гости не к вам, а к Розалии, Света может не суетиться и не накрывать праздничный стол. Аська поправляется, скоро вернется домой, и ты опять спихнешь ей на плечи свою парализованную мать.

— Она может ходить, только не хочет!

Не обращая внимания на реплики Андрея, я подошла к двери спальни Розалии и постучала. Ответа не последовало. Я повторила попытку и, не добившись результата, потянула створку на себя.

— Можно?

В комнате царила темнота, сквозь задернутые плотные шторы не проникал ни один луч света. Розалия Никитична, очевидно, приняла на ночь снотворное и теперь мирно почивала в пуховых одеялах. Этак она и до обеда продрыхнет, но мне недосуг ждать.

Поколебавшись пару секунд, я вошла в спальню, раздернула шторы и повернулась к хозяйке. Крик застыл в горле. Пожилая дама лежала на спине, голова ее, с широко раскрытыми глазами и разинутым ртом, покоилась на большой подушке с кружевной наволочкой, сухонькая морщинистая рука, странно маленькая для грузного тела, безвольно свисала почти до полу.

Стараясь не заорать, я выпала в коридор, добрела до кухни и плюхнулась на табуретку.

— Уже уходишь? — любезно поинтересовалась Светка, продолжавшая щеголять в Аськином халате. — Скатертью дорога.

— Выпей чаю, — предложил более совестливый Андрей, — с тортом.

Не успел муж протянуть руку к картонной коробке, как жена мигом схватила ее и пихнула в холодильник.

— Ты чего? — удивился он.

— Торт несвежий, — объяснила свои действия супруга.

— А я только что ел... — пробормотал Андрей, — ничего показался.

— Розалия Никитична умерла, — сказала я.

— Может, крем очистить? — продолжил Андрей, потом осекся и уставился на меня. — Ты чего городишь?

Светка выскочила из кухни. Поднялась суматоха. Пока Андрей звонил в «Скорую помощь», я еще раз заглянула в спальню покойной и увидела Свету, беззастенчиво рывшуюся в большом комоде.

— Ты что делаешь? — возмутилась я.

— Бинт ищу, — совершенно спокойно сообщила наглая баба, — челюсть подвязать надо, а то потом так с разинутым ртом в гроб и положим.

— Иди отсюда.

— Еще чего!

Я схватила Светку за рыхлые плечи и стала подталкивать к выходу.

— С ума сошла, — заорала та, — между прочим, я у себя дома!

Мы со Светкой находимся в разной весовой категории, из ее тела запросто получится два моих, но вторая жена Андрюшки любит проводить свободное время у телика с пакетом чипсов или орехов, поэтому ее кости обтянуты не тугими мышцами, а салом. Я же ношусь целый день по городу и редко принимаю сидячее положение, к тому же все детство провела с мальчишками во дворе, отстаивая свой авторитет в драках. Очевидно, знания кулачного боя не ржавеют, потому что я мигом стукнула Светку под коленки и вытолкала гору жира в коридор. Потом повернулась к Розалии Никитичне и сказала:

— Может, это и правда, что после смерти в комнате остается энергетическая оболочка человека, тогда прошу извинения за свое хамское поведение. Насколько понимаю, вы очень любили Асю и терпеть не могли Свету, поэтому мне придется сделать еще один некрасивый поступок.

С этими словами я открыла комод и вытащила бархатные коробочки, в которых Розалия хранила свои украшения. У пожилой дамы имелись отличные броши и серьги, ее покойный муж знал толк в драгоценностях и старательно покупал их жене. Запихнув драгоценности в сумку, я снова повернулась к телу Розалии:

— Квартира завещана Аське, бумажку эту, с печатями, я тоже прихвачу с собой. Не волнуйтесь, как только Ася выйдет из больницы, передам ей все до нитки. У меня вещи целей будут, а тут их Светка сопрет.

Пожилая дама молча смотрела в потолок. Я пошла к двери, но на пороге обернулась и сказала:

— Прощайте, вы мне всегда очень нравились, жаль, не успела сказать этого раньше. Хотела сегодня поговорить о Ежи, да не судьба.

Внезапно раздался легкий стук. По непонятной причине с ночного столика упала маленькая телефонная книжка в красивом ярко-малиновом переплете. Я подошла к тумбочке, подняла вещицу и обнаружила, что она сама собой раскрылась на страничке, где было написано: «Ежи Отрепьев».

Сказать, что мне стало не по себе, это не сказать ничего. Сунув в карман книжечку, я попятилась к выходу и забормотала:

— Большое спасибо за помощь, желаю удачи и счастья в загробной жизни.

В коридоре никого не оказалось, я беспрепятственно донеслась до вешалки, надела куртку, сапоги и помчалась на улицу. Господи, неужели жизнь после смерти — это правда? Никогда не верила в подобную чушь, но сегодня по моим материалистическим взглядам был нанесен серьезный удар.

Очнулась я только в метро, села на скамейку и стала тупо наблюдать, как мимо носятся поезда. Надо поехать на работу к Ежи и попробовать порасспрашивать его коллег. Вдруг у него там имеются близкие друзья, с которыми он поделился секретом?

Розалия Никитична была крайне педантична. Бисерным почерком она записала на маленькой страничке все: станцию подземки, до которой следовало ехать, чтобы попасть в больницу, этаж, название отделения, даже отметила: «Войти со стороны площади». Бог весть зачем почти обездвиженной даме понадобились эти сведения, скорей всего, из природной аккуратности. Я не поленилась и перелистала книжечку, так же обстоятельно, с детальными подробностями в нее оказались занесены и координаты всех остальных знакомых.

Вход в клинику охранял дряхлый дед, одетый в черную форму. На груди у него золотом горел знак «Охранное агентство «Ястреб».

— Пропуск, — грозно сказал секьюрити и закашлялся.

Я сделала самую простецкую морду и приготовилась заныть, но тут зазвонил телефон. Бравый вояка ухватил трубку и сообщил:

— Охрана. Хомяков. Здравия желаю, Петр Семенович. Кто прийти должон? Федекина Е.С.? Пущу непременно, не сомневайтеся, вы знаете, я всегда на посту.

Повесив трубку, дедуська уставился на меня блеклыми глазами.

— Пропуск.

— Нету.

— На нет прохода нет.

— Очень надо.

— Не положено, терроризм в городе, вдруг ты пособница чеченцев и замыслила нашу больницу взорвать? — на полном серьезе заявил дед.

— Как же продукты родственнику передать?

— На то часы отведены специальные, с семи до девяти вечера, — пояснил охранник.

Да уж, руководство клиники отличается умом и сообразительностью. По их мнению, во время, предназначенное для посещений, никто и не подумает протащить в здание взрывчатку. Но не говорить же это полубезумному дедушке, который изображает из себя Брюса Уиллиса.

— Посмотрите по списку, моя фамилия Федекина, Федекина Е.С.

Дедуська расцвел в улыбке.

— Только что Петр Семенович звонили, проходи, второй этаж, кабинет двести пятнадцать, иди, иди, не тушуйся, хороший доктор, не то что другие.

Я проскользнула сквозь железные воротца и не сдержала любопытства:

— Простите, а каких хомяков вы охраняете?

Старик поднял очки на лоб:

— Чего говоришь? Не пойму.

— Ну вы сняли трубку и ответили: «Охрана хомяков».

— Фамилие мое такое, — объяснил секьюрити, — Хомяков, вот и сказал, как положено: «Охрана, Хомяков». Никак в толк не возьму, чего тебе надо, а?

Стараясь не расхохотаться в голос, я пошла быстрым шагом по обшарпанному коридору к лифтам. Путь лежал на восьмой этаж в отделение кардиологии.

В ординаторской нашлась только одна тетка, быстро писавшая что-то в толстой тетради. Услышав мои шаги, она подняла голову и довольно вежливо спросила:

— Вам кого?

— Ежи Варфоломеевича Отрепьева.

— Он уволился! — мигом ответила тетка.

Я удивилась до крайности. Честно говоря, я ожидала, что докторица всплеснет руками и воскликнет:

— Боже! Вы не знаете! Такой кошмар!

Но врач, даже глазом не моргнув, соврала.

— Как уволился? — возмутилась я.

— Просто, — пожала плечами лгунья, — нашел другое место.

— Где?

— Понятия не имею. Кто вас к нему отправил?

— В поликлинике по месту жительства бумажку дали.

— Имеете направление? Можете обратиться к любому врачу, завтра, с девяти утра, пожалуйте в приемный покой, вам дадут талон на госпитализацию.

— Но мне нужен Отрепьев!

— Ничего поделать не могу.

— Может, у него тут друзья имеются? Подскажут, как можно найти Ежи Варфоломеевича?!

Тетка уткнулась в бумаги, буркнув:

— Нам дружить некогда, с больными бы разобраться, если больше вопросов не имеете, прошу покинуть ординаторскую.

Поняв, что ничего не узнаю, я вышла в коридор и попыталась остановить кого-нибудь из людей в белых халатах, проносившихся мимо со страшно серьезными лицами.

— Я рентгенолог, — сообщил один, — про кардиологов ничего не знаю.

— Не работаю в этом отделении, — сказал второй.

— Средний медицинский персонал справок не дает, — отрезала женщина необъятной толщины, толкавшая перед собой пустую каталку.

Одним словом, все тут были неприветливые, малоразговорчивые и шарахались в сторону, заслышав фамилию Отрепьев. Потерпев сокрушительную неудачу, я дошла до самого конца коридора и увидела в небольшой нише у окна страшно расстроенную медсестру, почти девочку, с пустым эмалированным ведром в руках.

— Ты чего сопли льешь? — спросила я. — Обидел кто?

Существо в белом халатике, по виду чуть старше Кристины, вздохнуло:

— Тут все как собаки.

— У меня сложилось такое же впечатление, — улыбнулась я.

— Меня на практику прислали, из училища, — начала изливать душу девочка.

— Не повезло тебе.

— И не говорите. Сунули в руку тряпку и велели коридор мыть! Хороша практика! Да еще вечно недовольны, ругаются!

— Наплюй.

— Так в училище сообщат, что плохо работала, «два» поставят, стипендии лишат! Меня старшая все время идиоткой обзывает.

— Вера! — долетело из другого конца коридора. — Ну сколько можно воду набирать! Лентяйка чертова!

— Вот, — с обидой пролепетала девочка, — сейчас опять скажет, что я дура. Может, и впрямь я умственно отсталая, но никак в толк не возьму, как эта штука работает.

И она ткнула пальчиком в большой никелированный цилиндр, стоявший у стены.

Я усмехнулась. Сама долгие годы носилась с ведром и тряпкой, драя бесконечные полы. Титан, так называется эта вещь.

— Вот здесь, в самом низу, имеется кнопочка, нажмешь и быстро подставляй ведро, потечет кипяток.

— Хитро, — покачала головой Вера, — никогда ничего подобного не видела.

— Очень старый агрегат, теперь таких не выпускают. Даже странно, что он еще где-то сохранился.

— А тут все такое, допотопное, — хихикнула Вера, отрывая от пола ведро.

— Болтаешь без остановки, а работа стоит! — заорала толстая баба, та самая, которая только что толкала каталку. — А ну, шевелись, лентяйка. А вы чего хотите?

Вера покраснела, глаза ее наполнились слезами, мне стало жаль девочку.

— Я ее тетя, адвокат по профессии. Вы знаете, что несовершеннолетних нельзя заставлять полный день работать?

Старшая медсестра осеклась, потом осторожно сказала:

— Вы родственница Веры?

— Ближайшая, если не расслышали, повторю: я работаю адвокатом. Кстати, по нормам труда подросток не должен таскать тяжеленные ведра.

Бабища расплылась в улыбке. Правда, приветливей от этого ее лицо не стало, наверное, так пытается проявить любезность тигровая акула.

— А Верочку никто и не заставляет, она у вас просто очень старательная! Такая расторопная, сообразительная...

— Это поэтому вы ее называете «лентяйка чертова»? — хмыкнула я.

— Что вы, — деланно возмутилась тетка, — кто сказал подобную глупость?

— Сама слышала пару секунд назад, вы кричали из коридора: «Ну сколько можно ведро набирать, лентяйка чертова!»

Медсестра растерянно захлопала глазами, потом нашлась:

— Господь с вами, это я техничку нашу распекала, никогда не уберет нормально! Ты, Верочка, оставь ведро и ступай с тетей домой, хватит уж, и так засиделась.

Вымолвив последнюю фразу, медсестра исчезла. Вера грохнула ведро о пол.

— Ну спасибо! Здорово вы ее напугали! Откуда вы знаете-то про всякие нормы и законы? Неужели адвокатом работаете?

— Да нет, я работаю в журнале, статьи пишу на криминальные темы, просто не так давно передачу по телику посмотрела, там как раз речь о детском труде шла, вот и запомнила кой-чего. А ты давно тут практику проходишь?

— Третий месяц мучаюсь, — вздохнула Вера, — нашим девчонкам всем повезло, в такие интересные места попали, а я в отстойник угодила. Вы сами сюда зачем? Если, не дай бог, заболели, то бегом скачите прочь. Здесь лишь один доктор умный был, да и тот помер, Ежи Варфоломеевич, остальные идиоты.

Я схватила Веру за руку.

— Ты его знала?

— Конечно, а как же!

— Здесь есть столовая?

— Буфет на втором этаже.

— Пошли выпьем кофе.

— Не люблю его, он горький, — покачала головой Вера.

Я потащила ее к лифту.

— Значит, куплю тебе чай или сок.

ГЛАВА 7

В небольшой комнатке, битком набитой народом, с трудом нашлось свободное местечко. Мы с Верой протиснулись за крохотный столик у окна, и девочка спросила:

— А зачем вам Ежи Варфоломеевич?

— Ты сказала, что он умер, не знаешь, какова причина его смерти?

Вера хмыкнула.

— Еще бы не знать! Тут все отделение только об Отрепьеве и говорит! Он с собой покончил, из-за Риты.

— Из-за кого?

— В больнице работает Маргарита Федоровна, на рентгене. У них такой роман был! Все прям обзавидовались! Ежи Варфоломеевич цветы ей охапками носил! Так красиво! И вот что вышло!

— Зачем бы ему из-за женщины лишать себя жизни, — пробормотала я, — ведь не мальчик. Кстати, он же жил холостяком, мог вполне на ней жениться. Очень странно! Небось отношения у них еще прошлой зимой прервались, а повесился он совсем недавно!

— Да вы что, — замахала руками Вера, — какая зима! Меня в то время тут не было совсем! У них такая любовь осенью творилась! Жуть! Только Рита замужем, супруг у нее из богатых. Наши тут болтают, что ее вполне такая ситуация устраивала: дома старый козел, но с большими деньгами, а на работе молодой ухажер. Смешная штука приключилась не так давно!

— Какая?

Вера хихикнула.

— Рентген когда-нибудь делали?

— Конечно.

— Тогда знаете, что кабинет, если аппарат работает, всегда закрывают. Значит, пришел наш больной к Рите, дернул створку и сел в коридоре. Десять минут прошло, двадцать... На стульях очередь... Решили, что Риты нет. Один, самый нетерпеливый, побежал жаловаться заведующему. В общем, распахивается дверь, и появляется Ежи Варфоломеевич! Но в каком виде! Халат наизнанку, шнурки развязаны... Цирк! А в коридоре толпа злых больных и заведующий...

Вера засмеялась.

— Сама не видела, но Лена Плющева при этой сцене присутствовала! Чуть не описалась от смеха! Ежи Варфоломеевич быстренько к лифту шмыгнул, а заведующий давай Риту убивать. Правда, в кабинете. Но он так орал, что сквозь свинцовую дверь слышно было.

— Уволю! Проститутка! На рабочем месте!

Я встала.

— На каком этаже рентген?

— В подвале, — ответила Вера, — туда только грузовой лифт ездит, с носилками, ходячие по лестнице ползут.

Возле кабинета, где вела прием Маргарита Федоровна, сидела одинокая старушка.

— Тебе снимок делать? — поинтересовалась она. — Ступай тогда, нету никого.

— А вы?

— Уже, отдохнуть присела, — охотно пояснила бабуська.

Я вошла в огромную, гулкую комнату с наглухо задернутыми занавесками. В помещении было пусто и очень холодно. Посередине стоял железный стол, прикрытый тонкой простынкой в пятнах, над ним нависало нечто непонятное, большое, круглое и страшное. Представляю, как некомфортно ощущают себя тут больные люди.

— Больная, — раздался резкий голос, — идите сюда, налево.

Я пригляделась и, увидев небольшую дверку, толкнула ее. Мигом в лицо ударил свет, всю стену крохотного кабинета занимало окно. У письменного стола сидела очень красивая брюнетка. В ее облике всего было слишком. Чересчур черные волосы в невероятном количестве клубились на голове и падали пышными локонами на полные плечи. Огромные карие глаза, окруженные частоколом длинных, пушистых ресниц, занимали пол-лица, брови изгибались дугой, резко очерченный рот с пурпурными губами с успехом мог принадлежать королеве подиума. Впрочем, сама Маргарита Федоровна, не будь она слегка полноватой, запросто смогла бы демонстрировать на «языке» наряды. Уж не знаю, хороша она от природы или добилась безупречного внешнего вида, используя арсенал современных косметических средств, но ведь в конце концов важен результат, а не то, каким образом он достигнут.

Маргарита Федоровна окинула меня холодным взглядом и недовольно протянула:

— Больная! Тут кабинет врача, а не метро. Разве можно прямо в куртке и уличной обуви приходить на прием.

— Холодно очень, а рентген в подвале, — попыталась оправдаться я, — простудиться боюсь.

— У двери вешалка, — не сдалась Маргарита Федоровна, — и тапочки следует с собой приносить. Кстати, в коридоре висит объявление, читать надо! Все написано про то, в каком виде положено являться на рентген. Мы тут время тратим, лечим вас, лечим, а больные инфекцию на верхней одежде разносят. У вас что? Желудок? К обследованию готовы?

Маргарита Федоровна не понравилась мне совершенно.

— У меня сердце!

Рентгенолог изогнула безупречно красивый рот.

— Что?

— На сердце рана у меня, на сердце рана у меня, — промурлыкала я.

— Вы из кардиологии? — не поняла Маргарита. — У них свой рентгенолог, поднимайтесь наверх.

— Зачем? Ежи Варфоломеевич-то умер!

Рита распахнула еще шире свои огромные глаза.

— Вы от Отрепьева? На частную консультацию?

Не дожидаясь приглашения, я шлепнулась на неудобный, продавленный стул, предназначенный для больных, нагло оперлась о письменный стол и сообщила:

— От Отрепьева, но не на консультацию!

Лицо Риты неожиданно стало бледно-серым.

— А зачем? — тихо спросила она.

— А ты не знаешь? — в тон ей ответила я. — Давно мечтала познакомиться. Я — Ася Бабкина, моя дочь у тебя?

Честно говоря, не знаю, отчего я выпалила эту фразу, но эффект она произвела сильный.

— Да, — забормотала рентгенолог, — конечно, ясно, сейчас, погодите пару минут, мне надо выйти, извините, цистит замучил, я только в туалет — и вернусь!

Не понимая, отчего она так разволновалась, я кивнула.

— Естественно, подожду.

Маргарита Федоровна вскочила и опрометью кинулась в коридор. Ее располневшую фигуру туго обтягивал слишком короткий белый халат, из-под которого виднелась полоса ярко-красной юбки. Ноги Маргариты Федоровны были втиснуты в лаковые черные сапожки. Нещадно ругая больных за распространение бацилл и грязи, сама радетельница за чистоту и порядок предпочитала теплую обувку, все-таки в подвале стоял зверский холод. Немудрено, что врач подцепила цистит. Сидит день-деньской в помещении, где свободно гуляет сквозняк. Цистит — очень неприятная болячка. Моя подруга Оля Лапшина ухитрилась заболеть им еще в школе. Ей не хотелось носить рейтузы, и она щеголяла в двадцатиградусный мороз в тоненьких трусиках и чулках. Результатом идиотского поведения и стал цистит. Матери Ольги пришлось предупредить всех школьных учителей, чтобы они отпускали дочь во время уроков в туалет, а то кое-кто из педагогов решил, что Олька издевается, тянет каждые десять минут руку и ноет:

— Разрешите выйти!

Но даже несмотря на справку от врача, наша математичка злилась и однажды, когда Ольга в очередной раз запросилась в туалет, отрезала:

— Имей в виду, Лапшина, идет четвертная контрольная, снижу отметку всему варианту, если сейчас уйдешь. Я хорошо понимаю, что тебя посылают в библиотеку списать ответы!

Наши учителя разговаривали на странном языке.

— Тараканова, — возмутился один раз химик, когда я влетела на перемене в учительскую, — у тебя глаз нет постучать? Мы заняты!

Так что заявление про «четвертную контрольную» и «снижение отметки варианту» никого не удивило, скорей напугало. Мы знали: математичка будет рада наставить всем двоек, и надеялись, что Ольга сядет на место. Но Лапшина вылетела из класса. Естественно, в журнале появились «лебеди», и народ решил устроить Оле темную.

— Бейте сколько угодно, — со слезами на глазах воскликнула несчастная Лапшина, — я знаю, что виновата! Но терпеть не могу, оставалось только при всех описаться. Как накатит, еле до туалета добегаю!

Так что я очень хорошо понимала, отчего Маргарита Федоровна понеслась на крейсерской скорости в коридор! Минуты текли медленно. От скуки я оглядела кабинет и ничего интересного не увидела. Через полчаса начала нервничать. Ну сколько можно сидеть на унитазе? Хотя кто его знает!

Но когда большая стрелка часов, обежав полный круг, вновь остановилась на двенадцати, в душе начала копиться злоба. Похоже, Маргарита меня элементарно обманула. Не захотела разговаривать и ушла, придумав сказку про цистит. Хотя странно: кабинет она не заперла, и сумочка стоит в углу. Вдруг ей стало плохо?

Я вышла из кабинета и пошла по длинному широкому коридору, читая таблички на дверях: «Сестра-хозяйка», «Лаборатория», «Моечная»... Туалет оказался в самом углу, помещение выглядело убого: разбитый кафельный пол, стены выкрашены темно-зеленой масляной краской, в рукомойнике стоит вода и запах соответствующий. А главное, в клозете пусто. Впрочем, в коридоре, по дороге мне тоже не попался ни один человек. Подлая Маргарита Федоровна сбежала! Или она пользуется другим сортиром? Может, не хочет посещать заведение, предназначенное для больных?

Я поднялась на первый этаж и решила поискать туалет, но тут глаза наткнулись на группу людей в белых халатах, замершую у огромного окна. Толпа, состоявшая в основном из женщин, оживленно гудела.

— Ужас-то какой, господи, — повторяла пышнотелая блондинка со старомодной укладкой.

— Чего ее на улицу понесло, — причитала другая тетка, обутая в жуткие вельветовые тапки, — да еще без пальто!

— Небось за блинчиками полетела, — высказала предположение худенькая востроносая девица.

— Там подземный переход!

— Ой, да кто им пользуется, вечно поверху бегаем!

— Кошмар, в двух шагах от работы. И что, сразу насмерть?

— Со второго этажа примчался Геннадий Филиппович, — вздохнула блондинка, — он вроде у окна курил, на его глазах Ритку и сшибло, да ничего уже поделать нельзя.

Я подошла поближе и увидела машину милиции, «рафик» с красным крестом, стоящий боком грузовик и парней в форме, деловито расхаживающих по мостовой с рулеткой. Чуть поодаль лежало нечто, похожее на кусок картона, на нем виднелся бугор, прикрытый серым байковым одеялом, из-под которого высовывались ноги, обутые в черные лаковые сапожки, и часть ярко-красной юбки.

— Что случилось? — растерянно спросила я у востроносой девицы.

— Вот кошмар, — вздохнула та. — Рита Колесниченко, наш рентгенолог, побежала через дорогу, видите вывеску «Блинчики»? Мы там обедаем... А ее машина задавила!

— А мне кажется, — тихо сказала молчавшая до сих пор женщина с приятным добрым лицом, — она сама прыгнула!

— Не городи чушь, Лина, — повернулась к ней востроносая. — С какого горя Ритке под грузовик бросаться? Денег полно, автомобиль новый, дача, шуба... Вообще работу могла бросить, ходила сюда не как мы, за копейки, а чтобы дома от скуки не загнуться. Ладно бы я под колеса полезла, трое на руках, и зарплата — горькие слезы. А Маргарите с чего?

— Из-за любви, — тихо сказала Лина и отошла к лифту.

Докторши продолжали шумно обсуждать происшествие. Я быстро догнала миловидную женщину и тронула ее за плечо.

— Лина!

— Да?

— Из-за какой любви могла покончить с собой Маргарита?

— А вы кто? — удивилась она.

У нее было простое лицо коренной жительницы средней полосы России. Нос картошкой, небольшие голубые глаза, прямые темно-русые волосы... Ничего примечательного или яркого, сотни подобных женщин ходят по улицам Москвы.

Я поколебалась секунду и ответила:

— Разрешите представиться, Ася Бабкина, частный детектив.

— Кто? — удивилась Лина.

— Частный детектив, нанятый женой Ежи Варфоломеевича.

— Разве он был женат? — продолжала недоумевать Лина.

— Давайте отойдем в спокойное место.

— Хорошо, — согласилась она, — можно пойти ко мне.

Мы вновь спустились в подвал. Моя спутница открыла дверь с табличкой «Сестра-хозяйка» и вежливо предложила:

— Входите.

Я втиснулась в пеналообразное помещение, заставленное стеллажами. С полок свисали одеяла и простыни, прямо на полу высилась груда подушек.

— Идите до окна, — посоветовала Лина, — места тут никакого нет. Хотите чаю?

Не дожидаясь ответа, она распахнула шкаф, вытащила чайник, тарелочку с маленькими кусочками масла и сыра, хлеб, печенье и радушно сказала:

— Угощайтесь.

— Не хочется вас объедать.

— Ешьте, ешьте, это не купленное, — улыбнулась Лина, заливая кипятком пакетики «Липтон», — больные теперь капризные, денег у всех много. Родственники деликатесы сумками таскают, на кухне много остается. Знаете, здесь при желании можно вообще ни копейки на харчи не тратить. Вот у меня, например, оклад крохотный, зато семью кормлю. И супу налью, и котлет возьму. Все равно ведь выбросят!

— Почему же ваши врачи в «Блинчики» ходят?

— Гордые очень, — фыркнула Лина. — Как же, станут они, как мы, недоедки собирать! Ноют целыми днями, что зарплаты крохотные, а сами на машинах. Знаете, сколько в этом кафе пообедать стоит? Сто рублей! А теперь умножьте эту сумму да на двадцать четыре дня, аккурат оклад доктора получается. Только они на фиксированные денежки не живут, больные конвертики несут. Да и медсестрам хорошо, им шоколадки суют, конфеты, за уколы приплачивают, и нянечки отлично устроились, таксу завели: хотите, чтобы за вашим родственником присмотрели, платите пятьдесят рублей в смену. Вон Антонина дочери квартиру купила... Самые нищие тут я да диетсестра. А что, разве Ежи Варфоломеевич женат был?

— Гражданским браком.

— Понятно, — протянула Лина, — только тут его все холостяком считали, наши бабы осуждали Риту.

Сама замужем, а в любовники неженатого определила, нехорошо!

— Почему?

— Так у нас полно неустроенных женщин, — пояснила Лина, — не надо у них шанс отнимать. Приспичило тебе налево сбегать, заведи женатого и проводи время в свое удовольствие. Я сначала тоже так считала, а потом поняла: любовь у них. Когда Ежи Варфоломеевич Риту кинул, она жутко страдала!

— Отрепьев бросил Маргариту?

— Ага, полный поворот сделал!

Я растерянно принялась вертеть надколотую чашку. Честно говоря, я полагала, что рентгенолог послала кавалера сама.

— Вы уверены?

— На все сто!

— Даже так?

Лина показала пальцем влево.

— Они там встречались.

— Где? — не поняла я.

Сестра-хозяйка улыбнулась:

— Теперь понятно.

— Что?

— Ну я все недоумевала раньше, отчего Ежи и Рита на работе интим затевают. У него квартира, а раз гражданская жена имелась, тогда ясно, почему к себе не вел. Рита-то замужем. Супруг у нее ревнивый, да оно и объяснимо. Ей сорока не исполнилось, а ему за шестьдесят. Каждое утро он ее привозил на работу, а вечером забирал. Вроде заботливость проявлял, только, по-моему, просто боялся одну надолго оставлять. Рита небось из-за богатства замуж вышла. Вы бы видели, какая у нее шуба! А кольца! Даже не завидно.

— Почему?

— Зачем же завидовать тому, чего никогда не получишь? — философски заявила Лина. — Вот недавно Аллочка из лаборатории в сапожках пришла, тут я прямо перекосилась. Пятьсот рублей стоят, из натуральной кожи, где только откопала такие? А бриллианты! Это из другой жизни, ну вроде кино показывают!

— Так где они встречались? — Я решила направить поток мыслей собеседницы в нужное русло.

— Сначала у нее, в рентгеновском кабинете, — словоохотливо пояснила Лина. — Только неприятность вышла — их заведующий застал. То-то крику было, на радость всем! Ну а потом Рита про каптерку вспомнила. Тут за стенкой маленькая комнатка, куда белье из прачечной сваливают.

Ключи от крохотного помещения имелись только у Лины, а она вовсе не собиралась ломаться за копеечную зарплату до потери здоровья, поэтому объявила:

— Чистое буду выдавать только во вторник и четверг, в остальные дни не суйтесь. И имейте в виду, только с двенадцати до двух! У меня дел полно, кроме стирки.

Поэтому в комнатушке в понедельник, среду, пятницу и в выходные дни никого не было. Впрочем, вечером тоже всегда было пусто. Представьте, как удивилась Лина, когда услышала из окошка вентиляции голоса. Сначала сестра-хозяйка подумала, что на складе орудуют воры, хотя ей это сразу показалось странным. Замок, правда, на двери был допотопный, скрепкой открыть можно. Но с какой стати грабители решили разжиться ветхими простынями? В больнице нет новых комплектов.

Но уже через минуту Лина поняла, что на тюках устроилась любовная парочка, а еще спустя пару мгновений она узнала имена действующих лиц.

Каким образом Ежи и Рита добыли ключи, осталось загадкой. Любовники явно не знали, что сестра-хозяйка слышит каждое их слово. Они считали свое убежище надежным и особо не стеснялись. Лина попала в жуткое положение. С одной стороны, ей не хотелось становиться невольным свидетелем чужих игрищ, с другой — она стеснялась сказать Ежи и Рите, что стала третьим лишним.

Сначала Рита, заслышав ахи и вздохи, просто выходила в коридор, потом совсем уж было собралась подойти к Рите, но тут Ромео с Джульеттой перестали наведываться в убежище. Лина обрадовалась. Скорей всего, любовники нашли иное укромное местечко. Но не успела она вздохнуть свободно, как в пятницу вечером, перед самым концом рабочего дня из каптерки опять понеслось:

— Милый...

Лина обозлилась. Ей нужно было пересчитать целую кучу прибывших из химчистки одеял. Если уйти, как обычно, в буфет, чтобы не присутствовать при любовной баталии, придется задержаться на работе. А Лине страшно хотелось домой, поэтому она осталась и решила не обращать внимание на бормотание. Только из-за стены полились совсем не ласковые речи.

— Зачем ты позвала меня?

— Ежи, дорогой, но...

— Я же сказал, все!

— Но...

— Перестань.

— Но...

— Если начнешь рыдать, мигом уйду, держи себя в руках.

— Я не буду.

— Вот и умница. Сама понимаешь, никакого будущего у нас нет! Муж тебя не отпустит, а вечно прятаться за узлами с бельем я просто не могу. И потом, подумай, что нас ждет, если ты все же получишь развод? Совсем не та жизнь, к которой ты привыкла! «Шестисотый» «мерс», двухэтажный особняк в Подмосковье, бриллианты...

— Но ты же можешь...

— Не могу! Сама должна понимать, почему, начнутся вопросы, и потом большинство денег улетает в Репнево.

— Мне с тобой и в хижине будет хорошо.

— О боже, — рассмеялся Ежи, — давай без сладких соплей! Сначала, может быть, поиграешь в нищую, а потом надоест! Захочется шубку, цепочку на шейку, икорку на бутербродик. Ладно, хватит!

— Не бросай меня.

— Давай останемся друзьями.

— Не могу, я умру.

— Чепуха, мой тебе совет: лучше ублажай мужа! Старичок будет благодарен.

— Какой ты злой!

— Ага, точно, гадкий и мерзкий! Зачем тебе такой? Лучше расстаться. Кстати, во втором отделении появился новенький, доктор Реутов, советую обратить внимание.

— Мерзавец!

— Уже лучше! Правда, пропала охота со мной встречаться?

Раздались рыдания.

— Ну все, — зло подвел итог Ежи, — не терплю слез.

Послышался хлопок двери, мужчина ушел. Из-за стены пару минут доносилось судорожное всхлипывание, потом послышалось попискивание, и Лина услышала:

— Ты не можешь меня сейчас забрать с работы?

Очевидно, муж поинтересовался, в чем дело, потому что Рита ответила:

— Дико голова болит, мигрень начинается, я даже плакала, так плохо.

Сестра-хозяйка замолчала.

— А дальше? — поторопила я ее.

Лина пожала плечами.

— Все, больше они не приходили. Рита сначала вроде как заболела. Десять дней ее не было, сегодня первый день появилась. Ну, естественно, узнала про самоубийство Ежи... Знаете, мне кажется, она специально под грузовик прыгнула, не захотела жить, потеряв любимого.

Я вздохнула. На правой руке Лины нет обручального кольца, впрочем, кое-кто из замужних женщин не носит тоненький золотой ободок, но что-то мне подсказывает: в жизни этой милой женщины нет мужчин, к тому же на подоконнике лежит новая книга Анны Берсеневой. Это любовный роман очень хорошего качества. Анна Берсенева пишет великолепные вещи, совершенно не похожие на тягучие слюни, которые издатели выдают за любовные истории. Знаете, такие поделки, действие в которых разворачивается по одному сценарию: она его полюбила, он ушел на войну, она рванула за ним, его ранили... Потом любовь в замке и свадьба. Честно говоря, не могу читать подобное! Но Анна Берсенева меня радует.

Нет, скорей всего, Лина приписала Рите свои ощущения. Умереть от любви! Мне самоуверенная красотка не показалась ни грустной, ни подавленной. Ну согласитесь, ведь странно сначала отчихвостить больную, которая вошла в кабинет не в той обуви, а потом кинуться под машину!

Я ушла от Лины в глубоком недоумении. Все происшедшее выглядело более чем непонятно. Сестра-хозяйка уверяла меня, что окончательный разрыв между Ежи и Ритой произошел десять дней назад, но именно тогда господин Отрепьев и закрутил всю историю с Лялькой. Никакого повода не верить болтушке Лине у меня нет, да и девочка Вера, медсестра-практикантка, уверяла, будто у кардиолога и Маргариты Федоровны страстная любовь. Всю осень, по словам Веры, Ежи Варфоломеевич таскал букеты рентгенологу. А как же Аська? Ведь она собиралась замуж за Отрепьева! И всю эту дикую историю с обменом Ляльки придумал кардиолог. Он что, крутил роман одновременно с двумя?

Конечно, есть категория холостяков, которые предпочитают иметь дело с замужними бабами. Ловеласам так спокойней. Женщина, имеющая супруга, более осторожна при встречах, от нее не следует ожидать внезапной беременности и скандалов с рефреном «почему мы не идем в ЗАГС». Но в таких взаимоотношениях участвующим сторонам с самого начала понятно, что «любовь» продлится пару месяцев, а потом произойдет разрыв. Много вы знаете своих окольцованных подруг, которые бросили мужа ради чужого парня? То-то и оно!

Ежи очень странно вел себя в случае с Аськой. Подталкивал ее к разрыву с Сережкой, решил помочь украсть дочь... И в то же время крутил роман с Ритой. Значит, Аська не была роковой любовью, впрочем, Маргарита тоже. Что же двигало милым загадочным доктором? Может, он хотел, чтобы Колесниченко развелась со своим богатеньким Буратино, оттяпала квартиру, дачу, машину и часть денежек? С богатой-то жить удобней!

Но нет! Маргариту Ежи бросил, решив продолжить амур с Аськой. А у Бабкиной никаких особых средств нет, только оклад, который весь уходил на семью. И совсем непонятно, зачем Ежи Лялька. Кое-кто из моих подружек, разведясь, вышел замуж во второй раз, и их нынешние супруги кривятся при виде детей от первого брака, стараясь при первой возможности подсунуть благоприобретенных сыновей и дочек тещам. А тут такая история! Неужели Ежи настолько потерял голову?

Я села в холле в кресло и уставилась на больных и врачей, снующих туда-сюда. В большом помещении работало сразу несколько ларьков. Тут бойко торговали лекарствами, косметикой, газетами, домашними тапками и булочками.

Мысли упорно текли в одном направлении. Вдруг Отрепьев просто разрывался между двумя любовницами, потом выбрал Аську... Он, наверное, и в самом

деле хотел провести с ней жизнь. Нашел эту много-
детную тетку Милену Забелину, договорился с ней...

Внезапно я так и подскочила в продавленном кресле! Милена! Ну почему мне раньше не вспомнилось
это имя? Уж не знаю, отчего Ежи не отвез Лялю в
монастырь к своей сестре Евдокии, наверное, у него
была какая-то весомая причина, но он изменил пер-
воначальный план и отправил ребенка... к Забелиной.

Господи, да все просто. Маленькая больная Ирочка
умирает. Ежи забирает ее и привозит Лялю к Милене. Ни у кого из соседей подобная рокировка интереса не вызовет. Дети были страшно похожи друг на
друга, никто и не усомнится... Одна беленькая, голубоглазая, другая такая же...

Я вскочила на ноги и рысью понеслась в кардио-
логию, надо отыскать координаты Забелиной.

На посту тосковала довольно пожилая медсестра
в больших круглых очках.

— Простите, Забелина в какой палате? — налетела я на нее.

Сейчас эта бабка, похожая на сову, рявкнет: «Не
знаю, ступай в справочную» — и я выну пятьдесят
рублей...

Но «сова» неожиданно вежливо ответила:

— Забелина?

— Да, Милена.

— Милена Забелина, — забормотала женщина,
раскрывая толстую тетрадь, — нету такой, но фамилия знакомая!

Я решила ковать железо, пока горячо, и, сделав
расстроенное лицо, заныла:

— Да тут она, сестрица моя, звонила две недели
назад, просила навестить, только недосуг было.

Медсестра окинула меня быстрым взглядом:

— Четырнадцать дней прошло?

Потом она быстро пролистала тетрадь и воскликнула:

— Точно! Вспомнила! Сектантка!

— Кто? — подпрыгнула я.

— Ну сестра ваша. Чего удивляетесь? Или не знаете?

— Мы не родные, — я принялась отчаянно выкручиваться, понимая, что назвалась не тем, кем надо, — сводные, много лет не виделись, я прямо изумилась, когда Милена позвонила.

— Она сюда с мерцательной аритмией попала, — заявила медсестра, — очень хорошо ее помню, а в особенности мужа. Пришел, раскричался и забрал жену. Верующий он, только не православный, а какой-то сектант. Ему принципы не позволяют лекарства пить. Ну вроде как против бога идешь. Написано тебе на роду умереть, и лечиться не смей. Вот уж глупость! Тут Милену все жалели, тихая, скромная. Положили сначала в коридоре, больные знаете как орать в этом случае начинают. А Забелина молчком на каталке сутки провела, пока место освободилось...

— Да, — протянула я, — дела однако. Ни о чем таком я и не знала. Может, надо поехать к ней да помочь? Только вот беда, адреса не знаю.

— Неужто с сестрой не общались!

— Мы сводные.

— Все равно, родная кровь.

— Так по отцу, он от матери Милены к моей маме ушел.

— А-а-а, — протянула медсестра, — погодите-ка, у нас адрес указан, только с паспорта списываем. Знаете, как бывает, в документе одна улица стоит, а живет человек на другой! Сейчас, погодите, у нас компьютер, да я с ним не больно ловко управляюсь.

Следующие четверть часа приветливая женщина боролась с техническим прогрессом, пытаясь сначала включить умную машину, а потом найти необходимую информацию. К тому же ее все время отвлекали больные, которым требовались разные вещи, но наконец нужная графа отыскалась.

— Вот, — удовлетворенно сообщила медсестра, — ей-богу, раньше лучше было, полистал журнал, и готово, а теперь кучу нервов испортила, записывай. Улица Белая, дом шесть, Медвякино.

— Может, Медведково? — усомнилась я.

— Нет, Медвякино, — поправила женщина, — это в области.

— Как же она к вам попала в больницу?

— «Скорая» с улицы привезла, плохо ей стало на вокзале, — последовал ответ.

ГЛАВА 8

Домой я заявилась голодная и злая. Споткнувшись о бесконечные узлы и коробки, добралась до кухни и грустно осмотрела пейзаж. Похоже, баба Клава, Ванька и Марина устроились тут прочно и надолго. Наша аккуратная красивая кухня выглядела как кошмар. Плита заляпана жирными потеками, на конфорке испускает миазмы кастрюля со щами. Мойка полна грязной посуды, на столе валяется расческа, в которой торчат пучки сальных седых волос, и повсюду разбросаны тряпки, отвратительные, грязные останки колготок, наволочек и нижнего белья.

У нас на «пищеблоке» командует Томочка, сковородки с плиты она снимает при помощи хорошеньких красных стеганых рукавичек, крошки со стола стряхивает щеточкой...

Я собрала двумя пальцами неаппетитные куски ткани и швырнула их в помойку, а кастрюлю выставила на балкон. Стало легче дышать.

В кухню влетел Ванька.

— Возьми расческу и отнеси бабушке, — велела я.

— Пошла она в жопу, — радостно заявил детсадовец.

— Кто? — решила уточнить я. — Бабушка или расческа?

— Обе, — ответил милый ребенок, распахнул холодильник, вытащил «Докторскую» колбасу, только что купленную мною в магазине, откусил прямо от батона, потом схватил расческу и, заорав: — Бабка, какого х... дрянь разбросала, — унесся в глубь квартиры.

Честно говоря, я на секунду растерялась, но потом решительным шагом направилась в коридор. Сейчас попробую объяснить Маринке, как следует воспитывать сына. Мой порыв остановил телефонный звонок. В полном озлоблении я схватила трубку и рявкнула:

— Что надо?!

— Будьте любезны Виолу Ленинидовну, — прожурчал интеллигентный голос.

— Слушаю, — сбавила я тон.

— Вас беспокоит Олеся Константиновна, не могли бы вы завтра подъехать в издательство?

Сердце обвалилось в пятки. Так, они передумали и решили не печатать мою книгу.

— Да, конечно, — залепетала я, — во сколько?

— Вам удобно в час?

Совершенно нет, потому что я собиралась с утра податься в это Медвякино.

— Да, очень, прямо замечательно.

— Тогда жду, — коротко ответила Олеся Константиновна и отсоединилась.

На следующий день около полудня я стояла в магазине, погрузившись в глубокие раздумья. Неудобно являться к этой Олесе Константиновне с пустыми руками. Что же купить? Коробку конфет? Но они все какие-то маленькие, жалкие, еще подумает, что я жадина. Торт? Слишком традиционно, без выдумки. Наверное, лучше цветы.

Я выскочила на улицу и уставилась на витрину, где красовались букеты. Мама родная, ну и цены! Меньше пятисот рублей не найти. И потом, вдруг у нее аллергия? Решено, беру торт. Наверное, в издательстве много служащих, ну не понравится ей презент, угостит коллег!

Сжимая картонную коробочку с «Марикой», я поскреблась в филенку.

— Да-да, — раздалось изнутри.

Я втиснулась в дверь.

— Здравствуйте.

— Добрый день, — приветливо, но без улыбки ответила Олеся Константиновна, — проходите, садитесь.

Ее соседка, противная молодая девчонка, вновь сделала вид, что не замечает меня.

Я протянула редакторше коробочку.

— Вот, от всей души.

— Спасибо, — вежливо сказала женщина, — очень приятно.

Она поставила подарок на широкий подоконник. Я увидела там еще четыре коробки, перевязанные бечевкой, и подавила тяжелый вздох. Все-таки следовало принести цветы.

— У нас диатез начнется, — буркнула гадкая девица, не отрывая глаз от компьютера, — покроемся пятнами и прыщами.

— Нам нужно решить ряд проблем, — заявила Олеся Константиновна.

Я сжалась в комок и попыталась унять дрожь в коленях. Вот сейчас последует продолжение: «Забирай рукопись и проваливай».

— Во-первых, псевдоним.

Я глупо удивилась:

— Что?

— Псевдоним, имя, которое будет стоять на обложке.

— Какой?

— Вашей книги.

Внезапно на моем лице сама по себе возникла идиотская ухмылка. Неужели и правда собрались напечатать!

— Вы знаете, что такое псевдоним?

— Нет, то есть да, конечно, пожалуйста!

Ох боюсь, Олеся Константиновна сочтет меня клинической идиоткой.

— У вас есть пожелания?

— Да нет, никаких, любое имя, какое вам хочется!

— А вам?

— Все равно.

Олеся Константиновна побарабанила пальцами по столешнице.

— Ладно. Если не ошибаюсь, вашу героиню зовут Арина?

— Да.

— Давайте поставим на обложку Арина Виолова. Как, нравится?

Жуть! Даже Виола Тараканова намного лучше, но, если я начну сейчас спорить, Олеся Константиновна разозлится и передумает печатать мой детективчик. Нет, с ней надо во всем соглашаться.

— Великолепно! Потрясающе, изумительно! Всю жизнь мечтала быть именно Ариной Виоловой.

— Отлично, переходим к следующему вопросу, вот ваши деньги, пожалуйста, распишитесь.

Я уставилась на тощенькую стопочку сторублевок.

— Это мне?

— Вам. Прочитайте договор.

В моих руках оказалось два листочка, заполненных непонятными фразами. Не глядя, я подмахнула бумажки.

— Теперь название.

— «Чужая кровь».

— Не пойдет.

— Почему?

— На обратной дороге задержитесь у лотка и поймете, завтра жду несколько вариантов наименования.

— Хорошо.

— До свидания.

— До свидания, — эхом отозвалась я и, кланяясь, словно китайский придворный, стала спиной двигаться в сторону двери.

— Виола Ленинидовна!

Я подскочила от ужаса. Господи, она передумала, сейчас заявит: «А впрочем, забудьте обо всем, забирайте рукопись и вон отсюда!»

— Вы оставили деньги.

Пришлось, глупо хихикая, подойти к столу и негнущимися пальцами взять бумажки.

Пересчитала я гонорар на улице, ровно две тысячи рублей. А еще говорят, что писатели высокооплачиваемые специалисты. Впрочем, мне могут вообще ни копейки не давать, лишь бы напечатали.

С трудом передвигая свинцово тяжелые ботинки, я доплюхала до метро и уставилась на яркое лотковое изобилие. Сразу стало понятно, отчего «Чужая кровь» неудачное название: «Кровавая суббота», «Кровь нерожденных», «Руки в крови», «Кровавое воскресенье», «Палач и кровь», «Кровные родственники»...

Я разглядывала столик, с каждой секундой ощущая нарастающую радость. Наверное, через год тут появится и моя книжка. Хотя, может, процесс производства занимает больше времени?

В Медвякино можно было запросто доехать на автобусе. Возле метро «Кузьминки» их стояло штук шесть, и все с одинаковыми табличками «Медвякинский пивзавод». Дорога заняла десять минут, я вылезла у небольшого кирпичного дома, похоже детского сада, и оглядела высокие блочные дома. Да, Подмосковьем это место назвать трудно.

— Где улица Белая? — спросила я у молодой матери с коляской.

— А вон туда, между гаражами, — принялась объяснять аборигенка, — потом через речку перейдете...

Я двинулась в указанном направлении. Башни расступились, показалась гладь замерзшей воды, лес... Дорога пробежала между деревьями и вывела меня в... деревню.

По обеим сторонам асфальтовой ленты стояли избушки: одни — покосившиеся, упавшие набок, другие вполне крепкие.

Помня, что Аська рассказывала о крайней бедности Милены, толкнувшей женщину на такой поступок, как продажа мертвой дочери, я пробежала мимо самых крепких и красивых железных ворот, не посмотрев на номер, нарисованный белой краской. За кирпичным высоким забором живут явно обеспеченные люди.

Представьте теперь мое удивление, когда стало понятно, что дом Забелиной прячется именно там, за стальными воротами. Испытывая недоумение, я ткнула пальцем в звонок, послышалось шуршанье и откуда-то сбоку донеслось:

— Кто там?

— Простите, Милена здесь живет?

Раздался сухой щелчок, калитка приоткрылась. Я вошла внутрь и едва сдержала возглас изумления. В глубине просторного, чисто вымытого двора виднелся огромный трехэтажный кирпичный дом. От крыльца мне навстречу спешила довольно молодая худая женщина в длинной темной юбке. Голова ее была замотана в платок.

— Вы ко мне?

— Милена?

— Да.

От неожиданности я ляпнула глупость:

— Меня прислал Ежи Варфоломеевич.

Забелина вздрогнула, потом быстро сказала:

— О боже, хорошо, мужа нет, в Гомель он уехал. Проходите в дом.

Внутри здание оказалось обставлено простой, но добротной и новой мебелью. Я села в кресло, покрытое пледом. Да уж, совсем не похоже, что в этой семье считают медные копейки. На полу хороший ковер, у стены большой сервант, забитый хрусталем, повсюду развешены неплохие картины, правда, на них изображены только библейские персонажи.

— Что случилось? — поинтересовалась Милена.

— Я социальный работник.

— Кто? — удивилась Забелина.

— У вас в больнице вышла размолвка с мужем, он запретил вам лечиться. Мы берем подобные случаи на контроль и потом проверяем, как живется таким больным дома.

— Скажите, пожалуйста, — пробормотала Милена, — только вас неправильно информировали. Дементий ничего не запрещал.

Я понимающе улыбнулась:

— Вы боитесь супруга...

— Да нет, — печально улыбнулась Милена, — совершенно не боюсь, нет причин его опасаться. Дементий тихий, спокойный, он не пьет, вера не позволяет.

— Но в больнице был скандал!

Милена вздохнула:

— Правильно. Дементий осерчал, что лечащий врач мужчина. Оно и верно, нехорошо, чтобы посторонний трогал замужнюю. Я попросила меня к женщине определить, да в отделении накричали только. Мол, врачей не выбирают, не хотите лечиться — ступайте вон.

Тонкими бледными пальцами она стала заплетать бахрому скатерти в косички, потом сказала:

— Вы уж извините... Но люди в клинике очень злые, прямо собаки цепные. Правда, Ежи Варфоломеевич хороший, внимательный, мне сразу легче стало. А на следующий день пришлось домой уезжать.

Речь ее журчала тихим ручейком, из других комнат не доносилось ни звука. Наверное, многочисленные дети Забелиной были в школе и садике. Внезапно мне захотелось спать, а Милена продолжала говорить.

Когда муж Забелиной явился в клинику, ему очень не понравилось, что палатным врачом у его супруги является Отрепьев. Впрочем, может быть, Дементий, скрипя зубами, и разрешил бы Милене лечиться у мужчины, но тут Ежи Варфоломеевич заявил:

«Что же вы супругу в свиноматку превратили? Разве можно беременеть без остановки?»

«Господь дает», — буркнул Дементий.

«Нельзя ей больше рожать, предохраняться надо».

«Грех против божьей воли идти!»

После этой фразы Отрепьев взвился ракетой:

«Ну, святой человек! Грех, говоришь, презерватив натянуть? Да у твоей жены сердце совсем больное, ее в гроб загонять не грех?»

«Все равно против божьей воли не пойду, — бубнил Дементий, — неладно это».

И тут врач, обозлившись до крайности, велел:

«Ну тогда не смей к своей жене прикасаться, пост блюди, а то, похоже, ты себе послабление делаешь, естество тешишь. Нехорошо!»

Багровый от злости, Дементий вылетел в коридор и, несмотря на уговоры других врачей, забрал Милену домой.

— Да уж, — покачала я головой, — не повезло вам.

— Вы не волнуйтесь, — прожурчала хозяйка, — передайте Ежи Варфоломеевичу спасибо за заботу, но приходить ко мне больше не надо. Дементий нашел другого врача, лекарства пью исправно...

Я лихорадочно соображала, как подобраться к интересующей меня теме, ну не задавать же вопрос: «Почему вы продали тело Ирочки?»

Но тут от двери донеслось легкое покашливание. Мы с Миленой обернулись. На пороге стояла худенькая девочка в длинной темной юбке. Голова ее была повязана платком.

— Простите, — тихо прошелестела она, — мама, скажите Федору, чтобы Ирочке конфет не давал.

— Да, конечно, сейчас, — кивнула Милена и добавила: — Впрочем, позови ее сюда.

В моей душе начало зарождаться удивление. Ирочка? Кто это? Может, знакомая? Навряд ли у Милены есть еще одна дочь с таким же именем? Не успела я сообразить, что к чему, как девушка ввела в комнату крохотную девчушку, лет двух, не старше. Голова малышки тоже была повязана платочком, а юбка закрывала колени.

— Ира, — строго сказала мать, — ты совершила нехороший поступок и была наказана. Если Федор из глупой жалости решил искушать тебя конфетами, это его грех, но ты не должна брать сладкое, отец не разрешил, а ты обязана помнить, что родители угодны богу, оскорбляя их, ты унижаешь создателя.

Крохотное существо шмыгнуло носом, но промолчало.

Я секунду смотрела на ребенка и не выдержала:

— Это Ирочка?

— Да.

— Забелина?

— Конечно, мы все носим эту фамилию, — кивнула Милена, — а что?

— У вас есть еще дочь с таким именем?

— Да нет, — удивилась хозяйка, — вроде не принято называть деток одинаково.

— У Иры была сестра-близнец?

— Нет.

— Она родилась одна?

— Естественно, что случилось?

Отбросив всякие церемонии, я поинтересовалась:

— Милена, вы недавно потеряли ребенка...

Хозяйка вытаращила глаза, потом махнула рукой дочерям.

— Ступайте, оставьте нас.

Словно бесплотные, девочки шмыгнули за дверь.

— В каком смысле потеряла? — поинтересовалась Забелина.

— У вас умерла дочь.

— Спаси и сохрани, никогда, все семеро живы.

— Но была еще одна, неизлечимо больная...

— Нет, мои отроковицы здоровы.

Я растерялась.

— Вы уверены?

— Абсолютно.

— Значит, Ирочка никогда не страдала нарушением мозгового кровообращения?

— Слава создателю, нет. Да в чем дело, в конце концов? — повысила голос хозяйка.

Похоже, ее запас христианского терпения подходил к концу.

— Уж простите, — забубнила я, — но в больнице сказали, будто у вас совсем недавно умерла дочь, двухлетняя Ирочка...

— Какая глупость! Отвратительная выдумка! — вскипела Милена. — Господь дал нам с Дементием семеро деток, и все здравствуют.

— Ирочка последняя?

— Да.

В полном недоумении я вышла на улицу и побрела назад к автобусной остановке. В голове царила каша. Ирочка Забелина жива, только что я видела ее в комнате. Девочка и впрямь похожа на пропавшую Ляльку, такая же круглолицая и голубоглазая. Но кого же тогда мы кремировали? Кто умер? Чье тело исчезло в печи крематория? Почему Ежи обманул Аську? Куда подевалась Ляля? И отчего молодой преуспевающий доктор решил отправиться на тот свет?

ГЛАВА 9

От мельтешащих мыслей нещадно заболела голова, и пришлось искать ближайшую аптеку. Как назло, на глаза попадались мелкие магазинчики и ни одной фармакологии. Наконец впереди показался автобус с окнами, заставленными лекарствами. Обрадованная, я подскочила к витрине, увидела анальгин и тут же купила упаковку. Теперь оставалось найти ларек и приобрести воды. Я уже хотела бежать к метро, как взгляд упал на нечто, больше всего похожее на гигантскую детскую соску.

— Это что? — спросила я у продавщицы.

— УПР-ЛХ, — последовал ответ.

— Что?!

— Устройство полимерное с регулятором для предупреждения и лечения храпа, «Экстра-Лор».

— Да ну? И поможет?

— «Экстра-Лор» — лечебно-профилактическое средство против храпа, апноэ и бруксизма.

— Простите, не поняла... Апноэ...

— Остановка дыхания во сне.

— А бруксизм?

— Скрежет зубами.

Я засмеялась.

— И ничего веселого, — перешла на нормальную речь фармацевт. — Думаете, храп — это просто шум? Вот и нет. Похрапит ваш муженек, а потом дышать перестает, и так по десять раз за ночь! Прикиньте, что будет, если он снова не вздохнет! Запросто умрет! Храп — это серьезная болезнь!

Я пришла в ужас, Олег храпит, причем ужасно. Конечно, выходя замуж, я понимала, что супружеская жизнь приносит не только радости, но, ей-богу, не предполагала, что стану так мучиться по ночам.

Первое время я пыталась толкать муженька и переворачивать его на бок. Эффект от этих действий был равен нулю. Тогда я попробовала затыкать уши ватой и засовывать голову под подушку. Но, во-первых, звук долетал сквозь все преграды, а во-вторых, сама начинала задыхаться. Я присвистывала, щелкала языком, пинала Олега ногой... Ноль эмоций. Храп на пару секунд изменял тональность, а потом снова начинал разноситься по спальне. А теперь еще выясняется, что это болезнь, грозящая скорой смертью. Может, УПР-ЛХ поможет? Ладно, сегодня нельзя спать, пока Олег не явится со службы.

Но, как ни странно, муж был дома. Сидел на кухне и мирно читал газету в окружении горы грязной посуды.

— Привет, — весело сказал он, — что за жуткий суп? Вы раньше никогда ничего подобного не готовили. Воняет, словно расчлененка!

Я положила на стол упаковку с «Экстра-Лор».

— Ты съел обед, который сгоношила для своих баба Клава. Неужели по запаху не понял, что харч несъедобный?

Олег скривился.

— А где наш обед?

— Не сварили.

— Почему?

— Баба Клава оккупировала кухню, Тамаре не зайти.

— И еще в ванной таз болтается с замоченным бельем, — задумчиво протянул Куприн, — хотел душ принять, а встать некуда.

— А-а-а, — разлетелось по коридору, — отстань... долбаная, пошла на..., не хочу, не пойду, а...

— Это что? — вздрогнул Олег.

Я хмыкнула, потом высунулась в коридор и поинтересовалась у Маринки, остервенело запихивавшей сыночка в комбинезон:

— Ты его что, на ночь тоже в садик сдаешь? Правильно, посидел дома часок, и хватит.

Маринка сдула упавшие на потный лоб волосы.

— На английский идем!

— Ночью?!

— Только восемь, тут рядышком, детский центр «Лютик»!

— На... «Лютик», — визжал Ванька, — к... матери, хочу телик глядеть, там фильм идет!

— Какой? — Я решила отвлечь пацаненка от процедуры одевания.

Ванька вдруг перестал визжать и колотиться.

— По видику «Глубокий сон», здоровское кино.

— Х... тебе, а не кино, — заявила мамаша, нахлобучивая Ванюше на макушку шапку, — нечего о х... думать, учись, сына, человеком станешь!

По непонятной причине мальчик присмирел и начал, сопя, завязывать ботинки. Маринка влезла в потрепанную, грязную куртку, схватила ребенка за руку и выдернула на лестницу.

— Отстань! — взвыл тот.

Маринка мигом отвесила ему подзатыльник.

Ваняшка стукнулся лбом о стену и зарыдал.

— Молчи, убоище, — утешила его любящая мамонька и втолкнула в лифт.

Придержав двери, она попросила:

— Вилка, выключи видак, а то сгорит.

С лязганьем кабина ухнула вниз. Я пошла в комнату, которую занимали Рымнины. Конечно, моя мачеха Раиса могла заложить за воротник, а потом начать ругаться самым непотребным образом, но она никогда не разговаривала матом.

В спальне вовсю храпела баба Клава. Старухе ничто не мешало: ни яркий свет шестирожковой люстры, ни открытая настежь форточка, в которую задувал ледяной ноябрьский ветер, ни вопящий телик. Скорей всего, у пожилой дамы железная нервная система.

Я подошла к видику, поискала кнопку «Стоп» и внезапно увидела, что происходит на экране. От удивления рот открылся, словно автоматические ворота. Ей-богу, не могу описать вам происходящую сцену, мне неудобно. Скажу только, что в ней принимали участие два здоровенных негра, хрупкая блондиночка и милая белая козочка. Вам и в голову не придет, что вытворяла четверка. Фильм, который с превеликим удовольствием смотрел шестилетний Ванька, оказался крутым порно с уклоном в зоофилию.

Я выключила видик, погасила свет и вернулась на кухню. Олег поставил на стол пакет из-под кефира.

— Тебе не кажется, что их мальчишка очень странно разговаривает? Он тут все по коридорам носился и орал. Честно говоря, я думал, мать его приструнит. Но нет! Марина сидела здесь спокойно и чай пила, а бабка храпит, во сколько же она спать ложится?

— Кстати, о храпе, вот смотри, — сказала я и принялась пугать мужа смертью от таинственной болезни с красивым названием «апноэ».

Как все мужчины, Олег трусоват. Нет, он смело бросится за преступником, спокойно прыгнет в реку за тонущим человеком и не станет визжать от ужаса при виде мыши. Но стоит только в его здоровом, хорошо отлаженном организме заскрипеть какой-нибудь детали, как муженек пугается до синевы. Причем больше всего он боится не смерти, а визита к врачу. Даже безобидный аппарат для измерения давления вызывает у него конвульсии.

Зная эту его особенность, я постаралась на славу, живописуя последствия храпа.

— Ну ладно, — осторожно согласился Куприн, — можно попытаться разок. И как этой дрянью пользоваться?

— А вот инструкция. «Устройство состоит из кольца, загубника и сегмента. Засуньте язык в отверстие, если не помещается, подрежьте».

— Язык? — в ужасе воскликнул муж. — Ну уж нет, ни за что! Пусть умру, скрежеща зубами, но кромсать себя не дам!

— Подожди, разрезать надо отверстие.

— Ладно, — успокоился Олег, — а дальше?

— Так, ага! «Если обильное слюнотечение мешает вам спать...»

— Это что, — взвился муж, — у меня слюни, как у ротвейлера, потекут? Никогда! Забирай эту дрянь!

— Да успокойся и дослушай до конца! «...Вам спать, отодвиньте загубник. Чтобы устройство не выпало во время сна изо рта, зафиксируйте его тесемкой, которая прилагается к УПР-ЛХ». Вот видишь, какая хорошенькая розовая ленточка, все продумано, на мой взгляд, крайне просто. Берем соску, засовываем язык в дырку, запихиваем загубник и привязываем. В результате ты имеешь здоровый, крепкий сон, впрочем, я тоже больше не мучаюсь, выслушивая твои рулады. Смотри, дальше написано: «...улучшает состояние центральной нервной системы, нормализует дыхание, повышает обогащение крови кислородом, предотвращает скачки давления и снижает риск развития сердечно-сосудистых осложнений». Ну будь умницей, примерь!

— Прямо панацея, — хмыкнул Олег, — но, сдается мне, эффект будет другой. С языком, засунутым в дырку, с капающими слюнями, да еще с розовой ленточкой вокруг шеи мне ни за что не заснуть!

Я демонстративно зашмыргала носом.

— Ладно, — сдался муж, — куда язык совать?

— Сюда.

Олег покорно запихнул «соску» в рот.

— Ну как, удобно?

Куприн молча помотал головой.

— Ничего, сейчас подрежем, давай сюда.

— Матерь божья, спаси, — понеслось из комнаты, — караул, погибаю, дом взорвался! Люди! На снегу сижу! Помогите!!! А-а-а...

Не говоря ни слова, мы с Олегом рысью понеслись в спальню, где мирно почивала баба Клава. За нами бежали Томочка, Кристина и Семен.

Я щелкнула выключателем. Яркий электрический свет озарил пустую кровать.

— Бабка-то где? — недоуменно спросил Сеня.

— Матерь божья, умираю! — раздалось с балкона.

Столкнувшись у двери, мы с Томочкой рванули ее на себя, противный, пронизывающий ветер просвистел по ногам, а перед глазами открылась дивная картина.

Баба Клава сидит на кафеле прямо в небольшой куче мокрого снега и орет дуриной.

— Тише, — цыкнул Семен, — что ты на балконе делаешь?

— Так взрывом вынесло, — пояснила бабка, — ой, ой, холодно.

Мы с Тамарой с трудом поставили грузную старуху на ноги.

— Вы живы? — спросила бабка.

— Пока да, — рявкнула я, — здоровы и веселы, с чего нам умирать?

— Так дом взорвало!

— Может, у нее синильный психоз? — задумчиво поинтересовалась Томочка. — Случается такое с пожилыми людьми...

— Это не психоз, а глупость, — продолжала злиться я! — Ну-ка, баба Клава, отвечай, за каким шутом тебя на балкон понесло?

— Какой балкон! — возмутилась Маринкина мать. — В туалет средь ночи подхватилась, торк дверь, а там, мама родная, улица со снегом! Ну все, думаю, взорвали нас чеченцы на....

— Не материтесь, пожалуйста, — поморщилась Тома, — тут девочка стоит.

— А кто матерится? — изумилась баба Клава. — Я просто разговариваю.

— Вы на балкон пошли, — попробовала прояснить ситуацию Кристя, — туалет в коридоре, налево.

— Да? — изумилась глуповатая бабуська. — Всегда с постели слязаю, направо торкнусь, и вот он, урыльник!

Я тяжело вздохнула. Все понятно. Баба Клава заснула, а когда ей захотелось выйти, на автопилоте повернула в привычную сторону, нащупала ручку и оказалась на балконе. Если бы я не погасила свет, никакого переполоха бы не случилось.

— Ложись спать, все в порядке, — велел Семен.

Баба Клава покорно влезла на кровать и вдруг, тыкнув рукой в сторону Олега, вновь заорала, словно матрос, увидавший землю на терпящем бедствие корабле:

— Матерь божья! Глядите!

Я повернулась и кинулась к мужу.

— Олег! Что с тобой?

Несчастный Куприн краснел, вернее, синел на глазах, рот он упорно не открывал и никаких звуков не издавал.

— У него инсульт! — воскликнула Тамара. — Скорей, Сеня, клади Олега на кровать, Кристя, вызывай «Скорую»!

В безумной тревоге я заметалась возле лежбища бабы Клавы, глядя, как Семен осторожно устраивает Куприна на грязной подушке. Окончательно убедило меня в серьезности заболевания поведение супруга. Он не сопротивлялся, а тихо лег в чужую кровать, не издав при этом ни звука.

— Вытри его платком, — шепнула Тамара, — вот ужас, челюсть парализовало, слюна течет.

Я метнулась в ванную, притащила полотенце и принялась по-идиотски присюсюкивать:

— Ерунда, милый, прямо-таки чепуха. Сейчас приедет доктор, сделает укольчик, и мигом станешь здоровеньким, потерпи секунду.

Внезапно Олег ткнул рукой в направлении своего лица и замычал. Еле сдерживая слезы жалости, я забормотала:

— Спасибо, дорогой, я тоже очень люблю тебя, не волнуйся, все будет хорошо!

Куприн сделался синим и стал издавать совершенно невероятные звуки, больше похожие на стоны недужной коровы, чем на человеческую речь.

— Бога ради, — кинулась к нему Томуська, — лежи спокойно, не дергайся. Инсульт сейчас лечат, на ноги ставят за неделю, не волнуйся!

Олег продолжал хрипеть, затем он попытался сесть. Мы все, кроме бабы Клавы, повисли у него на плечах с воплем: «Лежать!» Олег снова откинулся на подушку и замычал, размахивая руками. Потом он схватил карандаш, лежавший на тумбочке, и сделал вид, будто пишет.

— Бумагу-то ему дайте, — отмерла баба Клава, — небося завещанию оставить хочет. Экий он свекольный, прям жуть берет! Кабы не помер в одночасье! Да, сразу видать, не жилец!

Услышав последнее заявление, Кристя схватила бабу Клаву за жирное плечо и мгновенно вытолкала в коридор.

— Эй, девка, — возмутилась старуха, — о...а совсем? Чаво пинаешься?

Я хотела было пойти на вопль и треснуть противную бабку, но тут в дверь позвонили. В полной уверенности, что прибыла «Скорая помощь», я рванула створку и увидела Ленинида и какого-то дядьку.

— Привет, доча, — радостно сказал папенька, — вот, трудимся с Петрухой, уже потолок в кухне размыли. Ты бы нам пожрать сгоношила, а то желудок подвело. Яишенку можно, с салом...

Потом он осекся и другим тоном поинтересовался:

— Случилось чего?

Я посмотрела в его простоватое лицо с мелкими глазами и неожиданно сделала то, что никогда не совершала раньше. Шагнула вперед, уткнулась в шею папеньки и разрыдалась.

— Ну, доча, — забормотал Ленинид, неумело гладя меня по волосам, — ну, ну, будет. Не реви, любому горю помочь можно. Зарплату потеряла? Так я дам!

Я вытерла сопли о его рубашку и сказала:

— Ох, папка, рубли тут ни при чем.

— Деньги всегда при чем, — философски отметил Ленинид, — только, вижу, дело и впрямь плохо, коли ты меня папой кликать начала.

— У Олега инсульт, парализовало челюсть, говорить не может, — зарыдала я.

Ленинид рванул по коридору, мы с Петрухой порысили за ним.

— Эта ерунда, — заорал папенька, влетая в спальню, — слышь, Олег, руки-ноги шевелятся?

Куприн кивнул.

— А сесть можешь?

Муж начал приподниматься.

— Ой, не надо, — испугалась Томочка.

— Пусть встанет, — остановил ее Ленинид, — ну, давай, пройдись.

Куприн дошел до окна.

— Вот, — обрадовался Ленинид, — здоровый совсем, а что языка лишился, так даже лучше, в семейной жизни немота только плюс.

— Я всегда считал, что немой должна быть баба, — влез Петруха.

Олег схватил газету и начал что-то быстро писать на полях. Ленинид подошел к нему и велел:

— Ну-ка, рот открой, гляну, чего у тебя там.

Куприн повиновался.

— Ни фига себе! — заорал папенька. — Ребята, позырьте!

Мы все ринулись к несчастному майору, воцарилась секундная тишина, следом из моей груди раздался вопль:

— Это УПР-ЛХ!

— Что? — взвизгнул Сеня.

— Долго объяснять! Как ты ухитрился засунуть устройство целиком в рот!!!

Олег пожал плечами.

— Идиот!!!

Муж посинел, но меня больше не пугала происшедшая с ним перемена.

— Сядь на кровать и молчи!

— Он и так слова вымолвить не может, — хихикнул Ленинид.

Сдерживая справедливый гнев, я быстренько рассказала домочадцам о чудодейственном средстве от храпа.

— Да уж, — покачал головой Сеня, — зубами скрежетать он точно не сможет! Что делать будем?

«Скорая помощь» к нам отчего-то не приехала. Но было некогда думать, почему врачи проигнорировали вызов.

Следующий час мы тщетно пытались вытащить изо рта Олега резиновую заглушку. «Пробка» сидела намертво. В ход были пущены все известные средства. Сначала влили в Куприна ложку растительного масла. Когда эффекта не последовало, Кристя притащила «Фейри». Увидев белую бутылочку, супруг отчаянно затряс головой.

— Не капризничай, — велел Ленинид, — надо же вытащить, подумаешь, набрать в рот средство для мытья посуды, давай, давай!

Но и «Фейри» не помог. Потом гениальная идея пришла в голову Кристе:

— Пусть хлебнет ледяной воды, предметы от холода сжимаются, мы в школе учили.

Олег, не споря, поднес ко рту стакан, но противная штука не собиралась выскакивать.

— Резать надо, — вздохнул Ленинид.

Куприн в ужасе замотал головой.

— Или расплавить, — предложил Петруха, — давайте зажигалкой попробуем.

Олег быстро отошел в самый дальний угол комнаты.

— Покемоны наступают, — донеслось из коридора, — всем стоять, стрелять буду!

— Ирод с занятий вернулся, — вздохнула баба Клава, — кончилась жизня спокойная!

Не успела она договорить, как в комнату вбежал Ванька с большим пистолетом.

— Покемоны мстят! — взвизгнул неуправляемый мальчик, поднял «наган» и нажал на курок.

Послышался сухой щелчок, Олег схватился за ухо, заорал, изумительное противохраповое устройство упало на пол.

— Ура! — завопили все.

Удивленный Ванька стал озираться, Маринка, отвесив сыночку на всякий случай затрещину, растерянно спросила:

— Вы чего? О...и совсем?

— Нет, — радостно ответила Томочка, — ступай на кухню, Ванечка, шоколадку дам!

— Покемоны, вперед! — взвыл ребятенок и, ужасающе топая, полетел в указанном направлении.

Я втащила Олега в нашу спальню и с чувством сказала:

— Убить тебя мало!

— Ей-богу, ты всегда всем недовольна, — ухмыльнулся муж, — десять минут назад, когда была уверена, что у меня инсульт, расстроилась до слез, так порадуйся теперь, что супруг жив и здоров.

ГЛАВА 10

Утро не принесло никаких новых идей, кроме одной. Надо поехать в больницу к Бабкиной и поговорить с ней еще разок. Может, Аська перепутала. Вдруг Ежи просто рассказывал ей про женщину с именем Милена, а деньги заплатил совсем другой бабе?

Но в клинике меня ждало горькое разочарование.

— К Бабкиной нельзя, — пояснила медсестра.

— Почему?

— Доктор не велел, Константин Петрович приказал никого не пускать, а то вчера пришла подружка ее проведать и чуть до повторного инфаркта не довела!

— Но мне надо!

— Нельзя, сказала же!

— Где можно найти ее лечащего врача?

— Константин Петрович на пятиминутке.

— Когда освободится?

Девушка глянула на большие часы, висящие на стене.

— Через час. Можете подождать на стуле возле ординаторской.

Я села на жесткое сиденье. Эх, зря не взяла с собой книгу или газету. Ну почему врачи называют пятиминуткой совещание, которое длится намного дольше?

Ожидание тянулось томительно. От скуки я пересчитала все трещинки на потолке и стенах и изучила больных, медленно шаркающих по коридору. Очевидно, палаты тут были без удобств, потому что возле женского туалета скопилась очередь. Потом ко мне подошла медсестра.

— Женщина, уступите место бабушке.

— Да, конечно, пожалуйста.

Девушка усадила на освободившийся стул крохотную старушку.

— Вот, тут подождите, скоро машина придет и отправитесь в Репнево.

Знакомое название заставило насторожиться. Где я слышала это слово «Репнево»? Бабушка тихо сидела, привалившись к спинке, потом она начала сморкаться и рыться в необъятной кошелке. Я безуспешно пыталась припомнить: ну кто совсем недавно говорил про Репнево?

Тут по коридору плотной толпой пошли люди в белых халатах. Я отыскала Константина Петровича и услышала категорическое: «Нет!»

— Но мне очень надо.

— Не могу разрешить. Бабкиной нельзя волноваться.

— Дело очень важное!

Доктор скорчил гримасу:

— Важней, чем жизнь? И потом, даже если я впущу

вас в палату интенсивной терапии, толку не будет. Бабкина погружена в лечебный сон, разговаривать она не сможет!

— А когда прийти, чтобы с ней побеседовать?

— Недели через две!

— Так долго, — расстроилась я.

— Ничего не могу поделать, — сухо ответил врач, — между прочим, ей уже один раз стало хуже после вашего визита.

— Константин Петрович, — дернула врача за рукав медсестра, — из Репнева приехали, оформите документы.

— Почему ко мне? — изумился доктор.

Медсестра глянула в мою сторону и осторожно сказала:

— Так Андрей Миронович уволился. Главный сказал, что теперь вы бумаги подписываете.

— Вот уж глупость, — вскипел Константин Петрович, — мне только еще этой докуки не хватало!

Быстрым шагом он пошел в обратную сторону, но я не побежала за ним и не стала просить разрешение на вход в реанимацию. Наконец я вспомнила Репнево! Сестра-хозяйка Лина, ставшая невольной свидетельницей ссоры между Отрепьевым и Маргаритой, бросила фразу: «А он ей отвечает: «Что касается денег, то они все уходят в Репнево».

Я уцепила медсестру за халат.

— Простите, что такое Репнево?

— Социальный интернат.

— Извините, я не понимаю.

— Ну дом престарелых, вон бабушку туда сейчас отправляем.

Я посмотрела на тщедушную старушку, равнодушно сидящую на стуле.

Прошел еще час, пока злой Константин Петрович оформил необходимые бумаги. Потом он высунулся из ординаторской и заорал:

— Эй, Валентина, отведи ее вниз!

— Не могу, я на перевязке, — донеслось в ответ.

— Надя, Надя, — завопил доктор, — поди сюда!

— Она заболела! — крикнули из коридора.

— Лена, зайди.

— Ленка ушла за лекарствами.

— Да что у нас происходит, черт возьми! — вскипел Константин Петрович. — Средний персонал шляется незнамо где, а врач должен бабку тащить?

— Давайте я отведу старушку, — быстро предложила я.

Константин Петрович сунул мне пухлый конверт:

— Ступайте на выход, машина у подъезда.

Я подхватила безучастно взиравшую на происходящее бабку и осторожно потянула почти невесомое тельце к лифту. Внизу стояли четыре легковых автомобиля, но ни один из шоферов не собирался ехать в Репнево. В полной растерянности я оглядела двор и заметила разбитый «рафик» темно-защитного цвета, с замазанными краской окнами. Внутри на водительском месте сидел дядька, похожий на груду макулатуры.

— Вы из Репнева? — спросила я.

— Ага.

— За бабушкой?

— Нам однофигственно, за кем, — пробубнил водитель, — бабушка, дедушка, курочка Ряба... лишь бы бумаги были в порядке, а то вози старые кости взад-вперед из-за того, что печати нет.

Я протянула ему конверт.

— Ладно, — буркнул дядька, — запихивай бабуську.

— Можно мне с вами до Репнева?

— Залазь, — милостиво разрешил водитель и завел мотор.

Подскакивая на ухабах и отчаянно дребезжа металлическими внутренностями, «рафик» покатил вперед. Езды оказалось около пятнадцати минут. Сквозь замазанные окошки не было видно дороги, и я, полагавшая, что Репнево — это название подмосковной деревеньки, страшно удивилась, увидев вокруг блочные дома и деловито снующие машины.

— Вылазь, — буркнул шофер, — конечная, Репнево, следующая крематорий.

Никак не отреагировав на грубую шутку, бабушка стала вставать. Я выскочила первой, помогла старухе спуститься и хотела было спросить, куда нам идти, но «рафик» взревел мотором и исчез. Я растерялась. Здорово вышло, стою с полубезумной старушкой посреди улицы. Придется спрашивать у прохожих, где тут дом престарелых. Очевидно, бабушка еще не растеряла остатки ума, потому что она внезапно хрипло сказала:

— Через дорогу пошли. Вон, видишь, домик за забором прячется? Оно и есть, место проклятое, Репнево.

— Почему же проклятое? — для поддержания разговора поинтересовалась я, таща бабуську к подземному переходу. — Дом как дом, вполне даже симпатичный, на детский садик похож.

— Это с виду, — вздохнула старушка, — а внутри ад кромешный. Вот отдохнула в больнице, поела по-человечески, поспала на простынях да на подушке, и хватит, конец счастью, пожалуйте в сатанинское место. Одно не пойму, за какие грехи мне эти муки!

Она бормотала и бормотала, мне делалось все больше ее жаль. Наконец, мы доплюхали до большой железной двери и позвонили в звонок. Высунулась румяная девка лет двадцати пяти.

— О! — воскликнула она. — Петровна! Не померла!

— Жива пока, — с достоинством ответила бабушка.

— А мы уж решили, все, отбросила ты полусапожки, — радовалась девица, — вещи твои на склад сволокли, а место другой отдали. Ну погодь тут, сейчас сообразим, куда поселить.

И она ушла, хлопая шлепками по голым пяткам. Бабуська навалилась на стену, у нее сильно дрожали руки.

— Ласковая у вас дежурная, — хмыкнула я.

— Люся еще ничего, — тихонько ответила старушка, — вот Валентина, та чистая гидра, может ударить. Самые хорошие тут на третьем этаже служат, вот туда бы попасть..

— А вы попроситесь сейчас, — посоветовала я, — может, переведут.

Бабушка мелко засмеялась.

— Что ты, милая! Там платных держат.

— Кого?

— Ну есть такие люди, которые еще не совсем совесть потеряли. Сдадут родителей в интернат, но не бросят, а платят за них. Вот таким все условия. Палаты с одеялами, и телевизоры стоят, холодильники. Кормят их нормально, эх, да что там, — махнула старушка рукой.

— Ваши заплатить не могут?

Бабуся грустно улыбнулась:

— Так если бы дочка моя жива была, разве же бы отдала меня сюда? Никогда. Только все поумирали: и муж мой, и дочь. А сын — алкоголик, раз в месяц является, когда пенсию выдают, и ругается, что я ему на бутылку не отсыпаю.

— Эй, Петровна, — заорала с лестницы Люся, — дуй сюда, в двенадцатую комнату!

— Ну, спасибо тебе, — с достоинством кивнула бабушка и уползла.

Я осталась стоять посреди длинного грязного коридора, куда выходило невероятное количество дверей.

— Ищите кого? — поинтересовалась вернувшаяся Люся.

— Да, заведующую.

— А зачем вам?

— Хочу сюда тетку определить.

— Ну, — засмеялась Люся, — не так это просто, кучу бумаг собирать надо.

— Даже в платное отделение?

— Так вы за деньги? — страшно оживилась Люся. — Ступайте на третий этаж, комната тридцать восемь. Там Вероника Глебовна сидит. Денежными пациентами она занимается.

Стараясь не дышать глубоко, я поспешила по коридору к виднеющейся вдали лестнице. Окружающая обстановка действовала угнетающе. По протертому до дыр, потерявшему всякий цвет линолеуму двигались, словно тени, замотанные в рванину старушки. Очевидно, администрация экономила на всем. Путь мой лежал мимо многочисленных комнат, двери в которых были открыты нараспашку. Обстановка напоминала тюремную. Железные кровати, выкрашенные краской невероятного колера, этакой помесью между грязно-зеленым и мрачно-серым. Постельного белья бабушкам не давали, впрочем, занавесок тоже не было в помине, а столы были накрыты газетами. Чем дальше я шла по коридору, тем сильней сжималось сердце. Господи, не дай бог оказаться в старости в подобном месте! Уж лучше сразу умереть!

Ноги пронесли меня мимо столовой, в нос ударил отвратительный запах тушеной кислой капусты и чего-то тошнотворного. Я взлетела на второй этаж и чуть не скончалась от вони, которую издавал находящийся по непонятной причине на лестничной клетке туалет. Зажимая нос рукой, я добежала до третьего этажа и покачала головой. Перед глазами нарисовалась иная картина, и до носа долетали другие запахи.

Старикам, у детей которых нашлись деньги на оплату пребывания своих родителей в приюте, сегодня на обед явно варили курицу. Крепкий аромат свежего бульона плыл впереди меня. Под ногами уютно поскрипывала ковровая дорожка, стены радовали глаз розовой краской, и попавшаяся по дороге медсестра не глянула волком, а, ласково улыбнувшись, поинтересовалась:

— Ищете кого?

— Веронику Глебовну.

— А вот эту дверцу толкайте, там она, — снова улыбнулась женщина и крикнула: — Степанида Власьевна, голубушка, вы зачем в коридорчик босиком вышли? Не дай бог простудитесь. Давайте носочки одену, тепленькие.

Вымолвив эту фразу, медсестра осторожно взяла под руку старушку абсолютно безумного вида и повела в палату. Я тяжело вздохнула, а еще говорят, что иметь деньги стыдно. Ей-богу, тем, кто это утверждает, следует заглянуть в Репнево, сначала в муниципальное, а потом в платное отделение.

Вероника Глебовна походила на царицу Екатерину. Такая же полная фигура, величественная осанка и белые пухлые ручки, унизанные перстнями. При виде меня она улыбнулась только губами, глаза заведующей остались настороженными, холодными.

— Вы ко мне? Слушаю.

Я решила седлать коня на ходу и заявила:

— Обратиться в ваш дом меня надоумил Ежи Варфоломеевич Отрепьев.

В лице дамы растаял лед. Она улыбнулась еще раз, теперь уже по-человечески.

— Очень приятно. Что-то он давно не навещал Полину.

Я постаралась изобразить, будто нахожусь полностью в курсе дела.

— Да занят был.

— Ясное дело, — вздохнула Вероника Глебовна, — работает, святой человек, так о жене заботится. Знаете, не каждый из мужчин способен на подобные чувства.

У меня на языке вертелась парочка вопросов, но задавать их было рано, и я принялась самозабвенно врать, излагая цель визита. Вкратце история звучала так. Имею тетку, пожилую женщину, довольно больную и беспомощную. К себе взять ее не могу, потому что муж ругается, а бросить старуху совесть не позволяет.

Вот и пришла узнать, возможно ли устроить ее в платное отделение, а главное, сколько это будет стоить? Вероника Глебовна спокойно ответила:

— Возьмем вашу тетушку, а оплата зависит от ряда обстоятельств.

— Каких?

— Пойдемте.

Мы вышли в коридор, заведующая толкнула ближайшую к кабинету дверь, и я увидела вполне уютную комнату с тремя нормальными кроватями, укрытыми не слишком новыми, но чистыми пледами. На тумбочках высились настольные лампы, в углу тихо гудел маленький холодильничек, возле стены стоял небольшой телевизор, сидевшая в мягком кресле старуха отложила вязание и бодро отрапортовала:

— Я в столовую не пошла, здесь кофе выпила.

— Неправильно поступаете, Татьяна Артуровна, — укорила ее Вероника Глебовна, — надо горячее кушать, кашу, яичницу, а то где силы взять.

Потом она закрыла дверь и сообщила:

— Это самый дешевый и простой вариант. Комната многоместная, бабушки ходячие, ванна и туалет в коридоре. Есть и получше.

Мне продемонстрировали помещение на двух и одного человека.

— Столовая общая, — журчала Вероника Глебовна, — хотите еду попробовать?

Суп и впрямь оказался куриным, вкусным и наваристым. А на второе сегодня предлагали отварного цыпленка и рис. Возле приборов стояли стаканы с компотом и лежало по мандарину.

— Изысков никаких, — улыбнулась Вероника Глебовна, — но стараемся угостить вкусненьким. Йогурты берем, какие подешевле, фрукты, овощи, а по воскресеньям кексы подаем или тортик вафельный. Ну как, нравится?

— Хорошие условия.

— У нас еще люкс имеется, только в нем, сами знаете, Полина живет.

— Можно взглянуть?

Вероника Глебовна на секунду замешкалась, а потом сказала:

— Ну раз вы хорошая знакомая Ежи Варфоломеевича, то, думаю, да.

Она отвела меня в самый конец коридора и распахнула дверь. Мы оказались в маленькой, со вкусом обставленной однокомнатной квартирке. Небольшая прихожая, украшенная большим зеркалом, была чисто вымыта, из нее вели три двери: одна — на кухню, другая — в комнату, за третьей, очевидно, скрывался санузел.

— Загляните в спальню, — тихо сказала заведующая.

Я сунулась в богато обставленную комнату. Меньше всего она походила на больничную палату. Шикарный ковер, кровать из красного дерева, тяжелый стол, накрытый скатертью, в центре его высится ваза с ярко-желтыми хризантемами... Возле постели сидела женщина с книгой в руках.

— Ну как она? — спросила Вероника Глебовна.

— Обычно, — ответила медсестра, — вот, читаем Голсуорси, телевизор смотреть не хочет.

Сказав эту фразу, сиделка поправила подушку в роскошной белой наволочке с ручной вышивкой, и я вздрогнула. Среди изысканных кружев виднелось маленькое желтоватое личико, просто череп, обтянутый кожей. В ушах поблескивали большие бриллиантовые серьги. Я поежилась. Украшения на высохшей голове выглядели жутко.

— Полечка, — ласково поинтересовалась заведующая, — ничего не болит?

— Нет, — прошелестело из подушки.

— Вот и хорошо, а я к тебе гостью привела.

Но женщина не открыла глаз.

— Где Ежи? — внезапно спросила она.

— Скоро придет, — успокоила ее Вероника Глебовна, — в командировке он.

Потом заведующая шепнула:

— Пошли.

В коридоре я вздохнула полной грудью.

— Что с ней?

— Вы разве не знаете?

— Слышала только про болезнь Полины, но без подробностей.

Вероника Глебовна открыла свой кабинет:

— Рассеянный склероз, страшная вещь. Отчего-то это происходит с молодыми людьми? Лечить эту напасть не умеют, просто пытаются притормозить процесс, но итог, как правило, один: полный паралич, потеря разума и смерть, что в данном случае, на мой взгляд, является не горем, а избавлением. Не всем ведь так везет, как Поле.

— Хорошо везение!

Заведующая посмотрела в окно.

— Трудно осуждать людей, жить с инвалидом тяжело, да и дорого. Всякие памперсы, лекарства... Много денег уходит, и они не у всех есть, вот и стараются избавиться от таких родственников. Впрочем, больным тоже несладко. Все на работу убегут и бросят одного. Хорошо еще, если до воды дотянется, а то лежит до вечера голодный. А у Полины условия царские, лучшая сиделка при ней. Ежи Варфоломеевич для жены любые лекарства приносит, чуть в каком медицинском журнале про новейшее средство напишут, тут же оно у Поли на столике. Из Америки, Германии, Франции... Надеется жену на ноги поставить. Только толку!

Она махнула рукой. Я лихорадочно пыталась сообразить, как поступить, потом для себя неожиданно ляпнула:

— Уж извините, обманула вас!

Аккуратно накрашенные брови Вероники Глебовны взметнулись вверх.

— В чем?

— Мне не надо пристраивать тетю...

— Тогда зачем вы к нам?

Я собралась с духом и выпалила:

— Живу в соседней с Ежи Варфоломеевичем квартире, знаю про ситуацию с Полиной, вот и решила предупредить...

— О чем? — недоумевала Вероника Глебовна.

— Господи, Отрепьев умер.

— Бог мой! — воскликнула заведующая. — Ужасно. Инфаркт, да? Я ему говорила: «Ежи, нельзя так рваться! Давай переведем Полину в обычную комнату». Ей ведь по большому счету без разницы, где лежать. Все равно с кровати не встанет! Ну за каким чертом паралитику кухня и санузел? Помыться в общую ванную свезем! Но нет! Платил бешеные деньги! И вот результат!

Я хотела было сказать, что кардиолог покончил с собой, но потом передумала и тихо спросила:

— Что же теперь будет с несчастной?

Вероника Глебовна тяжело вздохнула:

— Мне очень жаль Полину, как, впрочем, и всех остальных, вынужденных жить в Репневе, но, сами понимаете, держать ее в люксе не смогу. Эксклюзивные условия оплачены до января будущего года, а потом...

— Выкинете на улицу?

— Нет, конечно, — возмутилась заведующая, — у нас бывают подобные случаи, когда у платных пансионеров умирают единственные родственники. Тогда их содержат в Репневе на общих основаниях.

— На первом этаже?

— Да, — сухо ответила заведующая и добавила, помолчав секунду: — Не могу же я из собственного кармана платить за всех, да и нет у меня таких средств, на зарплату бюджетницы живу!

Я вспомнила железные кровати без белья, столы, накрытые газетой, почувствовала в носу запах тухлой капусты и вздохнула:

— Бедная Полина! После люкса на первый этаж.

— Может, еще мать Ежи Варфоломеевича где деньги найдет, — сказала Вероника Глебовна.

— А у Ежи есть мать? — удивилась я.

Заведующая кивнула:

— Да, пару раз сюда приезжала, правда, раньше, а потом перестала, наверное, постарела.

— Может, умерла!

— Да нет, — покачала головой Вероника Глебовна, — звонит иногда, спрашивает: «Как там Полина?» Небось надеется услышать, что умерла и сына освободила. Надо связаться с ней, пусть попробует деньги раздобыть.

— А заплатить может любой? Даже не родственник?

— Конечно, нам без разницы. Передаете в бухгалтерию сумму, и все. У нас тут есть «группа миграции»: Анна Севастьяновна и Ольга Сергеевна. У их дочек нет средств на то, чтобы весь год оплачивать, вот и помещают в платное отделение на три, два, а то и на один месяц, как получится. Мы всегда идем навстречу.

— Дайте мне телефон матери Ежи.

Вероника Глебовна не удивилась и не стала задавать вопросов, а просто ответила:

— В карточке Полины только адрес.

— Можно посмотреть?

Заведующая встала, подошла к большому сейфу, порылась и вытащила листок учета.

— Пожалуйста.

Я уставилась на бумажку: «Борисова Полина Марковна, Девятая улица Ямского Поля, дом восемнадцать, строение шесть. Ближайшие родственники: Костоломова Таисия Федоровна, Отрепьев Ежи Варфоломеевич, проживают там же, телефона нет». Напротив фамилии покойного кардиолога ручкой другого цвета был приписан адрес и два номера: мобильный и домашний, очень похожий на хорошо знакомый мне номерок Бабкиной, только последние две цифры оказались другими.

ГЛАВА 11

Я спустилась вниз и налетела на привезенную из больницы старушку. Та несла железную кружку, в которой плескалась горячая вода.

— Вы тут еще? — спросила бабка. — А я чаю захотела, да опоздала! Заварку расхватали, хорошо, кипятку досталось, а еще гляди... — И она с гордостью показала одно, слегка надломленное печенье. — Вон как мне сегодня свезло! Лишнее оказалось! Уж по какой такой причине сами не съели, не знаю, только угостили на кухне. Припрячу на черный день.

Внезапно мне стало жаль бабушку до слез. Больная, никому не нужная, собирающаяся прятать в тумбочке печенье, потому что не знает, получит ли еще одно... Господи, за что ей такая старость? В желудке стало горячо, и я резко спросила:

— Вас как зовут?

— Степанида Петровна Власенко, — с достоинством сообщила бабуся, — тысяча девятьсот двадцать первого года рождения. Или, думаешь, совсем разум потеряла и ничего не помню?

Но я, не ответив, понеслась вновь наверх, в кабинет Вероники Глебовны, вытаскивая по дороге из сумочки деньги, полученные в издательстве за детектив. Конечно, я намеревалась купить на эту сумму всем подарки, но ведь никто их не ждет. Две тысячи словно с неба свалились, и жалеть их не стоит.

Процесс оформления бумаг продлился почти два часа, и на улице я оказалась около семи, голодная, уставшая и растрепанная. Ехать к этой Костоломовой Таисии Федоровне? Пока доберусь, натикает все девять, а многие пожилые женщины рано ложатся спать. Нет, лучше завтра, а сейчас надо домой, хотя, учитывая тот факт, что у нас поселились Маринка, баба Клава и Ванька, спешить в квартиру совсем не хочется. Небось в комнатах опять стоит крик.

Но в коридоре меня встретила тишина.

— Наши постояльцы умерли? — поинтересовалась я у открывшей дверь Томуськи.

Подруга усмехнулась:

— Марина и Клавдия Васильевна уехали!

— Насовсем?!

— Нет, только на три дня.

— И куда? Отчего нам такая радость?

— На свадьбу их позвали, к родственникам.

— Вот счастье, — ликовала я, — повезло так повезло! Бракосочетание — дело обстоятельное, с большой гульбой. Рассчитывают на пару дней, а там, глядишь, и неделю пропляшут! Надо Ленинида поторопить...

— Ты особо не прыгай, — охладила меня Томуся, — Ваню нам оставили.

Я чуть не села мимо табуретки.

— Зачем? Вернее, почему?

Томочка пожала плечами:

— Сказали, он им там помешает.

— И ты согласилась?

Тамара кивнула. Я всплеснула руками:

— Ну как тебя угораздило?

Хотя странный вопрос. Томуська, с ее желанием вечно сделать всем хорошо, небось сама предложила проследить за шкодливым мальчишкой.

— Тогда отчего в доме тихо?

Тамара засмеялась.

— Только что замолчал, потому что дала ему конфет. Сейчас съест...

— А-а-а, — донеслось из кухни, — ложись, стреляю! Умирай быстро!

Я вздохнула, Ванька слопал сладкое.

— Сдохни живо.

— Сделай милость, замолчи, — ответил голос Олега.

— Куприн дома? — изумилась я и побежала в кухню.

Мрачный супруг сидел у стола, уставившись в тарелку с нетронутым ужином.

— Привет, как дела?

— Как сажа бела, — буркнул муж, — лучше некуда.

— Случилось что?

— Кругом одни идиоты! — взвился мой майор. — Ты только представь, что Севка Лапин отмочил.

— Ну?

— Приехали на труп, — принялся объяснять Олег, — мужик повесился, прямо в комнате, в крохотной гостиной. Пятиэтажка, потолок на голове... Он ногами до пола чуть-чуть не достал. И правда, на первый взгляд выглядело, словно парень посередине комнаты стоит, но это совершенно не извиняет Севку, хоть он и «пашет» вместо Василия Сергеевича...

Прихлебывая сладкий крепкий чай, я слушала мужа. Постоянная нехватка квалифицированных сотрудников — бич МВД. Поработает человек пару лет за копеечный оклад и сбежит. Один пристраивается в сыскное агентство, другой идет в охрану, а третий... Третьи начинают служить криминальному бизнесу, и из них, к сожалению, получаются настоящие профи, отлично знакомые с «кухней» районных отделений, умные, изворотливые, безжалостные.

Вот у Олега сегодня и произошел казус. Криминалист Василий Сергеевич заболел, и Севке Лапину пришлось разрываться между двумя группами. Сначала он помчался в Чертаново осматривать девчонку, выпавшую из окна, потом, свесив язык на плечо, полетел в Северное Бутово, где его поджидал Олег.

Внесясь в комнату, где тихо покачивался на бельевой веревке удавленник, Лапин вытер рукавом потный лоб, не отдышавшись, начал здороваться, пожимая коллегам руки.

— Привет, Олег, здорово, Мишка, салют, Генка...

Окончательно закрутившись, он поручкался с женой самоубийцы, его матерью, сыном, затем подошел к висельнику... потискал у него ладонь и, бормотнув: «Добрый вечер, парень», — осведомился у Куприна:

— И где ваш жмурик?

Оперативники не удержались от смеха. Вдова и мать распсиховались, что и понятно. Потом обозленные бабы накатали жалобу, и Олегу придется теперь принимать по ней меры.

— И как поступить? — злился муженек, отпихивая от себя полную тарелку. — Всем же понятно, что у Севки просто голова кругом пошла.

— Объяви ему порицание, — посоветовала Томочка, — и теткам приятно, и Севке ерунда. Ты лучше ешь!

— Не могу!

— Сделай милость, поужинай, — попросила я, доставая из холодильника бутылочку пива, — Томуся потушила кролика.

— Не могу, зуб очень болит, — буркнул Олег и ушел к себе.

Мы с Тамарой остались смотреть телевизор, стараясь не замечать носящегося по гостиной Ваньку. Паренек, сжимая в руке пистолет, орал:

— Сдавайтесь, суки, терминатор пришел! Ложись, покемоны!

В голове у несчастного ребенка была дикая каша из просмотренных фильмов. Потом я услышала, что

Олег пошел в ванную, и заглянула туда. Муж, держась за щеку, рылся в аптечке.

— Так больно?

— Сейчас умру!

— Поехали к врачу!

— Ни за что!

Следующие полчаса мы уговаривали Олега на поход к доктору, пугая его страшными последствиями. Наконец супруг согласился.

— Ладно, но только посмотреть! Никаких уколов и бормашины.

— Конечно, — поспешила согласиться я, — эй, Ванька, одевайся, поедем на метро кататься!

— Что ты, — замахала руками Томочка, — одиннадцать натикало! Ему спать пора!

— Он раньше часа не ложится и тебе отдохнуть не даст. Ничего, прогуляется с нами! — пробурчала я, доставая Ванькину куртку.

В вагоне, несмотря на поздний час, оказалось много народа. Мрачный Куприн встал у двери, а мы с Ваняшей уселись на диванчик. Мальчишка качнул ногой и выпалил:

— Твою мать, ботинок развязался!

Сидящая около меня дама с элегантной сумкой поморщилась и сказала своей спутнице:

— Да уж, теперь детей не воспитывают, нарожают, и ладно.

Красная от злости, я дернула Ваню за рукав:

— Сделай милость, разговаривай нормально!

— Это как? — опешил паренек.

— Не употребляй плохих слов.

— Каких?

— Ну, вроде «жопа».

— Почему?

— Такого слова нет!

— Жопа есть, а слова нет? — бесхитростными глазами уставился на меня Ваня, и я поняла, что он не издевается.

Ну откуда ребенку научиться нормальной речи, если и мать, и бабка матерятся, словно бомжи? Да и я сама в свое время набралась от мачехи Раисы «выражансов». Правда, Раиса употребляла их только в пьяном виде и, услыхав на трезвую голову от падчерицы несколько глаголов и существительных, мигом выдрала меня ремнем, приговаривая:

— Не учись плохому, учись хорошему.

— Говори, как дядя Олег, — велела я.

— Так он молчит.

— И ты молчи! Если перестанешь ругаться, куплю подарок.

— Какой?

— Шоколадку.

— Ну...

Я решила простимулировать ребенка.

— Вот что, Ваняша. Когда вернемся домой, я напишу тебе список слов, которые говорить нельзя, и, если меня послушаешься, получишь на Новый год железную дорогу. Сам выберешь в магазине, любую.

— Суперски, — взвизгнул мальчик и осекся. — Так можно?

— Пожалуйста, — милостиво кивнула я.

Ваня замолчал, потом ткнул пальцем в тетку, сидящую напротив.

— Вилка, глянь, у тетки шуба из леопарда.

Женщина, одетая в манто из синтетики, улыбнулась.

— Правильно, — ответила я, — это леопард.

— А у той тигр.

— Верно.

— У двери из овечки.

— Точно.

Господи, он что, никогда не молчит? Обрадованный собственным умом, Ваняшка крутил головой в разные стороны и громко вещал:

— Опять леопард, овечка, кролик...

Люди улыбались. Потом мальчик притих. Я уже

обрадовалась, что ему надоело, но тут он вытянул вперед руку и указал не слишком чистым пальцем на даму, на плечах которой красовалось мохнатое пальто ядовито-зеленого цвета.

— А это из кого?

Чтобы отвязаться, я ответила:

— Понятия не имею.

— А я знаю, — заорал Ваняша, — из кикиморы болотной, из ё... кикиморы!

Народ грохнул, Куприн покраснел, дама, наоборот, посинела и весьма злобно прошипела:

— Лексикон у вашего сынишки весьма обширен. Впрочем, яблоко от яблоньки...

Но тут поезд подкатил к нужной нам остановке, я вытолкала Ваньку на перрон.

— Глагол ё... говорить нельзя, понял?

— Ё... не глагол, — влез Куприн, — а, на мой взгляд, прилагательное.

Я обозлилась.

— Какая разница! Нельзя, и все!

ГЛАВА 12

В поликлинике оказалась очередь. Ванька начал сновать между креслами, задевая подлокотники. Люди вздрагивали. Потом мальчишка придумал иную забаву. Он разбегался и с диким визгом скользил по кафельному полу. Издавая оглушительный звук, Ваняша ухитрялся перекрывать неумолчный вой бормашин и вопли висящего под потолком телевизора. У меня заболела голова. Старуха с раздутой щекой, сидевшая через два стула от Куприна, недовольно поморщилась:

— Зачем ребенка с собой притащили? И так тошно, а тут он мельтешит.

Я промолчала.

— Наверное, оставить не с кем, — ответила девушка, стоявшая у двери в кабинет.

— Один посидит, — ринулась в бой бабка, в силу возраста ненавидящая всех здоровых, веселых и счастливых, — эка беда! Нас родители с года бросали, и в поле. Так мы и избу убирали, и коров доили, и щи варили! Я замуж выходила — все умела, а нонешние! Тьфу, только ноют: «Баба, купи конфетку». Накось выкуси! У меня-то не было ничего, и тебе не дам!

— Поэтому вы такая злая, — вздохнула девушка, — понятно, комплекс нереализованных желаний!

— Сама ты проститутка! — обиделась ничего не понявшая бабка. — Одела юбку по самую не хочу и стоит, сесть боится!

— Идите вперед меня, — предложила нам девушка, когда из кабинета вышел пациент, — что мальчишку мучить.

Я быстро втащила Куприна внутрь и всунула в кресло. Бледный до синевы, муж уставился на аккуратно разложенные никелированные железки и стиснул покрепче зубы. Врач, милая женщина лет тридцати пяти, сказала мне усталым голосом:

— Лучше в коридоре подождите, мужчины при женах всегда капризничают.

Я пошла к двери, слушая, как она приговаривает:

— Ну, ну, откроем ротик, только посмотрю, вот, видите, руки без инструментов. Дергаться не надо, вас плотно привязали, мы мужчин всегда к креслу привязываем, деваться некуда...

В коридоре продолжали ругаться девушка и бабка. Ванька нарезал круги по залу. Его круглая смышленая мордашка была до ушей перемазана шоколадом. Кто-то угостил ребятенка конфетами. Я втиснулась в кресло и попыталась отключиться. Время тянулось, словно скучный урок, каждая минута превращалась в час. Наконец дверь приотворилась, и высунулась медсестра.

— Следующий!

— Ты их пропустила, — взвилась бабка, — ступай взад.

— Сама туда иди!

— Проститутка!

— Старая карга, чего сюда заявилась?

— Зубы лечить, — неожиданно мирно ответила старуха.

— Зачем они тебе, злыдня, манную кашу жевать? — хихикнула девушка и проскользнула в кабинет.

— А где мой муж? — удивилась я. — Он не выходил.

— На топчанчике лежит, — насмешливо пояснила медсестра, — в обморок упал. Ему Нинель Митрофановна укольчик сделала, чтобы зуб вырвать, а он и грохнулся после этого! Да не волнуйтесь, у нас мужики частенько чувств лишаются. Слабые они очень, нежные, не то что бабы. Нам аборт без наркоза — тьфу!

Не слушая глупые речи, я отпихнула ее и вбежала в кабинет.

Куприн цвета обезжиренного молока полулежал на кушетке.

— Тебе плохо!!!

— Ужасно, — прошептал муж, потом поднес руку к губам и в страхе воскликнул: — Ой, кровь идет!

— Естественно, — успокоила его докторица, — зуб я все же успела удалить.

— Кровь течет, — затравленно повторил муж, вновь устраиваясь на кушетке.

— Потом перестанет.

— Я умру.

— Вы боитесь крови? Кем работаете? — спросила врач.

— Он служит в милиции, — ответила я, — и ничего не боится!

— О господи, — вздохнула медсестра, — вечно одно и то же! Будешь жить!

— Нет, мне очень плохо, — прошептал Олег, — ноги дрожат, руки не слушаются, спина онемела... Отвезите в больницу.

— Лена, дай ему нашатырь, — приказала врач, потом повернулась ко мне. — Уводите супруга.

— Но ему плохо!

— Это от страха. Будет лежать здесь — еще хуже станет, а на улице в себя придет.

Сгибаясь под тяжестью стокилограммового Олега, я выволокла его в коридор и крикнула:

— Ваняша, пошли!

— Чего с ним? — засуетился мальчик, как всегда, выкрикивая слова во весь голос. — Напился, да? Нажрался, как свинья?

Все сидевшие в зале мигом повернули головы в нашу сторону. Я волокла Олега к двери.

— Ой, как напился, — причитал Ванька, — давай его по балде ё..., он в себя придет. Бабка так всегда с дедом делала, пока тот не помер!

Сами понимаете, что больше всего мне хотелось надавать Ваньке оплеух, но руки были заняты Олегом.

На улице я прислонила Куприна к стенке поликлиники и принялась ловить машину. Но водители, притормозив, наталкивались взглядом на «стекшего» Куприна и мигом нажимали на газ. Издали Олег смахивал на пьяного, и никто не хотел иметь с ним дело. Наконец остановились разбитые «Жигули».

— Куда? — деловито осведомился небритый мужик.

Я обрадованно сообщила адрес.

— Не, — протянул дядька, — далеко, и потом, он чего, пьяный?

— Домой хочу, — заныл Ванька, — жрать охота, замерз весь... А-а-а, спать... а-а-а, жрать...

— Садись, — буркнул водитель, — двести рублей!

Он заломил, на мой взгляд, большую сумму, но делать было нечего. Я втолкнула в салон Олега, посадила Ваньку, рухнула около него на заднее сиденье и вздохнула... Кошмарный вечер подходил к концу, зуб удален, скоро окажемся дома.

Внезапно Олег захрапел.

— Эк твоего папку разбирает, — ухмыльнулся шофер, вертя баранку, — здорово погулял, отдохнул на славу.

— Это не мой папка, — возмутился Ваняша.

— А кто? — полюбопытствовал водитель.

— Сосед мамкин.

— Понятненько, — хмыкнул дядька, — а папка где? В командировке небось?

— Не знаю, — грустно ответил Ваняша, — он от нас сбег, бабка говорит, что папанька у ё... матери за углом живет!

Водитель чуть не въехал в угол дома, потом покачал головой, но ничего не сказал, и дальнейший путь мы проделали молча. Притомившийся Ваняша навалился на меня всем телом, изредка бормоча:

— Спать охота.

Когда я протянула мужику две розовые бумажки, он буркнул:

— С тебя полтинник.

— На двести договаривались.

— Ладно, стану я с бабы-одиночки рубли сшибать, на других доберу.

Потом он помог дотащить Олега до лифта, всунул моего мужа в кабину и вздохнул.

— Эх, бабы! Дуры вы! За фигом тебе алкоголик? О сыне подумай, идиотка!

Я молча ткнула пальцем в кнопку.

— О каком сыне надо думать? — неожиданно отозвался Олег.

Но я промолчала, Ванька тоже тихо стоял у стены. Все-таки и от него бывает польза. Сегодня, например, я сэкономила полторы сотни.

На следующий день утром я тщетно пыталась разобраться в Ямских улицах. Первая, вторая, третья... Про девятую никто из аборигенов даже не слышал.

Все спрошенные только недоуменно пожимали плечами. Наконец одна женщина воскликнула:

— Милая, вы не туда приехали!

— Как это? — растерялась я. — Вот же они, Ямские улицы, одна за одной идут.

— Правильно, Ямские, а вам, очевидно, надо улицу Ямского Поля!

Я уставилась на бумажку, где был записан адрес. И правда! Улица Ямского Поля.

— Разве это не одно и то же?

— Нет, конечно, — засмеялась женщина, — все путают.

Пришлось опять возвращаться к метро и плутать уже в другом квартале. Наперекор всякой логике улочки шли не по порядку. Обнаружив нужную, я обрадовалась словно щенок, получивший печенье, но, как оказалось, зря. Теперь предстояло найти строение шесть. Ну почему бы не пронумеровать дома просто: девятнадцать, двадцать? К чему писать на табличках 18/1, 18/2? Наверное, специально, чтобы запутать людей.

Я бродила между совершенно одинаковыми пятиэтажными зданиями, построенными в начале двадцатого века. Сделав третий круг, нашла наконец дом.

Подъезд оказался открытым, лестница — грязной. Никакой надежды застать дома Таисию Федоровну не было. Часы показывали два, пожилая дама могла утопать в поликлинику или магазин.

Я позвонила в дверь. Тишина! Повторив попытку, я глянула на циферблат. Так, что делать? В пять часов я должна быть в издательстве со списком названий...

Вдруг дверь распахнулась.

— Вы ко мне? — весьма любезно спросила маленькая, опрятная старушка ростом чуть повыше таксы.

— Можно Таисию Федоровну?

— Проходите, голубушка, — улыбнулась хозяйка, — давно жду! Обещали-то к часу!

Поняв, что мать Ежи приняла меня за кого-то другого, я не стала разубеждать ее, а, сняв куртку и ботинки, отправилась в комнату.

— Вот, — показала дама на огромную люстру с хрустальными подвесками, — можете приступать, только аккуратно, если разобьете чего, так и останется дырка, теперь подобных светильников не делают, этот от моей матери остался. Ну да Елена Федоровна говорит, что вы аккуратная!

Я посмотрела на каскад висюлек и вздохнула.

— Уж извините, но я не мою люстры.

— Как же? — изумилась Таисия Федоровна. — Но моя сестра утверждает, что вы ловко справились с ее осветительными приборами.

— Я пришла совсем по другому вопросу.

— Какому?

Я замялась, с чего начать? Похоже, квартира тут большая. Может, Ляля спокойно спит в одной из комнат? Честно говоря, я очень надеялась найти девочку здесь. Как только узнала, что у Ежи жива мать, сразу поняла: кардиолог привез Ляльку сюда! Лучшего места для девочки ему не найти!

— Что случилось? — настаивала Таисия Федоровна.

— Я пришла узнать, как самочувствие Ляли...

— Кого?

— Лялечки.

— Это кто?

— Девочка, которая у вас живет. Вообще-то, ее зовут Ольга, но все обращаются к ней Ляля.

— У меня ребенок, тут? — изумилась Таисия Федоровна.

— Да, ее привел Ежи Варфоломеевич.

— Боже, какая глупость!

— Понимаю, он просил никому не рассказывать,

но мне можно. Ася Бабкина тяжело заболела, и ей надо увидеть дочь!

— Ничего не понимаю, какая Ася? Что за дочь?

Вот упорная тетка, не желает выдавать сына!

— Я все знаю! Ежи Варфоломеевич мне сам рассказал, где спрятана Ляля.

— Где?

— У вас!

— Бред! Никого здесь нет!

— Можно посмотреть комнаты?

— Вы с ума сошли! — взвилась Таисия Федоровна. — Нельзя, конечно, еще чего!

Ага, не пускает внутрь, значит, Лялька точно спрятана там!

Таисия Федоровна схватила трубку и принялась накручивать диск допотопного телефонного аппарата.

— Вы куда звоните? — насторожилась я.

Не хватало только, чтобы сейчас сюда прибыла милиция и сволокла меня в обезьянник.

— Ежи, естественно, — буркнула Таисия Федоровна.

— Он же умер, — глупо ляпнула я.

Трубка выскочила из рук пожилой дамы и закачалась на витом шнуре.

— Умер? — слабым голосом спросила она, опускаясь на странное, крохотное креслице без спинки, но с двумя подлокотниками. — Умер?

Я перепугалась. Неужели никто не сообщил матери о смерти сына?

— Боже мой, — всхлипнула Таисия Федоровна и, закрыв лицо руками... захохотала.

Поняв, что у дамы началась истерика, я бестолково засуетилась вокруг нее. Сбегала по кишкообразному коридору в кухню, притащила воды и спросила:

— У вас есть сердечные капли?

Таисия Федоровна убрала от лица руки и уставилась на меня совершенно счастливыми глазами.

— Вы уверены, что Ежи скончался?

— Да, — осторожно ответила я.

— Совсем?

— Ну, в общем...

— Окончательно?

— Похоже на то.

— Какое счастье!!!

Я чуть не упала от неожиданности. Так, теперь у бедолаги от шока начался реактивный психоз! Таисия Федоровна вскочила, подлетела к буфету, вытащила вафельный торт, бутылку ликера, рюмки и воскликнула:

— Милая, как вас звать?

— Виола, — обалдело ответила я.

— Садитесь, Виолочка, это событие надо отпраздновать!

У меня закружилась голова.

— Вы собираетесь отмечать как радостное событие кончину сына?

Таисия Федоровна счастливо засмеялась.

— Он мне не сын!

— А кто?

— Зять, муж Полины. Столько лет ждать! Надеюсь, у него была мучительная агония! Может, попал под трамвай, отрезало ноги?

Окончательно обалдев, я сообщила:

— Он покончил с собой.

— Прыгнул с крыши? — с надеждой спросила «любящая» теща.

— Нет, повесился.

— Очень хорошо!

— Что же хорошего?

— Смерть в петле мучительна, уж поверьте, как врач, я отлично разбираюсь в этом.

— За что вы так его ненавидели и где Ляля?

— Душенька, — лучилась радостью Таисия Федоровна, наливая тягучий ликер в хрустальные рюмки, — если вы не торопитесь, сейчас расскажу!

ГЛАВА 13

Таисия Федоровна всю свою жизнь проработала врачом, самым обычным участковым терапевтом. Оклад невелик, забот полон рот. Но женщина, дававшая клятву Гиппократа, свято ей следовала. Более того, она искренне считала, что цель ее жизни — служение людям. Естественно, когда единственная дочь Таисии Федоровны Полина собралась в медицинский институт, мать обрадовалась. Но Полю мало интересовала наука. Девочка лет с пяти занималась плаваньем и окончила школу мастером спорта. Сами понимаете, что никаких проблем с поступлением у нее не было, блестящую спортсменку мигом зачислили на первый курс. Но учебы не вышло. Поля без конца моталась по соревнованиям, защищая честь института.

Таисия Федоровна недоумевала:

— Ты же не сдашь сессию!

— Ерунда, — отмахивалась дочь, — главное, победить. Через пару лет уйду из спорта и примусь за учебу.

Мать промолчала, только вздохнула. Похоже, ее мечте о династии врачей не сбыться. На третьем курсе Полина выскочила замуж за Ежи, ординатора своего института. Таисия Федоровна встретила зятя с распростертыми объятиями. Жить молодые стали отдельно. Полина хорошо зарабатывала, а потом ей, как чемпионке, дали квартиру. Замужество благотворно повлияло на Полину. Девушка просто расцвела и стала побеждать на всех соревнованиях, легко и просто оставляя позади соперниц. На гребне славы, увешанная медалями, Полина покинула большой спорт и принялась грызть бетон науки. Но знания отчего-то не лезли в ее голову, подводила память... Строение черепа Поля ходила сдавать двенадцать раз! Гистологию — восемь!

Через год стало ясно: Полина больна.

Таисия Федоровна помолчала пару минут, затем сухо добавила:

— Я сама поставила ей диагноз и великолепно знала, что Полю ждет впереди.

— Ужасно, — прошептала я, — а еще со всех сторон твердят: «Занимайтесь физкультурой».

— Это правильно, — кивнула пожилая дама, — общие физические упражнения укрепляют организм, а большой спорт убивает. Вы слышали о допинговых препаратах?

Я замялась:

— Ну так, в общих чертах. Вроде некоторые спортсмены принимают лекарства, которые позволяют достичь лучших результатов!

Таисия Федоровна вздохнула.

— В настоящее время известно около пятисот запрещенных препаратов. Точное число их не имеет значения, потому что оно постоянно меняется. К разновидностям допинга относятся: стимуляторы, успокоительные, наркотики, анаболические стероиды, бета-блокаторы, диуретики, пептидные гормоны, человеческий гормон роста. В этой терминологии путаются не только болельщики, но и врачи. Каждое средство по-разному способствует достижению лучших результатов. Кровяной допинг позволяет увеличить приток кислорода, амфетамин образует гормон стресса, который притупляет чувство опасности и высвобождает скрытые резервы организма.

Но у всех этих медикаментов есть одно общее качество: они наносят значительный, а порой непоправимый вред человеческому организму. Например, только анаболические стероиды «бьют» по двадцати двум зонам тела спортсмена. У женщин начинается облысение, у мужчин увеличивается простата, гепатит поражает печень у обоих полов. Камни в почках, высокое давление, дребезжащий голос... Список можно продолжить. Естественно, допинг запрещают, имеется куча тестов для того, чтобы выяснить, употреблял ли спортсмен тот или иной препарат. Многих, кстати, дисквалифицируют, но только на их место мигом приходят другие.

— Зачем же спортсменам себя калечить? — ошарашенно поинтересовалась я.

Таисия Федоровна вздохнула.

— Люди гибнут за металл. Все очень просто, деньги. В советские времена спортсмены отлично зарабатывали, имели квартиры, машины, дачи... Прибавьте к этому всенародную любовь к тому, кто добыл для страны золотые медали. Ну а сейчас просто получают огромные призовые. Знаете, несколько лет назад никто из родителей не вел своих сыновей в хоккей, казалось непрестижным гонять шайбу по льду. Но потом хоккеистам разрешили выезжать на Запад, в газетах замелькали суммы их контрактов... Теперь в детских школах хоккея отбоя нет от мальчишек. Все хотят, как Павел Буре, иметь миллионы.

— Уж не знаю, согласилась бы я губить свое здоровье даже за очень большие деньги!

Таисия Федоровна грустно улыбнулась:

— Милая Виола, вы взрослый человек, а спортсмены глупые дети, к тому же излишне азартные и в силу молодости беспечные. Мало кто из них задумывается о старости. Основная масса наивно полагает: да, кое-кому делается плохо от приема лекарств, но со мной такое никогда не произойдет! Разочек уколюсь, получу чемодан денег и лавровый венок. Глупые, наивные и очень честолюбивые, жадные, желающие заработать все и сразу. — Она помолчала и добавила: — Во всяком случае Полина оказалась такой.

— Ваша дочь злоупотребляла допингом?

— Моя девочка, — взвилась Таисия Федоровна, — была до замужества чистым, наивным созданием, никогда не мечтавшим о богатстве. Я воспитала ее так, Полина довольствовалась тем, что имела. Все ее достижения добывались упорством и потом на тренировках, пока она, на беду, не познакомилась с Ежи. О, он совсем другой! Хитрый, умный, изворотливый и патологически жадный.

Еще учась в институте, Отрепьев начал проводить первые опыты с допингом. Он был талантливым человеком и скоро весьма преуспел. Первым подопытным кроликом стала Полина, плохо понимавшая, что за таблетки и коктейли ей дает муж. Но, как говорят спортсмены, «результат попер». Чемпионаты выигрывались легко, а главное, все пробы Полечка проходила шутя, по результатам тестов выходило, что она побеждала честно. Ежи и впрямь оказался гениален, созданные им препараты никак не обнаруживались.

Окрыленный успехом врач начал продавать ноу-хау и другим. Первое время все шло просто великолепно. Но потом у совсем молоденькой спортивной гимнастки Лены Волковой случился инсульт. Сами понимаете, что признать факт приема препаратов не хотел никто, и дело замяли. Ежи поколдовал над комбинациями, внес кое-какие изменения. Но спустя три месяца заболела еще одна девочка. К счастью, она осталась жива, только полностью потеряла способность двигаться.

Отрепьев решил не сдаваться, подобрал новый состав и дал на опробацию Полине, которая как раз собирались участвовать в крупных соревнованиях.

Первое место жена Ежи заработала с блеском, опередив ближайшую соперницу почти на полминуты. В спортивном плавании, где речь идет о долях секунды, мигом заголосили о новой звезде. Проба на допинг не принесла никаких неожиданностей. Счастливая Полина прилетела в Москву и через три месяца заболела... Теперь она не живет, а существует в Репневе.

Таисия Федоровна налила мне еще чаю и спокойно продолжила:

— Самое отвратительное, что, убив одну спортсменку и сделав инвалидами несколько человек, Ежи не бросал своих опытов. Он постоянно находился в поисках новых препаратов.

— Зачем?

— Так деньги, милая! Тренеры и спортсмены отваливали врачу, сумевшему помочь вырвать победу, бешеные суммы.

— Как же он не боялся, что его посадят?

Врач пожала плечами:

— Чувствовал свою безнаказанность. Родителям умершей гимнастки федерация, насколько знаю, купила квартиру, чтобы те не шумели. Вторая девочка, оставшаяся парализованной, получила денежную компенсацию. Впрочем, Ежи, очевидно, хорошо усовершенствовал свой «коктейль», потому что больше неприятностей у него не случалось. Хотя последнее время мы нечасто виделись.

— Никто не поднял шум, а вы? — возмутилась я. — Ведь зять сделал вашу дочь беспомощным человеком! Почему вы молчали? Отчего не кричали на всех перекрестках об Отрепьеве?

Таисия Федоровна вытащила из комода сигареты.

— После драки кулаками махать никакого смысла нет. Если бы Полина пришла ко мне посоветоваться до того, как начала пить «чудодейственное» средство, я мигом подняла бы шум. Но после того, как Поля свалилась! Надо было устраивать ее в хорошую больницу, лекарства, врачи... У меня таких денег нет, а Ежи обеспечен. Вот я и поставила условие: пока он ухаживает за моей дочерью, я молчу. Стоит ему перестать платить, пойду в редакции газет и подниму дикий шум, журналисты обожают жареные факты.

— Наверное, все же Ежи хорошо относился к Полине, — пробормотала я, — он приносил для нее множество новейших лекарств.

— Какая наивность, — подскочила Таисия Федоровна, — да этот негодяй продолжал использовать бедную Полечку в качестве лабораторной мыши. Он искал препарат, способный поставить ее на ноги. Денег хотел и славы! Но господь все видит! Как я мечтала о его смерти!

— Но после кончины Отрепьева вы не сможете оплачивать пребывание дочери в люксе! Ей придется переезжать домой! Или, не дай бог, стать бесплатной пациенткой.

Таисия Федоровна осеклась, потом протянула:

— Действительно, об этом я не подумала!

Я вышла от пожилой дамы в самом дурном расположении духа. Ляли здесь нет, и Ежи никогда бы не привез ее сюда. Отрепьев очень хорошо знал, как к нему относится теща. Так куда подевалась девочка?

Пока в голове крутились мысли, ноги несли меня в издательство. На этот раз охранник улыбнулся мне и неожиданно сказал:

— Здравствуйте, давно не заглядывали, новенькое написали?

Я почувствовала невероятную гордость. Вот оно как, секьюрити посчитал меня настоящим писателем. Стараясь сохранить невозмутимый вид, я небрежно ответила:

— Да нет, несу заглавия на книгу.

Тут из коридора вынырнула худенькая женщина с короткими белокурыми волосами. С ее плеч красиво ниспадала норковая шубка. Распространяя аромат незнакомых мне, явно очень дорогих духов, дама подлетела к охраннику и положила ему на стол томик в яркой обложке.

— Вот, Коля, возьмите для жены, новая вышла.

Секьюрити кинулся придержать ей дверь. Дама вышла на улицу. Я увидела через окно, как она садится в новую блестящую иномарку, и поинтересовалась:

— Это кто?

— Неужели не узнали? Смолякова.

Надо же, сама Анна Смолякова. Я зачитываюсь

ее детективами. На обложке помещена фотография, но снимок плохой, он не передает ни очаровательной улыбки, ни бьющей через край энергии, которая волнами исходит от писательницы.

— То-то жене радость будет, — бормотал Коля, пряча в стол книжку, — надо же, такая внимательная, помнит о Ленке! Пустячок, а приятно.

— И сколько у нее книг? — поинтересовалась я.

Коля вытащил подарок, раскрыл первую страницу и сообщил:

— Эта двадцать девятая.

Внезапно я почувствовала, как по спине пробежала легкая дрожь, а в сердце стала закрадываться решимость. Смолякова написала почти тридцать детективов?! Но ведь когда-то и она в первый раз явилась сюда, дрожа от страха!

С гордо поднятой головой я зашагала по коридору. Ну чем я хуже этой блондинки в шикарной шубе? Напишу больше ее! Ей-богу, накатаю пятьдесят, сто книг!

Твердой рукой я схватилась за ручку двери, рванула ее на себя и наткнулась взглядом на противную девицу, щелкавшую мышкой. Неожиданно радостное настроение куда-то улетучилось. Пятьдесят книжек! Эк меня занесло! Напечатают ли эту? И о чем писать вторую? А главное, захотят ли со мной сотрудничать дальше?

Олеся Константиновна оторвалась от рукописи:

— Принесли названия?

— Да.

— Давайте.

Взяв листочек, она принялась читать:

— «Скелет в шкафу», не очень хорошо. «Кто смеется последним», избито. «Цыплят по осени считают»... примитивно.

— «Цыплят по осени убивают», — оживилась девица.

— Это лучше, но длинно.

— «Цыплята убитые», — влезла я.

Олеся Константиновна и девица уставились на меня, потом редакторша вздохнула.

— Не то, без изюминки.

— «Цыпленок с изюмом», — предложила девчонка.

— «Гнездо цыпленка», — ожила я.

— «Утята и цыплята», — фыркнула девушка,

— Ну это просто для редакции, которая издает книги про животных, — взвилась Олеся Константиновна, — прямо «Ребятам о зверятах» получается. У нас детектив!

— «Утенок, убивший цыпленка», — воскликнула я.

— Не пойдет, — пробормотала Олеся Константиновна, — совершенно мимо. Не надо нам водоплавающих.

— Курица — сухопутное, — хихикнула противная соседка по комнате.

— Мила, поди сюда, — всунулся в кабинет лысый мужик.

Девица зевнула и вышла. Олеся Константиновна проводила ее неласковым взглядом.

— Так, вернемся к нашим баранам, то есть к названиям. Мне импонирует слово «гнездо», только не цыпленка! Гнездо... гнездо. Погодите-ка.

И она ушла. Я осталась в кабинете и от скуки принялась рассматривать корешки валяющихся повсюду книг. Неужели все авторы так мучаются с названием или я такая, особо тупая?

Застучали каблучки, Олеся Константиновна влетела в кабинет.

— Отлично! Найдено! «Гнездо бегемота»!

Я чуть не свалилась со стула.

— Кого?

— Бегемота.

— Разве это животное вьет гнездо?

— Понятия не имею, — протянула редакторша, записывая что-то на настольном календаре, — да и какая разница! Главное, привлекает внимание, возбуждает интерес.

— Но в моей книге нет ни одного бегемота!

Олеся Константиновна протянула руку, выудила с подоконника рукопись и сказала:

— А вы впишите, про бегемота-то.

— Как? — растерялась я. — Не понимаю.

Редакторша перелистнула страницы.

— Ага, вот сюда. У вас главная героиня говорит мужу: «Кажется, ткнула палкой в осиное гнездо». А он ей пусть ответит: «Знаешь, больше похоже на гнездо бегемотов».

Олеся Константиновна подняла на меня красивые, умело накрашенные глаза и неожиданно улыбнулась. Тут же ее суровое лицо преобразилось самым волшебным образом. Сразу стало понятно, что Олесе Константиновне нет еще и тридцати, что она очень хороша собой, смешлива и приветлива. Просто служебное положение обязывает ее быть неприступной.

— Видите, как просто? — спросила Олеся.

Я кивнула.

— Скажите, а можно принести еще одну рукопись?

Улыбка на губах редакторши испарилась.

— Несите, — сказала она, — отдадим на рецензию.

Добежав до метро, я уставилась на книжный ларек. Эх, жаль, забыла спросить, когда выйдет моя книжечка! Ладно, потом соберусь с духом и позвоню.

— Девушка, — послышался слева тихий, вкрадчивый голосок, — помогите на храм, спаси вас господь.

Я обернулась. Высокая худощавая женщина, замотанная с головы до пят во все черное, протянула мне нечто, похожее на железное ведро с крышкой. Вверху имелась прорезь, а бок «церковной кружки» украшала фотография покосившегося здания с куполами.

— Подайте, сколько сможете...

Рука потянулась к кошельку. Вообще говоря, я перестала раздавать милостыню. Когда первый десант нищих высадился в столичной подземке, я, как, наверное, и остальные москвичи, пришла в ужас. Дети-сироты, инвалиды афганской и чеченской войн, бабки, собирающие копейки на похороны дочерей, — все вызывали острую жалость. Глотая горький комок, я протягивала им с трудом заработанные деньги, успокаивая бунтующую жадность: ладно, ты еще на ногах и вполне прилично получаешь, а этим-то каково?

Но спустя некоторое время наступило отрезвление. Я поняла, что это бизнес. Бабушки, с несчастным видом выклянчивающие «на хлебушек», имеют родственников, и никаких ветеранов среди калек нет. Их привозят из бывших союзных республик, чтобы выколачивать из людей деньги. Поэтому теперь я не подаю никому, кроме тех, кто сидит на ступеньках в окружении разномастных собак с табличкой «Содержу приют». Тоже глупо, скорей всего дворняги просто приведены с улицы, а рублики пойдут попрошайке на выпивку. Но ничего поделать с собой не могу. И еще всегда опускаю монетки в «церковную кружку». С одной стороны, я атеистка, но с другой... Вдруг там, наверху, кто-то есть?

— Зря ты этой мошеннице потакаешь, — сурово сказала женщина в темном платке, торгующая книгами.

— Так на храм!

Торговка ухмыльнулась:

— Это на глупеньких и рассчитано. Да хочешь знать, сам патриарх по телевизору недавно говорил: никого не благословляли деньги собирать. По улицам ходят самозванцы и мошенники. Что же касается этой особы, так она нам отлично известна. Галка Мамонова, пьяница, хороша монашка...

Продавщица продолжала бубнить, но я уже бежала к метро, полная энтузиазма. Монашка! Завтра же поеду к сестре Ежи в монастырь. Может, Ляля все-таки там? Правда, матушка Евдокия не захотела отдать девочку Аське, но я очень хорошо знаю Бабкину. Небось влетела к женщине в келью и заорала:

— Где моя дочь? Сейчас же верните Лялю!

Представляю, как переполошилась матушка. Во-первых, совершенно неизвестно, что сказал ей брат, когда передавал Лялю. Может, велел:

— Никому ни слова о ребенке! Кто бы ни приехал и ни потребовал, не вздумай показывать девочку!

Вот Евдокия и держалась, словно Брестская крепость под натиском врагов, и не вернула Лялю матери. Монастыри стоят в уединенных местах, ни телевизора, ни радио там, как правило, нет, скорей всего, отсутствует и телефон. Наверное, Евдокия еще не знает о смерти брата. И мне придется стать вестницей несчастья... Хотя глубоко верующие люди относятся к факту кончины ближайшего родственника по-другому, чем атеисты.

Скорбя о тех, кого никогда более не встретят на земле, они тем не менее уверены, что не расстанутся навеки, ждут свидания в ином мире, за гробовой доской. Иногда мне делается тоскливо: ну отчего с самого детства никто не вложил мне в голову элементарные постулаты веры? Вот Женечка Громова выросла в семье, где все ходят в церковь, и ей намного легче жить. Неприятности Женька принимает стойко, считая, что господь посылает испытания только тем, кого любит. Я же начинаю убиваться и расстраиваться, задавая себе бесконечно вопрос: ну почему именно со мной приключилась незадача? А Женя с радостным лицом восклицает:

— Мне ниспослано испытание, и я должна его достойно пройти!

Я ей завидую, что, между прочим, является грехом.

ГЛАВА 14

К поездке в монастырь я подготовилась тщательно. Сначала сказала Томочке:

— Голова третий день болит.

— Немудрено, — вздохнула подруга, — вон погода какая, то дождь, то снег, то солнце, давление скачет...

— В городе дышать нечем, — фальшиво вздохнула я.

— Да уж, — покачала головой Томочка, — мегаполис не лучшее место для проживания, но куда же деться!

— Вон Алка Калашникова купила дом в деревне и уехала.

— Так они с мужем художники, на работу им не ходить, разве Сеня с Олегом могут себе позволить не пойти в присутствие? — грустно сказала Томуська.

— Кстати, Алка звала меня в гости.

— Съезди, — обрадовалась подруга, — и голова на свежем воздухе пройдет, вот прямо завтра и отправляйся. Давай сумку с антресолей достану!

Глядя на ее оживленное лицо, я подавила тяжелый вздох. Когда, по счастью, очень редко, приходится обманывать Томусю, я всегда чувствую себя гадко, словно отнимаю у ребенка игрушку. Томочка никогда не врет и наивно считает, что и другие постоянно говорят правду.

Неведомое мне село Тартыкино оказалось, в общем-то, не так далеко от Москвы, но добираться пришлось целый день. Сначала на электричке до Коломны. На небольшой привокзальной площади, где бойко торговали всякой всячиной, я протолкалась почти два часа, поджидая, пока можно будет сесть в рейсовый автобус, следующий до местечка со смешным названием Большие Козлы.

Наконец одышливо кашляющий агрегат потрюхал по сельским дорогам. Останавливался он буквально у каждого столба, и внутрь влезали деревенские жители с самым диковинным багажом. Кто-то вез инструменты, кто-то деревяшки, а потом появился дядька с огромным мотком колючей проволоки, но пассажиры не стали ругаться, а просто отодвинулись подальше от ржавых шипов. Вместе с людьми путешествовали и животные: собаки, куры, кошки, козы... Четвероногие вели себя мирно. Сначала возле меня стояла девочка, держащая на поводке лохматую дворнягу, через пару остановок возле нее появилась женщина с кошкой. Пушистый хвост перса качался перед самым носом двортерьера, кот, свесив голову, наблюдал за врагом, не издавая ни звука. Собачища нехорошим взглядом окинула мурлыку и отвернулась, тоже ничего не «сказав». Встретившись на воле, они бы мигом подрались, но в автобусе сохраняли нейтралитет, словно понимая: ехать надо всем, свары здесь ни к чему. Не вызвала ажиотажа и присоединившаяся чуть позднее к компании курица. К слову сказать, безмозглая птица не принялась сумातошно кудахтать и размахивать крыльями. Нет, она нахохлилась и погрузилась в сон. Я оглядела мирно едущий триумвират. Может, животные вовсе не так глупы? Да большинство людей, встретив в транспорте своего злейшего врага, мигом бы затеяли выяснения отношений.

— Большие Козлы, — рявкнула кондуктор, — есть кто? Живей вылазьте, опаздываем, ну, давайте, чего телитесь!

Я протолкалась к двери и выскочила на дорогу. «ЛиАЗ» укатил прочь.

Начинало темнеть. Автобусная остановка находилась в поле, народу не было никого, я сошла одна. Более того, вокруг не стояли дома, а до уха не доносились мирные сельские звуки: не лаяли собаки, не кричали петухи, не пели пьяные. Царила могильная тишина. Мне стало страшно, со всех сторон к дороге подступал лес, в разные стороны бежали тропинки, они лучами расходились от остановки и терялись в чаще. Я в растерянности топталась на шоссе. Куда идти? У кого спросить дорогу? Потом глаз зацепился за небольшую табличку, прибитую на березе. «Тартыкино — 2 км, Малое Дорохово — 5 км, Вязники — 7 км». Стрелка указывала в лес. Тихо радуясь, что неведомое Тартыкино оказалось ближе всего, я побежала в указанном направлении. Если потороплюсь, дойду минут за двадцать. Интересно, отчего это чистое поле носит название «Большие Козлы»? Может, тут пасутся стада этих полезных сельскохозяйственных животных, дающих нам шерсть и молоко? Хотя молока-то от козлов не дождаться.

В лесу было совсем темно, похолодев от ужаса, я понеслась по тропинке, стараясь не смотреть по сторонам. Надеюсь, тут нет волков и не бродят дровосеки. Честно говоря, встретиться с суровым дядькой, за поясом у которого торчит топор, хочется еще меньше, чем с зубастым «санитаром леса».

Неожиданно тропинка, вильнув, вывела на пригорок, и я радостно вздохнула. Внизу виднелась деревенька, совсем крохотная. Штук шесть покосившихся избенок теснились друг к другу, в окнах не горел свет. Но меня этот факт не смутил. Селяне прижимисты, небось не хотят тратиться на электричество.

Но дойдя до околицы, я сразу поняла, отчего в избах темно. Двери стояли нараспашку, в разбитые окна задувал холодный ветер. Деревня оказалась брошенной, жители разбежались кто куда.

Осознав сей факт, я поежилась. Да уж, хуже некуда. Может, пойти назад и дождаться какую-нибудь машину?.. Из близкостоящего леса наползла чернота, от тишины звенело в ушах, я ощущала себя последним человеком на земле, выжившим в мировой катастрофе. Из глаз чуть было не полились слезы, и я обозлилась, только в истерику впасть не хватало! Ну заблудилась, подумаешь! Вот сейчас зайду в эту избенку, похоже, она совсем целая, и пересижу в ней ночь, а утром поглядим, как поступить. Может, наломать в лесу веток и затопить печь? Кажется, она работает, потому что из трубы идет дым. Дым!

Я понеслась к воротам и забила в них кулаком:

— Откройте, пожалуйста, откройте!

— Кто там? — прошелестел тихий женский голос. — Чего хотите?

— Бога ради, не бойтесь, — заорала я, — заблудилась в лесу, ищу монастырь и случайно забрела в вашу деревеньку, пустите переночевать, со мной никого нет.

Загремел засов, приоткрылась калитка. Я влетела во двор, увидела стоящий чуть поодаль дом, вполне целый, ряд сараев и перевела дух. Ночевать в пустой избе на полу не придется.

— Идемте, — тихо сказала впустившая меня женщина.

Потом она развернулась и, подметая длинной юбкой пол, двинулась к дому. Голова ее была повязана темным платком.

В тесной прихожей на гвоздях висела верхняя одежда — сплошь поношенные пальто черного цвета, а на подставках стояли ботинки, старые, довольно разбитые, но аккуратно вычищенные.

Я стащила куртку, сапоги, встала ногами на домотканый половик и сглотнула слюну — из комнат плыл восхитительный аромат гречневой каши.

Хозяйка оказалась сообразительной, потому что она крикнула:

— Марфа!

Появилась женщина неопределенного возраста, одетая в нечто, больше всего напоминающее черный халат, на голове Марфы был повязан темный платок. Она молча глянула на нас.

— Покорми и уложи, — велела хозяйка.

— Идите сюда, — поманила меня пальцем Марфа. На большой, чисто вымытой кухне меня усадили за длинный, выскобленный добела деревянный стол и угостили кашей. Гречку дали без ничего, пустую, сваренную на воде, ее не сдобрили ни луком, ни маслом, ни салом, а вместо чая налили отвар какой-то травы. Но я проглотила угощенье разом, рассчитывая на добавку. Марфа спокойно забрала пустую миску и поинтересовалась:

— Что за нужда к нам привела? Вы ведь неверующая.

— Отчего вы так решили? — попыталась я завязать разговор. — Может, я хочу у вас остаться!

Слабая улыбка озарила лицо поварихи:

— Есть сели и лба не перекрестили, да и после трапезы не помолились.

Поняв, что мне лучше не прикидываться богомолкой, я кивнула.

— Да, я даже некрещеная, так уж вышло, родители не озаботились, а самой вроде как неудобно креститься, уж не девочка.

— К господу можно прийти в любом возрасте, — ответила стряпуха, — как позовет, услышите. Значит, не пора вам пока церковным человеком становиться.

— Мне надо поговорить с матушкой Евдокией.

— Завтра.

— А сейчас нельзя?

— Никак нет, ступайте спать.

Меня привели в крохотную, дико холодную комнату и указали на лежанку. Полночи я провертелась на неудобном ложе. В какой-то момент подняла грубую холстину, заменявшую тут простыню, и обнаружила, что тоненький, словно блинчик, матрац лежит на деревяшках. Подушка была плоской, а одеяло байковым, совершенно не греющим, но в конце концов я провалилась в сон.

— Вы хотели меня видеть? — раздался из темноты спокойный голос.

Я раскрыла глаза и, клацая зубами, села. За окном

колыхалась темнота. Возле жесткой лежанки стояла довольно высокая, относительно молодая женщина, облаченная во все черное. Лет ей было около сорока, и на старуху она совсем не походила. Большие голубые глаза смотрели приветливо, но на лице не было улыбки.

— Который час? — глупо спросила я.

— Уже поздно, семь, — ответила женщина, — я не хотела будить вас утром, с дороги вы устали, но более спать нельзя, ежели желаете поговорить со мной.

— Уже семь вечера, — ужаснулась я.

Евдокия мягко улыбнулась:

— Нет, день настал, семь пробило, пойдемте, позавтракаете.

Семь утра у нее день?! Да еще уверяет, что разбудила поздно, дала поспать? С ума сойти! Когда же они сами встают?

— Около четырех, — неожиданно ответила на не произнесенный вслух вопрос Евдокия, — в монастыре поднимаются рано, иначе всех дел не переделать, сестры сами ведут хозяйство, мужчин в обители нет. Да и видите, где живем, помните, как у Гоголя в «Ревизоре» городничий говорит: «Отсюда хоть три часа скачи, ни до какого государства не доехать». Вы любите Гоголя?

Я слегка растерялась.

— Ну, в общем... честно говоря, не знаю. Помню только по школьной программе «Мертвые души» и «Ревизор». Тогда комедии показались мне скучными, а потом я их не перечитывала.

— А вы возьмите Николая Васильевича, — улыбнулась Евдокия, — удивительно современный писатель. Знаете, меня всегда удивляло, отчего коммунисты запретили Войновича? Его Чонкин просто грубая поделка, ничего привлекательного. Я бы на месте прежних властей велела изъять из библиотек Салтыкова-Щедрина и Гоголя с их едкой сатирой, актуальной в любые времена. Стоит хотя бы вспомнить про губернатора, у которого в голове играл органчик.

— Вы читаете светскую литературу? — изумилась я.

— Почему же нет? — удивилась, в свою очередь, матушка. — У нас тут отменная библиотека: Чехов, Бунин, Куприн, Тургенев. Что за дело привело вас сюда?

С этими словами она распахнула дверь, и я очутилась в небольшой комнатке. Возле стены стояла узкая кровать, больше похожая на койку новобранца, чем на ложе женщины: никаких кружевных наволочек, бесчисленного количества подушечек и пледов. Просто ровная поверхность, застеленная синим застиранным одеялом. Из угла сурово поглядывали на меня лики святых, перед иконами на цепях свисала лампада, возле окна высился письменный стол, заваленный книгами. Еще здесь стояли два потрепанных стула и допотопный гардероб, пузатый, тяжелый, смахивающий на носорога. Пахло в комнатушке чем-то странным, но приятным.

Евдокия села на один стул и сказала:

— Прошу, рассказывайте, что за печаль вас привела сюда?

У матушки были странные глаза, прозрачные, словно леденцы, с большими черными зрачками. Они пробежались по моему лицу, я откашлялась и спросила:

— Вы давно видели Ежи Варфоломеевича?

— Не так давно заглядывал, — без тени удивления ответила Евдокия, — привозил эскиз вышивки. У нас сестра Анна — рукодельница, художественные работы делает, иконы, благословясь, вышивает. Но надобно нам и денег заработать, поэтому берем светские заказы. Белье шьем, постельное, вот Ежи Варфоломеевич иногда и приводит клиентов, помогает нам. Он в миру человек известный, с обширными связями.

— Ежи умер, — сказала я.

Глаза матушки из голубых сделались синими, зрачки сузились, но лицо не дрогнуло. Она быстро перекрестилась и достаточно равнодушно повторила:

— Умер? Что за беда случилась? Он ведь молод, хотя на все божья воля.

— Ежи покончил с собой, повесился.

Евдокия моргнула, потом встала со стула, опустилась перед иконами на колени и принялась тихо шептать молитвы, изредка кланяясь и осеняя себя крестным знамением.

Неожиданно из моей души ушло напряжение и тревога, в груди словно лопнул туго натянутый канат. В комнате было тепло, незнакомый запах дурманил голову, мерный шепот Евдокии убаюкивал, и я почувствовала, как сон начинает подбираться ко мне на мягких лапах.

Наконец матушка перекрестилась последний раз и встала с колен.

— Спасибо, что не посчитали за труд приехать и сообщить скорбную весть.

— Где Ляля?

— Кто?

— Девочка, которую ваш брат велел спрятать в обители.

Евдокия опять перекрестилась.

— Тут детей нет.

— А приют?

— Какой?

— Разве вы не воспитываете сирот?

— Нет, нас не благословляли на призрение.

— Но как же так...

— Сюда приезжала женщина, — сказала монашка, — тоже искала девочку.

— Ася Бабкина! Это моя подруга, она сейчас лежит в больнице. Разрешите, я расскажу, что произошло?

— Сделайте одолжение, — кивнула матушка, — введите в курс дела.

ГЛАВА 15

Выслушав мой сбивчивый рассказ, Евдокия покачала головой.

— Экое дело выдумал! Хотя он всегда был затейник, такое творил! Иному человеку и в ум не придет, что Ежиремия делал.

— Кто?

— Полное имя моего брата Ежиремия.

— Странное очень.

— Просто редкое, теперь подобным образом детей не называют, но наш отец был человек верующий, церковный староста, — вздохнула Евдокия, — строгий, даже угрюмый. Вера у него была не светлая, а мрачная, в доме у нас никогда не смеялись.

Настоятель местного прихода иногда пытался урезонить Варфоломея.

— Уж больно ты свиреп, — говорил он церковному старосте, — вера дозволяет и радоваться, на то специальное время отведено: Масленая неделя, Красная горка, Святки. Своди своих в театр.

— Грех, — качал головой Варфоломей.

— Я разрешаю, — уговаривал его настоятель, — что ж у тебя дети растут, ничего не повидав, неладно это.

— К чему их миром искушать, — бурчал Варфоломей, — им в монастырь дорога!

Однажды священник не выдержал и брякнул:

— А ты ребяток своих спросил? Может, не чувствуют они в себе сил идти по предложенному тобой пути? Нельзя человека поперек воли в обитель. Сам-то ты женат, двух дочерей и сына родил, зачем земных радостей их лишать? Не угодно господу такое поведение.

Варфоломей покраснел, но спорить со святым отцом не осмелился, только нехотя буркнул:

— У меня глаза поздно открылись, дурак в молодости был, пусть дочери и сын грехи семьи отмаливают.

Пока была на ногах Анна, жена Варфоломея, детям жилось более или менее сносно. Мать хоть как-то пыталась скрасить существование ребят. Денег на игрушки отец не давал. Но Анна шила кукол из тряпок и сделала из бычьего пузыря отличный мячик для сына. Тайком от фанатика-мужа, запретившего дома строго-настрого по постным дням, два раза в неделю, кроме великих постов, есть скоромное, она поила детей молоком. Корова стояла в сарайчике, там же кудахтали куры и хрюкали поросята. Варфоломей приказывал Анне торговать сметаной, творогом, мясом, но ставить эти продукты на стол в своем доме не разрешал. И дочери и сын боялись отца панически, а когда умерла мать, их страх перешел в ужас.

— Он бы и в школу нас не пустил, — грустно улыбалась Евдокия, — только времена стояли социалистические. По домам ходили всяческие комиссии, проверяющие от районов народного образования.

Вот поэтому Варфоломей, скрипя зубами, смотрел, как дети бегают на занятия, учат богопротивные науки: биологию, химию, физику. Пришлось ему стерпеть и красные галстуки на их шеях. Правда, вначале отец попытался было воспротивиться приему ребят в пионеры, но его вызвали к директору школы. Сухощавая, одетая в темный костюм Раиса Ивановна строго сказала:

— Вы, Варфоломей Порфирьевич, не смеете детям препятствия ставить, иначе я пойду в райком партии, пусть вам там про ошибочность воспитания подрастающего поколения советских детей расскажут!

Варфоломей испугался. В те годы повсеместно закрывались церкви, люди, посещавшие службы, подвергались гонениям, а отец Евдокии, Анисьи и Ежиремии не был готов к тому, чтобы страдать за веру.

Ему совсем не хотелось оказаться где-нибудь в Коми и, отмахиваясь от мошки, валить лес.

Варфоломей притих. Евдокия и Анисья выросли робкими, забитыми девочками. Хоть они и были погодки, но учились в одном классе. Сидели вместе на самой последней парте, во время перемен не бегали, а стояли у стены. С одной стороны, мешали длинные юбки, с другой, носиться не хотелось. В классе их считали придурочными и в компании не приглашали. Учились девочки средне: литературу, русский и историю знали великолепно, в естественных и точных науках не разбирались совершенно, да и не тянуло их изучать математику с физикой, намного интересней казалось читать жития святых и петь в церковном хоре. Поэтому, отсидев положенные уроки, Дуся и Анисья бежали в храм, где помогали служителям. В школе об этом, естественно, знали и в комсомол девочек не приняли.

— Вот скажите прилюдно, что бога нет, — потребовала классная руководительница, — тогда и дадим анкеты.

Более робкая Анисья, став красной как рак, опустила голову. А Евдокия, прочитавшая недавно рассказ о первых христианах, пострадавших за веру, гордо заявила:

— Господь наш отец, и он вас накажет за богохульство.

В прежние времена так разговаривать с педагогами было невозможно. Классная, схватившись за сердце, побежала к директору, не забыв прошипеть Дусе:

— Ну смотри, теперь тебя точно из школы в ПТУ отправят, богомолка! Ты позоришь советских детей!

Евдокия осталась стоять у парты, а притихший класс уставился на девочку. Ее не любили в детском коллективе, но смелый ответ противной училке вызвал у одноклассников уважение.

— Влетит тебе по первое число, — вздохнул Костя Молотов, — она за директором понеслась, уходи домой, а мы скажем, что ты заболела, ветрянка. Ну температура вроде, бред начался, сама не понимаешь, чего несешь. Давай ушмыгивай, авось обойдется, какой с больной спрос.

В школе и впрямь бушевала ветряная оспа. Класс одобрительно загудел, но Дуся спокойно ответила:

— Нет, мне вера лгать не позволяет.

Подобная позиция вызывала уважение, и школьники стали ждать развязки. Она наступила через пару минут.

— Видать, здорово ты, Дуська, Валентину Никитичну обозлила, — сообщил сидящий у окна Миша Сайкин, — вон не нашла Раису Ивановну в кабинете и домой к ней побегла.

Дети бросились к подоконникам и увидели, как классная быстро пересекает улицу. Директриса жила в двух шагах от школы.

Не успела Валентина Никитична дойти до середины шоссе, как из-за угла вылетел грузовик и сшиб тетку. Все произошло так быстро, что никто и вскрикнуть не успел.

Ребята не выдали Дусю. Когда тело увезли в морг, приехавшая милиция начала задавать вопросы: куда побежала Валентина Никитична? Зачем? Но предателей не нашлось. Дети только пожимали плечами.

— Не знаем, — говорили они, — вышла, и все.

После похорон к Дусе подошел Миша Сайкин и тихо сказал:

— Слышь, может, он и впрямь есть, бог твой? Вон как Вальку-то наказал!

Евдокия ничего не сказала, но в душе приняла твердое решение: закончит десятилетку и уйдет в монастырь, Анисья, естественно, отправится с ней. Так они и сделали, удалились от мира и никогда не пожалели о принятом решении.

Ежиремия был младше сестер и не такой простодушный. С детских лет мальчик умело лавировал между грозным отцом и школьными приятелями. Отправляясь на занятия, стаскивал с шеи цепочку с крестиком и преспокойно заявил на комсомольском собрании:

— Моя семья ходит в церковь, но я атеист.

Получив комсомольский значок, мальчик оправдался перед отцом:

— Это я ради тебя прикинулся таким, как они, чтобы скандала не вышло.

Варфоломей убрал ремень и велел сыну:

— Иди помоги сестрам пол помыть.

Ежи молча пошел за водой. Он великолепно знал, что никогда, ни за что в жизни не отправится в монастырь. Нет, его ждет иная дорога, он станет врачом. А чтобы поступить в институт, требуется иметь в кармане маленькую красную книжонку с буковками ВЛКСМ[1]. «Несоюзная» молодежь шансов на вступительных экзаменах не имела. Кстати, учился паренек отлично, с легкостью схватывая науки, недоступные сестрам.

— Он был таким изворотливым, — качала головой Евдокия, — порой и понять нельзя: говорит правду или фантазирует. Даже отца постоянно вводил в заблуждение.

Перейдя в девятый класс, мальчик записался в кружок юного медика при одном из институтов. Занятия там проходили по вечерам. Великолепно понимая, что отец никогда не разрешит посещать их, Ежи сообщил Варфоломею, будто желает заниматься, чтобы поступать в духовную семинарию. Не заподозривший ничего плохого отец милостиво кивнул головой, и сын обрел свободу.

— Самое интересное, — вздохнула Евдокия, — что, приходя вечером домой, он в подробностях рассказывал нам о том, какие сведения почерпнул се-

---

[1] ВЛКСМ — Всесоюзный Ленинский Коммунистический Союз Молодежи. (*Прим. автора.*)

годня из церковных книг, и только через несколько лет, после первой сессии, мы узнали правду.

Когда истина дошла до Варфоломея, разразился дикий скандал. Отец явился к ректору и потребовал немедленно выгнать непокорного сына. Но доктора наук было трудно запугать божьей карой. Профессор вызвал юношу и сказал:

— Ваш отец настаивает на отчислении.

Побледнев, первокурсник ответил:

— Я мечтаю стать врачом и ради этого готов порвать со своей семьей!

Варфоломей проклял сына, а ректор, потрясенный совершенно шекспировскими событиями, велел выделить парню место в общежитии. Потом мальчик сменил паспорт, превратив неудобоваримое имя Ежиремия в короткое Ежи. С отцом он больше не встречался, на похороны к нему не пришел, но с сестрами поддерживал хорошие отношения, старался помочь им.

— Ежи хороший человек, — объясняла Евдокия, — только две беды в нем. Слишком большой выдумщик, иногда такое накрутит, только диву даешься... и, конечно, женщины.

— Он был охоч до дамского пола? — поинтересовалась я.

Евдокия развела руками:

— Ежи не умел справляться со страстями, не имел никаких моральных препон. Знаете, мы год не разговаривали. Правда, это было давно. Девушка ему одна понравилась, из монастыря. И, что самое неприятное, он ей тоже приглянулся. Еле-еле дело замяли, слава создателю, младенец мертвым родился.

— Вы его потом простили?

Евдокия кивнула:

— Родная кровь не вода. Но он с тех пор больше никогда не делал поползновений в сторону наших сестер. Вот любовниц привозил. Я не осуждала, кто без греха, тот пусть бросит камень. Господь послал ему тяжелое испытание: жену-инвалида.

Я уставилась в маленькое незанавешенное окно с чисто вымытыми стеклами. Похоже, Евдокия не знает, кто сделал Полину «овощем».

— И часто он являлся с гостями?

— Да постоянно, — ответила матушка, — у нас есть домик для приезжих, там и останавливались.

— А что за женщины?

— Разные, всех и не вспомню.

— А последняя кто была?

Евдокия задумчиво поправила стопку книг на столе.

— Брюнетка, красивая, очень яркая, прямо глаза слепила, громкая, властная... вроде вместе с ним врачом работала.

Рентгенолог Маргарита Федоровна, которую сбила машина!

— Кстати, — подняла голову Евдокия, — думается, девочка, которую вы разыскиваете, у нее.

— Отчего вы так решили?

— Брат приезжал не так давно, привозил эскиз для вышивки, я ведь говорила вам, что мы берем заказы на постельное белье?

— Да.

— Вот Ежи и доставил монограмму заказчицы.

Не успел брат передать сестре листок, как затрезвонил мобильный.

— Да, — рявкнул Ежи, — ладно, хорошо, сейчас! Потом он довольно зло буркнул:

— Черт, надоела!

Евдокия перекрестилась и по-христиански кротко спросила:

— Случилась беда? Не нужна ли помощь?

— Да вот, звонит, — с досадой объяснил кардиолог. — Ну надоела, задергала просто! С ребенком справиться не может! Муж у нее, видишь ли, в командировку укатил, а я должен в магазин лететь, потому что капризуля не спит! Игрушки новые покупать требуется!

Евдокия подавила недовольный возглас. Значит, у этой красивой, яркой женщины имеется не только муж, но и ребенок. Поведение брата просто отвратительно, но она не имеет никакого морального права осуждать его, надо только молиться, чтобы господь вразумил безголового Ежи.

Через пару дней Евдокия отправилась в Коломну, требовалось решить кое-какие вопросы у церковного начальства. Потолкавшись в приемной, матушка вышла во двор и с отвращением нюхнула городской воздух. Большую часть жизни она, хоть и родилась в Москве, провела в Тартыкине и теперь, оказываясь в крупном населенном пункте, мигом начинала кашлять. Привычно перекрестившись на купола, Евдокия пошла через двор, и ее остановила женщина, явно не церковная. Хоть дама была в юбке, а на ее голове повязан платок, сразу стало понятно: она посторонний человек на этом дворе. Глаза у прихожанки смотрели бесстыже, нагло, а во взгляде не было мира и покоя.

— Простите, — резко спросила она, — тут есть чудотворная икона, не подскажете, как к ней пройти?

Не успела женщина закрыть рот, как Евдокия мигом узнала ее и от неожиданности сказала:

— Здравствуйте, Маргарита Федоровна. Не припоминаете? Я старшая сестра Ежи, вы ко мне в Тартыкино наезжали.

Рита шарахнулась было в сторону, но потом взяла себя в руки.

— Действительно, не признала. Тут все одинаковые, в черном.

— Давайте отведу к иконе, — предложила Евдокия.

Подходя к храму, она не утерпела и совершила грех, полюбопытствовав:

— А зачем вам чудотворная икона?

— Я заболела, — коротко ответила Рита.

— Тогда лучше к Пантелеймону Целителю обратиться.

— Мне к чудотворной.

— Так она не всем помогает, а только женщинам, которые забеременеть не могут.

Рита вспыхнула огнем:

— Вот-вот, прямо про меня. Всех врачей прошла, осталось только на бога надеяться.

— Разве у вас нет детей? — удивилась Евдокия, мигом припомнившая телефонный разговор.

Рита покачала головой. Евдокия подвела ее к иконе и ушла, на пороге матушку словно толкнули в спину, и она обернулась. Любовница брата даже не преклонила колен. Евдокия постояла секунду и ушла. Зря Рита прибыла в Коломну. Чудотворная помогает только тем, кто верит, вот для них она спасение, а остальным — просто раскрашенная доска. Бог-то внутри нас.

— Я и думать забыла об этой встрече, — повествовала Евдокия, — а сейчас вдруг на ум пришло: ежели у нее дочери нет, то кому игрушки понадобились?

ГЛАВА 16

Домой я явилась после семи вечера, и первый, кто попался на пути, был Ванька.

— Вилка, — заорал он, — бабка с мамой не приехали, тебе меня на английский переть! Вот какая ... получается!

Я схватила этого егозу-сквернослова.

— Ты помнишь наш уговор про плохие слова и железную дорогу?

— Ага, — кивнул Ванька.

— Тогда сделай милость, помолчи чуток, сейчас напишу тебе список.

Сев у стола, я вытащила из памяти все известные

мне «выражансы», потом пошла в кабинет Семена и включила компьютер. Наберу сейчас текст крупным шрифтом. Ванька пока не слишком хорошо читает.

— Ты что делаешь? — всунулся в дверь Ленинид, — сгоноши нам яишенку, жрать охота!

«Жрать»! Включать ли это слово в список? Вроде нормальное, но как отвратительно звучит из уст ребенка. Так, «жрать», «срать», что там еще имеется?

— Не хочешь яишню, — зудел папенька, — блины разведи. Между прочим, за-ради всех стараюсь, в ремонте копаюсь. Неужто блинов не заслужил?

«Блин»! Вот еще словечко, которое мне не нравится. Так, внесем и его в списочек.

— Ну Вилка!

— Отвяжись, — рявкнула я, — там пельмени в морозилке, всех дел — воды вскипятить!

— Нехорошо ты с отцом обращаешься, неуважительно, — заявил Ленинид и исчез.

Я уставилась на экран. А ведь он прав! Бросать старшим «отвяжись» тоже нехорошо, значит, и этот глагол сюда!

Закончив «составление словаря», я отловила Ваньку и всунула ему листочек:

— На.

— Если вот этого болтать не буду, дорогу купишь? — уточнил мальчик.

— Точно.

— Навсегда?

— Извини, не поняла, ты хочешь спросить, не отниму ли игрушку, когда ты уедешь домой? Конечно, нет, ну сам посуди, зачем она мне!

— Говорить нельзя всегда или только при тебе?

— Всегда!

Ваняша принялся, шевеля губами, разбирать текст.

— Вот это чего? — ткнул он пальцем в строчку.

— «Жрать».

— А как тогда разговаривать? — искренно удивился ребенок. — Бабка всегда орет: «Ваньша, жрать иди!»

— Не надо повторять за бабушкой и мамой. А в данном конкретном случае следует сказать: «Идите есть, пожалуйста, обед на столе».

Ванька покусал нижнюю губу, в его маленьких круглых глазках плескалась растерянность. Я сняла с вешалки его потрепанную курточку.

— Вот сейчас пойдем на английский.

— А-а-а, — завыл ребятенок, — не хочу, чтоб его черти взяли!

— На проспекте есть магазин игрушек, давай прицемимся к дороге.

Ванька мигом захлопнул рот, потом пошарил рукой под столом, разыскивая ботинки. Заскорузлые сапожки оказались грязными, мальчик, пыхтя, натянул обувь, и мы благополучно вышли на улицу.

Возле метро есть большой павильон с вывеской «Все для ваших детей». Мы вошли внутрь, и Ваняшка прилип к прилавку. Я тоже стала разглядывать игрушки и пришла в ужас от цен. Детишек, которым нужно приобретать всякие электромобильчики, паровозики и шагающие роботы, у нас дома нет. Вернее, пока нет, Никитка еще совсем крохотный, ему не нужны даже погремушки, поэтому мы с Томочкой не задерживаемся в отделах, где выставлены всякие игрушки для дошкольников. Теперь же я увидела, сколько стоит крохотный паровозик, и ужаснулась. Но делать нечего, давши слово, держи.

— У вас есть витамины для крысы? — раздался слева капризный голосок.

Я скосила глаза. За соседним прилавком торговали товарами для животных, на полках стояли консервы, сухой корм, шампуни, лекарства.

— Витамины для крысы имеются? — повторила элегантная дама в новой коричневой шубке.

Возле нее стояла толстенькая девочка лет восьми, одетая в новенькую дубленочку и капор с помпонами.

— У нас Филя заболел, — бесхитростно сообщил ребенок, — лысый стал! Ему надо витамины давать!

— Так есть для грызунов таблетки? — настаивала мать.

Продавщица весьма апатично ответила:

— Нету.

— Может, минеральная подкормка имеется?

— Не-а.

— А что-нибудь для крысиного здоровья? — не успокаивалась женщина. — Ну капли, мази, присыпка...

— Ничего, — буркнула торговка.

Но дама оказалась упорной.

— Совсем? Может, все-таки постараетесь помочь?

На гладком личике девушки отразилось глубокое раздумье, потом она ткнула пальцем в окно.

— За углом магазин «Сад и огород», там для крыс отраву продают.

Я не удержалась и хихикнула.

— Не хочу отраву, — испугалась девочка.

Дама разозлилась:

— Безобразие!

Потом она окинула взглядом Ваню, сосредоточенно разглядывающего витрину, и заявила:

— Впрочем, чего же ждать от магазина, куда запросто впускают попрошаек.

Я возмутилась до глубины души:

— Вы меня имеете в виду?

— Конечно, нет, — отрезала дама, — вот этого приблудыша. — И она ткнула пальцем в Ваняшку.

— Как вы смеете обзывать моего ребенка!

Дама отступила на шаг.

— Вашего?! Это чумазое, жутко одетое существо ваше? Тогда извините, пойдем, Машенька.

Она взяла девочку за руку.

— А витамины для Фили? — заныла дочка.

— Мы купим в другом магазине, в хорошем, а не в этом, — сообщила мать.

На пороге дама обернулась и, сердито сверкнув глазами, заявила:

— Знаете, это не мое, конечно, дело, но вы прилично одеты, обувь добротная, а мальчик выглядит ужасно, неужели нет средств, чтобы купить ему новые сапожки?

Грохнув дверью, женщина удалилась, таща за собой упирающуюся девочку. Я опустила глаза и увидела, что на левом ботинке у Вани большая дыра.

— Во какая! — отметила продавщица. — Всех на место поставила. Витамины ей для крысы подавай, совсем офигела, народ их травит, вывести не может, а эта укреплять здоровье решила! Не обращай внимание, зачем пацану хорошая обувка? Вмиг разобьет, пусть донашивает что есть. Баловать нехорошо.

Я молча смотрела на плохо одетого Ваньку. Зачем заводить детей, если их не баловать, для какой цели?

— Вон какую хочу! — взвизгнул мальчик, указывая, естественно, на самую большую коробку.

— Обязательно, — успокоила его я и обратилась к торговке, — дайте нам вон ту куртку, синюю, с капюшоном и сапожки. Меряй, Ваня.

— Не хочу, не буду...

Я вытряхнула его из грязной, потерявшей всякий вид верхней одежды и, преодолевая сопротивление, принялась впихивать липкие ручонки в рукава обновки. Ваня капризничал и ныл.

— Мальчик-то у вас вертлявый, — посочувствовала девушка за прилавком, потом помолчала и добавила: — Небось отец — алкоголик. От пьяниц завсегда ненормальные получаются!

Я окинула взглядом Ваню.

— Мы берем эти вещи, прямо в них и пойдем!

Продавщица принялась пробивать чеки.

На улице мой спутник мигом упал и перемазался, но все равно, когда он вбежал в холл, где раздевались дети, одна бабушка воскликнула:

— Ой, какой ты сегодня красивый! С кем же пришел, вроде не с мамой?

— С тетей Вилкой, — ответил Ваня, кряхтя.

Я помогла ему стащить новые сапоги и села на скамеечку. Занятия идут полчаса, нет никакого смысла уходить домой. Лучше поразмышляю в уголке.

— Вы ему кто? — полюбопытствовала пожилая женщина.

— Соседка, мать уехала на свадьбу.

— Знаете, она на него так орет, кровь в жилах стынет! Я прямо удивилась, когда вас увидела, неужели, думаю, няню наняли!

Я уставилась на болтливую старуху. Няня! А что, это идея!

Домашний адрес Маргариты Федоровны я узнала в два счета. Найдя в справочнике телефон главврача больницы, рявкнула в трубку:

— Алло!

— Слушаю, — пискнула секретарша.

— Петровка, тридцать восемь беспокоит, майор Иванова.

— Ой, — испугались с той стороны.

— У вас на днях попала под машину рентгенолог Маргарита Федоровна?

— Да.

— Дайте ее домашний адрес.

— Чей? Машины? — переспросила дурочка.

— Нет, погибшей, — отчеканила я, — оперативная необходимость.

— Но...

— Никаких «но»! Или сообщаете координаты, или вызываю завтра вашего главврача повесткой к себе, полдня в кабинете просидит. То-то он обрадуется, когда поймет, что потерял кучу времени из-за того, что вы поленились адресок уточнить!

— Не надо, — залебезила секретарша, по голосу ей было чуть больше шестнадцати, — сейчас, секундочку...

Послышалось шуршание, треск, писк. Наконец девочка выдала необходимую информацию: переулок Вишнякова, дом двенадцать, квартира сорок шесть.

Коренные москвичи хорошо знают, есть в столице потрясающие местечки. В самом центре, но тихие, в двух шагах от метро, с дворами, вход в которые перекрывают запертые ворота. У жильцов имеются ключи, а бомжи и посторонние, желающие использовать арку в качестве бесплатного туалета, не войдут.

Впрочем, муж Маргариты Федоровны скорей всего уже много лет не спускался в подземку. Подъезд его дома выглядел шикарно, смущало только отсутствие секьюрити или даже простого лифтера. Но, когда я пошла к лифту, мигом вспыхнул яркий свет, а из угла донеслось легкое стрекотание, там висела видеокамера. Еще одна обнаружилась у входа в квартиру.

Приветливо улыбаясь, я нажала на звонок.

— Кто там? — донеслось из серой коробочки, укрепленной на стене.

— Виола Ленинидовна.

— Кто?

— Ваша новая няня. Мне Маргарита Федоровна велела сегодня в десять утра прибыть. Вот, смотрите.

Я вытащила из сумочки паспорт. Раздался легкий скрип, дверь приотворилась. Довольно молодая женщина в сером спортивном костюме сказала:

— Какая няня?

Я сунула ей в руки документ.

— Смотрите сами.

— Тараканова...

— Прописка постоянная, московская, а рекомендации я Маргарите Федоровне отдала, вы спросите у мамы.

Девушка отодвинула ногой пылесос, стоящий у порога.

— Маргарита Федоровна и Игорь Филиппович мои хозяева, я Таня, уборщица.

— Позовите тогда кого-нибудь.

— Так я одна тут.

— Но мне велено прийти сегодня!

Таня замялась, потом приняла решение.

—Ладно, топайте на кухню.

Комната, где я оказалась, больше походила на гостиную в замке: повсюду буфеты из красного дерева, пуфики огромные, тяжелые стулья с бархатной обивкой.

— Когда же вы договаривались? — поинтересовалась Таня.

— А первого числа, — охотно пояснила я.

Домработница села.

— Значит, вы ничего не знаете.

— Случилось чего?

— Маргариту Федоровну машина сбила, насмерть!

— Ой, — всплеснула я руками, старательно изображая изумление, — вот жуть-то!

— Игорь Филиппович уехал сразу, — продолжила Таня, — сказал: «Не могу здесь жить, квартиру продам». А мне велел пока два раза в неделю являться, пыль вытирать.

— Девочку-то куда дели?

— Какую? — вытаращила глаза Таня.

— Ну дочку... к которой меня наняли!

— Так детей у хозяев нет.

— Не может быть! Наверное, вы просто не знаете!

— Я убираю у них пятый год! — возмутилась домработница. — Издеваетесь, да? Ну как это ребенка не заметить?

— Но Маргарита Федоровна показывала мне девочку, — пустилась я во все тяжкие, — беленькую, голубоглазую, звать Лялей. Мы обсудили зарплату, режим.

— А-а, — улыбнулась Таня, — была девочка, точно.

— Вот видите! А говорите, детей нет!

— Так не их!

— А чья?

Таня оперлась о стол.

— У Маргариты Федоровны и Игоря Филиппо-вича наследников не было. Уж она, бедная, убива-лась, по врачам таскалась, все забеременеть надея-лась. Потом небось решила, что беда в муже, и заве-ла себе любовника.

— Откуда вы знаете?

— Так не слепая, — хихикнула Таня, — молчу только, мне без разницы, с кем хозяйка живет, лишь бы деньги платила. Она мужиков как колготки ме-няла, все надеялась родить. Но не судьба! А потом такая штука приключилась! Прихожу один раз на ра-боту, в субботу, и слышу из кухни:

— Кушай, моя ягодка...

Таня очень удивилась. Маргарита Федоровна женщина властная, всякие присюсюкиванья не в ее стиле. По субботам она любила спать до трех дня, потом лежать в ванне, домработнице строго-настро-го было приказано не звать хозяйку к телефону и яв-ляться убирать после семи вечера. А тут она нежни-чает с кем-то, забыв про отдых.

Таня заглянула на кухню и увидела за столом ма-ленькую девочку, совсем крошку, лет двух, а может, даже меньше. Ребенок хныкал. Одной рукой блон-диночка отпихивала ложку, другой прикрывала ро-тик.

— Нека, — бормотала она, — Ляка нека кака.

— Не ест! — огорченно воскликнула Маргарита Федоровна, увидав прислугу. — Ну ни в какую! В чем же дело?

Таня попробовала кашу и посоветовала:

— А вы посладите, может, с сахаром слопает?

— Детям вредно сладкое, от него развивается кариес, — сообщила хозяйка.

— Ну не с одного же раза, — засмеялась Таня, — не хотите песку подсыпать, варенье положите.

С клубничным джемом манка пошла веселей.

— Откуда она у вас? — поинтересовалась Таня.

Неожиданно Маргарита Федоровна стала пунцовой и забормотала:

— Подруга моя заболела, в больницу попала, а дочку деть некуда, вот я и приютила к себе на пару деньков.

Таня замолчала, потом усмехнулась:

— Ловко придумала, только не поверила я ей ни на минуточку.

— Почему?

— Думаю, решила она ребенка из детдома взять и привела девочку на пробу, так сказать, только не вышло ничего.

— Отчего же?

— Игорь Филиппович домой вернулся, сел ужинать, а девочка бегает, визжит, потом Маргарита Федоровна ее спать повела. Только та в кровать не ложилась, крик подняла, требовала розового мишку. Пришлось хозяйке к метро бежать, там лоток стоит с игрушками.

Маргарита Федоровна притащила Топтыгина, но и тогда маленькая гарпия не успокоилась, а завизжала еще пуще. Мишка ей решительно не понравился.

— Такая самостоятельная, — качала головой Таня, — мелкая, а сообразительная. «Не мой, — говорит, — мика, неси мику! С колокольчиком!»

В общем, тушите свет! Растерянная Маргарита Федоровна топталась посреди комнаты, пытаясь утихомирить разбойницу, но та только пуще расходилась, подавай ей розового мишку, с колокольчиком на ленточке!

В самый разгар скандала вошел разъяренный Игорь Филиппович и поинтересовался:

— Что тут происходит? Я работаю целыми днями, словно проклятый, и хочу дома иметь хоть немного покоя!

— Ребенок раскапризничался, — забормотала Маргарита Федоровна, — вот, укладываю.

В этот миг девчонка разинула рот и издала вопль, переходящий в ультразвук.

— Мику дай! Мику!!! Дай!!!

— Не знаю, где ты взяла это чудовище, — налился краснотой Игорь Филиппович.

Маргарита Федоровна побледнела и быстро сказала:

— Таня, вы помыли посуду?

Пришлось домработнице выйти в коридор, а хозяева начали бурно выяснять отношения.

Через несколько минут Таня услышала, как Маргарита Федоровна зарыдала, девчонка тоже залилась слезами, а домработница, боясь, что обозленный хозяин сейчас вылетит из комнаты и застанет ее в коридоре, опрометью кинулась на кухню.

Все, больше никаких девочек Таня тут не видела. На следующее утро, придя на работу, прислуга нашла только пустую квартиру. Впрочем, шофер, привезя домой хозяина пообедать, шепнул Тане:

— Ох и злой он! Смотри поосторожней, меня уже расчихвостил, пообещал уволить.

— Что же ты сделал? — полюбопытствовала домработница. — Неужели опять на хозяйской машине бомбить поехал?

— Да нет, — отмахнулся водитель, — вечером вчера... около одиннадцати они меня вызвали и велели Маргариту Федоровну с девчонкой какой-то везти. Малышку укачало, и она все сиденье изгваздала. Уж я мыл да не оттер! А хозяин утром увидел пятна...

— Что же у вас водитель такой плохой, — медленно проговорила я, — наверное, носится с бешеной скоростью и тормозит резко, вот ребенка и замутило.

— Да нет, — пожала плечами Таня, — водит, как все.

ГЛАВА 17

Я откланялась и ушла. Но, оказавшись на улице, мигом добежала до метро, купила телефонную карточку и бросилась на поиски работающего автомата. Мне повезло. То ли тут и впрямь элитный район, то ли всеобщая «мобилизация» населения сотовыми отбила у подрастающего поколения желание срезать трубки в будках, но самый первый попавшийся на пути таксофон оказался целым и работающим.

— Да, — сказала домработница.

Я зажала пальцами нос и загундосила:

— Можно Таню?

— Слушаю.

— Очень приятно, вас беспокоит Лена, помощница Игоря Филипповича.

— А его дома нет.

— Знаю, сидит в кабинете, злой такой!

— Это с ним бывает, — вздохнула поломойка.

— Танечка, помогите!

— Что стряслось? — напряглась та.

— Да вот, Игорь Филиппович приехал раздраженный, наорал на всех, уволить пообещал, потом в кабинет ушел, дверью так шарахнул, что створка чуть с петель не слетела!

— Он еще и посуду переколотить может, чуть что не по его, мигом чашку об пол трескает, — наябедничала Таня.

— Точно, — подхватила я, — а мне велел шофера найти. Звоню, звоню Пете — не отвечает.

— У Игоря Филипповича Николай, — удивилась Таня.

— Ну да, Николаю, я оговорилась, а мобильный молчит. Может, я цифры перепутала? У вас ведь небось есть номерок? Сделайте одолжение, посмотрите. Боюсь у хозяина спрашивать.

— И не надо, — услужливо подхватила та, — коли

он обозлился, лучше не лезть к нему, по себе знаю! Погоди, ща сбегаю.

Через пару секунд я стала обладательницей номера мобильного телефона Николая и, постояв мгновение у будки, спустилась вниз, на перрон, села на скамеечку и стала смотреть, как мимо с оглушительным шумом проносятся поезда.

Значит, я иду по верному пути. Ляля какое-то время была у Маргариты Федоровны. С чего я это решила? Да из-за розовенького мишки. Симпатичную плюшевую зверушку, на шее которой болталась ленточка с колокольчиком, подарила Ляльке Розалия Никитична. Я уже говорила раньше, что старуха нещадно баловала Аськину дочку, полностью игнорируя родную внучку Нину. Вот той презенты доставались лишь на Новый год, и то самые скромные. Лялечку же осыпали милыми пустяками и сюрпризами: конфетами, игрушками, книжками, шоколадками.

Мишку Розалия Никитична выписала по каталогу и сама радовалась как ребенок, поджидая покупку. Топтыгин на самом деле оказался очаровательным, его даже не портил совершенно неестественный для жителя лесов ярко-розовый цвет.

Капризуля Лялечка пришла в полный восторг. Мишка, или, как она говорила, «мика», поселился в ее кроватке, и девочка отказывалась укладываться спать, если любимой игрушки не было на подушке. Один раз Аська, заметив, что косолапый загрязнился, сунула его в стиральную машину. Скандал, который подняла дочь, увидев, что любимца нет, надолго запомнился соседям. Лялечка визжала столь громко и упорно, что прибежали посторонние люди, решившие: девочка осталась одна, и с ней приключилась беда. Естественно, затеяв «подмену», Аська и Ежи и думать забыли про игрушку.

Врач отвез Лялю к Колесниченко. Маргарита Федоровна, мечтавшая о ребенке, с радостью взялась ухаживать за девочкой, но потом пришло время укладывать ее спать, и поднялась буча. Впрочем, вы можете возразить мне. Дескать, Таня права, ее хозяйка просто взяла некую девочку в детском доме, так сказать, в гости... А розовый мишка с бубенчиком не столь редкая вещь в наше время товарного изобилия. Но тут я не соглашусь.

Дети из интернатов не избалованы, им и в голову не придет устроить скандал. «Приютским» очень хочется стать «домашними», и они прикладывают все усилия к тому, чтобы новые родители были ими довольны. Нет, сиротка бы тихонько улеглась спать, предварительно без писка съев несладкую кашу. А вот Ляля... Та точно начала бы отпихивать тарелку и подняла бы тарарам из-за мишки. А если учесть, что Ежи и Маргариту Федоровну связывали близкие отношения, то все складывается один к одному!

Собравшись с мыслями, я снова поднялась наверх к будке и набрала номер. Послышалось шуршание, затем бойкий молодой голос ответил:

— Да.

Ага, значит, неведомому Николаю нет и тридцати, следовательно, я ввожу в действие план «Перехват».

— Николаша?

— Да.

— Ладно, я согласна.

— На что? — изумился парень.

— Как это? — старательно возмутилась я. — Сам приглашал прокатиться... Неужели забыл? Это Света!

— Великолепно узнал, — затараторил Коля, — просто глупо пошутил. Мечтаю о встрече. Когда?

— Я сегодня выходная.

— Ну, — протянул Николай, — может, для начала пообедаем вместе? Дай на часы взгляну. Ага, в два можешь?

— Говорю же, выходная, заезжай за мной. Наверное, помнишь, куда подвозил.

— Понимаешь, — забубнил Коля, не желающий говорить правду даже о том, что он не помнит ни ее адреса, ни имени, ни внешности, — центр забит, пробки кругом, пока доплетусь, год пройдет. Может, лучше возле метро «Маяковская»? У памятника, там парковка есть.

— Забыла, какая у тебя машина.

— «БМВ», черная, номер ноль шестьдесят шесть, ну заметано?

— Ладно, — хихикнула я, — жди, уже лечу.

Времени у меня оказалось вагон. Поэтому сначала я пробежалась по магазинчикам, приветливо распахнувшим двери у метро, а потом отправилась на «Маяковскую». Настроение было самым радужным. Во-первых, Николай должен помнить, куда отвозил Маргариту с девочкой, а во-вторых, всего за тридцать рублей я купила в ларьке хорошенькую керамическую мышку, и это приобретение обрадовало меня чрезвычайно!

Вся площадь вокруг монументального Маяковского была забита машинами. Я надвинула на нос вязаную шапочку, уткнула подбородок в воротник куртки и побрела между автомобилями. Не слишком-то хорошо разбираюсь в средствах передвижения. Вообще говоря, я делю их на две категории: наши и иномарки. Хотя иногда попадаются такие модели, что и не понять, поэтому буду смотреть на номера.

Табличка с нужными цифрами украшала зад черно-лаковой, совершенно роскошной тачки. Я еще раз одернула шапочку и постучала пальцем в стекло. Дверь мигом распахнулась. Из кожаного салона пахнуло сигаретами, одеколоном и послышалась бодрая музыка.

Молодой кудрявый блондин, похожий на повзрослевшего ангелочка, сладко улыбнулся из-за руля.

— Садись, Светочка.

Ничего не говоря, я влезла внутрь.

— Ну поехали? — спросил Николай.

Не поднимая головы, я пискнула:

— Куда?

— А ко мне домой, — радостно ответил Казанова, — прикинь, как я ради тебя постарался, всех сотрудников своих домой разогнал, чтобы нам чай пить не помешали. А то только доберешься до стола, тут же мобильный трезвонит: Николай Михайлович, как поступить? Ничего без меня не могут, во все влезать приходится.

Я постаралась не рассмеяться. Тридцать пять тысяч курьеров и министры, которые толкутся в приемной. Да, недаром матушка Евдокия советовала мне перечитать Гоголя. Такие особи, как Хлестаков, рождаются во все времена.

Всю дорогу до Измайлова Николай болтал без умолку, явно желая произвести необыкновенное впечатление на спутницу. Из его рта все время вылетали слова: контракт, миллион долларов, администрация президента, а на мизинце правой руки отчаянно сверкал камнем здоровенный ярко-желтый перстень, такой же ненастоящий, как «хозяин» автомобиля.

Я отмалчивалась, изредка вставляя словечко в бурный поток, извергаемый парнем. Уже через пару минут стало понятно: Николаша молод, ему чуть за двадцать. Еще он глуповат, самонадеян и болтлив, словом, самый подходящий для меня объект.

— Чего молчишь? — неожиданно спросил кавалер. — Пить что будешь?

— Все, — пропищала я.

Коля рассмеялся и затормозил.

— Тогда выходи, раз все, так у меня дома есть.

Войдя в грязный заплеванный подъезд, я еще раз подивилась глупости парня. Разве богатый человек, ворочающий миллионами, станет жить в такой дыре? Но Николаша оказался не так прост. Втиснувшись в узкий вонючий лифт, он нажал на обгоревшую кнопку и вздохнул.

— Жуткая нора.

— Что же ты квартиру не купишь? — не утерпела я. — Или денег не хватает?

Николай возмутился:

— Да я не знаю, куда баксы девать! Только шоферу две тысячи «зеленью» плачу! Скажешь тоже, не хватает! Евроремонт в своих шести комнатах затеял, стены ломаю, джакузи ставлю, вот снял на время этот гадюшник.

Я поглубже запихнула подбородок в воротник. Есть у меня одна знакомая, жена «газового крана». Так вот, собираясь делать ремонт, она переехала в гостиницу, кажется, в «Марриотт-отель».

Коля втолкнул меня в крошечную грязную прихожую и велел:

— Иди в комнату.

Потом он исчез в туалете. Я сняла куртку, шапку, оглядела затоптанный, прямо-таки черный паркет и решила остаться в сапожках.

Гостиная служила парню одновременно спальней, столовой, кабинетом и библиотекой. А попросту говоря, квартира была однокомнатной. Стены оклеены на редкость омерзительными обоями в крупных цветах, занавески в мелкую клеточку совершенно не подходили им по тону. На полу лежал огромный двухспальный матрас, застеленный пледом, в углу стояли телевизор и видик. Никакого стола тут не наблюдалось, «богатый» хозяин харчился на крохотной кухне.

— Эй, — раздалось из коридора, — куда подевалась?

Я вошла на небольшой пятачок, где, кроме плиты и кукольного холодильника, уместился еще только десятисантиметровый стол, и сказала:

— Сам же велел в комнату идти.

Николай, стоявший у окна, повернулся и чуть не уронил початую бутылку водки.

— Ты кто?

— Забыл разве? — издевательски улыбнулась я. — Света.

— Ты откуда взялась?

— Дорогой, сходи к врачу! Что у тебя с памятью! Ты в гости меня привез!

— Так ты же старая! — в полном обалдении ляпнул мальчишка. — Что мне с тобой делать?

Я постаралась скрыть возмущение. Старая! Вот наглец! Впрочем, Коленьке, только что вылезшему из пеленок, любое существо старше двадцати двух покажется старухой Изергиль.

— Найдем чем заняться! — ухмыльнулась я и села к столу. — Для начала выпьем. Правда, водку я не употребляю и тебе не советую, а вот чаек с удовольствием. Хлеб есть? Ну-ка, отрежь под чаек.

— Сколько же я выпил, что к тебе приклеился, — пробормотал Николаша, терзая мягкий батон.

Я отняла у него сайку, аккуратно отпилила ломтик, намазала маслом и ответила:

— Детка, не расстраивайся. Тетя сама к тебе навязалась.

В глазах шофера заплескался ужас:

— Чего вы хотите?

— А как тебе кажется?

Николаша чуть не упал с табуретки.

— Я только с молодыми могу, на старух не тянет.

Я проглотила один бутерброд и по-быстрому соорудила себе другой.

— Миленький, ты совершаешь распространенную среди мужского пола ошибку.

— Какую?

— Считаешь, что всех женщин привлекает только то место, которое находится у тебя ниже пояса, но меня интересует другая часть тела, на твой взгляд, не самая важная.

— Какая? — поперхнулся Коля.

— Голова.

Парень секунду смотрел на меня расширившимися глазами, потом просипел:

— В каком смысле?

— В прямом, я хочу посмотреть, что там внутри.

Коля посинел. Его крохотная, тщедушная фигур-
ка плохо кормленного в младенчестве ребенка скрю-
чилась на табуретке.

— Ты меня не так понял, — быстро успокоила я
его, — мне всего-то и надо, что узнать, по какому адресу ты отвозил вечером Маргариту Федоровну с девочкой. Должен хорошо помнить тот день. Лялю сильно тошнило, и потом тебе хозяин устроил скандал.

— Не знаю, — буркнул парнишка, покраснев.

Да уж, сосудистая реакция у него никуда не го-
дится, за две минуты лицо поменяло три оттенка: синий, белый и красный. Коле надо закаляться, обли-
ваться холодной водой и заниматься спортом, иначе
к сорока годам он рискует заработать гипертонию.

— Деточка, — улыбнулась я, словно голодный
крокодил, увидавший беспомощного жирного щен-
ка, — маленький мой! Ну посуди сам, что плохого в
этом адресе? Тем более что Маргарита Федоровна
умерла, никакие неприятности никому не грозят.
А вот если не скажешь... Тогда не поленюсь сообщить Игорю Филипповичу, что его шофер использует «БМВ» в личных целях, катается на нем по городу, возит девушек легкого поведения, представляется хозяином фирмы. Прикинь, что с тобой сделает
Игорь Филиппович, когда поймет, кого сажаешь на
его место, а? Мало тебе не покажется. Более того,
думаю, работу в Москве по специальности ты не найдешь! Никогда.

— Да не помню я адрес! — воскликнул Коля. —
Мне Маргарита Федоровна велела: «Ехай вперед, там
объясню», ну и закружили по переулкам.

— Показать сможешь?

— Ага.

— Собирайся!

Николаша бросился к двери. Путь до начала Ле-
нинского проспекта мы проделали молча. Потом водитель повертелся в узеньких улицах и замер возле
железных ворот.

— Тут!

— Точно?

— Не сомневайтесь! Ночью подъехали, все закрыто было, — заныл Николай, — Маргарита Федоровна пошла к входу, а девочку в машине бросила! Ух и орала же она!

— Кто? Хозяйка?

— Нет, малышка. Такие вопли издавала! Я еще подумал, ну ни за что детей не заведу!

— Не помнишь, когда это случилось?

Коля вытащил календарик.

— А третьего числа, как раз после моего выходного. Так хорошо оттянулся тогда, и на тебе, полный салон блевотины. Чуть самого не стошнило, пока на мойку ехал!

Третьего числа! Именно в этот день Ежи увез Лялю. Значит, он отправил девочку к Маргарите Федоровне. Господи, да эта история становится все загадочней. Я очень хорошо понимаю, почему рентгенолог согласилась приглядеть за Лялей. Маргарита тщетно хотела родить ребенка, Ежи, наверное, хорошо знал об этом и правильно предположил: Аськиной дочке его любовница ничего плохого не сделает. Уж не знаю, что он наплел Маргарите, правды-то точно не сказал... Когда муж разбушевался, она, испугавшись, стала звонить Ежи. Но не смогла его найти. Наверное, бедная женщина растерялась: в одной комнате вопит капризная девчонка, в другой орет злой муж. Мало зарабатывающая Маргарита целиком и полностью зависела от не слишком молодого, богатого супруга. Наверное, если бы за стеной рыдал его ребенок, Игорь Филиппович поступил бы иначе, принялся утешать дочь, но в комнате закатывала истерику совершенно чужая девочка, и, естественно, хозяин дико обозлился. Вот и пришлось Маргарите Федоровне спешно увозить Лялю. Вероятно, она хотела вернуть ее Ежи, но не смогла и тогда была вынуждена передать девочку другому человеку. До сих пор все ясно. Непонятно только одно: отчего она притащила капризницу в этот дом?

Фасад здания украшали вывески, их было штук двадцать, не меньше.

Николай, увидав, что пассажирка в задумчивости уставилась на парадную дверь, нажал на педаль и был таков. Но меня больше всего сейчас занимал вопрос: куда отвела Маргарита дочь Аськи? И как мне найти таинственного анонима, забравшего девочку? В здании небось сотни сотрудников, тут пять этажей...

Повесить в холле объявление: «Потерялась девочка двух лет, звать Ляля, блондинка с голубыми глазами. Нашедшего просят вернуть за вознаграждение»?

Более глупой идеи нельзя и придумать! Ладно, попробуем посмотреть, что за конторы уютно расположились в доме. Так, турагентство «Сильвия», пошив драпировок, дизайнерская мастерская, рядом с ней салон «Жанна», мебель из Италии на заказ, все для животных, солярий... Да уж! Года не хватит, чтобы обойти все заведения.

Я приуныла и плюхнулась на стул возле небольшого окошка. Оттуда мигом высунулась хорошенькая женщина.

— Вам на сегодня?

— Что? — не поняла я.

— Ну билет, на нынешний вечер?

— Какой билет?

— На концерт или на спектакль, — спокойно растолковала она.

Я подняла глаза вверх и увидела вывеску «Билетная касса».

— Спасибо, ничего не хочу покупать, я просто присела, извините, сейчас уйду.

— Не торопитесь, народу все равно нет. А отчего не желаете развлечься? У меня даже в Большой билеты есть.

— Сколько стоят? — полюбопытствовала я.

— Дорого, — вздохнула кассирша, — больше двух тысяч место.

Я покачала головой.

— Знаете, мы с мужем совсем не сумасшедшие театралы, если сказать честно, нам поговорить некогда, не то что развлекаться, не всякий день за столом видимся.

— И давно вы замужем?

— Не очень.

— Знаете, — оживилась кассирша, — послушайте меня. Я состою в браке восемнадцать лет.

— Сколько?

— Восемнадцать.

— Не может быть.

— Почему?

— Очень молодо выглядите.

Женщина рассмеялась.

— Спасибо, просто мы расписались рано, нам по шестнадцать было, но не в этом дело. Хотите, дам совет? Не позволяйте мужу от себя отдаляться, а то привыкнет и совсем уйдет.

Я уставилась на нее:

— Вы полагаете?

— Однозначно! Всякие семейные праздники, совместные прогулки очень сближают.

— Мы недавно ходили.

— Куда?

— На рынок, джинсы покупали.

— Это совсем не то! В театре когда были?

Я призадумалась и честно ответила:

— Никогда.

— Вот и пойдите сегодня.

Кассирша исчезла, потом высунулась вновь и протянула мне два голубеньких билета.

— Держите, я тут отложила для одной, а ее все нет, ну да сама виновата, знает же, что утром выкупать надо. Отличные билеты, не сомневайтесь, второй ряд.

— Театр какой?

— «На бульваре».

— Никогда о таком не слышала.

— Бьюсь об заклад, что вы и о других не знаете, — фыркнула женщина, — хороша позиция! Не слышала! Знаете, сколько сейчас в столице коллективов? Не прежние времена. Идите, не пожалеете! Всего двести рублей.

— А спектакль какой?

— «Ревизор».

Гоголь! А что, может, и впрямь сходить? На какую-нибудь новомодную пьесу точно не хочу, неизвестно, на что нарвешься, а Николай Васильевич... Во всяком случае, никаких неожиданностей не предвидится, и текст будет хорошим, без непечатных выражений.

— Театр в центре находится, — соблазняла кассирша, видя колебания потенциальной клиентки, — на Петровке, дом тридцать, строение «б».

— Давайте, — я вытащила кошелек.

Услыхав о походе в театр, Олег недоуменно воскликнул:

— Зачем?

— Развлечься. Начало в семь, ровно в шесть я буду стоять у твоей работы.

— Но...

— Театр в двух шагах, на Петровке, тебе ехать не придется.

— Ты уверена, что надо идти?

— Конечно, я и билеты купила.

— Ну ладно, — пробурчал Куприн, — если хочешь.

— Смотри не забудь!

— Хорошо.

— В шесть у проходной.

— Сказал же, согласен! — рявкнул мой майор и отсоединился.

Я поблагодарила приветливую кассиршу, разрешившую мне позвонить, и со вздохом пошла в турагентство «Сильвия».

Нет, в нашей семье что-то явно не так. Вообще говоря, мужчина должен приглашать женщину на всякие развлекательные мероприятия, а она уж может кривляться. У нас же наоборот, Олег явно дал понять, что делает мне невероятное одолжение, потакает капризам вздорной женушки. Хотя, по логике вещей, лица сильного пола обязаны приносить с рынка овощи, отвозить ковры в химчистку и ловко забивать гвозди, я уже не вспоминаю про засорившиеся раковины и сломанные утюги. Но этими бытовыми проблемами занимаемся мы с Томочкой. Может, Сеня с Олегом и способны на хозяйственную деятельность, но их никогда нет дома!

До пяти часов я протолкалась в турагентстве и ушла оттуда в полном расстройстве чувств. Никаких маленьких девочек в «Сильвию» не приводили.

— Мы работаем до семи, — пояснила симпатичная девушка, у которой на груди блестел значок «Катя». — Ну никак не могли после этого времени принять ребенка.

Но я была настороже, эта Катя запросто может солгать.

— В семь? Очень странно.

— Почему? Многие заведения закрываются в девятнадцать.

— Но вы же турагентство?

— И что?

— Так самолеты летают сутками! Вдруг у кого-то из туристов неприятность с билетами? Или вы продали путевки и умыли руки? — налетела я на служащую.

Но та, очевидно, привыкла иметь дело с нервными клиентами, потому что, продолжая улыбаться, пояснила:

— Запирается центральный офис, но мобильные

нам запрещено выключать. В случае форсмажора нужный человек мигом приедет.

Я вышла на улицу и побрела к метро. Вот так, облом! Но, с другой стороны, я и не ожидала, что в первой же конторе кто-нибудь воскликнет: «Да-да, девочка Ляля у меня».

Ладно, завтра продолжу обход здания, а сейчас настроюсь на приятный вечер.

Ровно в шесть я заняла позицию у решетки. На улице стоял непривычный для осени холод, и большинство прохожих бежало по обледеневшему тротуару, кутаясь в шубы и дубленки. Я же с утра нацепила довольно тонкую куртку, правда, красивую, но произведенную итальянцами для своей мягкой, отнюдь не российской зимы. Все эти европейские вещи и ботиночки на тонкой подметке годятся для жителей Испании, Италии, Португалии. Они не рассчитаны ни на наши морозы, ни на плохо почищенные тротуары.

Подпрыгивая на одном месте, я тихо начинала злиться. Часы показывали десять минут седьмого. В четверть я влетела в бюро пропусков и схватила трубку местного телефона. Нет, Олег неподражаем. Он всегда и везде опаздывает, заставляя меня с глупым видом стоять на улице. Сто против одного, что сейчас муженек ужаснется: «Как? Уже пятнадцать минут?» Потом он принесется к воротам, потный, вытирая лоб платком, и заявит: «Пришлось из-за тебя уйти с совещания».

Даже будучи виноватым, Олег никогда не извинится, наоборот, ухитряется так повернуть дело, что я начинаю чувствовать себя виноватой. Вот и сейчас на свидание опоздал он, а неправой окажусь я.

— Да, — ответил знакомый голос.

— Юрка! Позови Олега.

— Привет, Вилка, — ответил приятель, — как делишки? Слышал, Ленинид ремонт у соседей затеял?

— Об этом потом, где Куприн?

— Ушел.

— Когда?

— Ну, с полчаса.

— Куда?!

— С каким-то свидетелем ему потихоньку побалакать надо, не в конторе, извини, подробностей не знаю. Ты звякни около девяти, он тут ворох дел оставил и сказал Мишке, что еще вернется.

Я опустила трубку на рычаг и почувствовала, как по щекам побежали горячие капли. Люди в пропускном бюро посмотрели на меня с жалостью. Ну отчего может рыдать тут баба? Одна из женщин, ожидавших, пока освободится телефон, погладила меня по плечу и шепнула:

— Не реви. Все перемелется, мука будет. Вот менты поганые, никто так до слез не доведет, как эти сволочи.

Я выскользнула за дверь и попыталась остановить соленый поток. Никогда в жизни мне не было столь обидно, столь тоскливо и столь гадко. Менты поганые, волки позорные, и один из них мой бывший муж. Да, да, вы не ослышались, именно бывший, потому что жить с Куприным я больше не стану! Слезы полились еще сильней. Не найдя, как всегда, носовой платок, я стала утираться варежкой и поцарапала нос.

Ну скажите, зачем мне такой муж? Вернее, какая от него польза? Что я получила от семейной жизни? Материальное благополучие? Так я зарабатываю больше Олега. Приобрела друга? Тоже не получилось! Майора никогда нет дома, он появляется за полночь и мигом засыпает. Детей у нас нет, совместное существование просто бессмысленно. Да Куприн со мной не разговаривает, ограничиваясь короткими указаниями типа: «Рубашки надо погладить» или «Куриный суп надоел, свари борщ».

При этом сам Олег получил все прелести семейной жизни. Он возвращается в чисто убранные комнаты, ест вкусную, горячую еду, не думает ни о квартплате, ни о стирке... Здорово устроился!

Резко повернувшись, я, глотая слезы, пошла искать дом тридцать. Один раз в жизни попросила сходить со мной в театр, и вот, пожалуйста, уехал допрашивать свидетеля. Конечно, мне он потом наврет, что этот человек был в Москве проездом, всего на один час, поэтому Олегу и потребовалось срочно нестись на встречу. Но я-то знаю, что он просто забыл. Впрочем, на спектакль можно пойти и одной.

Внезапно слезы высохли, из души испарились отчаяние и обида, туда черной змеей вползла злость. Да, можно, но зачем тогда заводить мужа, если везде таскаешься одна? Из мазохизма, что ли? Из любви к грязным рубашкам и горам нечищеной картошки?

Чувствуя, как холод пробирается под куртку, я рванула по Петровке. Между прочим, Сеня купил Томочке шубку, а я все в куртенке, как подросток. Зимнее пальто старое... Сапоги ношу третий сезон. Нельзя сказать, что Олег очень обо мне заботится. Хотя на шубу я могу заработать сама. Но зачем тогда мне муж? Ну для чего он мне, а? Для секса? Только не смешите, Олег женат на работе!

Дойдя до нужного дома, я взяла себя в руки. Так, Виола Ленинидовна, с вами впервые в жизни случился приступ бабской истерики. Нечего капать соплями на тротуар и, заламывая руки, стонать: «Он меня не любит».

Да, не любит! И что? Сама такого выбрала. Видели глазки, что покупали, теперь ешьте, хоть повылазьте! Вот сейчас схожу на спектакль, успокоюсь, получу удовольствие, съем в буфете бутерброды, а потом вернусь домой, запихну вещи противного мужа в сумку и выставлю за дверь. Все, финита ля комедиа, развод и девичья фамилия. Впрочем, я никогда и не была Куприной, вот и хорошо, меньше мороки!

У театрального подъезда одиноко стоял крупный

мужчина, держащий под мышкой коробочку шоколадных конфет. Внезапно на меня опять налетел приступ тоски: вот как других поджидают! На морозе, без шапки, да еще с ассорти!

Раздавив в душе вновь поднимающуюся истерику, я подошла ближе и увидела... Олега.

— Ну ты даешь, — улыбнулся муж, — в шесть же уговаривались! Прямо околел весь.

Я сначала лишилась дара речи, но потом пробормотала:

— Ты перепутал, в восемнадцать мы должны были встретиться возле твоей работы.

— Да нет, у театра.

— У проходной!!! И вообще, Юрка мне сообщил, будто ты к свидетелю поехал!

— Пошли внутрь, — он потащил меня к входу, — и что, я должен был, по-твоему, сказать: «Простите, я с женой в театр собрался»? Кто бы меня отпустил!

— Спектакль начинается после рабочего дня.

— Он у меня ненормирован.

Внезапно эта фраза Куприна заставила меня насторожиться. Она явно была очень важной, но я не успела понять, почему, так как Олег протянул мне коробку.

— На, это тебе.

Я уставилась на набор «Вдохновение».

— Мне?

— Ну да, угощайся, продавщица сказала, конфеты свежие.

— Ты купил мне сладости? Почему?

Олег смущенно захихикал:

— Ну так просто. Понимаешь, сегодня понадобилось секретаршу одного начальника умаслить, вот я и приобрел для нее конфетки, а девочка за прилавком возьми да и скажи:

— Вот какие у других мужья заботливые бывают, а мой мне никогда ничего не принесет. Я и подумал, ну и дурак же! Чужой бабе купил, а Вилке-то! На, бери.

Слушай, а что это у тебя нос такой красный и глаза как щелки, ты не заболела часом?

— У меня аллергия, — пробормотала я, сжимая огромную коробку, — на пыльцу.

— Так ноябрь на улице?! — удивился Олег.

— В комнатах растения цветут, — вывернулась я, — была на работе, и сопли полились.

Мысль о том, что жена секунду назад истерически рыдала, никогда не придет Олегу в голову, поэтому он мигом переключился на другую тему.

— Эх жаль, в буфет не успеем, уже звонок.

Боясь опоздать, мы пошли в зал. Я прижимала к груди коробку конфет, в душе прочно поселилось раскаяние. Нет, какой у меня замечательный муж, лучше всех! Добрый, внимательный, убежал с работы, бросил дела, пошел в театр, купил конфеты... Мне следует быть заботливой, потому что он очень любит меня, исполняет любые капризы. Полная светлых чувств, я прислонилась к Олегу и шепнула:

— Ты самый хороший.

Куприн озадаченно вскинул брови:

— Признавайся, что натворила.

Я обозлилась:

— Ничего!

— Почему тогда подлизываешься?

— И не думала даже.

— Да? А мне показалось...

Но тут в зале погас свет, и мы уставились на сцену.

ГЛАВА 18

Я училась в советской школе, которую сейчас справедливо ругают за политизированность и излишнюю строгость. Но было в ней и много хорошего, в частности, огромная сеть бесплатных кружков, где дети могли заниматься любимым хобби. Помните стишки: «Драмкружок, кружок по фото, а еще мне петь охота»?

В моей самой простой районной «образовалке» после уроков начиналась интересная жизнь. Почти никто не спешил домой, основная масса детей неслась в подвал, где находились мастерские. Наши девочки поголовно увлекались шитьем, вязанием и бисероплетением. И если на уроках преподавательница по домоводству Ангелина Семеновна заставляла всех шить предусмотренные программой фартук и нарукавники, то на внеклассных занятиях она объясняла, как за два часа из любой ткани можно сделать хорошенькую мини-юбочку.

— Встала в воскресенье пораньше, — вещала Ангелина, — взяла старое мамино платье, и раз, сшила себе обновку. Можно вечером на свидание бежать.

Наши суровые педагоги после уроков превращались в нормальных теток, дающих нужные для жизни сведения. Но я не училась шить, а пропадала в театральной студии. Правда, роли мне доставались второстепенные, в основном горничных и нянюшек, но все равно было очень приятно участвовать в спектакле. Наш режиссер, собираясь поставить со школьниками пьесу, предварительно водил детей в театр, чтобы показать, как играют настоящие актеры. «Ревизор» мы смотрели в МХАТе, который тогда и не помышлял о том, чтобы развалиться на две части.

Я достаточно хорошо помню ту постановку, даже могу описать роскошное голубое платье с воланами и рюшами, которое красовалось на Марии Антоновне. Поэтому сейчас, сидя во втором ряду около Олега, я не ожидала никаких сюрпризов. Вот через мгновение распахнется занавес, появится городничий в мундире и заявит: «Господа, я собрал вас, чтобы сообщить пренеприятное известие: к нам едет ревизор».

Впрочем, за точность цитаты не ручаюсь.

Вспыхнул свет, занавеса не было. Посреди деревянной площадки покачивался полуголый, весьма тучный дядька с отвисшим животом.

— Эй, — заорал он, — где народ?

В глубине сцены распахнулась дверка, появились два парня, одетые санитарами. Они тащили еще одного полуодетого мужика, которого швырнули под ноги тому, кто, раскачиваясь, гудел:

— Ну, где? Всех сюда...

Когда перед актером, старательно изображавшим похмелье, появилось много тел, я вытащила программу и уставилась на титульный лист. Может, в последний момент произошла замена? Ну заболел кто-нибудь, и администрация решила дать другой спектакль? Но нет! Там четко напечатано: «Ревизор», сочинение Н. В. Гоголя, продолжительность спектакля два часа тридцать минут».

Тут я уловила знакомую фамилию: Бобчинский. Значит, все-таки и впрямь пьеса про ревизора. Но почему тут все голые и говорят совсем не то, что я учила в школе?

Дальше больше. Из-за кулис вынырнули девицы в юбчонках по плечи, да, я не оговорилась. На шеях у актрис мотались крохотные пелеринки, ниже торчало голое тело, правда, затянутое в трико. Режиссер, очевидно, решил показать мерзкий образ жизни, который ведут чиновники, но излишне увлекся сценами разврата. Девчонки бегали по сцене туда-сюда, жеманясь и хихикая. Сначала они изображали горничных, потом парикмахерш. Мужчины щипали их за разные места и громко обсуждали количество и качество выпитого накануне коньяка.

Наконец на авансцену вылез Хлестаков. Меня чуть не стошнило. Актер, изображавший Ивана Александровича, походил на тщедушного кролика. Ростом паренек не дотянул до метра шестидесяти, а весом до сорока килограммов. Он смахивал на третьеклассника, по странному стечению обстоятельств оказавшегося на сцене. Но, приглядевшись повнимательней, я заметила, что на угловатых плечиках больного ребенка сидит голова хорошо пожившего дядьки, на самом деле любящего приложиться к рюмке.

И совсем плохо стало, когда Хлестаков разинул рот. Уж не знаю, кто его научил, но подросток-старичок говорил так, как болтают дети, проводящие время в подъездах и подворотнях, сильно акая, слегка в нос, по-блатному растягивая гласные. Его речь была пересыпана словечками: «типа», «в натуре», «па-а-анимаешь»... А потом он и вовсе предложил попечителю богоугодных заведений сигарету «Мальборо».

Когда зрители потянулись в буфет, я осторожно спросила у Олега:

— Ну как тебе?

Муж открыл было рот, но тут сзади донесся высокий, слегка истеричный женский голос:

— Великолепно! Гениальная постановка! Полный отход от стереотипов, никакого академизма, сплошные актерские находки, тонкий юмор, оригинальность во всем!

Олег затравленно обернулся и буркнул:

— Ну это, в общем... Хорошо иногда сходить в театр, развеяться. Только, честно говоря, я другого ждал.

— Ты хорошо помнишь «Ревизора»?

— Три года назад видел.

Внезапно в моей душе вспыхнула ревность. Интересное дело, с кем же он ходил в театр?

— Не в Москве, — объяснил Олег, — приятель мой Игорь Сергеев стал начальником колонии в Тверской области. Ну и позвал меня в гости, на рыбалку. Знаешь, какие там щуки ловятся, во! Я поехал на праздники. А у Игорька в колонии театр, вот и попал на постановку. Правда, женские роли исполняли мужчины, но я тебе скажу, такого ужаса там не было! Все прилично.

Еще бы, ни один хозяин зоны не позволит у себя устроить подобный бардак!

Второе действие было намного лучше из-за того, что длилось меньше. В последней сцене актеры вышли на подмостки и неожиданно... сбросили с себя всю одежду. Через секунду погас свет.

— Это что? — забормотал майор, покрываясь бурыми пятнами. — Зачем голые? Где немая сцена, а?

Я глубоко вздохнула:

— Насколько я понимаю, это основная режиссерская находка. Постановщик решил, что остолбенеть должны от удивления не актеры, а зрители.

— Ага, — буркнул Олег, — ясненько. Только давай в другой раз пойдем в иное место!

Пресытившись искусством, мы двинулись по Петровке.

— Ты очень обозлишься, если я зайду на работу? — осторожно поинтересовался Куприн.

— Да нет, — пожала я плечами, — сама доеду, не поздно ведь. Кстати, я могу и за полночь одна ходить, отчего-то не боюсь.

— Ну Вилка, — взмолился муж, — пойми! Я ведь не торгую куриными лапами, у меня ненормированный рабочий день!

Я хотела было заявить, что продавец окорочков больше времени проводит с женой, но неожиданно осеклась. Ненормированный рабочий день! Вот оно! Вовсе не нужно бегать по этажам, тратя уйму времени на то, чтобы опросить сотрудников всех контор пятиэтажного здания. Нет, достаточно найти те заведения, которые открыты круглосуточно или закрываются за полночь. Так, прямо сейчас понесусь назад и перепишу все вывески, а потом подумаю. Развернувшись, я полетела к метро.

— Вилка!

— Что?

— Ты забыла сказать «до свиданья»!

— А, извини, пока!

Я пробежала пару метров, потом обернулась. Олег с хмурым лицом смотрел мне вслед. Но мне было не до его внезапно испортившегося настроения.

Ближе к ночи я разложила на кровати блокнот. Так, турагентство вычеркиваем со спокойной душой. Парикмахерскую тоже. Она работает до восьми. Риелторская контора тоже не подходит, вместе с ней и билетная касса...

В конце концов в списке осталось всего три объекта: круглосуточная аптека, охранное агентство и машинописное бюро, по непонятной причине работающее день и ночь без перерыва.

Я покусала нижнюю губу. Так, охранное агентство оставлю напоследок, вначале обращусь в аптеку. Во-первых, там, скорей всего, не так уж много служащих, а во-вторых, Маргарита Федоровна была врачом. Резонно предположить, что у нее есть знакомые среди фармацевтов. Аптека оказалась крошечной. Находилась она на первом этаже и имела вход с улицы. В железной двери было прорезано окошко и висела табличка: «После десяти вечера звоните». Внутри обнаружилось совсем мало свободного места. Все пространство было заставлено стеклянными шкафами, а за узким прилавком стояла только одна женщина, бабуська лет шестидесяти.

— Слушаю вас, — весьма любезно сказала она.

Я сделала несчастное лицо и заныла:

— Простите, это вы работали третьего числа вечером?

— А в чем дело? — удивилась провизор.

— Я покупала аспирин и забыла папочку с документами.

Фармацевт улыбнулась:

— Если у нас, то все, уж извините за каламбур, как в аптеке! Ничего не пропадет. Вы не поверите, что люди тут только не оставляли! Один раз клетку с хомяком забыли. Погодите, в шкаф загляну.

Быстрым шагом она ушла в глубь помещения.

Я облокотилась о прилавок и от скуки принялась рассматривать разноцветные коробочки и тюбики.

— Папка, говорите? — высунулась женщина.

— Да, черная такая, вроде небольшого портфельчика, внутри отделения.

— Нету.

— Как же так!

— Значит, не у нас оставили.

— Больше негде. Вы меня не помните? Так третьего числа голова болела, прямо в глазах темно, еле сюда доползла, папочку на подоконник положила, ну, думаю, конец мне пришел. Спасибо, вы какое-то чудодейственное лекарство дали, я вмиг ожила!

Женщина за прилавком сморщилась:

— Верно, вам в самом деле плохо было, если меня с Зоей Андреевной спутали. Третьего она дежурила.

— Может, подскажете ее телефон?

— Зачем?

— Вдруг она папку спрятала.

— Мы всегда кладем потерянное в шкаф.

— Всякое бывает.

— Не бывает, — обозлилась пенсионерка, — где угодно, но не у нас. А телефон я не дам.

— Почему? Вам что, жалко, да?

— Вовсе нет, просто я не знаю его. Приходите в восемь вечера, Зоя Андрееевна заступит на дежурство.

Потерпев сокрушительный разгром, я вернулась домой и от тоски переделала кучу дел: убрала квартиру, запихнула в стиральную машину белье и даже отправилась на рынок за овощами.

В поход по магазинам со мной увязался Ванька.

— Сумка небось тяжелая, одной не допереть, мужская сила потребуется, — сурово сказал он.

Внутри стеклянного павильона, где гомонила шумная толпа, «мужская сила», вздохнув и ткнув ручонкой в прилавок, сообщил:

— Здеся самые хорошие шоколадки. Сколько хошь бегай, дешевле не найдешь!

Я посмотрела на сомнительного происхождения лакомства и пообещала:

— Будешь вести себя тихо, никуда не убежишь, получишь киндер.

Ваняша радостно кивнул, и мы двинулись к лотку, на котором торговали творогом. Бойкая румяная молодуха, увидев покупателей, затарахтела, словно пневматический молоток:

— А ну, кому свеженькое? Пробуй, хозяюшка, и ты, сынок, не стесняйся. Молочко, сметанка, ряженка.

Мы съели по кусочку белой массы, и я попросила:

— Полкило, пожалуйста!

Бабенка отложила творог и уже шлепнула его на весы, но тут же была остановлена Ванькой.

— Не пойдет.

— Ты чего, малец? — удивилась деваха.

— А... ты обманываешь!

У торговки от изумления выпала из рук лопатка.

— На весы глянь? Цифры знаешь? С походом положила.

— Слышь, Вилка, — тоном взрослого человека, отца семейства, заявил Ваняша, — ну-ка отщипни кусок.

Сама не понимая почему, я послушалась ребенка, положила в рот творог и тут же выплюнула. Кислая, горькая масса, ничего похожего на то, что пробовала пару секунд назад.

— Завсегда так делают, — пояснил Ванька, — сверху навалют хорошего, а внутри... срань. Бабка знаешь как ругается! Пошли к другой!

Оставив изумленную торговку у весов, мы двинулись вдоль ряда и выбрали чистенькую бабушку. Наученная горьким опытом, на этот раз я велела отковырнуть частичку от того ломтя, который она приготовила для взвешивания.

Следующий урок Ванька преподал мне в отсеке,

где отпускали сыр. Порывшись в кусках, я выбрала один и протянула продавщице.

— Берите, — улыбнулась та, — уже завесили, видите, написано, пятьсот граммов.

Я хотела было открыть кошелек, но Ванька тихо буркнул:

— Вели на весы положить!

— Зачем?

— Врет! Нет там полкило.

И точно, стрелки показали четыреста пятьдесят граммов.

— Что же вы обманываете? — возмутилась я.

— Так тут рынок, — философски заявила торгашка, — не обдуришь — не заработаешь!

После этих двух казусов я доверила покупки Ваньке. И надо сказать, мальчишка отлично справился с задачей. Он тщательно отобрал картошку, понюхал колбасу, забраковал чересчур дешевые сосиски и велел взять про запас вологодское масло.

Через час я пересчитала оставшуюся наличность и была приятно удивлена. В кошельке осталось намного больше денег, чем я рассчитывала, поэтому Ванька получил не одно, а сразу целых три яйца.

«Мужская сила» выказала полный восторг и, издав вопль команчей, кинулась смотреть на прилавок с игрушками. Я постояла у газетного ларька, купила новую книжицу Смоляковой и оглянулась. Ванька топтался у витрины, где были представлены сборные модели. Я подошла поближе.

— Гляди, — в полном восхищении заорал мой спутник, — скелеты собирать! У-у, здорово! Скелет динозавра, тигра, слона...

Видя, с каким вожделением он смотрит на недоступные коробки, я вновь вытащила кошелек.

— Выбирай, но только маленький.

— Вау! — завопил Ванька так, что у продавщицы в отделе посуды зазвенели чашки. — Вилка! Я тебе всю жисть верой и правдой служить буду!

Мне стало смешно и одновременно грустно. Ну зачем Маринка завела ребенка? Похоже, что ни она, ни баба Клава не любят мальчика. Одет он был у них хуже некуда, игрушек практически не имел, кроме пары отвратительных пистолетов.

— Давай, давай, — поторопила я ликующего Ваньку, — времени мало.

— Хочу скелет Покемона, — заявило дитя.

— Такого нет, — ответила продавщица.

— Почему?

— Ну Покемона живого не бывает, — принялась растолковывать девушка, — а в этой серии только животные.

— Так Покемон взаправдашний.

— Лучше возьми тигра, — посоветовала я, — он страшней.

Еле волоча сумку на колесах, мы дошли до шоссе и поняли, что попали в трудную ситуацию. Вдоль дороги тянулась железная палка, уж не знаю зачем установленная на тротуаре. Перешагнуть ее чистый пустяк, но вот перетащить тяжеленную торбу практически невозможно. Во всяком случае, мне не справиться. Впрочем, впереди виднелся небольшой разрыв, но прямо около него был припаркован джип. Внутри сидел парень лет тридцати. Я постучала в окно.

— Чаво? — поинтересовался водитель, опустив стекло. — Иди себе мимо, не подаю.

— Вы не могли бы на пару минут отъехать?

— Чаво?!

— Сделайте одолжение, уберите на мгновение джип. Видите, у нас с ребенком очень тяжелая сумка, а перейти дорогу можно только в том месте, где стоит ваше авто.

— Ну и чаво?

— Я протащу сумочку, и вы встанете назад.

— А-а... Не-а, не могу.

— Почему?

— Хозяин велел тут стоять.

— Так я же не прошу вас никуда уезжать! Лишь на пару секунд отъехать.

Шофер окинул взглядом меня, одетую в затрапезную синтепоновую куртку, Ваньку, шмыгающего носом, потом скользнул глазами по сумке на колесиках, из которой высовывались кульки, и буркнул:

— Не-а, не велено двигаться.

Я растерялась:

— Но вы загородили проход.

— И чаво?

Я беспомощно оглянулась. Железная палка тянулась очень далеко, следующий разрыв находился на перекрестке, почти в трехстах метрах от того места, где стояли сейчас мы с Ванькой. Но альтернативы нет, придется делать громадный крюк. Я уже хотела сказать мальчику: «Пошли вперед», как Ваняша хриплым голосом заявил:

— Слышь ты, хрен с горы, откати колеса, чего нам зря переть?

— Это ты мне, малец? — изумился парень.

— Тебе... мать, — спокойно сказал ребенок, — давай... отсюда, пока... не получил. Ща папка подойдет, он тебе полные охапки... насует.

В глазах шофера мелькнуло нечто человеческое. Я приободрилась и добавила:

— Мой сын прав... отсюда, а то без... останешься.

Водитель мигом завел мотор и отъехал. Мы с Ваняшей стащили торбу и бодро поволокли ее к дому. В лифте мальчик обиженно протянул:

— Ага, мне нельзя так разговаривать, а тебе — пожалуйста? Несправедливо получается.

Чувствуя полную педагогическую беспомощность, я попыталась оправдаться:

— Ты еще маленький.

— Значит, взрослым можно? — уточнил Ваня.

— Нет, но иногда случается такая ситуация, когда нужно. Видишь ли, мы просили этого шофера по-человечески, а он не желал понимать, пришлось договориться с ним на том языке, который...

Педагогический запал кончился.

— Ну, — поторопил Ванька, — и чего?

— Ничего, — коротко сказала я, — учи слова, которые тебе нельзя произносить.

— Ага, а тебе можно, — завел ребенок по новой, — это несправедливо!

— В жизни, как правило, торжествует несправедливость, — заявила я, — хочешь железную дорогу?

Ваня обиженно засопел и ничего не сказал.

ГЛАВА 19

Не успела я войти в аптеку, как провизорша чуть ли не закричала:

— Какая папка? Что за документы? Ничего вы тут не оставляли!

— Погодите...

— Вот еще! Если где кинули, не надо на других сваливать!

— Ничего я не теряла!

Зоя Андреевна осеклась, потом другим тоном сказала:

— Уж извините, сменщица моя, Татьяна Николаевна, сообщила мне: женщина утром приходила, бумаги тут оставила. И так ее описала, прямо вы! Куртка бежевая с капюшоном, сама без шапки, волосы торчком...

— Знаете, сколько людей в такой одежде по улицам бегает? — улыбнулась я. — Я на рынке прикид купила, не в бутике.

— Простите, накричала на вас, — принялась угрызаться совестью фармацевт, — очень обидно стало. Тут люди чего только не забывают, все в целости и сохранности держишь, а уж документы особенно. Один раз мужчина портмоне бросил, с большой суммой денег. Хорошо, внутри визитки лежали, позвонили ему, так он даже не поверил. А вам что? От головной боли?

Интересно, отчего, только глянув на меня, все медики вспоминают про больную голову?

Я посмотрела в честное простое лицо провизора и неожиданно ответила:

— Вы дружили с Маргаритой Федоровной? Рентгенологом?

Зоя Андреевна удивленно ответила:

— Рита была моей лучшей подругой.

— Значит, она к вам приводила Лялю?

— Кого?

— Третьего числа, вечером, поздно, Маргарита Федоровна привезла сюда двухлетнюю малышку Лялю. Куда потом подевалась девочка?

Зоя Андреевна насторожилась:

— А вы кто?

— Частный детектив Виола Тараканова.

— Кто? — оторопела провизорша.

— Лялю похитили, а Маргарита Федоровна принимала в этом живейшее участие.

Зоя Андреевна секунду стояла молча, потом поднырнула под прилавок, повесила на дверь табличку «Технический перерыв» и потащила меня в смежное помещение. В крохотной комнатенке, где нашлось место лишь для колченогого столика и двух игрушечных табуреток, фармацевт всплеснула руками:

— Что за чушь вы несете!

— Так приводила она к вам девочку?

— Да. Но только ее звали не Ляля.

— А как?

— Алиса.

— И вы не удивились? Вечер на дворе, почти ночь, а тут как снег на голову обваливается подруга с чужим ребенком. Неужели вы не задали ей никаких вопросов?

— Почему неожиданно? Она позвонила.

— И что сказала?

Зоя Андреевна вытащила из кармана носовой платок и пробормотала:

— А с какой стати я должна вам рассказывать?

— Садитесь, — сказала я, — и слушайте.

Узнав о том, что приключилось с бедной Аськой Бабкиной, Зоя Андреевна разнервничалась.

— Господи, вот несчастная женщина! Здорово же она небось этого Ежи любила, раз на такое решилась! Выходит, он с двумя крутил? Ну не зря мне сей фрукт не понравился!

— Вы его видели?

— Теперь вы меня послушайте, — подскочила Зоя Андреевна. — Мы с Ритой в одной группе учились, знакомы со студенческой скамьи.

После окончания института дорожки подруг разбежались. Рита пошла работать, а Зоя выскочила замуж, нарожала детей и полностью растеряла полученные в институте знания. Рита не одобряла подругу.

— Нельзя складывать все яйца в одну корзину, — поучала она Зою, — сначала стань специалистом, а уж потом садись на кухне. Мужчины не очень-то уважают тех, кто их обслуживает. Хочешь, чтобы супруг хорошо к тебе относился, добейся успеха в жизни.

Но Зоечка только махнула рукой. Ее Алеша из других. Так они и жили: одна пыталась сделать карьеру, а другая мирно занималась домашним хозяйством, но, очевидно, обе поступали неправильно, потому что Рита не продвинулась дальше ставки рентгенолога, а от Зои неожиданно ушел муж. Пришлось несостоявшемуся врачу искать работу. Естественно, лечить людей она не смогла и оказалась в аптеке, а Маргарита, потерпевшая фиаско на деловом поприще, решила срочно стать женой и матерью.

Надо сказать, что ей повезло, на пути попался более чем обеспеченный Игорь Филиппович. Он был на двадцать лет старше Маргариты, имел в анамнезе бывшую жену, дочь и внучку. Если сказать честно,

Маргарита не испытывала к супругу ничего, даже отдаленно похожего на страсть, но ее привлекала возможность стать обеспеченной женщиной. Зарплата врача невелика, а Риточке до зубовного скрежета надоело считать медные гроши.

Первый год брака она не могла нарадоваться на финансовое благополучие и самозабвенно носилась по магазинам, скупая ранее абсолютно недоступные ей вещи: шубы, французские духи, серьги с бриллиантами... Игорь Филиппович только улыбался. Жадность не была его пороком, денег мужик зарабатывал столько, что хватило бы на трех жен-шмоточниц.

Через какое-то время Рита выдохлась. Стало неинтересно толкаться у прилавков. На плечах красовалась чернобурка, в шкафу висели норка и соболь, комод ломился от бархатных коробочек, с полок падали свитера и роскошное белье. Больше покупать было решительно нечего. Пятое меховое манто не радовало, впрочем, сороковая пара обуви тоже больше не приносила счастья.

Маргарита Федоровна трезвым глазом глянула на муженька, и открывшаяся картина ей не понравилась. Около нее, молодой, красивой, страстной обожательницы театров и концертов, жил старый, лысый, животастый дядька, больше всего любящий вечером устроиться у видика с бутылкой пива. Ну скажите, зачем ему была нужна обожаемая простонародьем хмельная жидкость, стоящая копейки? В распоряжении Игоря Филипповича имелся элитный коньяк по несколько тысяч долларов за емкость. Но нет! Бизнесмен предпочитал «Балтику».

Одним словом, супруг стал раздражать Маргариту, но прочная веревка финансового благополучия связывала ее с ним крепко.

«Конечно, — думалось ей иногда по ночам, — радости нет, но, с другой стороны, разводиться-то нельзя. Жить в нищете я просто не смогу».

От тоски женщина перепробовала все: ходила на фитнес, плавала в бассейне и занималась аэробикой, записалась сначала на курсы вязания, потом шитья, следом увлеклась макраме, бисероплетением и разведением кактусов. Но все эти милые дамские хобби не приносили ей совершенно никакого удовлетворения, и тогда Маргарите Федоровне взбрела в голову идея родить дочку. Именно девочку, хорошенькую, умную, талантливую, послушную, аккуратную. Не последнюю роль в этом решении сыграл факт наличия у Игоря Филипповича внучки Сонечки. Иногда девушка приходила в гости к дедушке и бесцеремонно расхаживала по квартире, чем безумно раздражала Маргариту Федоровну. Поэтому вначале ей просто хотелось родить дочку, чтобы избавиться от всякого напоминания о том, что в этом доме была когда-то иная хозяйка. Ну согласитесь, просто жить с мужчиной, даже в законном браке, — это одно дело. Совсем другое — подарить ему наследника.

Но спустя некоторое время Маргарита поняла, что ей просто хочется иметь ребенка. Легкое желание постепенно трансформировалось в настоящую манию.

Зоя остановилась, перевела дух и печально продолжила:

— Очевидно, у них с Игорем Филипповичем было что-то не так. Рита обежала армию врачей, те признали ее здоровой, но беременность не наступала. Чего она только не делала! Все испробовала! Результат — чистый ноль. Анализы в полном порядке, состояние организма отменное, а детей нет!

— Может, Игорь Филиппович был виноват в создавшемся положении?

Зоя покачала головой:

— Да нет! У него же от первого брака есть дочь.

Я промолчала. Сколько женщин, убедившись в бесплодности супруга, решают наболевшую проблему по-своему? Едут в одиночестве отдыхать... Неужели Маргарите Федоровне не пришел в голову подобный выход?

— Рита прямо в невменяемую превратилась, — вздыхала Зоя, — на улице заглядывала в детские коляски. И, вообще, стала вести себя неадекватно. Когда нас пригласила на день рождения бывшая сокурсница Женя Кочергина, Рита категорически отказалась идти в ресторан. Зоя удивилась:

— Ты обиделась на Женьку?

— Нет, — буркнула Рита.

— Тогда в чем дело? Только не говори, что у тебя нет денег на подарок!

— Не неси чушь! — обозлилась та.

Зою охватило любопытство.

— Нет уж, сделай милость, объясни.

Рита упорно молчала, но подруга не отставала. В конце концов Рита сообщила:

— У Женьки недавно третий ребенок родился.

— Ну и что?

— Вот и не хочу встречаться с ней, она надо мной смеяться станет!

Зоя не нашлась, что возразить на это идиотское заявление. Дальше больше. Рита стала с негодованием выключать телевизор, если на экране появлялась реклама памперсов, она тихо начала ненавидеть всех женщин с колясками и однажды сказала Зое, указывая пальцем на молодую мать, за подол которой цеплялось двое ребятишек:

— Видала? Сама в обносках, да еще нищету плодит!

Зоя только вздохнула. Бездетные женщины делятся на две категории. Одни любят всех детей, попадающихся на пути, другие столь же горячо их ненавидят. Риточка, очевидно, принадлежала ко второй. Во всяком случае, приходя к Зое и выслушивая жалобы той на младшего сына-двоечника, лучшая подруга кривилась и сообщала:

— Да уж! Одни неприятности от этих отпрысков!

Сначала ты в них всю душу вкладываешь, растишь, ставишь на ноги, а потом они любимую мамочку в дом престарелых сдают.

Затем Рите, очевидно, пришла-таки в голову идея родить потихоньку от другого человека, потому что в ее жизни появился Ежи.

— Он мне сразу не понравился, — вздохнула Зоя, — нет, внешне вполне нормальный, даже симпатичный, но врет много.

— И что он вам наврал?

Зоя засмеялась:

— Вроде ничего, мы встречались-то раза два, не больше, но у него такие глаза... Бегают в разные стороны, и он не смотрит на собеседника, когда говорит. Ну поверьте, очень неприятный тип. Но Рита от него была в восторге! Все рассказывала про его талантливость и ученость. Вроде сей субъект какое-то чудо-лекарство придумал, еще одна ложь!

— Но зачем Рите лгать?

Зоя махнула рукой:

— Да нет, Ритка искренне считала, что этот барон Мюнхгаузен создал панацею от рака. Только для того, чтобы создать новый препарат, работают гигантские коллективы. Время таких гениальных одиночек, как изготовитель пенициллина Флеминг, давно прошло.

Но Ежи капитально задурил голову даме сердца, и она, используя связи мужа, помогла любовнику получить значительный кредит в банке.

— Вот тут сразу стало понятно, что к чему, — вздохнула Зоя, — не прошло и двух недель после того, как нужная сумма появилась у мерзавца в кармане, и он бросил Ритку. Она ему понадобилась просто как средство добычи денег. Знаете, Маргарита очень переживала, даже плакала, что на нее совсем не похоже.

Но, наверное, слезы лились из глаз Риты больше

не из-за того, что от нее убежал любовник. Желанная беременность так и не наступила.

— Представьте теперь мое изумление, — медленно произнесла Зоя, — когда Рита позвонила и сообщила, что хочет взять на воспитание девочку из детского дома!

Подруга попробовала отговорить Марго от необдуманного шага.

— А ты не боишься?

— Нет.

— Понимаешь, кто отказывается от детей? Пьяницы, наркоманы и другие асоциальные элементы. Неизвестно, что вырастет из ребенка с такой наследственностью!

— Ну и что? — вскипела Рита. — Я его воспитаю!

— Ты же учила генетику, — не успокаивалась Зоя, — помнишь опыты с мушками? Если получилось бескрылое потомство, то хоть ласточкам его в гнездо подсунь, летать не станут!

Слово за слово, они поругались, и Маргарита перестала звонить подруге. Зоя переживала из-за размолвки, но сама первой возобновлять отношения не желала.

Третьего числа она дежурила. В аптеку после девяти вечера приходило мало посетителей, и провизор коротала время за чтением очередного романа.

Внезапно зазвонил ее мобильный. Зоя не слишком обеспеченный человек, но в аптеке не было телефона. Вернее, он работал только до семи вечера, потому что принадлежал турфирме, которая милостиво разрешила поставить параллельный своим соседям. Но в девятнадцать торговцы путевками разбегаются и блокируют местную АТС. Пришлось Зое покупать сотовый, дети оставались дома одни, и мать боялась, как бы чего не стряслось. Провизор строго-настрого запретила домашним трезвонить ей без всякого повода.

— Не вздумайте идиотничать, здесь с каждой секундой живые доллары утекают.

Поэтому, когда аппарат зазвонил, Зоя насторожилась, а ну как случилось несчастье? Она схватила трубку и в жуткой тревоге воскликнула:

— Алло!

И услышала всхлипы. Зоя совсем перепугалась.

— Что произошло, Катюша?

— Это я, Рита.

— Кто?

— Рита, ты меня не узнала?

— Ну, в общем...

— Зоенька, помоги!

Сообразив, что с подругой случилось несчастье, Зоя воскликнула:

— Конечно, не волнуйся, я все сделаю.

— Ладно, тогда мы едем к тебе!

Зоя не успела спросить, с кем Рита собирается явиться поздно вечером, да еще в аптеку, как та отсоединилась.

Посидев в недоумении, Зоя решила, что Маргарита завела себе нового любовника, и даже приготовила ехидную речь, основной мыслью которой было: аптека не дом свиданий. Но когда Рита, распространяя удушливый запах дорогой парфюмерии, ворвалась в пеналообразное помещение, все заготовленные слова застряли у Зоиньки в горле.

Выглядела Маргарита ужасно. Нос красный, глаза-щелочки, она явно только что рыдала. Даже положенный наспех грим не мог скрыть бледных щек и синеватых губ. За собой Рита тащила упирающуюся крошечную девочку, которая, захлебываясь, твердила:

— Мама, мама, мама...

— Это кто? — ошеломленно спросила Зоя.

Внезапно Рита села на корточки, закрыла ладонями лицо и заплакала так горько, что Зоя кинулась за новопасситом.

ГЛАВА 20

Увидев, что Рита разрыдалась, девочка заорала во всю глотку, но Зоя не зря была матерью трех детей. Провизорша мигом схватила несколько коробочек фирмы «Чико» и сунула ребенку:

— Смотри, какие погремушки!

Увидав игрушки, капризница мигом захлопнула ротик и занялась разглядыванием мишек и кошечек. Рита, проглотившая двойную порцию успокоительного, вытерла лицо и, не обращая внимания на размазанную косметику, стала объяснять подруге, что к чему. Зоя только качала головой. Нет, не зря ей не понравился Ежи, втравил ополоумевшую от обострившегося материнского инстинкта Риту в безумную ситуацию.

— Я решила взять ребенка из детдома, — ломала пальцы Маргарита, — и даже сходила в пару приютов.

Но ей там быстро объяснили, что получить желанную девочку трудно. Во-первых, ей нужна сирота, то есть родители должны лежать на кладбище или быть лишены по суду своих прав на дочь. Но таких девочек практически нет.

— Детские дома переполнены, — удивилась Зоя, — кого же там держат?

— Дикая ситуация! — воскликнула Рита. — Оказывается, в нашей стране возможно сдать несовершеннолетнего в интернат, мотивируя свое желание просто: не могу воспитывать ребенка. Ну, к примеру, езжу три раза в неделю в командировки, оставить не с кем... Еще много вариантов, когда мать отбывает срок на зоне, а отец неизвестно где. Вот и получается, что, с одной стороны, сироты, а с другой, по документам, дети имеют мамочку, а иногда даже и папочку.

Поэтому, чтобы получить здорового ребятенка лет двух, а Рита совершенно не хотела возиться с пеленочным младенцем, требовалось встать в очередь, которая продвигалась черепашьим шагом.

Но Рита мигом нашла выход. Оглядев убогую обстановку кабинета директрисы, она, ничуть не смущаясь, предложила сделку. Она дает денег на ремонт, оказывает безвозмездную спонсорскую помощь, а в качестве благодарности хочет получить первое место в очереди за сиротой.

Заведующая мигом согласилась, и через пару дней Рита уже разглядывала крохотную девчушку Надю. Оставалось собрать кучу справок и среди них письменное согласие супруга на удочерение. Риточка считала, что Игорь Филиппович подмахнет нужную бумажку не глядя, но неожиданно супруг воспротивился.

— Нет, — твердо заявил он, — я не имею никакого желания вкладывать деньги и душу в абсолютно постороннее существо. Если бы ты сама родила, радовался бы чрезвычайно, окажись у тебя, паче чаяния, ребенок от предыдущего брака, воспитал бы как своего. Но брать бог знает кого? Извини, не хочу.

Ритуля, привыкшая, что тотально занятый муж выполняет все ее капризы, принялась уговаривать Игоря Филипповича, но тот был непреклонен:

— Нет, никогда!

Спор длился неделю. В конце концов обозленный бизнесмен рявкнул:

— Ну хватит! Представляю, что вырастет из детки, которую зачали малолетняя уголовница и алкоголик-охранник. Хочешь воспитывать морального урода? Сколько угодно, но без меня, давай оформим развод!

Поняв, что довела мужа до крайней точки, жена отступила, и девочка Надя обрела других родителей.

Сами догадываетесь, какое настроение было у Риты. Естественно, Ежи был в курсе проблем любовницы.

Примерно месяц спустя после скандала с Игорем

Филипповичем, уже после того, как между мужем и женой произошел разрыв, Ежи спустился к Рите в подвал и спросил:

— Ты все еще хочешь ребенка?

Рита обозлилась:

— Какое тебе дело теперь до этого? Мы же просто знакомые!

— Извини, — пожал плечами Ежи, — я думал, мы остались друзьями, поэтому и решил помочь!

— Ладно, — пробормотала Рита, — говори.

Бывший любовник плюхнулся на кушетку, которая раньше служила парочке ложем для утех, и завел рассказ.

В его отделение поступила молодая женщина Милена Забелина.

— Кто? — подскочила я.

— Милена Забелина, — повторила Зоя. — Я очень хорошо запомнила это имя, знаете почему?

— Нет.

— Моя девичья фамилия Забелина, а Миленой я назвала свою старшую дочь. Так вот, у пациентки Ежи оказалось совсем изношенное сердце. Она замужем за сектантом, который не разрешает жене ни пользоваться контрацептивами, ни делать аборт. В результате у женщины, не достигшей сорокалетия, куча детей, то ли восемь, то ли девять, то ли еще больше...

Я сидела тихо-тихо, стараясь не заорать: «Да знаю я эту Милену, ездила к ней домой».

— Живут, естественно, бедно, с воды на квас перебиваются. И тут вдруг заболел супруг этой тетки, потребовалось ему делать операцию. Нет ничего хуже бесплатной медицины, решил сектант, и велел жене найти денег. Несчастная, полностью подмятая властным мужем баба чуть не сломала голову, думая, где взять необходимую весьма крупную сумму, и в конце концов додумалась. Пришла к Ежи, которому, как врачу, доверила все свои тайны, и попросила:

— Среди ваших знакомых есть обеспеченные люди. Может, кто хочет взять дитя на воспитание? Могу продать младшую дочку, Алису, за пять тысяч долларов.

— Замечательный вариант, — убеждал Риту Ежи, — деньги ты ей можешь сразу не платить, только дело срочное, девочку надо забрать сегодня.

Рита растерялась.

— Сегодня?

— Ну да, завтра к Милене приезжает свекровь, и потом будет трудно объяснить бабке, куда подевалась Алиса, а так вроде ее и не было.

— Но...

— Тебе нужен ребенок? Я предлагаю исключительный случай. Отец и мать нормальные люди, никогда не прикасавшиеся ни к рюмке, ни к сигарете, девочка совершенно здорова.

— Надо посоветоваться с Игорем Филипповичем.

— Не надо, — усмехнулся Ежи, — он не разрешит, поступи по-хитрому.

— Как?

— Возьми сегодня Алису и приведи домой, а своему супружнику объясни: подругу положили в больницу, малышку некуда деть, поживет у вас недельку. Не станет же он выбрасывать девочку на улицу?

Рита подумала секунду и мотнула головой:

— Нет, конечно.

— Вот и замечательно. Пройдет семь дней, скажешь, что твоя подружка не выздоровела... Увидишь, через месяц он к ней привыкнет и не станет протестовать, когда выяснится правда, отдашь деньги, и Алиса твоя навек.

Наверное, в этот момент господь на небесах спал, потому что Рита согласилась. Ежи обрадовался:

— Значит, заметано. Жди, сегодня вечером привезу Алису к тебе домой.

«План писали на бумаге, да забыли про овраги, а по ним ходить». Ох, не зря наши предки придумали эту поговорку! Затея, представлявшаяся изумительной, на деле превратилась в сущее мучение.

Алиса оказалась на редкость капризным существом. Она спала, когда Ежи принес ее, и во сне девочка казалась очаровательной. Белокурые курчавые волосики, пухлые губки и щечки, черные реснички, трогательно хрупкие плечики... Рита уложила будущую дочку на свою кровать и, укрыв пледом, стала поджидать, когда милое существо проснется.

Наконец у ребенка распахнулись глаза, оказавшиеся огромными, голубыми, Алиса села и... заорала.

Безуспешно Рита пыталась успокоить девочку, ничего не получалось. Та, захлебываясь слезами, отказывалась от еды и твердила: «Мама, баба, мама, баба».

Правда, вначале, когда Алиса увидела припасенные заранее игрушки, она приумолкла и занялась куклами, но ближе к ночи ситуация обострилась, плач перешел в истерику.

Потом вернулся с работы Игорь Филиппович, выслушал скороговоркой произнесенный рассказ про подругу, попавшую под машину, скривился, словно собака, хлебнувшая лимонного сока, и устроил жене допрос с пристрастием. Через полчаса рыдающая Рита раскололась и рассказала все. Правда, она, боясь, что обозленный сверх меры супруг узнает еще и про любовника, скрыла то, что план придумал Ежи. Просто повернула рассказ по-другому. Это к ней, в ее отделение поступила Милена Забелина...

Игорь Филиппович рассвирепел. Первый раз за годы семейной жизни Рита увидела мужа в таком гневе.

— Значит, так, — ледяным голосом произнес он, — ты решила меня не слушаться и поступить по-своему. Я этого не потерплю. Другую бы выгнал сразу, без всяких разговоров, но тебя, дуру, люблю, поэтому даю шанс исправиться. Сейчас я уеду в клуб, потому что дома находиться невозможно. Ты же берешь девчонку и отвозишь ее к матери.

— Но...

— Все! — стукнул кулаком по столу всегда вежливый супруг. — Заткнись! Вернусь к полуночи. Если здесь по-прежнему будет стоять вопль, завтра с утра подам на развод!

Потом он схватил с книжной полки бронзовую фигурку лошади, подарок Риты ко дню рождения, и со всего размаха швырнул ее в окно. Мигом посыпались дождем осколки, и несчастная женщина в ужасе поняла: муж не играет напрасно словами, он и впрямь выгонит ее, как выставил в свое время из этой квартиры первую супругу, которая, задумав стать светской львицей, принялась каждый день созывать к ужину гостей. Больше всего на свете Игорь Филиппович любил проводить вечера в тишине и спокойствии.

Когда, шарахнув стальной дверью о косяк, супруг ушел, Рита бросилась звонить Ежи, но бывшего любовника нигде не было. Домашний телефон монотонно вещал: «Сейчас никого нет, оставьте сообщение после гудка».

Мобильный так же безучастно талдычил: «Аппарат абонента выключен или находится вне зоны действия сети».

Маргарита Федоровна металась по квартире, не зная, что ей делать. Стрелки часов неумолимо бежали. Наконец она вспомнила про Зою и поехала к ней.

— Умоляю тебя, — заламывала она руки, — приюти девочку на ночь, только до завтрашнего обеда!

— А завтра-то что случится? — удивилась Зоя.

— Увижу на конференции Ежи, и он вернет девочку матери.

Провизор лихорадочно пыталась сообразить, как поступить. Видя колебания подруги, Рита быстро добавила:

— Я заплачу, ты не сомневайся! Хочешь тысячу долларов?

И она стала лихорадочно рыться в дорогой сумке. Зоя разозлилась:

— Совсем с ума сошла? Убирайся отсюда!

Рита вновь зарыдала:

— Ну прости, сама не знаю, что несу от ужаса! Господи, если ты мне не поможешь, хоть в петлю лезь! Придется везти Алису назад, вернется Игорь и выгонит меня на улицу!

Зое стало жаль глупую жадную подругу.

— Хорошо, вези ее ко мне домой, там дети. Здесь ведь не оставить.

Обрадованная Рита, забыв сказать «спасибо», ринулась к двери, волоча за собой хныкающую Алису.

— А дальше что? — поторопила я Зою.

Та наморщила нос:

— Ничего! Сменилась я в десять, до дома добралась к полудню, Милена сказала, что около одиннадцати Рита приехала и забрала девочку. Дочка еще поинтересовалась: «Вы куда?» А Ритка ответила: «К матери ее сейчас отвезу».

На улице вовсю бушевала зима. Было темно, холодно и влажно. Такое ощущение, что на дворе не ноябрь, а Крещение или ветреный февраль. Погода прямо сошла с ума. Осенью морозит, а перед Новым годом пойдет дождь. Наверное, человек, без устали совершенствующий технику, нарушил что-то... Хотя, когда мне начинают говорить про резко изменившиеся погодные условия, про то, что зима раньше была зимой, я всегда вспоминаю А.С. Пушкина: «В тот год осенняя погода стояла долго на дворе, зимы ждала, ждала природа, снег выпал только в январе, на третье в ночь».

Меня эти стихи утешают, значит, и нашим предкам казалось, что погода портится, и вовсе не научно-технический прогресс тому виной.

Не успела я войти домой и дошлепать до ванной, как на меня налетел Ленинид.

— Все носишься неизвестно где! Изождался весь!

— Я тебе нужна?

— Иди кухню мой!

Я заткнула раковину пробкой, надо постирать колготки, а то завтра не в чем идти, и ответила Лениниду:

— Зачем? У нас полный порядок!

— Вниз ступай, к Маринке, там прибраться требуется.

— Еще чего! — возмутилась я. — Это еще с какой стати!

— Так все, — гордо пояснил папенька, — закончили ремонтик.

— Уже?!

— Делов-то! Проводку проложить, потолок побелить да обои нашлепать. Осталось лишь полы в порядок привести, иди мой кухню.

— И не подумаю!

— Вилка, — грозно заявил папенька, — я не могу начать паркет делать, пока в кухне грязь.

— Вот Маринка с бабой Клавой из гостей вернутся и отмоют сами. Кстати, обещали только на три дня отъехать, а уже неделя прошла. Нет! Не хочу и не буду у них убирать!

— Тьфу, — обозлился Ленинид, — между прочим, я с работы отпросился только до пятницы, могу не успеть.

— Нет, я не поломойка для Маринки!

— Не спорьте, — улыбнулась Томочка, — ты, Ленинид, отстань от Вилки, она целый день бегает и очень устает. Где ведро с тряпками? Внизу?

Я посмотрела на Тамарочку. Бледная, с синяками под глазами от недосыпания, подруга готова была грудью лечь на амбразуру, избавив меня от хлопот. Стало стыдно.

— Иди лучше посмотри телик, — буркнула я, — небось Никитка опять всю ночь проплачет, сама уберу!

ГЛАВА 21

Кухня сверкала. Ленинид с приятелем постарались на славу. Потолок радовал белизной, стены нежно-розовыми обоями, в углу ждал своего часа свернутый в трубку новый линолеум. Собственно говоря, работы тут было немного. Протереть кафель, окно, привести в порядок кухонные шкафчики с плитой и вымыть пол. Я, ворча, принялась за работу.

— Вот ни за что не стану лезть внутрь шкафов и эти пятна жира отскребать не буду! Маринка с бабой Клавой в жуткой грязи живут! Смою только капли от побелки.

— И то верно, — сжалился надо мной Ленинид.

Я принялась орудовать тряпкой, добралась до плиты и удивилась:

— Она новая?

— Да, — гордо сообщил папенька, — только что поставил.

— Это с какой стати? — закричала я. — Чем же вода, хлынувшая с потолка, могла повредить железной плите? Ну Маринка, вот пройда! Не растерялась! Все поменять решила! Ты где деньги взял? Ни фига себе! «Индезит». Да она жутких тысяч стоит.

— Не бери в голову, — хихикнул Ленинид, — даром досталась.

— Врешь!

— Эх, доча, — укоризненно покачал головой папашка, — не ласковая ты с отцом, даже грубая! У нас Вовка Рогов сына женил, да так удачно! На богатой! Жуткими деньжищами его сват ворочает!

— При чем тут плита!!! — взорвалась я. — Вовка

Рогов, сыночек его, свадьба... Нечего мне мозги пудрить! Где деньги на «Индезит» взял?

— Вечно ты торопишься, — вздохнул папашка, — не дослушала ведь! Вовкиному сыну с женой ее родители квартиру к бракосочетанию подарили. Там этот «Индезит» стоял, только девчонка визг подняла, ремонт захотела и технику всю от «Бош». Ну и поволокли плиту, совсем, между прочим, новую, на помойку. А Вовке жаль стало, он «Индезит» в гараж прибрал, на всякий случай! Я как на Маринкину «Электу» глянул, прям расстроился. Черная вся, две конфорки не работают. Как она, думаю, на ней готовит? Легче на костре суп сварить! Ну и забрал у Вовкй «Индезит», за две бутылки! Жалко бабу! Одна, с дитем, без мужика!

Я яростно размахивала шваброй. Жалко бабу! Кругом все такие добрые, одна Вилка злая. Мне ничуть, ну ни капельки не хочется помогать Маринке. Она отвратительная мать, ленивая грязнуля...

— Ну доча, — примирительно забубнил Ленинид, — не дуйся, давай чайку сгоношим! Поставь-ка чайник.

Я схватила монстра, бывшего когда-то красным, а теперь превратившегося в черное, закопченное чудовище, и отвернула кран с холодной водой. Эх, не зря от Маринки Рымниной убегают все мужики. Поглядят на грязную квартиру, попробуют отвратительную еду и хватают ноги в руки. Уж пусть простят меня лица противоположного пола, но они ближе к животному миру, чем мы, женщины. Любого парня можно приручить, как мартышку, путем нажатия на естественные потребности: вкусный ужин, чистая постель, любовь да ласка. И упаси вас бог начать критиковать избранника, мигом окажетесь за бортом семейной лодки. Вот мы, женщины, готовы терпеть неудобства, но мужчины нет.

Маринке Рымниной суждено коротать время в одиночестве, она не только отвратительная дочь, вечно ругающаяся со своей матерью, не только плохая родительница, разрешающая Ваняше разгуливать по морозу в драных ботинках, она еще и на редкость бездарная хозяйка. Перед своим отъездом на свадьбу Рымнина сварила гречневую кашу и щедро угостила всех. Кажется, ядрица тот продукт, который испортить невозможно: сунула чистую крупу в кипящую подсоленную воду и отправила на упревание. Но то, что оказалось у нас в тарелках, походило на жидкий кисель с непонятным, отчего-то ржавым вкусом. Вот и чайник у девушки смахивает на страшный сон. Я чиркала и чиркала автоподжигом, чувствуя, как в душе медленно разгорается костер злобы. Вот она, хваленая импортная техника! Хороша встроенная зажигалка! Сколько можно ждать!

Рассердившись окончательно, я отвернулась от горелок, нажимая одной рукой на кнопку, другой потянулась к кухонному шкафчику, и в эту самую секунду мне на голову упал потолок.

Лежа на полу я, разинув рот, наблюдала за происходящим. Вот жуткий чайник взлетает вверх, а потом, словно на реактивной тяге, несется к противоположной от плиты стене. Бум! Новенькие обои срываются и обваливаются на тщательно вымытый мною линолеум. С потолка дождем осыпаются белые куски, из-за роскошного «Индезита» вырывается столб оранжево-синего пламени, затем абсолютно бесшумно рушатся кухонные полки, в разные стороны разлетаются чашки, тарелки, блюдечки, мгновенно трансформирующиеся в обломки, и только потом раздается невероятный, густой звук: ба-ах!

Ленинид, словно подстреленный заяц, метнулся в коридор. Я хотела ухватить его за щиколотку, но не успела. Нога в старой, измазанной кроссовке исчезла, словно капля воды на раскаленной сковородке.

Плохо понимая, что произошло, я отползла к входной двери и затрясла головой, пытаясь вытряхнуть из волос остатки Маринкиного сервиза. В ту же секунду в прихожую влетели соседи. Иван Дмитриевич Минкин из шестьдесят пятой и Нина Михайловна Хрусталева из шестьдесят шестой квартиры.

— Что? — заорал Иван Дмитриевич, на ходу подтягивая спадающие спортивные штаны. — Терроризьм настал? Гексоген подложили? У, Чечня проклятая! Бежим, пока дом не рухнул! Давай, Маринка, хватай деньги и документы, а ты, Нинка, чего рот разинула! Дуй вниз по лестнице, небось народ уже во дворе стоит. Ну, Маринка...

И он принялся тянуть меня за руки. Я медленно встала. Иван Дмитриевич милый, приветливый человек, но жуткий дурак. Он работал на эстраде, пел куплеты, которые в те времена назывались «На злобу дня». Профессия наложила на Ивана Дмитриевича свой отпечаток. У него очень развита речь, старичок сначала говорит, потом думает... Нет бы сообразить, что взрывчатку, как правило, помещают в подвале.

— Что за чушь ты несешь, — налетела на Минкина Хрусталева, — совсем из ума выжил! На Маринку Дундук покушался, жуткий человек.

Не переставая говорить, Нина Михайловна всунулась в кухню и запричитала:

— Ой, ой, все в клочки!

— Какой Дундук? — недоумевал Иван Дмитриевич.

— Господи, Ваня, — всплеснула руками соседка, — словно на необитаемом острове живешь! Весь дом гудит, а ты и не знаешь ничего! У Мариночки новый жених, имени не знаю, кличут его Дундук или Байбак, ну, неважно! Другое интересно, парень богатый, на таком джипе к подъезду подруливает! У него павильоны на нашем рынке.

— У джипа? — разинул рот плохо соображающий Иван Дмитриевич.

— Ваня!!! Нет, конечно, у этого Дундука или Байбака, вот конкуренты и решили избавиться от мужчины, а Маринке досталось. Ох, зря ты, детка, с ним связалась. Кстати, — наклонилась ко мне Нина Михайловна, — детка, как его все же звать, Дундук или Байбак?

Я смахнула с лица волосы.

— Не знаю, первый раз про такого слышу.

— Ой, Виолочка! — изумилась Хрусталева. — А Маринка где?

— На свадьбу укатила.

— Да? А ты что тут делаешь?

— Полы мыла, — сдуру ляпнула я и тут же пожалела о сказанном, потому что в глазах Нины Михайловны, нашей главной подъездной сплетницы, заметалось нечто, похожее на радость, и она с плохо скрываемым восторгом спросила:

— Что, Олега выгнали с работы?

— Нет, конечно.

— Тогда с чего ты в поломойки к Марине нанялась?

Я хотела уже пуститься в объяснения, но тут в квартиру ворвались Ленинид с огнетушителем, Тамарочка с ведром воды и Ванька, вооруженный большим пластмассовым пистолетом.

— Всем стоять, руки за голову! — заорал малыш.

Иван Дмитриевич побелел.

— Нина, я же говорил, что это чеченский налет, а ты не верила!

— Ваня, не идиотничай! — взвилась Хрусталева.

Она мигом выхватила у мальчишки из рук оружие и отвесила Ваняше подзатыльник.

— А-а-а, — зарыдал мальчуган.

— Не смейте бить ребенка, — рассердилась я.

— Это исчадие ада, — закричала в ответ Нина Михайловна, — несчастье всей лестничной площадки! Кто мне дверь ножиком изрезал?

— А зачем ты сказала в лифте, что моя мама б..., — кинулся в атаку Ваняша, — сама такая!

— Все равно не смейте бить ребенка!

— Да его мать проститутка, пробы ставить негде,

а бабка — воровка. Ее тут весь район знает, она пивом в ларьке торговала и вечно недоливала, — сообщила Хрусталева.

Ваняша изловчился и долбанул ногой по коленке Нины Михайловны.

— Ах ты дрянь! — взлетела на струе злобы сплетница и схватила мальчишку за руку.

Я рванула Ваньку к себе, раздался нечеловеческий крик. Это орала Нина Михайловна.

— Господи боже... помогите, о! Нет!

Мы с Иваном Дмитриевичем уставились на Хрусталеву. Честно говоря, зрелище было жутким. Толстыми, сарделеобразными пальцами, унизанными золотыми перстнями, Нина Михайловна сжимала оторванную окровавленную детскую ручонку, вернее, кисть мальчика. Я отпустила Ваньку, и он мигом испарился. Дальнейшее помнится смутно. Хрусталева сначала визжала на такой ноте, которую не издать и певцу Витасу. Мигом в прихожей скопились почти все обитатели дома. Ленинид орудовал огнетушителем в кухне. Томочка брызгала водой на Хрусталеву, но та обрушилась на пол и затихла. Все принялись размахивать руками и давать советы:

— Пожар тушите!

— Дайте ей понюхать нашатырь!

— Мальчишку ищите, кровью изойдет.

— Как это она так оторвала?

— Во, блин!

Но тут, громыхая, появились сразу пожарные, милиция и «Скорая помощь». Люди в форме мигом навели порядок. Они вытолкали за дверь любопытных, перенесли на диван Нину Михайловну, усадили на стул Ивана Дмитриевича, отправили фельдшера искать Ваньку и приступили к допросу. Пока пожарные заливали кухню, молоденький лейтенант обратился к Ивану Дмитриевичу:

— Ваша жилплощадь?

— Нет, я сосед.

— Хорошо, сообщите паспортные данные жены.

— Так не имеем.

— Это как? — удивился милиционер. — Издеваетесь, да? Имя, отчество, фамилия, год рождения.

— Нина Михайловна Хрусталева, но она мне не жена.

— А кто?

Иван Дмитриевич растерялся:

— Ну случилось пару раз, давно, правда, еще Зина жива была, а так никто, соседка!

Я с интересом глянула на бывшего актера. Кто бы мог подумать, что они амурничали с Ниной Михайловной.

— Что можете сказать по сути происшествия?

— Так ничего. Чечня взорвала, терроризьм!

— Ступайте к себе, — устало сказал лейтенант и повернулся ко мне.

— Отчего взорвалась плита, я не знаю, а Нина Михайловна упала, когда у Ваньки с руки слетела вот эта штука из резины, — сообщила я.

Милиционер взял кисть.

— Здорово сделано, не отличить от настоящей, где он ее взял?

— У нас, — подала голос Тамара, — у Кристины целый чемодан с такими шутками есть. Она один раз чуть школьного врача до инфаркта не довела.

Я хмыкнула. Было дело. У Кристины в гимназии страшно противная докторица, злая, грубая, невнимательная. Дети предпочитают не обращаться к Валентине Федоровне за помощью, по-моему, той просто доставляет радость причинять всем боль. Кристина тоже зря не заглядывает в кабинет, но тут пришло время делать манту.

Девочка предупредила доктора:

— Наверное, мне следует прийти через неделю, у меня насморк сейчас и кашель.

— Замолчи, больно умная! — рявкнула Валенти-

232 .... Дарья Донцова

на Федоровна и, уцепив железными пальцами ручонку Кристины, сильно поцарапала ее иголкой.

Результат не замедлил сказаться. Предплечье разнесло, поднялась температура, Кристя на десять дней улеглась в кровать. Девочка разозлилась и решила отомстить. Придя в школу, она, взяв с собой тройку подружек, явилась в кабинет к врачу и заныла:

— Ой, ой, ухо болит.

— Садись! — рявкнула Валентина Федоровна, развернула настольную лампу, направила пучок света на ушную раковину Кристи и заорала: — Боже!

Впрочем, вы даже посочувствуете мерзкой бабе, когда узнаете, что Кристя засунула себе в ухо искусственный глаз. Гадкая девочка, услыхав вопль врача, мигом сказала:

— Ой, Валентина Федоровна, а я отчего-то вас боком вижу!

Это было уже слишком, доктор схватилась за сердце... Естественно, все выяснилось, и нам с Тамарочкой пришлось пару раз сбегать к директору, чтобы «отмазать» девочку. Очевидно, Ваняша добрался до коробки с приколами и решил повеселиться.

Успокоились мы за полночь. Сначала Олег и Сеня налетели на Ленинида.

— Кто подключал плиту? — ревел мой муж.

— Я, — пискнул папенька.

— Отчего из конторы не вызвал?

— Так деньги платить надо, — принялся оправдываться папашка, — сэкономить хотел. Тут дел на пять минут. Завернуть гайку, и готово!

— Здорово сэкономил, — бормотнул Сеня, — начинай новый ремонт. Ну зачем ты не в свое дело полез?

— Это Вилка плиту включила, — невпопад ответил Ленинид.

— Ты же чай попросил!

— Молчать, — рявкнул мне Олег, — отвратительно, где ты ни появишься, начинаются неприятности!

— Но я только повернула кран.

— И все взорвалось!

— Я-то при чем!!!

— Не знаю...

Короче говоря, день окончился ужасно. Вдрызг переругавшись, мы разбежались по комнатам. Утром Лениниду предстояло начать ремонтные работы сначала. Я нырнула под одеяло, вытянула ноги и стала медленно уплывать в долину сна.

— Вилка!!! О! Черт!!! Сюда!!!

Путаясь в халате, я бросилась на вопли, которые летели из ванной.

— Кто это сделал? — орал Олег.

Из рукомойника на пол веселыми струйками бежала вода. Маленькие потоки соединялись на полу в бурную реку и исчезали под ванной.

Развернувшись, я полетела вниз, отперла Маринкину квартиру... Многострадальная кухня представляла собой зрелище не для слабонервных. Повсюду осколки, сажа, черные пятна, обои валяются на полу, а с потолка весело сыплет дождик: кап, кап, кап.

Я вышла на лестничную клетку и, еле-еле волоча ставшие стопудовыми ноги, побрела наверх. Сейчас под натиском Олега придется признаться, что я собиралась постирать колготки, заткнула раковину пробкой, пустила воду, но тут ворвался Ленинид с предложением помыть полы у Маринки, я обозлилась, вышла в коридор и напрочь забыла о весело бьющей струе. Да уж, можно было не беспокоить брандмайора с бойцами, пожар бы и сам потух под напором жидкости, хлынувшей с потолка. И самое обидное то, что все моментально забудут про Ленинида, неправильно завернувшего гайку у плиты, и будут очень долго помнить, как я дважды затопила Рымнину.

ГЛАВА 22

Встав ни свет ни заря, я очутилась у калитки Забелиных около десяти утра и, увидав в проеме блед-
ное лицо Милены, злобно прошипела:

— Теперь я знаю все! Немедленно говори, где
Ляля?!

— Тише, пожалуйста, тише, — зашептала женщина, тревожно оглядываясь. — Дементий дома.

— И что? — повысила я голос. — Пусть послуша-
ет, чем его женушка и Ежи Отрепьев занимались.
Хороша богомолка, а еще многодетная мать.

— Умоляю, замолчите.

— И не подумаю.

— Пожалуйста, пройдите на улицу Веснянского,
это тут за углом. Там есть чайная, подождите меня
там. Только муж уедет, я сразу приду.

— Нашла дуру! Я за порог, а ты бежать!

— Ну подумайте сами, куда мне от детей деться!

— Милена, — донесся противный, скрипучий голос, — ты с кем лясы точишь?

Женщина вздрогнула. Через двор шел кряжис-
тый, коротконогий мужик с толстой, колонноподоб-
ной шеей и длинными, почти до колен, руками.

— Так вот странница позвонила, — недрогнув-
шим голосом мигом соврала супруга, — Христа ради
побирается у добрых людей.

— Бог подаст, — выплюнул хозяин, — у самих
копейка на счету, на паперть встань, нечего по дво-
рам таскаться!

Милена умоляюще глянула на меня:

— Вы ступайте к чайной, там покормят.

Я скривилась:

— Спасибо за совет, именно туда и двину.

Ждать пришлось около часа. Уж не знаю, давно ли
использовала Милена это место в качестве «явки»,
но оно идеально подходило для тех людей, которые
желают поболтать, не привлекая ничьего внимания.

Кафе имело два входа, один со стороны шоссе, по которому тек плотный поток машин. Цены тут не отпугивали, а пирожки, предлагаемые в качестве основного блюда, выглядели свежими и аппетитными, поэтому водители в массовом порядке толпились у стойки. Река посетителей втекала и вытекала, контингент за столиками постоянно менялся, никому не было до меня дела.

Милена появилась из бокового входа. Лицо, повязанное темным платком, казалось слишком бледным, губы по цвету слились со щеками, только глаза ярко сияли под красиво очерченными бровями.

— Спасибо, — запыхавшись, сказала она.

— И за что же, интересно?

— Не стали при Дементии разговор затевать.

— Честно говоря, мне очень хотелось, остановило только одно соображение!

— Какое?

— Муж вас убьет, а мне надо выяснить кое-какие подробности. Например, как долго длилась ваша прелюбодейская связь с Ежи Отрепьевым. Насколько знаю, вы были любовниками? — Я ляпнула эту фразу по наитию, наугад, но неожиданно попала в точку.

Милена со всей силы сжала стакан с чаем. Тонкое стекло треснуло. Я схватила осколки, быстро бросила их на тарелку и, глядя, как по ним растекается коричневая лужа, сказала:

— Что вы так нервничаете? Подумаешь, изменили мужу? Да я бы на вашем месте давным-давно от него сбежала, очень уж ваш Дементий противный!

— Нельзя мне от мужа уходить, — тихо пояснила Милена, — он отец моих детей.

— Ну и что? Тысячи женщин поднимают ребят в одиночку, зато ощущают себя свободными.

— У меня семеро, — напомнила Милена. — Дементий хорошо зарабатывает, вот я и терплю, ради деточек.

Я не удержалась и спросила:

— Ну зачем вы столько нарожали, а?

— Вера не позволяет аборт делать.

От негодования я замолчала. Вера! Согласна, религиозному человеку жить легче, семья у него прочнее, дети воспитаннее, а трудности он переносит спокойнее, чем атеист. Но ведь не зря наши предки придумали поговорку «Заставь дурака богу молиться, он лоб расшибет». Конечно, я знаю, что церковь крайне негативно относится к насильственному прерыванию беременности, но ведь бывают такие варианты, когда иного выхода просто не найти. Все эти жуткие плакаты с лозунгами «нет», напечатанными на изображении хорошенького детского личика, развешивают люди, которые никогда не попадали в сложные ситуации. И, кстати, те, кто осуждает бедных женщин, решившихся на малоприятную операцию, совершают богопротивный поступок. Они, уверенные в своей правоте, впадают в гордыню, а это грех.

В нашем дворе во времена моего детства жила Авдотья Филимоновна, чрезвычайно набожная старуха. Вера ее была агрессивной; милая бабуся, считавшая себя образцом поведения, налетала на всех, кто, по ее мнению, вел себя не так. Будучи женщиной простой, всю жизнь проработавшая уборщицей, она совершенно не скрывала своих религиозных убеждений и регулярно ходила в церковь. Особенно доставалось от Авдотьи Филимоновны детям в Великий пост. Если кто-то из нас появлялся во дворе с куском хлеба, намазанным маслом, бабуся мигом начинала брызгать слюной:

— Вот схватят-то тебя черти после смерти и заставят сковородки горячие языком лизать! Будешь знать, как грешить! С меня пример бери, с праведницы.

Чаще всего дети в слезах убегали домой, а родители ничего не могли поделать с Авдотьей Филимоновной.

Представьте теперь мое изумление, когда в Чистый четверг мачеха Раиса, запихивая в кастрюлю луковую шелуху, сообщила:

— Ну у Авдотьи праздника нет.

— Почему? — спросила я.

— Мясо весь пост ела.

— Да ну? Не может быть!

Раиса рассмеялась.

— Точно. Помнишь, Авдотья перед Новым годом треснула Сережку Собакина по затылку клюкой за то, что он шоколадку ел?

Я кивнула.

— Так его отец пошел в церковь и попросил батюшку унять ненормальную прихожанку. Знаешь, что поп сделал?

— Отругал, да?

— Нет. Запретил держать пост. Сказал: «Тебя гордыня обуяла». Вот и пришлось противной Авдотье мясо с колбасой жрать на Страстной неделе. Теперь она тихая-претихая ходит!

Решив не обсуждать больше с Миленой вопрос о ее супруге, я быстро перекинулась на иную тему:

— У вас есть двухлетняя дочь Алиса?

— Нет, — покачала головой Милена, — девочку, которой исполнилось два годика, звать Ирочкой.

— И к вам не привозили Алису?

Милена молча смотрела на меня. Я тоже помолчала, потом, понизив голос, продолжила:

— Женщина по имени Маргарита Федоровна. Такая яркая, красивая... Она явно должна была явиться к вам. Ну-ка, вспоминайте! В больнице ходили рентген делать?

Милена кивнула.

— Неужели вы не узнали рентгенолога?

Жена Дементия тяжело вздохнула:

— Еще бы не узнать. Она меня так отругала, когда я в кабинет не в тапочках вошла. Холодно у нее в подвале, даже летом стужа, а я простудилась, вот и решила поберечься.

Я улыбнулась:

— Да уж, Маргарита Федоровна не слишком церемонилась с больными. Может, объясните все по порядку? Отчего это Ежи Варфоломеевич все время упоминал ваше имя в связи с детьми, которых хотят продать? Одной он обещал Ирочку, другой Алису, но обе вроде ваши «ненужные» дочки...

Милена уставилась тоскливым взглядом в окно, в ее душе, очевидно, шла мучительная борьба: как поступить?

— Деваться тебе некуда, — сурово сказала я, — сама понимаешь, если не захочешь говорить правду, я мигом пойду и расскажу все Дементию. Он хоть и истово верующий, да измены жены не потерпит, изломает о твою спину всю поленницу. Давай, давай, один раз я тебе поверила и ушла, а теперь знаю, ты в центре всех махинаций, выкладывай все, живо.

Милена вздрогнула:

— Уж не знаю, с чего начать...

— А ты по порядку. Ну, например, где познакомилась с Ежи?

— В больнице, — прошептала женщина, — у меня сердце заболело...

Убеждая женщин рожать детей, врачи твердят, что роды омолаживают организм. Может, это и так, только беременность большой стресс, и не всем он идет на пользу. Кое-кто из гинекологов честно предупреждает, что в момент вынашивания ребенка могут вылезти такие болячки, о которых вы и не подозреваете, эпилепсия, к примеру. И потом, во всем надо знать меру. Если безостановочно производите потомство, то будьте готовы к тому, что третий ребенок родится слабым, четвертый полубольным, а пятый едва живым. Дело в том, что ваше тело не задумывалось господом как родильная машина, оно изнашивается, а какое яблочко получается от трухлявой яблони?

Вот и у Милены начались неприятности с сердцем, и она отправилась в районную поликлинику. Местная докторица потыкала в ее грудную клетку стетоскопом и честно призналась:

— Знаете, я не очень-то разбираюсь в кардиологии. Вы ступайте вот по этому адресу, спросите Ежи Варфоломеевича Отрепьева. Он, правда, деньги возьмет, но специалист отличный.

Зная, что Дементий ни за что не разрешит ей воспользоваться услугами доктора-мужчины, Милена дождалась, пока муж укатит в очередную командировку, и отправилась в указанную больницу. Врач понравился ей чрезвычайно, впрочем, она ему тоже.

Милена поводила пальцем по пластиковой столешнице и с тяжелым вздохом мне сказала:

— Я не виновата, он меня соблазнил.

— Ага, с завязанными глазами прыгнула в кровать...

— Вы надо мной издеваетесь! — со слезами в голосе воскликнула Милена.

— Вовсе нет. Просто мне всегда казалось, что соблазнение — процесс обоюдный, а если одна из сторон активно сопротивляется, то это уже изнасилование.

— Господи, — воскликнула Милена, — да что я знала об отношениях между мужчиной и женщиной? Ничего!

— Родив кучу детей?!

Видя мое откровенное недоверие, Милена сначала слегка растерялась, а потом принялась нервно выкладывать на стол свою биографию. Чем больше я ее слушала, тем сильней мне становилось жаль тетку. Встречаются такие женщины, тотально несчастные во всем. К слову сказать, очень часто причиной их неприятностей являются лень, полное нежелание работать и потребительское отношение к жизни. Нет бы схватить судьбу за хвост и переломить ход событий, начать с малого: изменить прическу, потом уйти с опостылевшей работы, выгнать мужа-алкоголика... Но на такие радикальные меры способны лишь сильные личности. Остальные ждут, что судьба принесет в зубах поднос со сладкими пирожками, но, как назло, она чаще подсовывает ночной горшок с неаппетитным содержимым.

Милена была лапшой, переваренной макарониной. В детстве она боялась строгих родителей, в восемнадцать лет безропотно вышла замуж за того, кого они ей подыскали. Дементий мигом приставил бессловесную женушку к домашнему хозяйству, и жизнь Милены стала похожа на существование клячи, таскающей ворот, каждый следующий день был похож на предыдущий. Никаких цветов или подарков она не получала, комплиментов не слышала, голоса при обсуждении домашних дел не имела. Впрочем, у них в семье ничего и не обсуждалось. Дементий приказывал, жена подчинялась.

Мир слегка изменился, когда первая девочка пошла в школу. Милена научилась врать мужу. Опустив глаза в пол, женщина сообщала:

— Надо окна в классе помыть или денег дать.

— Хорошо, — буркал Дементий, — мой.

Супруга молча испарялась на два часа. Мужу и в голову не приходило, что покорная женушка на самом деле отправляется просто погулять. И что самое интересное, он ни разу не уличил ее.

Теперь понимаете, отчего, услыхав из уст Ежи дежурную фразу: «Вы сегодня великолепно выглядите», — Милена покраснела, как сигнал светофора, и лишилась дара речи.

Подобная реакция позабавила опытного ловеласа, и он от скуки завел с пациенткой роман. Их отношения длились всего три месяца, и встречались любовники нечасто, но Милена, вспоминая сейчас то время, резко похорошела. На щеках появился румянец, глаза заблестели.

— Теперь и умирать не страшно, потому что я знаю про любовь.

Я только удивлялась. То, что нормальные женщины воспринимают с легкой улыбкой: букеты, конфеты и сладкие слова, — Милена посчитала роковой страстью. Дежурную фразу: «Дорогая, ты прелестна», — считала за искреннюю... Представляю, как веселился Ежи, обнаружив подобный объект. И очень хорошо понимаю, сколь быстро госпожа Забелина ему надоела. Отрепьев, как многие представители мужского пола, любил стерв. Чем больше было в женщине капризности, властности и истеричности, тем сильнее она привлекала Ежи.

Забитая Милена, излучавшая счастье при виде копеечного букетика, сначала вызывала умиление, потом смех, затем стала раздражать, и Отрепьев избавился от бабы. Но, как истинный Казанова, Ежи не любил ссориться с бывшими любовницами, предпочитая расставаться с ними по-дружески, поэтому, когда Милене внезапно стало плохо на улице, она попросила отвезти ее к кардиологу. Правда, Дементий устроил скандал, но это уже иная история.

— Так, — разозлилась я, — мне совершенно не интересно, сколько раз и где ты трахалась с любовником. Оставь эту информацию при себе. Быстро рассказывай, где девочка?

— Не знаю! — воскликнула Милена.

Я почувствовала, как кровь прилила к щекам.

— Ладно, не хочешь по-хорошему...

Собеседница быстро перекрестилась:

— Клянусь спасением души! Такая непонятная история!

— Какая? Говори по делу!

Милена вновь принялась болтать. Дату она не помнит, однажды у нее в доме зазвонил телефон. Женщина сняла трубку и чуть не упала, услыхав знакомый голос:

— Это из больницы, готовы результаты анализов, надо забрать сегодня утром, до десяти.

Радуясь, что Дементия нет, Милена воскликнула:

— Еду.

После разрыва с Ежи все ночи напролет Милена истово молилась. Ну пусть добрый боженька сделает так, чтобы любовник вернулся! И вот теперь, кажется, жаркие просьбы услышаны.

Но, войдя в кабинет, женщина поняла: нет, тут что угодно, но не любовное свидание.

— Садись, — ласково, но отстраненно сказал Ежи, — выслушай меня спокойно. Сама понимаешь, ты для меня близкий и родной человек, вот я и хочу помочь. Скажи, что тебе мешает уйти от Дементия и зажить свободной жизнью?

— Так дети.

— Они уже взрослые.

— Ирочке едва два исполнилось!

— Забирай ее, и дело с концом.

— Идти некуда: ни денег, ни жилья! Да к чему этот разговор? — недоумевала Милена.

— Знаешь, — с чувством произнес бывший любовник, — я понял, что лучше тебя никого нет!

Глаза женщины наполнились слезами.

— Мы могли бы обрести счастье, — разливался соловьем Ежи, — но извини, я не могу делить тебя с этим животным Дементием! Думал, думал и нашел выход.

— Какой?

Отрепьев повертел в руках карандаш.

— Ты меня правда любишь?

— Да.

— Тогда слушай.

Пока кардиолог говорил, Милена не переставала удивляться. Она не ослышалась? Ежи и впрямь предлагает такое? В ее голове просто не укладывалась преподнесенная информация, хотя история выглядела просто. У Отрепьева имеется богатая пациентка, которая хочет ребенка, обязательно девочку.

— У тебя куча дочерей, — растолковывал врач, — отдай Иру. Зачем она тебе, а? Получишь гору долларов, избавишься от хныксы, и мы сможем продолжить отношения. Так как?

Милена от изумления потеряла голос, просто открывала и закрывала рот, но Отрепьев принял ее ужас за согласие и добавил:

— Только долго тянуть нельзя, девочка нужна сегодня.

— Но...

— Все крайне просто, — засуетился любовник, — организацию процесса я беру на себя. Значит, так! Сейчас торопись домой, возьми вот деньги на такси, хватай Иру и тащи ко мне на квартиру. Мужу скажешь, что девочка умерла внезапно, синдром детской смертности, соответствующую бумагу я выдам.

— Но...

— Как хоронить? Не волнуйся, все предусмотрено! Будет тело, видишь, как я тебя люблю? Получишь труп чужого ребенка, никто не засомневается.

— Но я не хочу отдавать Иру!

Ежи поперхнулся и начал уговаривать Милену:

— У тебя их семеро?

— Ну и что?

— Куда столько? Ты не желаешь быть со мной?

— Очень хочу, но дочь не отдам!

Слово за слово, и они поругались.

— Дура, — завопил кардиолог, совершенно забыв, что находится в служебном кабинете, под дверью которого могут сейчас сидеть совершенно посторонние люди, — идиотка! Такой шанс упустить! Да я хотел помочь тебе избавиться от Дементия...

Внезапно в мозгу Милены словно зажглась яркая лампочка. Стало понятно: Ежи вовсе не собирается связывать с ней свою судьбу, ему зачем-то нужна Ирочка.

— Я люблю тебя, — тихо вымолвила Милена, — но жить без ребенка не смогу!

— Себе жизнь загубила, так хоть о дочери подумай, — взвился врач, — что ты ей дашь? Нищенское существование? Ни одеть как следует, ни выучить... Не лишай ребенка счастья, его ждет богатство.

— Нет, — твердо сказала Милена, — никогда не продам дочь, ни за какие деньги.

— Пошла вон! — завопил потерявший самообладание Ежи.

Милена повернулась и выскочила за дверь, в душе была ночь. Можно понять ее недоумение, когда спустя несколько дней, утром, к ней позвонили в дверь, и Забелина, открыв, увидела женщину с маленькой девочкой.

— Вы Милена? — истерически воскликнула дама.

Хозяйка кивнула. Лицо незваной гостьи казалось знакомым, а когда та нервным движением поправила прическу, Милена мигом сообразила, что перед ней рентгенолог из больницы.

Но Маргарита Федоровна не узнала бывшую больную.

— Слава богу, — выдохнула она, — заберите Алису.

Милена отступила назад.

— Кого?

— Свою дочь, Алису!

Забелина осторожно ответила:

— Вы путаете, у меня нет детей с таким именем.

— Вот же она, — Рита дернула крошку за руку, — не признали?

— Это не мой ребенок.

— Чей же?

— Понятия не имею.

— Послушайте, — устало произнесла Маргарита Федоровна, — не надо притворяться, Ежи мне все рассказал. Я бы отдала девочку ему, но нигде не могу его найти. Очень хотела взять ребенка, но мой муж...

Давясь словами, она стала судорожно рассказывать Милене о своей ситуации, затем раскрыла сумочку, вытащила несколько зеленых банкнот.

— Извините, я знаю, вам нужны деньги. Возьмите!

Милена шарахнулась в сторону.

— Уходите, девочка не моя!

— Боже, — закричала Маргарита Федоровна, — я понимаю, проданный товар не обменивается, но, может, у вас есть другой, более спокойный ребенок? Простите, но Алиса ненормальная! Я обязательно куплю у вас другую девочку, но чуть попозже, когда Игорь Филиппович успокоится, а сейчас возьмите Алису!

Милена испугалась. В подобное положение она попала впервые и совершенно не понимала, как поступить. Маргарита Федоровна казалась ей сумасшедшей. Похоже, она не уйдет, пока Забелина не возьмет девочку. Но куда девать ребенка потом? Как объяснить его присутствие Дементию? Десять женщин из десяти вытолкали бы Маргариту Федоровну за дверь и со спокойной душой ее захлопнули. Десять из десяти, но не Милена. Вот она и топталась, не зная, что делать. Непонятно, чем бы закончился визит, но тут вдруг у Маргариты затрезвонил мобильный.

Рентгенолог выхватила трубку и заорала:

— Ежи! Наконец-то! Ты где? Да? Ага! Ага! Еду! Буду на месте примерно через часа полтора. Нет, быстрей не получится, такси надо поймать!

Потом она захлопнула крышечку и счастливо рассмеялась.

— Слава богу! Ежи нашелся! Представляете, вчера поехал к больному, тот живет в Подмосковье, на обратной дороге машина сломалась, в мобильном разрядилась батарейка... Понимаете?

— Да, — осторожно ответила Милена.

— Значит, я везу Алису к Ежи? — решила уточнить в последний раз рентгенолог. — Пусть он вам сам дочь возвращает, да?

— Да, — кивнула Милена, — пусть он.

Забелина решила не спорить с полубезумной гостьей, а поддакивать ей во всем.

— Хорошо, только покараульте девочку пару минут.

Милена испугалась. А ну как ненормальная решила подкинуть ей ребенка?

— Зачем?

— Такси поймаю.

— У нас сосед, Николай, занимается частным извозом, — быстро сказала Милена, — давайте отведу вас к нему.

Молясь про себя, чтобы Коля оказался дома и увез неприятную гостью поскорей прочь, Милена побежала через дорогу. По счастью, Николаша валялся на диване и мигом согласился подработать.

ГЛАВА 23

Похоже, что сосед Милены не слишком утруждал себя, потому как сегодня он вновь попросту спал. Мой звонок явно разбудил его. Лицо парня, открывшего дверь, было помятым, на щеке отпечаталась красная полоса, а глаза припухли.

— Вам кого? — хриплым голосом спросил он.

В нос мне ударил запах кислой капусты и чего-то непонятного, сырого, тошнотворного.

— Можно Николая?

— Слушаю, — ответил юноша, отчаянно зевая.

— Меня прислала ваша соседка, Милена.

— И чего?

— В Москву мне срочно надо, отвезете?

Николай почесал затылок:

— Триста рублей.

— Столько у меня нет, могу предложить двести пятьдесят.

— Ладно, сейчас соберусь.

По тому, как парень легко согласился, я поняла, что продешевила, можно было небось обойтись и двумя сотнями.

Автомобиль у Николая оказался самый простецкий. Ржавые, дребезжащие всеми частями «Жигули» темно-фиолетового цвета. Я хотела открыть переднюю дверцу, но не смогла. Николай распахнул ее изнутри.

— Садитесь, замок сломан.

— Надеюсь, тормоза в порядке?

Водитель засмеялся:

— Разве я похож на самоубийцу? Не волнуйтесь, она только сверху дохлая, а внутри красавица. Ну прямо как женщина! Глянешь вначале — ни рожи, ни кожи, а познакомишься поближе — королева.

Надо же! Еще один Дон Жуан встретился на пути!

Коля, насвистывая, крутил баранку, пока я соображала, как начать интересующий меня разговор, он сам подобрался к нужной теме.

— Эх, повезло мне с соседями.

— Хорошие люди?

— Дементий — куркуль, а Милена всегда выручит, денег в долг даст и клиентов подсылает. Вы уже вторая!

— А первая кто была?

— Женщина с ребенком, черненькая такая.

— Ой, знаю, Маргарита с дочкой Алисой!

— Точно, — захихикал Николай, — вот посмотришь на них и своих детей никогда не захочешь.

— Почему?

— А то не понимаете, коли дружите.

— Мы не очень-то близки, скорей просто знакомые.

— Дочка у нее такая капризная!

— Да ну? А она всем рассказывает: «Моя Алисочка просто ангел», — подначила я парня.

— Если она ангел, то мой младший братишка отличник, — заржал Коля, — двойки охапками носит. Уж мать его била-била, за уши таскала, телевизор выключала, да только где результат? Прошлой весной приходит домой, маманя спрашивает: «Тебя перевели в следующий класс?» — «Ага, — отвечает, — перевели. Из пятого «А» в пятый «Б». Ну матушка об его спину метелку и изломала.

Я возмутилась и хотела было сказать, что отстающему школьнику следует помогать, а не угощать затрещинами, но решила не углубляться в дебри педагогики, а держаться поближе к интересующей меня теме.

— Неужели двухлетний ребенок может надоесть?

— Еще как, — хмыкнул водитель, — под конец пути у меня крыша ехала! Сначала девчонка хныкала, и мать купила ей мороженое. Так она его на сиденье уронила и заорала. Остановились, взяли новое. Девчонка эскимо проглотила, и ее мигом стошнило, вновь у ларька тормознули, воды добыть. Схватила мать бутылку боржоми, а дьяволенок ну орать: «Хочу колу!»

Та ей колу притащила и снова не угодила. Вопит: «Нет, фанту!»

Ей-богу, сам чуть не треснул девку, руки прямо чесались. Получила «Миринду» и по новой завелась. Мать ей: «Алисочка, дай ротик вытру».

А эта пакостница изо всех сил начала отбиваться и визжать.

«Не Алиса, не Алиса, не Алиса, меня не так звать, нельзя!»

«Как же тебя зовут?»

«Ляля, Лялечка, тетка противная».

И ну визжать, чисто пожарная машина. Я даже бабу эту пожалел, надо же такую дочку иметь. Ну, миновали мы Кольцевую, куда ехать в городе?

— На проезд Бирбирковского, — ляпнула я.

Николай изумленно глянул на меня:

— Это где же такой? Первый раз слышу. Ща тормозну и в атласе гляну.

— А вы помните, где Маргариту с Алисой высадили?

— Да.

— Вот и мне туда, мы в соседних квартирах живем.

Водитель кивнул, и «Жигули» заплюхали по магистрали. Коля ловко крутил рулем, направо, налево, прямо, опять поворот. В голове у меня было пусто, под черепом можно играть в футбол, никаких мыслей, одно свободное пространство.

Внезапно железная доходяга резко встала.

— Все, — сообщил Коля, — приехали.

Я огляделась и тяжело вздохнула. Машина замерла в хорошо знакомом мне месте, у кафе «Блинчики». Напротив расположена больница, где работали Ежи и Маргарита. Именно сюда бежала рентгенолог, когда ее сбила машина. Что-то похожее на удивление мелькнуло в моем мозгу, но тут Николай поторопил:

— Деньги-то давайте скорей. Тут знак висит, запрещающий остановку.

Я вытащила кошелек.

— Точно помнишь, что сюда привез?

— А то! Мать еще девчонке своей пообещала: «Станешь тихонько себя вести, куплю вон там блинчик с вареньем, а там мишку». Во какое воспитание! Нет бы ремня дать за капризы. Эх, ничего хорошего из девки не будет.

Я вышла на улицу, постояла у кафе. Интересно, отчего Маргарита Федоровна велела притормозить тут, почему не приказала развернуться и подкатить ко входу в больницу? Хотя понятно. Небось не хотела, чтобы коллеги увидели ее с Лялей. Я теперь точно уверена, что это была Аськина дочка. Значит, Ежи взял девочку и отвез в другое место. Куда? Однако он был подлым человеком. Знал, что Маргарита мечтает о ребенке, и решил спрятать Лялю у нее. Пообещал бывшей любовнице Алису... Но ведь через пару недель забрал бы девочку назад. И как бы объяснил Рите такое положение вещей?

Я нырнула в метро и еле втиснулась в набитый

вагон. Из-за пронизывающего холода люди нацепили на себя кучу всякой одежды, и теперь на сиденье, где летом спокойно усаживается шесть человек, с трудом разместились пятеро. Я влезла в узкую щель между двумя тетками и повисла на поручне, пытаясь разобраться в спутанном клубке мыслей. Как бы Ежи объяснил Маргарите происходящее? Бог мой, никак! Просто бы сообщил:

— Мать передумала, давай Алису назад.

Кстати, вот еще одна странность. Конечно, у двухлетнего ребенка память коротка. Дочка, наверное, через пару деньков забудет несчастную Аську и начнет считать мамой другую женщину, хотя я такого не знаю, у самой детей нет, но когда один раз нам с Томой подсунули на месяц маленького мальчика, тот по истечении трех недель начал звать нас мамами. Но почему Ежи не назвал Маргарите подлинное имя девочки? Ей-то было все равно, Ляля или Алиса. Зачем создавать себе лишние трудности? Заявила же девочка в машине: «Не Алиса, не Алиса, меня не так звать, нельзя!»

Николай-то принял это высказывание за каприз, но у другого человека могли возникнуть ненужные подозрения, так зачем рисковать?

Вагон мерно покачивался на стыках. Середина рабочего дня, а полно народа. Интересно, отчего эти люди не на службе? Вон, например, тот парень в слишком легкой кожаной куртке? Или дама, держащая книгу в пронзительно яркой обложке?

Из любопытства я кинула взгляд на раскрытую страницу. Отчего-то текст показался очень знакомым, вроде я читала эту книгу. Вот только не могу припомнить ни имени автора, ни названия.

— Следующая станция... — забубнило радио.

Женщина захлопнула томик, она явно собиралась на выход. Я посмотрела на обложку. Арина Виолова «Гнездо бегемота». Это кто же такая? Надо купить, я очень люблю детективы и не пропускаю новых авторов.

Тетка сунула книжку в пакет, добралась до открывшихся дверей и приготовилась к выходу, и в этот момент мой мозг переработал полученную информацию. АРИНА ВИОЛОВА!!!

— Мамочка! — заорала я, распихивая руками и ногами пассажиров. — Мамочка! Пустите, скорей, сюда, на помощь! Хватайте же эту тетку в рыжей шубе и розовой шапке! Умоляю! Поймайте! Мужчины! Скорей!

— Кошелек украли, — зашелестело по вагону.

— Эй, держите!

— Вот она!

— А ну стой, воровка!

Ничего не понимающая тетка принялась отбиваться.

— Вы что, офигели! Отвяжитесь, я опаздываю!

Но пара парней уже выволакивала ее на платформу под злобное улюлюканье оставшихся в вагоне людей.

— Вот так тебе и надо, в милицию ее! Ишь, придумала, в давке деньги тырить!

— А еще хорошо одета!

— Так воры всегда в шубах ходят, у них заработки не наши.

— Да и кто поверит, что такая спереть может!

— По шее накостылять ей!

Женщина затравленно озиралась, бормоча:

— Вы что, все разом с ума посходили? Какой кошелек!

Толпа на перроне росла, почти всем поджидавшим поезда захотелось поучаствовать в скандале. Я бросилась на помощь бедняжке:

— Погодите, она ничего не крала!

Кольцо людей разжалось и пропустило милицейский патруль.

— Граждане, — загудел сержант с красными глазами любителя выпить, — в чем дело? Отчего скапливаемся?

— Воровку поймали, — радостно сообщила старуха в драповом пальто, — вон она, шубу нацепила и думает, ей все можно!

— С ума сойти! — закричала тетка.

— Она не брала кошелек, — дернула я сержанта.

— А-а, — загундосила противная бабка, — все ясненько, сообщница ты ей! На пару работаете!

— Вовсе нет, это я первая начала кричать в вагоне!

— Значит, вы потерпевшая? — решил уточнить сержант.

— Нет.

— Тогда идите куда шли, где потерпевший? — Мент попытался разобраться в ситуации.

Толпа молчала.

— Ну что не отвечаете? — Другой патрульный вышел из себя. — У кого денюжки стырили, а?

Народ переглядывался.

— Эх... — вздохнул сержант, — только попусту бежали, нет потерпевшего, нет и дела!

— Кто просил ее задержать? — не успокаивался второй милиционер.

Я робко пропищала:

— Тут такое обстоятельство...

— Ну, короче, — налетели на меня менты.

— Шум и впрямь подняла я, извините, так получилось, от неожиданности...

— Она у вас кошелек вытащила?

— Нет, женщина ничьих денег не брала.

— Зачем же вы орали?

— Так книга...

— Какая?

— А у нее под мышкой! Арина Виолова, «Гнездо бегемота» — это мой детектив.

— Что же вы, — укорил сержант, — такая с виду интеллигентная, а книгу скоммуниздили!

— Мне и в голову такое не придет, — ответила,

бледнея, тетка, — я ее купила только что на улице, чтобы в метро почитать.

— Ну и как, интересно? — не утерпела я.

— Еще не разобралась, но первая глава понравилась.

— А-а-а, это про труп?

— Ну да, а вы читали?

— Потом поболтаете, — рявкнул красноглазый сержант, — не мешайте работать. Значит, гражданка украла у вас книгу? То есть совершила действия, предусмотренные Уголовным кодексом?

— Нет.

— Тьфу, — сплюнул второй милиционер, — обалдеть можно. Книга ваша?

— Да.

— Нет, моя! — закричала дама.

— Так чья она?

— Роман мой, но она его купила.

— Это как? Вы ей продали, а она не заплатила?

Поняв, что ситуация еще больше запутывается, я решила разрубить узел одним ударом.

— Дайте по порядку растолкую.

— Давно пора, — взвился сержант, — стоим тут, словно хомяки на веслах.

Странное сравнение озадачило меня, но я решила потом спросить, что имел юноша в виду, упоминая симпатичных грызунов.

— Понимаете, я эту вещь написала, но еще не видела в продаже. Честно говоря, я думала, она появится через год, а тут, бац, уже читают. Вот и решила спросить у женщины, где она ее купила!

Секунду сержант хлопал глазами, потом велел:

— Покажите книгу.

Женщина с готовностью протянула ему яркий томик.

— Арина Виолова, «Гнездо бегемота», — медленно прочитал парень, — а ну давайте паспорт.

Я сунула ему красную книжечку. Патрульный открыл нужную страничку и по-детски обиженно протянул:

— Чего врете-то! Вы Виола Тараканова.

— Это псевдоним.

— Чего?

— Ну писатели иногда берут себе чужие имена. Маринина, например, на самом деле Алексеева. Да вы гляньте, там фото есть.

— А че, — протянул сержант, — похоже, только в жизни вы похудее будете. Значит, никто ни у кого кошелек не пер?

— Нет.

— Претензий друг к другу не имеете?

Я робко глянула на даму в рыжей шубе.

— Если только она на меня обиделась...

Тетка покачала головой. Разочарованная толпа, поняв, что произошло недоразумение, быстро рассосалась.

Мы остались вдвоем с дамой.

— Вы простите, — тихо завела я, — по-дурацки вышло, мне очень хотелось на книгу посмотреть.

— Давайте сядем, — улыбнулась она.

На скамейке дама протянула мне издание. Я жадно стала изучать обложку, поражавшую яркими красками. На пронзительно синем фоне выделялась хищная блондинка в кричаще-розовом мини-платье. Из-под кургузой юбчонки торчали полные белые ноги с целлюлитными бедрами. В одной руке дамочка держала молоток, в другой мышеловку. На левом плече у нее сидел желто-зеленый попугай, а под лаковыми белыми туфлями красотки веером раскинулись стодолларовые банкноты.

Сначала я недоумевала. Ну при чем тут птица? Насколько помню, в рукописи не было ни слова ни о каком пернатом... Но уже через четверть секунды эта мысль была смыта потоком радости. Нет, какая красивая! И здорово, что Олеся Константиновна придумала псевдоним Арина Виолова! Ей-богу, звучит намного лучше, чем Виола Тараканова! И пахнет томик восхитительно!

Прижав книгу к груди, я попросила:

— Продайте ее мне.

— Ни за что, — не согласилась тетка, — сами купите, я телевизор не люблю, хотела вечером почитать.

— Где ее можно приобрести?

— А у метро, на лотке гляньте.

Я с огромной жалостью протянула ей детектив. Дама, улыбаясь, вынула ручку:

— Автограф дайте.

— Кто? Я?!!

— Ну не я же, вот тут, на первой страничке. Да вы что, никогда своих книг не подписывали?

Я решила не рассказывать правду, пусть думает, что видит перед собой настоящую писательницу.

— Конечно, каждый день раздаю автографы, просто вот так неожиданно, в метро.

— Меня зовут Мария Вильямовна Трубина, — сказала женщина.

Я открыла книгу, еще раз вдохнула восхитительный запах свежей типографской краски и нацарапала: «Дорогой Марии Вильямовне с любовью. Виола Тараканова».

— Ну нет, — обиженно протянула дама, — я конечно, рада, что знаю ваше настоящее имя, но ведь никто не поверит, что это автограф автора.

Действительно! Она права. Пришлось приписать: «...и Арина Виолова».

Женщина исчезла в толпе, ее яркая рыжая шуба мелькала среди людского потока, я не отрываясь следила за первой читательницей, кому автор Арина Виолова дала автограф. Господи, сделай так, чтобы мою книгу стали читать все!

ГЛАВА 24

Домой я явилась позже, чем рассчитывала. Не найдя свою книгу на лотке у нашей станции, вновь спустилась в подземку и принялась ездить по ветке, выходя по очереди на каждой остановке. Примерно через час в душе поселилось горькое разочарование. На столиках можно было отыскать что угодно. Разноцветные томики громоздились кучей, литература предлагалась на любой вкус от Камасутры до решебников по алгебре, не было только томика Арины Виоловой. Может, мне показалось и моей книги в природе не существует? Рассердившись на саму себя, я поехала домой. Что значит показалось? Наверное, весь тираж уже раскупили. Ладно, завтра позвоню в издательство, может, подскажут, где приобрести. Сегодня же никому из своих ничего не скажу, мне попросту не поверят.

Вечер покатился по привычной колее. Проворчав:

— Эх, доча, угораздило же тебя готовый ремонт затопить, — Ленинид пошел в квартиру Марины.

Я возмутилась и хотела было парировать: «Кстати, сначала приключился взрыв из-за неправильно подключенной плиты», — но потом внезапно вспомнила про вышедшую книгу и промолчала.

Вымыв посуду, я взяла помойное ведро и отправилась на лестницу, откинула железный ковш и уже собралась отправить мусор вниз, как нос уловил запах гари, и я увидела легкую струйку дыма, поднимавшуюся из вонючей трубы. Быстрее кошки я понеслась в квартиру. Все ясно, кто-то из соседей швырнул в мусоропровод непогашенный окурок.

Один раз у нас в доме уже чуть было не начался пожар. Я даже знаю, кто занимается «поджигательством», — Рома Телегин с пятого этажа: вечно он, спасаясь от сварливой женушки, курит на лестничной площадке. Так, нужно действовать оперативно.

Я притащила из дома полное ведро воды и опрокинула его вниз, в мусоропровод. Послышался странный звук, то ли вскрик, то ли всхлип, дымок пропал. Обрадовавшись, что так легко справилась с надвигающейся бедой, я уже собралась отправить вслед за водой мусор, как из трубы вновь появилась синеватая струйка. Я вновь полетела в квартиру. Наверное, верхний слой отбросов потух, а в середине тлеет вовсю. Народ выбрасывает множество хорошо воспламеняющихся остатков, бумагу, всякую упаковку, газеты.

Следующие десять литров ухнули вниз. Вновь раздалось непонятное всхлипывание. Я подождала пару минут, потом вытряхнула мусор и снова заметила дымок. Нет, похоже, одной мне не справиться. Надо быстро спуститься на первый этаж и сказать лифтерше, чтобы она вызвала пожарных. Так и до большого огня недалеко. Накинув куртку, я поехала на первый этаж.

В свое время, обнаружив, что подъезд используют вместо бесплатного туалета местные ларечники и бомжи, жильцы возмутились и наняли охрану. Вначале люди, полные желания входить в дом, не зажимая носа, были согласны платить, но потом, когда возле лифтов стало чисто, всех обуяла жадность, и бравых парней сменили немощные, совершенно бесполезные бабульки, мирно похрапывающие в кресле. Правда, справлять естественные надобности у нас в подъезде перестали и газеты больше не пропадают из ящиков. Но, глядя на полумертвых бабушек, якобы охраняющих вход в дом, мне каждый раз делается жутко: а ну как кому и впрямь придет в голову ограбить одну из квартир? Придавят ведь старушку! Вот сегодня, например, дежурит Капитолина Марковна, крохотное существо весом чуть меньше курицы, в бифокальных очках и с тросточкой. Правда, остается шанс, что, услыхав от подобной охранницы писк: «Вы куда?» — налетчик скончается от смеха.

Спустившись вниз, я сначала испугалась. Неужели на несчастную Капитолину Марковну и впрямь напали? В центре холла стоял мокрый мужик в оранжевой спецовке и матерился такими словами, которые не знает даже Ванька.

— Что случилось, Капитолина Марковна? — кинулась я на помощь к дрожащей «охране».

— Ох, Светочка...

— Я Виола.

— Прости, детка, не признала!

— Зачем тут сидишь, моль слепая! — заорал дядька, размахивая какой-то тонкой, короткой, железной палкой. — Идиотка глухая... На фиг в подъезде топчешься? Чего не дома чай пьешь?

— Пенсия маленькая, — принялась оправдываться Капитолина Марковна, — никак не прожить! У сына двое на руках, ему мне не помочь. Кстати, лестницу я мою хорошо, очки нацеплю и...

— Вы не должны ни перед кем оправдываться, — прервала я ее блеянье, — а в особенности перед теми, кто не проживает в нашем доме. И вообще, мужчина, что вам тут надо? Уходите, нечего нам подъезд пачкать! Где только в такой холод лужу нашли, чтобы так изваляться.

— Я не мужчина! — завопил дядька, делаясь таким же красным, как комбинезон.

— Да? Извините, не знала, что вы инвалид, — съехидничала я, усаживая бабуську в кресло.

— Я не мужчина, а сварщик!

— Это еще не повод, чтобы, облившись грязной водой, топать ногами на пожилую женщину!

— Моль слепая!!!

— Прекратите.

— Идиотка ленивая!

— Если не остановитесь, — пригрозила я, — пойду наверх и приведу мужа.

— Да хоть десять сразу! — орал дядька, явно сбежавший из поднадзорной палаты.

— Мой супруг работает в милиции.

— Насрать, хоть с президентом! Виданное ли дело, так над рабочим человеком издеваться! Идешь людям навстречу, приезжаешь вечером вне графика, и что? Все из-за этой бабки! Нет, ухожу, ищите другого дурака! Я тебе что велел?

— Объявление повесить, — пискнула лифтерша, — еще с утра сделала, вон, гляди, у лифта.

— Это тут есть, а на этажах?

Капитолина Марковна горестно вздохнула:

— Что ты, сыночек, разбушевался? Везде имеется. Лично все мусорники обошла и клеем бумажки пришпандорила.

— Тогда почему мне на голову вода лилась и мусор сыпался? — взревел рабочий.

Я, похолодев, уставилась на бумажку, маячившую возле кнопки вызова лифта: «Уважаемые жильцы! В связи с ремонтом мусоропровода убедительная просьба выносить мусор сегодня с 20 до 21 прямо во двор. Внутри трубы будет находиться сварщик».

В полном ужасе я оглядела справедливо злящегося работягу. Как же я не заметила объявление? Нет, наверное, на нашем этаже его сорвали. Значит, железная палка, которой размахивает дядька, является электродом, а дымок, который вился из мусоропровода, свидетельствовал о том, что внизу ведутся сварочные работы. И как поступить? Признаться? Ни за что!

— Вы не переживайте, — кинулась я к рабочему, — больше вода не польется!

— Откуда ты знаешь? — буркнул дядька, отряхиваясь.

— Э-э-э, на шестом этаже живет сумасшедшая, сейчас поднимусь и прослежу, чтобы она больше не приближалась к мусорнику.

— Ладно, — вздохнул сварщик.

Очевидно, он был незлым, просто испугался, когда сверху хлынула вода. Да и кому понравится такая ситуация?

— Это кто же у нас из психушки? — не к месту проявила любопытство Капитолина Марковна.

— Э-э-э... Фонарева Алевтина.

— Так она на третьем!

— Хорошо, поеду на третий.

— Всегда нормальная была, — сомневалась старушка, — вежливая такая, улыбчивая, разбогатела недавно, машину купила.

Мне страшно хотелось убежать, поэтому, не подумав как следует, я ляпнула:

— Ага, улыбалась, улыбалась, а потом с ножом в руках за мужем гонялась!

Вымолвив эту фразу, я ужасно удивилась. Ну откуда в моей голове взялось такое?

— Когда же это было? — насторожилась Капитолина Марковна.

— Не в ваше дежурство, — принялась я выкручиваться, вызывая лифт.

Дома я залпом опрокинула две чашки чаю и пошла к мусоропроводу. Взгляд мигом наткнулся на объявление. Оставалось только удивляться, отчего я не заметила его сразу, оказавшись у трубы с ведром.

Вернувшись в квартиру, я услыхала, что из комнаты, где помещался Ванька, раздаются дикие, совершенно нечеловеческие звуки. Пришлось заглянуть внутрь. Раскрасневшийся мальчишка прыгал на диване.

— Так его, раз, раз, бей, отрывай головы...

На экране телевизора метались люди с ярко выраженной азиатской внешностью. Тут и там валялись отрубленные части тел, текли реки крови...

Я мигом нажала на кнопку. Хоть и понимаю, что на съемках никого не убивают, а все равно тошно.

— Ну, — заныл Ваняша, — включи.

— Тебе спать пора.

— Кино хочу.

— Оно не для детей.

— А-а-а...

— Давай расскажу сказку?

Мальчик притих, потом удивился:

— Мне?

— Конечно.

— Зачем?

— Тебе мама книги читает?

— Не-а, мы их не покупаем, дорогие, заразы!

Я тяжело вздохнула. Действительно, глупый вопрос, но у нас, в отличие от Маринки, вся квартира забита литературой. Кстати, в домашней библиотеке появилось и много детских изданий. Никита еще совсем малоразумный младенец, но Тамарочка опустошает прилавки книжных магазинов, покупая впрок сказки.

Я сбегала в спальню к подруге и притащила толстый том.

— Ну, слушай. Сейчас найдем интересную историю. Кстати, можешь сказать, о каких сказочных героях ты слышал?

Ванька прикусил нижнюю губу:

— Ну про горца знаю! Во, прикольный фильм, бац, бац, и все головы поотваливались.

— А еще?

— Человек-паук! Суперски по стенкам бегает. Раз, раз, и все подохли!

Я со вздохом открыла первую страницу.

— Про Золушку знаешь?

— Не-а.

— Тогда слушай.

Малыш притих, незатейливый рассказ о бедной трудолюбивой девочке явно заинтересовал его. Я, обрадованная тем, что могу продемонстрировать ребенку наличие других, кроме телевизора, источников информации, вдохновенно читала.

— «Она поднялась по лестнице и вошла в роскошный зал. Все замерли при виде незнакомой красавицы, но больше всего изумился сын короля. Он смотрел на одетую в прекрасное платье Золушку и, как ни старался, не мог оторвать от нее глаз...»

— Жалко мне ее, — шмурыгнул носом Ванька.

— Не переживай, все хорошо закончится, принц женится на Золушке.

— Так это и плохо!

— Почему? — изумилась я.

— Он — маньяк.

— Кто? Принц? С чего тебе в голову взбрела такая мысль?

— А зачем он хотел у Золушки глаза вырвать?

— Ваняша, ты в своем уме? Принцу очень понравилась девушка.

— Ты же сама только что сказала: «...он никак не мог оторвать от нее глаз!» — возмутился ребенок.

Сами понимаете, что читать сразу дальше я не смогла. Мне понадобилось несколько минут, чтобы перестать смеяться и задуматься: а сколько еще живет в Москве детей-сирот при живых родителях, никогда не читающих книг?

ГЛАВА 25

Утром я не торопилась вылезать из-под одеяла. Спешить было решительно некуда. Расследование зашло в тупик. Ляля явно где-то спрятана, но куда отвез ее Ежи? Может, раздобыть записную книжку доктора и начать прозванивать всех по алфавиту? Не самая плохая идея, если учесть, что других у меня просто нет!

Зевая, я выползла на кухню, сварила себе кофе, поджарила в тостере хлеб и принялась намазывать на него свою тезку «Виолу». Идея, конечно, замечательная, но как попасть в квартиру к Ежи? Дверь в нее заперта и, скорей всего, опечатана. Впрочем, бумажная полоска меня не остановит, но где взять ключ? Интересно, может, у Аськи есть дубликат? Они ведь встречались в его квартире. Проще всего спросить об этом у самой Бабкиной, но только я звоню каждый день в больницу, осведомляюсь о ее здоровье и слышу в ответ:

— Свидания запрещены, состояние тяжелое.

Впрочем, может, оно и к лучшему, что я не могу пока увидеться с Аськой. Первый вопрос, который задаст мне подруга, будет: «Где Лялька?»

И что я отвечу? Нет, надо действовать по-другому. Я схватила трубку, набрала хорошо знакомый номер и услышала голос Светы, второй жены Андрея, сына Розалии Никитичны:

— Слушаю.

— Это Вилка.

— Что тебе нужно?

— Вы еще живете на квартире у Аськи?

Послышался сдавленный шепот, шум, потом в ухо ворвался злобный визг:

— Воровка! Немедленно верни драгоценности старухи!

— Они завещаны Аське!

— Еще чего, все ей...

Вновь понесся шорох и заговорил Андрей:

— Виола, ты поступила неправильно.

— Послушай, — возмутилась я, — ты сам великолепно знаешь, что Розалия Никитична терпеть не могла Свету. Аська ухаживала за твоей матерью, та ее любила, переписала на бывшую невестку квартиру. Кстати, почему вы до сих пор не уехали к себе?

— Да вещи мамины разбираем, — пустился в пояснения Андрей, — тут барахла немерено.

Понятно. Жадная Света хочет до возвращения из больницы Аськи утянуть все мало-мальски ценное. Хорошо, что я успела припрятать «золотой запас», иначе бы Бабкина вернулась к разбитому корыту, то есть обворованной квартире.

— Нечего с ней говорить, — раздался гневный

женский голос, сопровождаемый сердитым детским плачем, и в ту же секунду раздались частые гудки.

С красным от негодования лицом я ринулась к шкафу с одеждой. Нужно, не теряя ни минуты, мчаться на квартиру к Аське и посмотреть, что же там происходит. Где Сергей? Почему он разрешил Свете и Андрею шуровать в вещах?

Полная злобы, я вылетела на проспект, схватила бомбиста и оказалась на месте через десять минут. С неба валили крупные хлопья снега, и большинство владельцев машин, испугавшись метели, предпочли воспользоваться муниципальным транспортом.

Дверь открыл Андрей.

— Вилка? — делано удивился он. — Зачем?

Но тут из коридора выскочила Светка и, затопав ногами, завизжала:

— Немедленно верни драгоценности, ты обокрала мою дочь!

Я молча стала стаскивать куртку.

— Голодранка, — шипела Светка, то бледнея, то краснея от злости, — все нищие — воры!

Я посмотрела на Андрея, тот обозлился и довольно грубо велел милой женушке:

— Заткнись.

Светка мигом захлопнула рот. При всем своем беспредельном хамстве она боится мужа, от которого зависит целиком и полностью.

Когда много лет тому назад Аська выходила замуж за Андрея, жених был мальчиком из хорошей семьи, с папой профессором. Но вскоре свекор Бабкиной скончался, и его родственники остались нищими. Никаких денежных накоплений доктор наук в долларах не делал, а рубли сгорели на костре перестройки. Андрюша по образованию театральный критик, страшно «нужная» профессия в «интересное время». Пару лет он вообще был без работы, и всю семью тянула Аська. Затем Андрей пристроился в какую-то фирму, начал получать зарплату, но до дома рубли он, как правило, не доносил. У Андрюшеньки, который провел детство в полном благополучии, и привычки были соответствующие. Он любит ездить на такси, покупать дорогие рубашки и стричься на Калининском проспекте в «Чародейке». Бедная Аська не могла себе позволить лишнюю пару колготок, а муженек вечно щеголял в обновках. О Розалии Никитичне он совершенно не заботился и по хозяйству не помогал. Уборка квартиры, покупка картошки, стирка белья, масса бытовых проблем решались Аськой. Андрейка лишь лениво приказывал супруге:

— Пора за телефон заплатить, ну-ка сбегай.

У него всегда, даже в годы тотального безденежья, были замашки падишаха. Мне казалось странным, что Аська мирится с подобным положением вещей, но чужая семья потемки. Андрюша никогда не казался мне симпатичным, но это, в конце концов, был не мой муж, поэтому я довольно мило общалась с Андреем на уровне простых фраз типа «как дела» или «передай мне салат». Было еще одно, что раздражало в мужике. Обладая достаточно большим количеством свободного времени, он заводил себе любовниц, имена которых знали все вокруг, кроме Аськи, которая день-деньской ломалась на работе, чтобы прокормить семью. Андрюша совершенно не стеснялся появляться с дамами сердца у общих приятелей. Он отчего-то полагал, что никто из ребят не шепнет Аське неприятную правду, и надо отметить, так оно и было, пока сама Бабкина один раз не прибежала в неурочный час домой и не застала муженька в недвусмысленной позиции с хорошенькой брюнеткой. Развод последовал незамедлительно.

И здесь свекровь оказалась на стороне невестки. Розалия Никитична сняла Андрею квартиру, куда он и переехал, обзывая Аську самыми разными словами, в основном непечатными. А потом... Потом произошло чудо. Жутко ленивый, никогда ничего не делавший Андрюша открыл свою фирму. Называется она «Арт-розыгрыш» и приносит сейчас своему хозяину такой доход, что и сосчитать трудно. Начиналось все очень просто.

Женщина, у которой он снимал квартиру, пришла с очередной проверкой к жильцу, разговорилась и вывалила семейную тайну. Ее дочь — лесбиянка, живет с подругой и чувствует себя совершенно счастливой. Странное дело, но мать поведение девушки не смущало, ей даже нравилось сложившееся положение вещей.

— Оно и хорошо, что без мужиков, — болтала тетка, прихлебывая чай, — подумаешь, был у меня муж, и чего? Пил да дрался, слова хорошего за всю жизнь не услышала, а тут словно голубки воркуют. Одно плохо, свадьбу не сыграть, а хочется.

Внезапно в голове Андрюши зародилась идея, и он предложил:

— Давайте сделаем шуточное бракосочетание.

Так родилось предприятие, зарегистрированное под названием «Веселый ЗАГС». Естественно, никакой юридической силы раздаваемые ее сотрудниками «свидетельства о браке» не имеют, но от клиентов просто отбоя нет. Андрюше без разницы, кого с кем «регистрировать», хоть кастрюлю с чайником. К нему приходит много однополых пар, приносят животных. Большинство владельцев очеловечивают своих питомцев и с огромным удовольствием участвуют в церемонии. В ЗАГСе имеется солидная костюмерная, где вы можете взять напрокат любые подвенечные наряды. Один раз сюда притащили двух хомяков, и ничего, сотрудницы справились. Соорудили для «дамы» из кружевного носового платка такой прикид, что хозяйка прослезилась.

Количество «брачующихся» тоже не играет тут

никакой роли. Два парня и девушка, четыре мужчины и дама, три болонки и бабушка... Желание клиентов закон. Дальше больше. На базе «Веселого ЗАГСа» возникла фирма «Арт-розыгрыш». Основная ее задача устроить клиенту такой праздник, чтобы человек запомнил его на всю жизнь. Один раз для бизнесмена, который отправлялся в Питер, в день его рождения приятели заказали «День варенья». Андрюша, недолго думая, скупил все места в вагоне, кроме того, на котором ехал бизнесмен, и устроил самую настоящую фантасмагорию. Не успел мужчина сесть на полку, как дверь купе хлопнула и влетела красавица-блондинка. Заламывая руки, она прошептала: «Бога ради, спрячьте меня!»

И началось! По коридорам бегали люди с пистолетами, чай разносила обнаженная проводница, соседние места по купе заняли красавицы-стриптизерши. Одним словом, когда утром в Санкт-Петербурге бизнесмена встречал медведь, держащий в лапах огромную бутылку виски, парень совершенно не удивился.

Один раз в фирму обратилась экзальтированная дамочка и заказала «убийство». Андрюша не ударил в грязь лицом. Когда объект розыгрыша вышел из дома, он увидел, что на капот его джипа уселся пьяноватый бомж, закусывающий помидорами. Охранники начали стаскивать его на землю, но маргинал цеплялся за «Лексус» и сопротивлялся. Тогда один из парней достал пистолет и выстрелил в нищего. Хозяин с ужасом наблюдал за происходящим. Приехала милиция, завязалась перестрелка. В результате на асфальте оказалось восемь трупов и лужи крови. Несчастный мужик пребывал в шоке. Он ничего не понял даже тогда, когда зазвучала песня «Хеппи бездей» и «мертвецы», сев, начали отряхиваться. Патроны оказались холостые, кровь — невинной краской, милиционеры — переодетыми актерами. Вот охранники и впрямь были настоящими. Андрюшка с ними просто договорился.

За короткое время фирма «Арт-розгрыш» приобрела большую известность, и к Андрею потоком полились деньги.

— Кто знал, — вздыхала Аська, пересчитывая очередную свою получку, — кто мог подумать, что Андрюха так разбогатеет, а? Ей-богу, иногда обидно делается, тащила, тащила его в зубах, а толстый слой шоколада другой достанется. Долго он в холостяках не проходит, приберут к рукам лакомый кусочек.

И точно, вскоре Андрей женился на Свете. Менее подходящей кандидатуры было просто не найти. Все-таки Андрюша происходил из профессорской семьи, мать была врачом, сам он имел высшее образование и читал не только газету «Скандалы». Света оказалась диаметральной ему противоположностью. За плечами у невесты было восемь классов и училище. Когда она, одетая в слишком обтягивающее голубое мини-платьице, появилась в доме у Розалии Никитичны, старуха не дрогнула и была с будущей невесткой более чем любезна. Но едва за парочкой закрылась дверь, бывшая свекровь задумчиво спросила у Аськи:

— Интересно, почему все же он хочет на ней жениться?

Бабкина лишь развела руками. Честно говоря, она решила, что у первого муженька случилось временное помешательство, поэтому попыталась успокоить Розалию:

— Ерунда, не обращайте внимания. Сегодня одна, завтра другая.

— Нет, Асенька, — покачала головой пожилая дама, — чует мое сердце, неспроста он ее нам показал!

И точно, через месяц сыграли до неприличия пышную свадьбу, а спустя еще три стало ясно, отчего Андрей так торопился. Света оказалась беременна.

Новость ошеломила Аську и Розалию, они-то точно знали, что Андрюша не способен стать отцом. Ася настолько обозлилась, что приехала к бывшему супругу и попыталась открыть тому глаза. Но Андрей вспылил, и они поругались. Розалия повела себя умней, просто тайком взяла у новорожденной внучки кровь и отдала на анализ.

— Экая ты глупая, — укорила она Аську, — понеслась напролом, с шашкой наголо, хитрее надо быть. Вот покажем дураку результат и посмотрим, где Света окажется.

Но когда из лаборатории отдали заключение, Ася и Розалия лишились дара речи. Получалось, что Ниночка родная дочь Андрея. Следовало признать: произошел уникальный случай, медицинский казус...

Первое время Света держалась тише воды ниже травы, но потом, увидев, до какой степени муж обожает дочь, осмелела и стала чувствовать себя хозяйкой. По-крестьянски жадная, она устраивала Андрею скандалы из-за денег, потраченных на Розалию, а когда стало ясно, что свекровь перевела свою квартиру на Аську, Светка чуть не лишилась рассудка.

— Твою дочь обокрали! — кричала она.

Муж попытался ее урезонить:

— Да ладно тебе! У нас шестикомнатные хоромы, подрастет девочка, я ей другую квартиру куплю, пусть мамина Асе останется.

Но Свете все было мало. Шкафы в ее спальне ломились от одежды, комод от драгоценностей, но она не могла остановиться... Мы с Аськой только удивлялись: ну как Андрей может жить с такой бабой и при этом вполне счастливо выглядеть?

Уверенность в стабильности их брака была поколеблена у меня только один раз. В этом году Андрей явился на день рождения матери в одиночестве, Ниночка подцепила грипп, и Света осталась с дочерью. Основательно выпив, Андрей заявил, показывая на мои уши:

— Бриллианты у тебя хорошие, несколько карат.

Я рассмеялась:

— Ты опьянел! Откуда у меня алмазы? Серьги я купила в переходе у метро, за триста рублей, в них горный хрусталь.

— У моей Светки похожие, — бормотнул Андрей, — «малинка».

— Ну у твоей-то точно бриллианты.

— Да уж, одеваю падлу! — хмыкнул Андрей. — И разукрашиваю. Впрочем, жена — витрина семьи, пусть носит, чтобы люди завидовали.

— Я думала, что ты любишь Свету...

Мой собеседник опрокинул очередную стопку водки и с чувством произнес:

— Надоела хуже горькой редьки. С матерью общего языка не нашла, к приятелям с ней не пойти, вечно глупости болтает, жадная, завистливая, в общем, мрак!

Я удивилась до крайности.

— Зачем тогда с ней живешь? Разведись.

— Ничего ты не понимаешь, а дочка?

— Алименты платить будешь.

— Э нет, чтобы мой ребенок без отца рос? Да еще, не дай бог, с отчимом?

— Отсуди у нее девочку.

— Нинуша привязана к матери, как ребенку объяснить, что та стерва? Эх, если бы не дочка... Мигом бы разъехались, но ребенок.

Впрочем, в тот вечер он был сильно поддатый и болтал ерунду. Хотя говорят: что у трезвого на уме, то у пьяного на языке. Но больше Андрей никогда мне не жаловался.

Я молча повесила куртку на вешалку и повернулась к Свете:

— Все из шкафов вытащила? Аськино нижнее белье оставила?

— Дрянь! — завизжала Света и попыталась лягнуть меня ногой, а когда потерпела неудачу, вытянула ручонку, унизанную пудовыми перстнями, растопырила короткие пальцы и явно захотела вцепиться мне в волосы.

Но мое детство прошло на улице, и навыки кулачного боя у меня отшлифованы. Не успела Света и охнуть, как я вывернула ей руку назад, крепко приложила хулиганку лбом о вешалку и сказала Андрею:

— Или ты уберешь мадам отсюда, или я сломаю ей руку.

— ..., — завизжала Света.

— Скажите, пожалуйста, — хмыкнула я, — ну и выражения! Твои речи здорово сочетаются с изумрудными серьгами Розалии Никитичны. Насколько помню, они были у нее в ушах в день смерти. Ты не побоялась вытащить украшения из мочек покойной? Браво, дорогая, любая банда мародеров с удовольствием примет тебя в свои ряды.

— Светлана, иди в спальню, — велел муж.

Я отпустила руку. Наглая баба явно хотела сказать мне гадость, но наткнулась глазами на лицо мужа и осеклась.

Я подождала, пока она исчезнет в бывшей спальне Розалии Никитичны, и схватила Андрея за рукав:

— Как тебе не стыдно!

— А что? — попятился мужчина.

— Квартира принадлежит Асе и Сергею. Кстати, где он?

— Понятия не имею, вроде в командировку укатил.

— Почему ты разрешил своей жене рыться в чужих вещах?

Андрей побагровел:

— Ты пришла, чтобы читать мне мораль?

— И за этим тоже. Отчего бы вам не уехать домой?

— Держи свои пожелания при себе, а сейчас до свиданья!

— Ну уж нет! Мне нужны ключи!

— Какие?

Я на секунду задумалась. Сказать ему про Аську и Ежи! Да ни за что. Андрей мигом поделится новостью с гадкой женушкой, а та разболтает Сергею. Светка ненавидит Аську и ни за что не упустит возможности насолить первой жене своего мужа.

— Оля Лапшина, наша бывшая одноклассница...

— Я знаю Ольгу, — буркнул Андрей, — очень хорошо с ней знаком.

— Олька оставила у Аськи запасные ключи от своей квартиры, на случай потери. Безголовая Лапшина третий раз ломает дверь.

— И где они лежат?

Я пожала плечами:

— Кто же знает? Может, в шкафу у Аси, а может, в письменном столе.

— Стой тут, — распорядился Андрей, — пойду посмотрю.

Я рассмеялась ему в лицо:

— Если боишься, что я унесу нечто ценное, то зря. Твоя жена уже обчистила квартиру. Хорошо хоть мне удалось припрятать драгоценности Розалии Никитичны. Кстати, кто вытаскивал изумрудные серьги из ушей трупа? Надеюсь, что не ты, а Света!

Андрей скрипнул зубами и, ничего не сказав, ушел.

Я же не стала покорно поджидать его в прихожей, а назло мужику отправилась в туалет, не снимая грязных сапог. За мной на светлом паркете потянулась цепочка черных следов. Московские дворники, несмотря на строгое запрещение мэра, высыпают на тротуары тонны соли, и под ногами у жителей столицы чавкает противная желто-коричневая каша. Испачкай я случайно пол у любого другого человека, то мигом бы схватила тряпку и убрала безобразие, приговаривая при этом:

— Извини, пожалуйста! Ну и свинство с моей стороны.

Но Светку я возненавидела до такой степени, что специально посильней топала измазанной обувью, желая, чтобы на полу осело побольше черноты.

Туалет в Аськиной квартире соседствует с ванной, в стене имеется довольно большое вентиляционное отверстие, прикрытое мелкой решеткой. Бабкина панически боится тараканов и делает все возможное, чтобы рыжие гости не посещали ее квартиру.

Не успела я поднять крышку унитаза, как из ванной донесся раздражительный голос Светки:

— Давай мой руки.

Детский голосок возразил:

— Не надо!

— Живо, — прошипела Света, — ща получишь по заднице!

— Не хочу, — закапризничала девочка.

Послышался шлепок, потом всхлипыванье, затем удовлетворенный голос матери:

— Сразу надо слушаться, а не ждать, пока я обозлюсь. Ясно, дрянь?

— Ты где? — донесся из коридора голос Андрея. — Куда подевалась? Эй, Виола!

Я вышла наружу.

— Здесь я, не кричи!

— Нет у Аськи никаких ключей, — злился хозяин, — ни в шкафу, ни в тумбочке.

Да уж, дурацкая идея пришла мне в голову, небось Бабкина припрятала «открывалку» от квартиры любовника подальше, наверное, побоялась, что муженек наткнется на связку и поинтересуется: «Это чьи?»

Хотя можно ведь совершенно спокойно ответить:

— Сосед оставил, Ежи, часто в командировки ездит и боится, что в его присутствии случится в квартире неприятность.

Самое смешное, что это заявление будет почти правдой.

ГЛАВА 26

Я вышла на улицу и чуть не упала. Тротуар был покрыт ровным слоем льда. Прохожие брели, шаркая ногами, кое-кто ругался сквозь зубы.

— Ой, — раздалось за спиной.

Я обернулась, молодая женщина сидела на земле, горестно разглядывая сумку, из-под которой разливалась бело-желто-красная лужа.

— Давайте помогу, — протянула я ей руку.

Девушка поднялась.

— Вот черт, все продукты испорчены, яйца, кетчуп, похоже, даже пакет с молоком разорвался. Надо же было так навернуться.

— Скользко очень.

— Прямо катастрофа.

Не успела она отряхнуть пальто, как послышался истошный крик и визг тормозов. Мы с молодой женщиной уставились на проезжую часть.

В черной грязи сидела бабулька, издававшая невероятные звуки, буквально в двух шагах от нее остановились «Жигули».

Из машины вылез парень и, вытирая рукавом кровь, струившуюся по лбу, заорал:

— Старая идиотка! ...совсем! По такой дороге, в месте, где есть подземный переход, поверху поперлась! Понимаешь, дура, что я чуть тебя не задавил?

— Ой, сыночек, — причитала бабуська, — уж извини, тяжело по ступенькам-то идти, вот и решила так проскочить. Авось, думала, успею!

— Чем ты думала, развалина? — кипел юноша.

Тут откуда ни возьмись появилась машина ДПС, из которой вылез тощий милиционер в огромных грязных ботинках.

— У нас наезд? — радостно поинтересовался он.

— Ох, деточка, — бубнила бабка, — сама виновата, бежала и упала, ты мальчику-то врача вызови, вон лоб весь в крови.

От нечего делать я стала наблюдать за развитием событий. Оглашая воздух сиреной, появилась машина с красным крестом. Двое врачей, больше похожие на студентов, чем на дипломированных специалистов, сначала подошли к старухе.

— Жить будешь, — вынес вердикт один.

— Холод к ушибу приложите, — посоветовал второй, — а то на заднице синяк образуется.

— А я, миленькие, и так на льду сижу, — радостно ответила незлобивая бабушка, — прямо околела вся.

— Чего же не встаете?

— Так сама не могу!

Медики водрузили бабку на ноги, вручили ей палку, сумку, нахлобучили на макушку мохеровую вытертую шапку и поинтересовались у милиционера:

— Она тебе для протокола нужна?

— Пусть домой чапает, — велел патрульный, — слышь, бабушка, ну какого хрена ты в гололед гулять поперлась?

— Так за хлебом.

— Дома сиди, — рявкнул водитель, — вон из-за тебя ветрового стекла лишился! Так тормозил, что лбом его расшиб. Налетел на деньги из-за придурочной старухи.

— У тебя ничего серьезного, только порез, — успокоил его врач.

— Так насрать на лоб, стекло жаль, дорого стоит!

— Ладно, радуйся, что не сшиб старушку, — влез мент.

276 .... Дарья Донцова

— И чего бы мне было? — заорал водитель. — Сама виновата, крыса облезлая! В двух шагах подземный переход, меня любой суд оправдал бы!

— Оно так, — вздохнул сержант, — только сколько здоровья потеряешь, пока следствие идет.

— Все вы взяточники, — рявкнул парень, — заплати вам побольше, и никаких проблем!

— Я при исполнении, — сержант начал наливаться краснотой, — ну-ка, документики на машину!

— Ладно вам, ребята, брэк, — сказал один из врачей, — пошли, водитель, я вам давление померяю.

Сержант злобно прищурился:

— Ладно, а потом ко мне на выяснение.

Водитель выругался, сделал шаг по направлению к «Скорой» и упал. Громкий крик разнесся над проспектом, не успевшая отползти и трех метров бабуська запричитала:

— Ох! Гололедица проклятая! Никак ты ушибся, милок! Сразу-то не вскакивай, на холодном пользительно для здоровья сидеть после шлепка. Я вон задницы совсем не чую, а посильней твоего навернулась!

— Иди на..., — простонал мужик, — ногу, кажется, сломал.

Медики принялись хлопотать вокруг упавшего.

— И че, — удовлетворенно поинтересовался мент, — точно сломал?

Один из врачей кивнул.

— В Склифосовского повезем, вот уж не повезло парню. В ДТП царапину заработал, а потом навернулся, ну-ка, помоги нам его на носилки положить.

Тощий милиционер хмыкнул, но подошел к упавшему и взял его за плечи. Объединенными усилиями парни подхватили пострадавшего. Здесь, чтобы вы хорошо поняли суть произошедших потом событий, следует сделать небольшое отступление.

Не так давно в Москву приезжала делегация от

лондонской мэрии. В качестве подарка для жителей
столицы России она привезла несколько машин «Скорой помощи», оборудованных на западный манер.
О презенте раструбили все телепрограммы, они же и
показали его. Внешне эти выкрашенные в белую
краску микроавтобусы не слишком отличаются от
наших, но начинка у них другая. Я совсем не разбираюсь в медицинской аппаратуре, поэтому не знаю,
насколько подаренные машины хорошо оснащены,
но у них вместо носилок — каталка. Наши медики,
забирая больного, кладут его на железку, прикреплен-
ную к ручкам, и ставят внутри «рафика» на полозья.
Англичане же выкатывают весьма удобный стол, по-
крытый одеялом, и потом вталкивают его в фургон
«Скорой помощи». Честно говоря, не знаю, какой вариант лучше, но это сейчас не повод для размышлений. Просто к месту происшествия сегодня прибыла
одна из подаренных машин. Несчастного парня со
сломанной ногой уложили на каталку, фельдшер
взялся за ручки, толкнул... И тут произошло непред-
виденное. То ли лондонские врачи умеют лучше наших обращаться с катающимися предметами, то ли в
туманном Альбионе никогда не бывает гололеда и
поэтому колесики у каталки оказались не резиновы-
ми, а железными, то ли зарплата московских меди-
ков настолько мала, что они экономят на питании и
в результате совсем ослабели, но факт остается фактом: врач не удержал сооружение, и оно, подпрыгивая на неровностях, понеслось по идущему с неболь-
шим уклоном шоссе.

Милиционер и парни в белых халатах на секунду
разинули рты, а потом кинулись следом. За ними
побежали и мы с молодой женщиной, сзади ковыля-
ла стонущая бабка.

— О господи! Создатель милостивый! Разобьется
насмерть!

Несчастный водитель орал, мы гуртом пытались

поймать тележку, но она летела быстрее преследователей. Проезжавшие мимо машины гудели и останавливались. Один из шоферов высунулся в окно и заверещал:

— Кино снимают, да? Про мистера Питкина в больнице? Ну вы, ребята, даете, прямо на дороге!

Никто из нас не обратил внимания на идиотские речи. Дорога сделала крутой поворот, каталка не вписалась в него и со всего размаху врезалась в стену дома. С ужасающим воплем пациент скатился на асфальт. Мы бросились к нему.

— Эй! — кричал забывший об обиде милиционер. — Эй, ты как, жив?

— ..., — ответил шофер, — кажется, руку сломал.

С огромными предосторожностями мы положили несчастного на тележку. Я придерживала его и впрямь сломанную руку, молодая женщина ногу, милиционер с врачами толкали каталку. Шофер матерился, а мы молчали. Честно говоря, я не знала, что тут можно сказать. Вроде не тринадцатое число, не пятница и не понедельник, опять же никаких черных кошек в радиусе километра не видно...

Очень аккуратно мы запихнули страдальца в «Скорую». Врачи утерли пот, поручкались с ментом, вежливо кивнули нам, влезли внутрь машины, водитель газанул...

— Да уж, — покачал головой сержант, — случается же...

Закончить фразу он не успел, потому что раздался визг, лязг, грохот.

— Блин, — взвыл мент, — такого не бывает! Расскажу ребятам — никто не поверит! Гляньте, девки, вот ..., так ...!

Я уставилась на проспект. Несчастная «Скорая» не успела отъехать и ста метров, как в нее врезался грузовик, огромный, с вертящейся емкостью сзади, бетономешалка или цементовозка, в общем, одна из пугающе огромных машин, помогающих строителям. Не сказав ни слова, мы кинулись вперед. Милиционер и оказавшиеся абсолютно целыми врачи с шофером принялись монтировкой отгибать погнутую дверь машины «Скорой помощи». Внутри салона стояла пугающая тишина.

— Кажись, намертво убился, — выкрикнул мент, — ну и непруха парню сегодня!

Шофер бетономешалки, белый от страха, трясся и приговаривал:

— Я не хотел, так случилось!

Наконец покореженные створки распахнулись. Перед глазами предстало душераздирающее зрелище. Каталка накренилась набок, пострадавший лежит на полу, лицом вниз, абсолютно тихо и молча.

Медики переглянулись. Милиционер откашлялся и хриплым шепотом поинтересовался:

— Слышь, паренек, ты как себя чувствуешь?

На мой взгляд, глупей вопроса трупу не задать. Ответа, естественно, не последовало.

— И что делать? — растерянно поинтересовался отчего-то у меня один из фельдшеров.

— Не знаю, — пробормотала я, — милицию вызывать не надо, она уже тут, хотя, на мой взгляд, от этого мента сейчас мало толку!

Внезапно парень затрясся и поднял голову.

— Жив? — заорали все. — Молодец! Не волнуйся, сейчас поднимем.

— Ты только не дергайся, — суетились врачи, — уже другая машина едет.

— Может, его до Склифака лучше на руках отнести? — задумчиво спросил сержант.

Шофер внезапно сказал:

— Ребята, вы будете смеяться, но я сломал другую ногу!

Секунду все стояли молча, потом согнулись от хохота.

— Ой, не могу, — стонал мент, — как он на каталке несся!

— Бац и об стенку, — вторил фельдшер.

— Нога, рука, опять нога, — заливался второй доктор.

Мы с молодой женщиной и бабкой тоже захихикали, но громче всех ржал покалеченный парень.

— Что тут происходит? — раздался властный голос.

К месту происшествия прибыла еще одна патрульная машина.

Сержант всхлипнул и попытался ввести коллег в суть дела:

— Вот этот сначала чуть бабку не сшиб, а потом сломал ногу и руку. Затем в «Скорую» цементовоз вломился, так парню вторую ногу повредило. Ой, умру сейчас!

Двое лейтенантов переглянулись.

— Слышь, Севка, — сказал один, — может, психушку вызвать?

— Сколько у человека в организме костей? — спросила я у молодой женщины.

— Больше двадцати, это точно, — ответила та уверенным тоном.

— Парню еще повезло, мог все переломать...

Спустя полчаса мы с девушкой спустились в метро.

— Мне налево, — сказала она.

— А я направо.

— Ну пока!

— Счастливо тебе.

— Надо же, кому расскажу, не поверят!

— На кино похоже.

— Все из-за бабки, которая сломя голову понеслась через дорогу, — укоризненно сказала девушка и исчезла в вагоне.

Мой поезд с шумом подкатил к перрону, но я отошла от края платформы и села на скамеечку. Господи, как только я раньше не додумалась до такой простой идеи! Стоило лишь вспомнить мою встречу с Маргаритой Федоровной в больнице. Итак, по порядку.

Вот я вхожу в рентгеновский кабинет, получаю сердитый выговор за то, что явилась в уличной обуви, потом сообщаю, будто пришла от Отрепьева. Маргарита Федоровна мигом делается ласковой и уточняет:

— На частную консультацию?

— Нет, — гадко улыбаюсь я.

— Зачем тогда? — отчего-то пугается собеседница.

Я, почувствовав ее страх, решаю ковать железо, пока горячо, отвечаю:

— Сама не догадываешься? Где девочка? Лучше скажи правду, а то хуже будет.

Вместо того чтобы возмутиться, покраснеть и закричать: «Вы с ума сошли, какая девочка?» — Маргарита Федоровна пугается еще больше и бормочет:

— Да, сейчас, конечно, только в туалет сбегаю, цистит замучил.

Вот такой или очень похожий диалог произошел между нами. И что же делает Маргарита Федоровна? Судя по всему, цистит — это всего лишь предлог, чтобы удрать из кабинета. Не надев ни пальто, ни шапку, она выскакивает из больницы, бросается опрометью через дорогу и попадает под машину.

Все вокруг уверены, что женщина шла в кафе, чтобы купить блинчики, но я-то теперь понимаю: она вовсе не собиралась лакомиться сладким, она бежала совсем в другое место. Куда? А если припомнить, что за несколько дней до смерти она привезла сюда Лялю...

Я вскочила со скамейки. Точно! То-то я удивилась, отчего же Маргарита Федоровна велела затормозить шоферу у кафе, на противоположной от клиники стороне. Сначала подумала, будто дама боится столкнуться с коллегами из больницы... Но нет! Она повела ребенка в другое место, не к себе на работу. А куда? И зачем? Где ждал ее Ежи?

Был только один способ ответить на все многочисленные вопросы, и я поехала опять в больницу, где работали Отрепьев и Маргарита.

Встав у входа в клинику, я повернулась к двери спиной и стала рассматривать ряд домов, стоящих напротив. Так, двухэтажный особнячок, возведенный в начале двадцатого века, кафе, длинное пятиэтажное блочное здание, и довольно большой дом из светлого кирпича. Куда же спешила Маргарита Федоровна, к кому торопилась с сообщением о моем визите? В кафе, где торгуют вкусными блинчиками? Ну это вряд ли.

Я перешла по подземному переходу шоссе и вышла прямо у двухэтажного особняка. На его фронтоне висела вывеска «НИИсибдорком». Я задумчиво оглядела домик. Может, сюда? Или в блочную пятиэтажку? Она тоже не жилая. В ней находится целая куча контор...

Постояв в задумчивости, я повернулась и побежала к кирпичному дому. Нет, думается, Маргарита Федоровна торопилась туда. Вряд ли она бы рискнула привезти девочку к кому-нибудь на работу. Впрочем, вроде они должны были встретиться с Ежи?

В полной растерянности я обошла здание. Тут, похоже, много квартир, заглянуть надо в каждую. Понимаю, что идея глупая, но других-то у меня нет! Но под каким предлогом просить людей открыть дверь?

Так ничего и не придумав, я пошла к метро и наткнулась на плакат «Всегда должен быть выбор! Москвичи, голосуйте на выборах за депутатов Городской думы».

Надо же, а я и не знала, что в это воскресенье выборы!

Внезапно в голове мелькнула идея, я засмеялась и заспешила домой. Следует хорошо подготовиться к спектаклю.

ГЛАВА 27

Пришлось потратить почти весь вечер на создание «документов». Сначала я сделала на компьютере бланки. Они получились как настоящие, очень красивые. Разлинованные бумажки, а сверху шапка: «Штаб по выборам Ковалева Е. Г. в депутаты Мосгордумы». Фамилия мужика, желавшего сходить во власть, была настоящей. Более того, в моем распоряжении имелась сорванная со стены листовка с фотографией претендента и его краткой биографией. Я внимательно изучила сведения, которые кандидат решился обнародовать. Так, в свое время он трудился в райкоме комсомола, затем работал секретарем партийной организации на заводе. Вполне хорошее начало для карьеры в приснопамятные, социалистические времена.

Не случись в 85-м году прихода Горбачева к власти, милейший Евгений Григорьевич пошел бы вверх по служебной лестнице и закончил где-нибудь в горкоме партии, может, даже заведующим отделом... Личная «Волга» с шофером, дача в ближайшем Подмосковье, продуктовый спецпаек, дети, учащиеся в МГИМО[1]... Что еще нужно человеку, чтобы спокойно встретить старость? Но жизнь сложилась иначе, система райкомов рухнула, погребя под обломками сотни партийных функционеров. Однако Ковалев выжил. Более того, защитил сначала кандидатскую, потом докторскую диссертации, стал яростным демократом и сейчас являлся членом партии Немцова.

---

[1] МГИМО — Московский государственный институт международных отношений, элитарный вуз, готовящий будущих дипломатов, журналистов, юристов и экономистов. «Простому» ребенку поступить туда практически невозможно. (*Прим. автора.*)

Я пропустила листовку с портретом толстомордого кандидата через сканер и включила принтер. Стопка «прокламаций» росла, а я тем временем разбирала карманные календарики с фотографиями кошек и собак, купленные в ларьке «Союзпечати» за копейки. Давно заметила: получив даже самый крохотный подарочек, люди становятся добрее.

На следующий день ровно в восемь вечера я позвонила в квартиру номер один кирпичного дома. Время обхода я выбрала не случайно. Как правило, после семи москвичи прибегают домой, в особенности сейчас, когда холодная, снежная погода не располагает к длительным прогулкам. Это летом хочется ходить по проспектам, лакомиться мороженым и сидеть на лавочке. Сегодня же, закутавшись в дубленки и шубы, народ летит на теплые кухни к чайникам с обжигающим напитком и включает боевики.

Дверь распахнулась без всяких вопросов. На пороге стояла бабка, качающаяся от старости.

— Вам кого? — дребезжащим голосом поинтересовалась она.

Я выставила вперед разграфленные листы:

— Вот, выборы скоро, пришла агитировать.

— И, милая, — засмеялась старуха, — мне помирать пора, а не по избирательным участкам шляться, да и холодно! Дома останусь.

— Все равно, ответьте на вопросы анкеты, тому, кто участвует в опросе, полагается подарок.

— Какой? — живо заинтересовалась бабуська.

— А вот, хорошенький календарик. Хотите, с кошкой или берите с собакой.

— Входи, — кивнула хозяйка.

Квартира оказалась однокомнатной, никого, кроме бабки, в ней не было, и я быстро ушла, подарив старухе два календарика, потому что пенсионерка никак не могла решить, какой взять.

Очевидно, я очень удачно выбрала время и предлог, чтобы попасть к людям. Двери всех квартир распахивались, меня впускали внутрь и охотно вступали в разговор. Пару раз в комнатах показывались подходящие по возрасту дети, но не Ляля. Кстати, я не слишком хорошо помнила лицо Асиной дочки. Так, в общих чертах, голубоглазая блондиночка с крохотным носиком. Никаких особых примет у Ляли не имелось, и я сомневалась, сумею ли узнать ее при встрече. Но девочки, которых я увидела, оказались шатенками с карими глазами.

К десяти вечера я прошла два подъезда и, устав как собака, уже хотела ехать домой, но потом, поколебавшись, все же отправилась дальше. Убью еще час на, похоже, совсем бесполезное занятие и финиширую. После одиннадцати не стоит звонить в квартиры. Все шло по плану, двери открывались, в большинстве своем люди были приветливы, но я начала унывать. Наверное, ошиблась. Ну с чего я решила, будто Ляля тут? Похоже, в голову взбрела очередная идиотская идея, послушалась своего внутреннего голоса...

Один раз Олег, укоряя меня за какой-то поступок, воскликнул:

— Ну какого черта ты отправилась туда?!

Я попыталась отбиться:

— Мне показалось, что я поступаю правильно!

— Кто же тебе подсказал, как следует себя вести? — злился муж.

Я сначала растерялась, потому что привыкла всегда рассчитывать только на себя и действовать без чьей-либо подсказки, но потом нашлась:

— У своего внутреннего голоса спросила, он и посоветовал!

Внезапно Куприн засмеялся:

— Анекдот знаешь?

— Какой?

— Идет человек по лесу, — начал мой майор, — видит огромное, высоченное дерево. Ну остановился полюбоваться и слышит, как тихий внутренний голос ему говорит:

— А ты залезь!

— Зачем? — удивился мужик.

— Давай, давай, хорошо будет!

Ну дядька послушался, добрался до середины, посмотрел вниз и испугался.

— Сейчас упаду.

— Нет, — подбадривает тихий внутренний голос, — поднимайся выше.

Мужичок вновь послушался, поднялся вверх, совсем страшно стало.

— Ой, упаду.

— Да ты чего, — успокаивает внутренний голос, — вперед, к вершине.

Кое-как достиг парень макушки, качается на вершине, жуть берет.

— Господи, вот сейчас шлепнусь и насмерть расшибусь.

— А вот теперь точно упадешь, — подтвердил тихий внутренний голос.

Олег замолчал и захихикал. Я сначала обозлилась на мужа, но потом улыбнулась. Следует признать, определенная доля истины в дурацком анекдоте есть.

Вот и сейчас я послушала свой внутренний голос и шляюсь по подъездам...

Очередная дверь распахнулась, на пороге замаячил мужчина в спортивном костюме. Я привычно начала:

— Здравствуйте, вас беспокоит агитатор от штаба депутата Ковалева Е. Г.

Дядька никак не отреагировал. Я подняла глаза, увидела его изумленное лицо и попятилась.

— Сережа? Ты? Здесь? Откуда?

Передо мной, совершенно растерянный и вроде даже испуганный, стоял муж Аси Бабкиной.

— Отчего ты не дома? — накинулась я на него. —

В вашей квартире Светка орудует. Кстати, она мне сказала, будто ты в командировке...

Сергей молчал.

— Что случилось? — наседала я, влезая в прихожую.

Сергей пробормотал:

— Ну так, в общем, понимаешь, вышло...

Отстранив блеющего мужика, я вошла в комнату и наткнулась глазами на диванчик, закрытый клетчатым пледом. В углу сидел... розовый мишка. На шее игрушки виднелась ленточка с бубенчиком. Сергей продолжал бубнить:

— Ерунда получилась, короче, я решил давно от Аськи уйти, только Ляля останавливала, ради девочки с женой жил!

— Чем же тебе Аська плоха? — пробормотала я, усаживаясь на стул. — Чем не угодила? Отличная хозяйка, хорошая мать, не пьет, не гуляет... В чем причина?

Сергей побагровел:

— Много ты знаешь! Не гуляет! Завела шашни с нашим соседом! Дрянь! Даже хотела от меня уйти. Но я не дал!

— Странная позиция, — покачала я головой, — что же ты ее удерживал около себя, раз недоволен?

Сергей замялся:

— Не твое дело.

— Ну уж извини, похоже, что мое. Небось боялся потерять источник доходов. Насколько понимаю, в вашей семье финансовое благополучие зависело от жены.

— Я не альфонс! — взвился Сергей.

— Может быть, только Аська зарабатывает на порядок больше тебя и имеет огромную квартиру в центре, а у тебя ничего нет.

— Ты сейчас находишься на моей жилплощади!

Я изумилась:

— Да ну? Помнится, Ася рассказывала, что тебе

негде жить? Впрочем, я никогда особо не интересовалась подробностями.

— Мы сдавали эту халупу, — буркнул муж Бабкиной, — за двести баксов, нам были деньги нужны.

Я кивнула:

— Понятно, знаешь, до сих пор не встретила ни одного человека, которому бы не потребовалась «зелень». Вот только один нескромный вопросик: когда ты решил украсть ребенка, Лялю?

Сергей упал в кресло и прошептал:

— Ты знаешь!

Я почувствовала, что мои щеки вспыхнули огнем, и постаралась как можно более равнодушно ответить:

— Конечно.

— Откуда?

— Навестила в больнице Аську, и она мне сказала...

— Врешь, в реанимацию никого не пускают.

Я хмыкнула:

— Сережа, неужели ты сомневаешься в моей способности проходить сквозь стены?

— И что сообщила тебе Бабкина? — напряженно поинтересовался муж подруги.

Я тяжело вздохнула. Вот оно как. Не Ася, не Асенька, не Аська, а... Бабкина. Видно, Сергей и впрямь решил уйти от жены. Тихая ненависть начала заползать в мою душу. Ну почему подруге так не везет? Отчего ее обходит стороной женское счастье? Сначала вышла замуж за Андрея, билась как рыба об лед, пытаясь прокормить семью, мечтала о ребенке... А когда поняла, что надеждам не сбыться, развелась. Хотела успеть родить дочку. Времени у Аськи было в обрез, все-таки после тридцати уже трудно рожать, вот и не стала особо выбирать, выскочила за Сергея. И надо же! Бывший муж моментально разбогател и сделал другой бабе девочку.

Аська очень переживала, хотя старалась не подавать виду. В конце концов, она сама была виновата в создавшейся ситуации. Ну изменил ей Андрюшка, и что? Подумаешь, не в этом дело! Масса женщин знают о своих супругах такое!!! И тем не менее умные жены не бегут сразу с заявлением о разводе. Мужчина по своей сути полигамен, но одновременно и ригиден, то есть боится резких изменений в судьбе. Очень многие парни, накотовавшись, приходят к очень простому выводу: жена лучше. И вообще, перед супругой не надо ничего изображать, примет таким, какой есть.

Господь иногда ставит человека в тяжелое положение, чтобы просто проверить, как тот себя поведет. Предлагает, так сказать, испытание, и если личность «держит удар», она потом, как правило, получает награду. Аська же сломалась, убежала от супруга... Потерпи она еще пару годков, безумные деньги, норковые шубы, бриллианты и отдых на Карибах достались бы ей. А так все получила Светка, непонятно за какие заслуги. Впрочем, иногда мне кажется, что полнейшее благополучие — это не награда для Светланы, а наказание для Аськи. Бабкина очень завидовала второй жене своего первого мужа, порой мне казалось, что она бы с удовольствием вернулась назад, да и Андрей недавно, на дне рождения матери, так глянул на Аську, что Света налилась краснотой и начала ругаться со всеми. Вот ведь как фишка легла.

Не принес Бабкиной счастья и брак с Сергеем, единственная радость — Ляля, любимая, обожаемая доченька.

— Делать нечего, — грустно сказала Аська, — ради девочки надо жить вместе.

Бедная, бедная моя подружка! Закрутила от тоски роман с Ежи, и вот что вышло! А теперь еще выясняется в придачу, что Сережка был в курсе дела.

Я посмотрела на бледного мужика, сидевшего в кресле.

— Ася очень плоха. Она только смогла прошептать: «Передай Сергею, что знаю все, пусть вернет Лялю!»

— Но откуда? — подскочил муж подруги. — Господи, как она догадалась?

Я помолчала немного и вдруг по какому-то наитию ответила:

— Ей Рита рассказала, рентгенолог из больницы, которая расположена напротив. Ты ведь знаешь Маргариту Федоровну?

Внезапно Сергей закрыл глаза руками. Плечи его затряслись, кое-как справившись с рыданиями, он сказал:

— Господи, я запутался совсем! Она так страшно подлетела, потом упала...

— Кто? Рита?

Сергей вытер лицо рукавом рубашки.

— Да. Я сидел тут дома, уже после того как потеряли Лялю. Знаешь, в полном отчаянии. Тут она звонит, в истерике, ничего не понимаю, бормочет, как безумная, связь постоянно прерывается, по мобильному говорит. Только и разобрал: «Бегу к тебе, спрячь!» Ну я и вышел на балкон, смотрю, белый халат через дорогу метнулся, потом стук... Господи, как она закричала...

— Почему Рита бежала к тебе? Откуда вы знакомы? Где Ляля?

Вопросы посыпались из меня, словно горошины из дырявого мешка. Сережа вновь затрясся.

— Запутался напрочь, словно в липкой паутине сижу!

Я встала, принесла из кухни стакан воды, протянула парню и сказала:

— Выпей, успокойся и расскажи все по порядку, авось придумаем, как поступить!

— Что же тут придумать, — забубнил Сергей, залпом опустошая емкость, — кошмар вышел, я просто поседел весь!

— Одна голова хорошо, а две лучше, — сказала я.

Аськин муж сходил в ванную, умылся, притащил сигареты и немедленно попросил:

— Слышь, Виола, ты никому ничего не рассказывай! Я тебе сейчас все постараюсь объяснить, мне так хреново, даже в церковь пошел, к батюшке, совета просить, хоть некрещеный и в храм никогда не заглядываю.

— И что же тебе священнослужитель сказал?

Сергей хмыкнул:

— Идиот! Обратись к жене и все ей объясни! Как он, интересно, предполагал, я это сделаю? Господи, господи...

— Слушай, — обозлилась я, — хватит устраивать истерики! Давай говори по порядку.

— Но ты никому ни гугу? Да?

— Ага, молчу, словно кастрюля.

Сергей глубоко вздохнул и завел:

— Рита моя первая жена.

От удивления я чуть не свалилась со стула.

— Врешь! Аська говорила, будто у тебя в паспорте никаких штампов не было.

— Правильно, — кивнул Сергей, — ничего не было, жили гражданским браком... Впрочем, давай по порядку.

ГЛАВА 28

Риточка познакомилась с Сережей на веселой студенческой вечеринке. Было, как водится, выпито много дешевого алкоголя, а из закуски случился только наспех порезанный девчонками салат и толстыми ломтями наломанный хлеб. Стояла душная майская ночь, гуляли на даче у одной из сокурсниц Риты, отмечали удачно сданный экзамен. Сережа приехал на сборище в качестве кавалера Оли Загоскиной, но после первых трех рюмок бросил Ольгу и устремился к хорошенькой Риточке, которая отчего-то заявилась одна. Обиженная Оля распсиховалась и, хлопнув дверью, убежала на станцию. Девушка явно надеялась, что кавалер бросится вдогонку, но просчиталась. Сережа только обрадовался, что проблема уехала в Москву, и со спокойной совестью принялся окучивать понравившуюся брюнетку. Ближе к утру студенты разбились на парочки и расползлись по углам. Рита с Сережей залезли на чердак, нашли там старый матрац...

Вот так начались их странные, мало кому понятные отношения. Встречались по выходным, на неделе не было времени, оба учились. Сережу любовница устраивала целиком и полностью. Рита была нетребовательной, сцен ревности не устраивала, на свидания приходила в тонусе...

Студенческие годы пролетели быстро, Сережа успешно закончил вуз, устроился на работу и начал подумывать о женитьбе. Естественно, первой кандидатурой на роль супруги стала Рита. Абсолютно уверенный, что любовница мигом примет предложение, он заготовил золотое колечко и, решив обставить дело пошикарней, пригласил даму сердца в кафе. Но в самый ответственный момент парень просто оробел, язык отчего-то присох к небу, и потом, Сережа не знал, что сказать.

— Дорогая, я люблю тебя и прошу твоей руки...

Это звучит пафосно.

— Давай зарегистрируемся...

Слишком уж официально.

— Эй, ты не прочь сбегать в ЗАГС?

Совсем по-идиотски... Словом, бедолага маялся до того момента, пока Рита не пошла в туалет. Как только она исчезла, парня осенило. Он налил два бокала вина, бросил в один кольцо и, когда любовница вернулась, протянул ей его со словами:

— Давай за счастье.

Рита выпила «Твиши» и удивленно приподняла брови:

— Ты предлагаешь мне замужество?

— Ну, — замялся Сережа, — сама видишь...

— Извини, я вынуждена сказать «нет».

От того поворота событий кавалер совсем обалдел и ляпнул:

— Ты с ума сошла? Как это «нет»? Четыре года вместе живем!

— Пять, — спокойно уточнила Рита, — мы познакомились летом, на втором курсе.

— И что? — недоумевал Сережа. — Это мешает расписаться?

Риточка достала пудреницу и, поправляя прическу, совершенно спокойно сказала:

— Видишь ли, у нас никого нет.

— В каком смысле?

— Ну, помочь некому. Где жить станем?

— В моей квартире.

Риточка наморщилась.

— В однокомнатной халупе? Отвратительно. Тесно, неудобно, санузел совмещенный, ремонт давно пора делать, а если ребенок появится? Вообще с ума сойдем на голове друг у друга.

— Еще вчера ты с удовольствием проводила время в «халупе», — возмутился любовник.

Рита кивнула:

— В гости ходить — одно дело, а жить постоянно — другое.

— Ну ты даешь, — только и пробормотал Сергей, — из-за квартиры...

Рита рассмеялась.

— Ну про жилплощадь я просто так сказала, хотя это немаловажный фактор. Ты о другом подумай. Мы — молодые специалисты, заработка никакого, родители помочь не могут... Что у нас за жизнь пойдет? С хлеба на воду? Нет, надо сначала встать на ноги, начать хорошо зарабатывать...

Чем больше она произносила правильные слова,

тем сильнее у Сережи отвисала челюсть. Он-то наивно считал, что Рита его любит...

Самое удивительное — выяснив отношения до конца, они не поругались. Более того, стали вести прежний образ жизни и еще года два встречались по выходным. Но потом Сережа познакомился с хозяйственной Леночкой и сказал Рите:

— Ты все еще считаешь, что нам не следует справить свадьбу?

— У меня защита кандидатской на носу, а ты с глупостями лезешь! — фыркнула Рита.

— Хорошо, — спокойно ответил Сережа, — тогда не обессудь, я хочу нормальной жизни, поэтому женюсь на другой.

Рита глянула на него бездонными черными глазами и хмыкнула:

— Ну-ну, желаю счастья, только хочешь совет?

— Говори, — буркнул парень, который за долгие годы общения привык советоваться с любовницей.

— Сразу не веди избранницу в ЗАГС, — ухмыльнулась рентгенолог, — сначала поживи с ней так, ну хотя бы месяца три.

— Это почему? — удивился Сережа.

Рита с жалостью глянула на гражданского мужа:

— Потому что тебя очень быстро затошнит.

Сережа разозлился, наговорил Рите гадостей и ушел. Но годы совместной жизни выработали у него определенный стереотип поведения: он привык слушаться Риту. Впрочем, она всегда оказывалась права, не ошиблась и в этом случае.

Ласковая, заботливая Леночка жарила котлеты, пекла пироги, гладила рубашки и считала, что жених с невестой везде и всегда появляются вместе. Вскоре Сергею до зубного скрежета надоела «семья», и он опять начал встречаться с Ритой по выходным.

Так они и существовали, Сергей заводил романы, но каждый раз возвращался к Рите. Любовники могли не общаться по году, но рано или поздно Сергей возникал на пороге кабинета Риты с букетом. Инициатива всегда исходила от него, и он не знал: жила ли Рита без него одна или тоже имела кого-то. Она никогда не интересовалась Сережкиными похождениями и не рассказывала о своих. Неизвестно, как долго бы они прожили таким образом, но в одно воскресенье Рита, накинув халат, прихлебывая сваренный любовником кофе, сказала:

— В следующие выходные я не приду.

— В командировку уезжаешь? — полюбопытствовал Сергей.

— Нет, — спокойно ответила она, — замуж выхожу в среду, и в четверг мы с супругом отбываем в свадебное путешествие, на три недели. Вернусь, позвоню.

От изумления у Сережи выпала из рук джезва.

— Как замуж! — заорал он. — Ты с ума сошла?

— Почему? — спокойно спросила Рита. — Ты же пытаешься найти свое счастье, знакомишься с женщинами. Вот и я решила личную жизнь устроить.

— Отчего не со мной?

Рита обвела руками кухоньку:

— Ремонт-то ты так и не сделал! Смотри, потолок прямо падает.

— Сама знаешь, сколько я получаю, — обозлился Сергей.

— Вот ты и ответил на вопрос, мой будущий муж очень богат, к тому же он уже пожилой человек. Когда умрет, я с детьми останусь обеспеченной вдовой.

После этой сцены их отношения прервались надолго.

Сергей решил, что хватит, и перестал звонить Рите, а та, очевидно, довольная ролью богатой женщины, забыла про бывшего любовника. Потом Сергей женился на Асе, родилась Ляля. Но в сентябре прошлого года, сняв трубку, Сергей услыхал знакомое сопрано:

— Алло, надо встретиться.

Мужчина приехал в ресторан, увидел за столиком хорошо одетую, разукрашенную Риту и обозлился.

— Что, старый муженек надоел?

— Нет, — усмехнулась бывшая любовница, — мы хорошо живем.

— В чем тогда дело?

— Мне нужен ребенок.

— А я тут при чем?

Рита прищурилась:

— Не понимаешь?

— Нет, — сурово ответил Сергей, — извини, никак не врублюсь.

— Я никак не могу забеременеть от Игоря, похоже, у него начались возрастные проблемы, — с бесцеремонностью медика заявила Рита, — очень хочу ребенка и предлагаю тебе стать его отцом.

— Отчего ты решила, будто беда в муже, может, ты сама бесплодна, мы с тобой столько лет прожили вместе, и ничего!

Рита отставила чашечку с недопитым кофе.

— Во-первых, я делала от тебя аборт.

Сережа чуть не упал:

— Когда?

— Давно, на пятом курсе.

— Но почему я ничего не знаю?

— А зачем было тебе рассказывать? Мелкие дамские проблемы следует решать самой. Залетела по собственной глупости, потом стала умней, начала пить таблетки.

Сергей во все глаза глядел на Риту. Он очень любит детей и обожает Лялечку, но нет-нет да кольнет мысль, ну почему его дочь не от Риты, а от Аси? И вот сейчас выясняется, что мог быть другой ребенок.

— Выручи меня, — неожиданно прошептала Маргарита, — помоги, пожалуйста.

Через год стало ясно, детей у Риты не будет, очевидно, виной всему тот злополучный аборт. Сергей был очень удивлен, увидев, в какое отчаяние впала его рациональная, суховатая подруга, живущая не эмоциями, а разумом. В первый раз он утешал рыдающую женщину и понимал, что любит только ее, все остальные, включая и жену, просто так. Две женщины в его сердце навсегда: Рита и Ляля.

Наконец Маргарита успокоилась, вытерла лицо платком и сказала:

— Возьму ребенка в приюте.

Внезапно у Сергея в голове возникла идея, и он воскликнул:

— Ритуля, скажи, вы с мужем брачный контракт заключали?

Женщина мрачно улыбнулась.

— А как же. Я настояла, чтобы иметь такой документ, кажется, мы были чуть ли не самой первой парой в России, подписавшей его, мне не хотелось в случае развода терять все.

— И что ты получишь?

— Зачем это тебе?

— Ну скажи!

— Квартиру, не ту, в которой мы живем сейчас, а другую, меньшую, трехкомнатную, но тоже хорошую, половину земельного участка на Рублевке и домик для гостей, денежную сумму.

— Большую?

— Достаточно, чтобы спокойно прожить. К чему ты интересуешься?

Сергей обнял Риту.

— Ты хочешь брать ребенка из приюта? Не надо. Есть у нас девочка, моя дочь! Я разведусь с Асей, ты с Игорем, денег хватит, станем жить вместе.

— Так Ася и отдаст ребенка!

— Мы его украдем!

— Как это? — удивилась Рита.

— Просто. Аська водит Ляльку на занятия три раза в неделю в частный садик. Приводит девочку и уходит. Я их распорядок знаю, гулять группу выводят в полдень, участок окружен забором, но между прутьями Лялька запросто пролезет. Кстати, я всегда был против того, что девочку отправили в садик, но Аську не переубедить, все твердит: «Ляля должна быть в детском коллективе...» Вот и украдем ее. Сделаем, допустим, так. Детей выведут на прогулку, ты войдешь на территорию и отвлечешь воспитательницу каким-нибудь вопросом, а я протащу Ляльку между прутьями и посажу в машину.

— А дальше как? — поинтересовалась Рита.

— Ну... сделаем вид, что девочку похитили...

— Надо тщательно все продумать, — оживилась любовница.

Целый месяц ушел на подготовку. Парочка разработала, как им показалось, идеальный план, все детали, вплоть до того, что утром назначенного дня Сергей привез к себе на квартиру розового мишку с колокольчиком, он хорошо знал, что дочь не может без него спать. В полдень должна была начаться операция «Похищение». Ровно в девять, чтобы не вызывать ненужных подозрений, Сергей взял сумку и отбыл на работу.

Но человек предполагает, а господь располагает. Около одиннадцати ему на службу позвонила Ася.

— Не надо тебе вечером ехать за Лялькой.

Муж перепугался, что жена узнала об их с Ритой затее, и с неподдельным страхом спросил:

— В чем дело?

— Ляля заболела, насморк начался, мы остались дома.

Сергей повесил трубку и почувствовал, как по спине бегут струйки пота. Естественно, он мигом сообщил Рите:

— Отмена, девочка простудилась.

— Не беда, — спокойно ответила та, — перенесем на неделю.

Сережа поехал домой и с ужасом узнал... о смерти Ляли.

— Как сам не скончался, не понимаю, — бормотал он сейчас, уставившись в окно, — прямо ума лишился! Сначала даже подумал, что это мне в наказание за то, что мы с Риткой придумали... Знаешь, даже к гробу подойти не смог, издали посмотрел: ну не Лялька лежит! Чужая девочка, жуть как смерть ее изменила. Хорошо еще, что Аськин любовник, Ежи этот, все сделал, он полностью организацию похорон на себя взял. Я даже благодарен ему. Сначала вызвал «Скорую помощь», потом перевозку. Аська в шоке, я в ступоре, Розалия Никитична в истерике.

— Ты забыл разве, что и я присутствовала?

— Да? Действительно... Плохо помню. Вот так я и потерял Ляльку... Потом Аська заболела, оно и понятно, такой шок, сам не знаю, как инфаркт не заработал!

Он замолчал и снова уставился в окно.

— Ты почему не живешь дома? — спросила я тихо.

— Не могу, — ответил Сергей, — прямо сердце переворачивается, когда мимо комнаты Ляльки прохожу. А потом, после моего ухода туда эти заявились, Андрей и Света с дочкой Алисой. Правда, девочка вначале была в больнице, а когда свекровь умерла, ее выписали.

— Зачем пустил?

— А как, по-твоему, я мог воспрепятствовать? Андрей позвонил и заявил: «Света станет ухаживать за мамой». Он сын Розалии Никитичны, а я кто?

— Муж Аси.

— И что? Взял и уехал.

— Между прочим, Света просто мародер!

— Господи, Вилка, — простонал Сергей, — ну о чем ты думаешь? О шмотках? Мне после смерти Ляльки ничего не надо. Покидал вещи в сумку и ушел. Все, больше туда ни ногой! Господи, так запутался! Что делать, как поступить? Риты нет... Жить с Асей?

Искать другую жену? Ничего не знаю, совсем пропал.

И он снова закрыл глаза руками. Я постаралась сохранить спокойствие. Вот оно как! Вор у вора дубинку украл! Да уж, Аська с Сергеем достойны друг друга! Но меня в данный момент не волнует моральный облик супругов, решивших столь цинично обмануть друг друга.

— Подожди, почему ты говоришь, что дочь Светы зовут Алисой? Она же Нина!

Сергей с шумом высморкался.

— Когда девочка родилась, кстати, они с Лялькой ровесницы, Андрей решил назвать дочь в честь своей бабушки Ниной.

— Его мать была Розалия!

— Да не о ней речь, а о бабушке, Нине Станиславовне, она воспитывала Андрея, Розалия-то работала. Он в свое время еще Аське говорил: «Родится девочка — назовем Ниночкой». Моя-то дура, когда Лялька на свет появилась, заявила: «Ниночкой запишем, сделаем Розалии Никитичне подарок». Только я обозлился. Еще чего! Чтобы моя дочь носила имя родственницы ее первого мужа! Не бывать такому!

— При чем тут Алиса?

— Так Светке имя Нина не по вкусу, но она, наверное, побоялась с Андреем спорить. Вот и получилось, что в метрике стоит одно имя, а зовет Света дочь Алисой.

— И Андрей не против?

Сережа вздохнул:

— Так он небось, как и я, дома не бывает и ничего не знает. Я-то все время по командировкам. Приеду, а Лялька пугается и бормочет: «Дядя, дядя». А с Андреем вообще один раз такой случай произошел. Мне Аська рассказала. Он однажды должен был Нину из прогулочной группы забрать. Она у них во дворе вместе с другими детьми и няней гуляет. Света заболела и попросила мужа привести девочку.

Андрей, который совершенно случайно оказался в этот день и час дома, пришел в сад и спросил у няни:

— Нинуша где?

— Вон, в песочнице, — ответила та, кидаясь к упавшему мальчугану, — видите, в синей кофточке.

Андрей взял отбивающуюся девочку, отчего-то истошно орущую и не желавшую идти домой. Няня, занимавшаяся разбитой коленкой своего подопечного, не обратила на сцену никакого внимания. Отец привел девочку в квартиру, и тут на него налетела Света.

— Ты с ума сошел? Где Нина?

— Вот же она, — изумился Андрей.

— Ты привел чужую девочку.

— Так няня сказала: «В синей кофточке», — только и сумел ответить ошарашенный мужик.

Света схватила чужого ребенка и кинулась во двор. Няню она разделала под орех. Нину, естественно, больше в эту группу не отдавали.

— Я анекдот похожий слышала, — медленно сказала я, — там еще супруг отвечает: «Ну, подумаешь, что не наш спиногрыз, все равно завтра назад отводить».

Сергей вздохнул:

— Дети быстро меняются, мать-то с дитем постоянно, а мы от случая к случаю, да и сам...

Он продолжал говорить, но я перестала его слушать. В голове заметались мысли. Ежи очень любил деньги и женщин, девочку, которую он привел к Маргарите, звали Алиса, Света очень грубо разговаривает с дочерью... Потом в хаос размышлений ворвалось удивление. А откуда Ежи взял умершего ребенка? Кого похоронили вместо Ляли?

Затем в сумраке мелькнул яркий луч света.

Я вскочила и схватила мишку.

— Зачем он тебе? — вяло поинтересовался Сергей.

— Сиди тут, — велела я, — никуда не ходи, жди моего звонка.

— Почему?

— Ты хочешь увидеть Лялю?

Сергей отшатнулся:

— С ума сошла?

— Нет.

— Да... но... Вилка!!! Как ты можешь так шутить!

Я схватила его за руку и вздрогнула. Ладонь у Сергея оказалась ледяной.

— И не думала шутить. Хочешь увидеть Лялю?

— На том свете, да?

— На этом!

Сергей только хлопал глазами.

— Ляля жива, — сказала я.

— Но я видел гроб! Ты с ума сошла!

— Сам сказал, что девочка была на себя не похожа!

— Да, конечно, но смерть меняет внешность, — залепетал Аськин муж.

— Нет, она жива.

— Ты уверена?

— Абсолютно!

— Но...

— Вот что, — сказала я, пряча мишку в сумку, — слушай меня, и все будет хорошо! Значит, так, сидишь в этой квартире и ждешь моего звонка, ясно?

Сергей кивнул, я понеслась к метро. Придется подключать к делу Олега, ох, наслушаюсь сейчас нравоучений.

ГЛАВА 29

Первая книга, которую я увидела на лотке возле своей станции, была «Гнездо бегемота» Арины Виоловой. Трясущимися руками я вытащила кошелек и спросила у продавщицы, огромной тетки, закутанной в куртку, шаль и жилетку:

— Хороший детектив? Покупают?

Баба скользнула по мне равнодушным взглядом.

— Арина Виолова? А хрен ее знает! Столько их развелось, писателей! Вон Маринину берут, Полякову... Из любовных романов Берсеневу читают, хорошо продается. А Виолова эта... Да возьмите, чем вы рискуете?

— Можно мне три книги? Подругам хочу подарить.

— А нет, я только одну получила, зачем рисковать, если автор неизвестный? — пояснила торговка. — Повиснет еще, убыток принесет.

— И что, ее никто с утра не купил? — пробормотала я.

— Только вы заинтересовались, — вздохнула продавщица, — народ избалованный пошел, не то что раньше, подай теперь всем только тех, кого знают. Оно и понятно, книжечки-то не дешевые, цена кусается, неохота людям зря тратиться.

Прижимая к груди «Гнездо бегемота», я ворвалась домой и позвонила Олегу.

— Немедленно приезжай.

— Случилось что? — испугался муж.

— Быстрей, прямо сейчас!

Через сорок минут запыхавшийся Куприн вошел в прихожую.

— Ну, — начал он.

Но я не дала ему закончить фразу, вытянула вперед руку с детективом и торжествующе сказала:

— Вот! Смотри, какая книжечка.

В глазах мужа мелькнул злой огонек. Он явно собирался воскликнуть: «Из-за такой дряни сорвала меня с работы?!» Но тут его взор упал на обложку, и мой майор заорал:

— Вилка! Суперски! Ну, блин! Я — муж писательницы! Офонареть можно! Это надо отметить, немедленно собирайся!

— Куда? — попятилась я. — Зачем? Ночь на дворе!

— Давай, давай, — всовывал меня в куртку Куприн, — в ресторан пойдем!

— Но мы всегда едим дома!

— А сейчас изменим привычке.

— Томочка не сможет пойти...

— Топайте вдвоем, — подала голос подруга, прижимая к себе спящего Никиту.

Олег выволок меня во двор, открыл машину и неожиданно сказал:

— Надо купить тебе шубу из нутрии. Сейчас красивые продают, не черные, а рыжие. У нас Лена из техотдела в такой щеголяет.

Я чуть не съехала под панель от удивления.

— Зачем? Мне и в куртке отлично, не люблю, когда верхняя одежда под ногами путается.

— Ничего, — бормотал супруг, вертя руль, — все ходят, и ты научишься. Теперь начнешь на тусовках появляться, на презентациях, надо иметь приличный вид. Так! Мне дадут премию, попросим в долг у Юрки и Сени, небось и у Ленинида кое-что отложено. Отлично, будет шубка.

Я молча смотрела на дорогу. Тусовки, презентации... Он что, издевается надо мной?

В ресторане Олег заказал бутылку шампанского, я подождала, пока его бокал опустеет, и сказала:

— Теперь нужно быстро писать следующую книгу.

Муж воткнул вилку в отбивную.

— За чем же дело стало? Действуй! Нечего ерундой заниматься, хватит за продуктами бегать. Я великолепно могу поесть на работе, в столовой, да и Сеня тоже! Пиши, не отвлекайся. Хочешь, уходи из журнала, будет больше времени.

Я вздохнула:

— Вот придумала кой-чего, но не знаю, как закончить, хочешь расскажу?

— Конечно, — воодушевился Олег.

Я медленно стала пересказывать ему историю с Лялей. Куприн внимательно слушал. Когда я добралась до встречи с Сергеем, мой майор хмыкнул:

— Ну ты даешь! Так накрутила! На мой взгляд, имеется несколько нестыковок, но в целом здорово! Слушай, у тебя талант! Агата Кристи отдыхает. Ну и где же в конце концов оказалась Ляля?

Собрав все мужество в кулак, я заявила:

— Есть одно соображение, но без твоей помощи никак не обойтись, сделай одолжение, пойди мне навстречу.

— При чем тут я? — удивился Олег.

Я глубоко вздохнула, на всякий случай отодвинула от него подальше бутылку, тарелку, бокал и сказала:

— Потому что вся история произошла в действительности с дочерью Аси Бабкиной...

Олег посинел:

— Ты опять...

Я быстро схватила его за рукав.

— Милый, помоги! Во-первых, очень жаль Аську, хоть она и дура, а во-вторых, мне надо писать следующий роман, вот он, готовый, осталось уточнить лишь некоторые детали. Такая книга получится! Все придут в восторг! Просто чудеса в решете. Ну, пожалуйста, ты же любишь меня!

Олег мрачно уставился на остатки мяса, потом заказал кофе и сказал:

— Мне бы больше хотелось, чтобы в нашей семье чудеса находились в кастрюльке. Жена, которая сидит дома и готовит ужин, на мой взгляд, лучше супруги, которая сначала, задрав хвост, носится по городу, а потом еще и описывает свои приключения на бумаге. Теперь все сначала, очень медленно, с максимумом подробностей и мелкими деталями, всеми, даже такими, которые показались тебе глупыми и ненужными.

— Я знаю, где девочка, нужно только...

— Хочешь, чтобы я помог? — взвился Олег. — Тогда начинай.

Прошла неделя. В пятницу вечером Куприн вернулся домой около семи, и мы до полуночи проговорили в спальне. Узнав полностью правду, я долго не могла прийти в себя, потом пробормотала:

— И что теперь? Простить им все?

— Сделаем так, — сказал Куприн, — но только нужно быть осторожной.

На следующий день, около полудня, я позвонила в квартиру Бабкиной. Дверь распахнулась сразу, словно хозяева маялись около нее, поджидая гостей. На пороге стояла Светка, одетая в шубу, в то самое манто из рыжей нутрии, которое присмотрел для меня Олег.

— Надо чего? — рявкнула она, зло сверкнув глазами. — Лучше уходи, сегодня Андрей на работе, можешь по морде получить.

— Ну зачем ты сердишься? — улыбнулась я. — Поговорить надо.

Светка стала снимать шубку.

— В магазин ходила? — продолжала мило улыбаться я. — За продуктами? Чего сама? Вроде ты домработницу имеешь?

— Райка уволилась, — буркнула Света, — другую пока не нашла! Ну, козлы!

— Кто, домработницы?

— Нет, — заорала Светочка, — в домоуправлении тут идиоты сидят, кретины, сволочи! Ну прикинь, позвонили с утра и велели: «Приходите в одиннадцать, срочно!»

Светочка, привыкшая спать до полудня, попробовала было возразить:

— Не могу.

Но с той стороны трубки заявили:

— Нет, немедленно, иначе вам монтер отрубит свет! За неуплату!!!

Пришлось Светке вылезать из-под уютного пухового одеяльца ни свет ни заря, потом искать книжки по оплате за свет и топать в самый дальний конец здания, где находится домоуправление. Дом занимает целый квартал, на улице мороз, ветер, вьюга. Одним словом, Светка спустилась в подвал в состоянии крайней озлобленности и налетела на бухгалтера, толстую тетку с «мелкой химией» на голове.

— С ума посходили? Кто нам свет отключит?

— А вот он, — окрысилась баба, указывая на молодого парня в синем комбинезоне, — надо вовремя платить! Давайте книжку.

В результате томительного разбирательства, длившегося почти час, выяснилось, что Бабкина очень аккуратно рассчитывается за свет и никаких долгов за ней нет.

— Да, — покачала головой бухгалтер, — мы с шестьдесят шестой квартирой перепутали, ступайте домой.

Светка обматерила всех и ушла, злая до крайности. Не успела она войти в Аськину квартиру, как появилась я, и теперь вторая жена Андрюшки просто посинела от негодования. Она была полна решимости вытолкать наглую гостью за дверь и уже приготовилась пнуть меня, но я быстро сказала:

— Я все знаю.

Света оторопела:

— Что?

— Все.

— Не понимаю.

Я нагло ухмыльнулась, стащила куртку, шапку и, не снимая сапог, пошла в гостиную.

— Эй, ты, — побежала за мной следом Света, — офигела, да? Чего грязь несешь? Мне мыть придется, сказала же, Райка ушла!

— Ты ее уволила, — усмехнулась я, — говорю же, я знаю все.

— Зачем бы мне от домработницы отказываться? — оторопела Светка.

— Сейчас объясню, — сообщила я и плюхнулась в глубокое кресло, — вот что, приготовь-ка мне чайку, с лимоном, околела вся, пока дошла, мороз шпарит, ну прямо зима, а не конец осени.

— ... тебе, а не чай! — взвилась Света. — Пошла вон!

— Ладно, гони пятьдесят тысяч долларов, и разбежимся.

— Чего?

— Ты мне должна пятьдесят штук баксов.

— За что?

— За молчание.

— Какое?

Я посмотрела в забегавшие глазки Светки и медленно сказала:

— У меня к тебе вопрос...

— Ну?

— Андрея вызывать с работы или сначала все же послушаешь меня?

Гадкая баба опустилась на диван:

— Давай неси свой бред.

Я мысленно зааплодировала. Ага, зацепило! Света больше не собирается прогонять меня. Она испугана и готова к разговору.

— Это не бред, дорогуша, а рассказ о любви, вернее, о том, что люди понимают под любовью. Ну, готова?

Света, не мигая, уставилась на меня.

— Тогда слушай, — вздохнула я. — В некотором царстве, в некотором государстве жила-была бедная девочка, прямо-таки нищая, мечтавшая стать богатой. Другая бы упорно училась, пыталась сделать карьеру, добиться успеха самостоятельно, но Светочка оказалась другой. Лет с двенадцати она твердо знала, что надо удачно выйти замуж и все будет в шоколаде. Только где взять жениха? В училище, которое выпускало бухгалтеров, науку грызли одни женщины, да и преподаватели они же. После получения диплома Света очутилась в воинской части. Вроде повезло, холостые парни роятся там стаями, но... они пьют и совершенно не имеют денег. Наша Света не теряется, она не глупа и в конце концов придумывает интересный ход: набирает по знакомым астрономическую в ее понимании сумму в две тысячи долларов и записывается на занятия в самый фешенебельный спортивный клуб «Планета-фитнес». Расчет прост: ну где еще можно подцепить богатенького Буратино? Только там, где стакан сока стоит сто рублей.

Надо отдать должное нашей охотнице, она хорошенькая девочка с красивой фигуркой, и в расставленные сети быстро попадается крупная добыча — Андрей, успевший к тому времени сколотить тугой капитал. Завязывается роман. Кстати, Андрюша совершенно не собирался жениться на вульгарной очаровашке, через некоторое время он бы избавился от Светы, но тут в действие вмешивается богиня судьбы, большая озорница, любящая подшутить над людьми. Света беременеет.

Андрей приходит в восторг, ему давно хочется ребенка, но Аська так и не смогла родить, поэтому, даже несмотря на то, что парень понимает: Света не слишком подходящая кандидатура для брака, он ведет ее в ЗАГС. На свет появляется Ниночка, которую Светка упорно зовет Алисой. Как правило, мужчины более чем равнодушны к младенцам, отцовские чувства у них просыпаются позже, когда дети начинают ходить и разговаривать. Но Андрей, забирая в родильном доме маленький сверток, откинул кружевной уголок и почувствовал радостное волнение: девочка была совсем не похожа на Светку, она пошла в его породу.

Началась счастливая жизнь. Внешне все у Андрея и Светы выглядело прекрасно: богатство, любовь, ребенок. Но это был лишь тонкий слой лака, покрывавший изъеденную жуками древесину. Андрей с трудом терпел жену ради дочери, Света не любила богатого мужа. Но она не слишком ласково относилась и к дочери. Всю жизнь женщина мечтала жить в богатстве, проводя время на тусовках и фуршетах. Но теперь, когда у нее имеются деньги, приходится сидеть дома, возле пискливого свертка. Андрей не разрешил нанимать к младенцу няню.

— Подрастет немного, тогда пожалуйста, а сейчас сама заботься, — велел он жене.

Пришлось Свете вскакивать ни свет ни заря и целый день носиться колбасой, потому что Ниночка была крикливой.

Спустя год Андрей понял: он фатально ошибся. Женщина, которая живет рядом, чужая ему, но ведь не сиротить же дочь? Пусть девочка спокойно растет, а там посмотрим.

Бывшая жена Андрея, Аська, тоже рожает ребенка. Ляля появляется на свет чуть ли не в один день с Ниночкой, и Андрей пытается подавить в себе странное ощущение: ему кажется, что Ляля — его ребенок. Он до сих пор нежно относится к Аське и с большим удовольствием развелся бы со Светкой и вновь женился на Бабкиной.

Идет время, девочки растут, они практически не встречаются друг с другом. Андрей недоволен Светой, та не любит мужа. Аська на грани развода с Сергеем... Не понятно, что бы получилось из этой ситуации, но тут в нее вмешивается Ежи Отрепьев.

Здесь придется сделать небольшое отступление. Ежи, как и многие другие участники этой истории, нуждается в деньгах. Он содержит свою жену Полину в Репневе, в платном отделении. Только не подумайте, что врач настолько привязан к супруге. Нет, тут дело в другом. Во-первых, его шантажирует теща, обещающая поднять шум и рассказать о торговле допинговыми препаратами, если ее дочь не будет находиться в хороших условиях, а во-вторых, Ежи хочет подобрать лекарство, которое бы хоть немного купировало болезнь, вот он и использует Полину в качестве лабораторной крысы, пробуя на жене все мыслимые и немыслимые снадобья.

Ежи работает кардиологом, но в свободное от службы время составляет «коктейли» для спортсменов, желающих добиться победы не совсем честным путем. Его имя хорошо известно в определенных кругах, недостатка в клиентах у Отрепьева нет, но ему хочется еще и славы, а на ниве допинга ее не добиться. Поэтому господин Отрепьев и ищет упорно методику борьбы с рассеянным склерозом, именно поэтому и идет на большие расходы по содержанию жены в палате люкс. Ему не нужны свидетели, от некоторых лекарств, принесенных мужем, Полине делается совсем плохо, один раз она чуть не умерла, попробовав очередную «панацею».

Но в Репневе всем кажется, что супруг обожает Полину. Главным врачом там работает простая тетка, бывший районный терапевт, другие медработники тоже не слишком квалифицированы. Словом, лучшее место для опытов, даже если Полина умрет, никто не станет поднимать шума. Несмотря на свидетельство о браке, Ежи не считает себя женатым человеком и ведет свободный образ жизни. Он постоянно меняет любовниц, женщины быстро надоедают ему. Маргарита Федоровна продержалась возле кардиолога почти три месяца, но она не знала, что Ежи одновременно крутил роман с Аськой и Миленой. Потом дамы надоели кардиологу, и он завел связь еще и с тобой, мой котик.

Светка вздрогнула, но промолчала.

— Не знаю, где вы познакомились, — продолжила я, — но встречались на квартире Ежи. Кстати, было глупо приходить туда. Хотя ты надевала рыжий парик и очки.

— Откуда ты знаешь? — буркнула Света.

— Лифтерша сказала, — усмехнулась я, — и уж совсем идиотство было притащить к любовнику ребенка.

Светка пошла красными пятнами:

— Но...

— Ой, пожалуйста, — отмахнулась я, — не начинай врать! Сказала же, я знаю все! Вот только не пойму, почему ты прихватила в тот страшный день с собой Ниночку?

Неожиданно Светка расплакалась:

— Господи, хорошо тебе говорить! Знаешь, какой ужас! Ни за что бы не поволокла ее к Ежи, но в садике карантин объявили, вот и взяла девчонку!

Слова полились из Светки потоком, очевидно, она устала носить в себе жуткую тайну.

— Мы пришли к Ежи, а Нина начала капризничать и плакать...

Мать пыталась успокоить дочь, но та, возбужденная незнакомой обстановкой, все больше орала. Свидание явно срывалось. Света, обозлившись, отшлепала девочку, но та не собиралась замолкать. И тогда Ежи дал ребенку пару таблеток.

— Не волнуйся, — успокоил он Свету, — легкий транквилизатор, вреда не будет!

Нина мигом заснула. Любовник отнес девочку на кухню, положил там на диван, и следующие два часа Ежи и Света провели в свое удовольствие. Представьте теперь их ужас, когда они поняли, что Нина... умерла. Лекарство, данное врачом, убило девочку.

Со Светой приключилась истерика. Конечно, ей было жаль дочь, но больше она испугалась за свою судьбу. А ну как Андрей разведется теперь с ней?

Ежи тоже перепугался почти до обморока. Таблетки-то дал он. Потом, как объяснить Андрею нахождение в его квартире Светы и Нины?

Кардиолог предложил:

— Давай отвезу вас назад, внесу тихонько девочку в квартиру...

— Ага, — заорала Света, — хочешь сухим из воды выйти, все на меня свалить! Сделают вскрытие, найдут остатки лекарства!

— Дура, — вскипел Ежи, — я хотел как лучше, чтобы Андрей ничего не узнал.

— Сволочь, — завопила Света, — посажу тебя! Убил девочку!

Я кивнула. Понятное дело, наоскорбляв друг друга от души, парочка остыла и принялась думать, как поступить. И тут Ежи, большому выдумщику и фантазеру, пришла в голову невероятная идея: надо найти девочку, беленькую, голубоглазую, похожую на умершую, и выдать ее за Нину-Алису.

— Но где взять такую? — вновь впадает в истерику Света.

— Только спокойно, — говорит Ежи, — есть план, езжай домой.

— Что я скажу Андрею? Он может спросить: где Нина?

Кардиолог на секунду задумывается:

— Очень просто. Позвони ему сейчас на работу и сообщи, что у девочки боли в животе и вы едете в больницу. Вечером, когда муж вернется, объяснишь ему: подозрение на аппендицит снято, но ребенка оставили, чтобы понаблюдать за клинической картиной. Обычное дело.

Света отправляется домой. Ежи тем временем развивает бешеную активность. Сначала он летит в морг, где работает его знакомый, готовый за деньги на все. У него кардиолог достает необходимые для заморозки трупа препараты, а главное, покупает пустой бланк справки о смерти с необходимыми печатями. Вернувшись, Ежи обрабатывает тело несчастного ребенка и приступает ко второй части операции. У него на примете есть две дамы с подходящими девочками: Милена и Ася.

Забелина мигом отвергает предложение кардиолога. Она не желает продавать ребенка ни за какие деньги. Тогда Ежи обращается к Аське, он понимает, что та ни за что не отдаст Лялю, и предлагает любовнице «украсть» девочку, чтобы потом долго и счастливо жить вместе.

Наверное, в эти минуты господь отнимает у Бабкиной разум, потому что она соглашается. Ежи ликует. Он договаривается с приятелем-медиком, объясняя парню:

— Будь другом, помоги. У соседей, хороших моих друзей, случилось несчастье, умерла маленькая дочь. Мать никак не может поверить в ее смерть. Очень прошу, когда позвоню тебе, подъезжай и сделай вид, что на «Скорой» работаешь, скажи, что девочка мертва.

— Понимаю, — кивает приятель, — реактивный психоз, только чем мой визит поможет?

Ежи вытаскивает сто долларов.

— Психолог посоветовал. Говорит, если мать опять испытает шок, услыхав о смерти ребенка, может прийти в себя. Очень прошу, окажи любезность! Не вызывать же и впрямь «Скорую», труп заморожен, представь, что бригада скажет!

— Без проблем, — соглашается мужчина и прячет в кошелек гонорар.

Дальнейшее представление разыгрывается как по нотам. В дело втягивают Розалию Никитичну, которая обожает Аську и терпеть не может Сергея. В качестве свидетеля смерти Ляли зовут меня и усаживают на кухне. Лялечку, накормленную снотворным, уносят в комнату Розалии Никитичны и прячут у старухи под одеялом, в детскую кроватку Ежи кладет труп Нины. Все проделывается в полной тишине. Кардиолог не пользуется входной дверью, он перелезает через балкон. Потом Аська поднимает шум, появляется якобы доктор «Скорой помощи»... Представление разыграно так натурально, что ни у кого: ни у меня, ни у прибежавшего Сергея — не возникает никаких вопросов. Голову всем задурили капитально. Когда я ухожу домой, а измученный отец девочки, напуганный и усталый, засыпает, Ася и Ежи уносят Лялю в квартиру к кардиологу. Еще совсем не поздно, но Ася мигом убегает к себе, она боится, вдруг Сергей проснется.

Ежи звонит Свете:

— Забирай девочку.

И слышит в ответ:

— Могу только завтра, после обеда.

— Почему? — изумляется врач.

— Андрей уезжает в командировку, — поясняет Света, — лучше привести ребенка, когда его нет. А то еще девочка скандал поднимет, да и муж, хоть он и видит ребенка редко, может заподозрить неладное. Нет, лучше завтра, пусть думает, что ребенок в больнице.

Ежи теряется:

— Ты же меня так торопила! Но что мне делать с Лялей?

— Подержи ее у себя, — брякает Света, — больше не могу говорить, до завтра, до вечера!

Врач оказывается в почти безвыходном положении. Он сегодня вечером должен ехать к сестре в монастырь, везти той эскиз монограммы для постельного белья. Ежи намеревался переночевать в монастыре, его там ждут. Но главное не это. Ляля просыпается и устраивает скандал. После снотворного ребенок плохо себя чувствует и капризничает. Мужчина боится, что сердитый детский крик долетит до соседней квартиры и Сергей насторожится. И тут ему на ум приходит Маргарита Федоровна.

Отрепьев звонит бывшей любовнице и предлагает ей:

— Хочешь здорового ребенка? Забирай прямо сейчас!

Та соглашается. Ежи привозит ей Лялю и со спокойной душой уезжает к Евдокии. Он знает, что завтра вечером заберет Лялю назад, нанесет травму бывшей любовнице, но ему наплевать на ее чувства, как, впрочем, и на ощущения Аси, которой Ежи собирался сказать:

— Лялю похитили из монастыря.

Отрепьев не боится, что Бабкина поднимет скандал. Для всех ее дочь мертва, выдана справка о смерти. И потом, он полагает, будто Аська испугается Сергея и не захочет шума. Впрочем, до разговора с Бабкиной еще далеко, сейчас же главное, что за Лялей приглядят. А в том, что Маргарита не сделает ребенку ничего плохого, врач абсолютно уверен. Поэтому он спокойно отбывает в Тартыкино.

Но тут события начинают разворачиваться не совсем по сценарию. Рита, наивно полагающая, что двухлетние крошки — милые, улыбчивые ангелы, сталкивается с капризной Лялей. Опыта обращения с детьми у нее нет, потом приезжает Игорь Филиппович, разгорается скандал... В результате Ляля оказывается у провизора Зои, а Рита проводит ночь без сна, пытаясь дозвониться Ежи, но тот забыл заправить мобильник, батарейка не работает, и несчастная женщина слышит бесконечно повторяющуюся фразу: «Абонент недоступен».

Днем Ежи приезжает из Тартыкина, звонит Рите, но та уже уехала к Зое, забрала девочку и отправилась к Милене. В доме Забелиной ее и застает звонок Отрепьева.

Маргарита хватает Лялю и несется к больнице, туда же приезжает озлобленный Ежи. Везти девочку к себе Рита не хочет, а Ежи боится приводить Лялю в свою квартиру, поэтому они встречаются в кафе «Блины». Отрепьев, которому успела позвонить крайне удивленная Милена, с одной стороны, доволен.

Рита спокойно вернет девчонку, не надо будет отнимать ребенка со скандалом. Но она уже наделала глупостей, съездила к Забелиной. Чтобы заткнуть Рите рот, Ежи налетает на бывшую любовницу:

— С ума сошла! Зачем ты покатила к Милене?

— Я хотела девочку отдать!

— Это не ее дочь.

— А чья? — теряется Маргарита.

— Я украл для тебя ребенка! Убедил одну женщину в смерти ее дочери, — самозабвенно врет Ежи, — а ты!

— Ужас! — пугается Рита. — Делать-то что?

— Девочку я заберу, — говорит Ежи, — но имей в виду, ты соучастница похищения. Держи язык за зубами, не дай бог, мать узнает, в чем дело.

При всей своей житейской хитрости, Маргарита Федоровна глуповата и труслива. Она пугается до полусмерти и обещает молчать.

Довольный Ежи отдает Лялю Светке, дело можно считать сделанным, но тут вожжи событий окончательно вырываются у него из рук.

Я замолчала, потом внимательно посмотрела на Свету, с удовлетворением отметила, что у той мелко трясутся руки, а над губой появилась капелька пота, и продолжила:

— Ты поступила хитро. Сначала постригла Лялю почти наголо, обезобразила девочку, но одновременно сделала ее почти неузнаваемой. Андрей, видящий дочь очень редко, ничего не подозревает, к тому же он был несколько дней в командировке, а когда возвратился, Ляля уже звала Свету мамой.

Кажется, можно успокоиться, все в полном порядке. Для пущей безопасности Света увольняет домработницу, которая может удивиться, взглянув на девочку. Женщине кажется, что все предусмотрено. Но Аська попадает в больницу, и Андрей настаивает на переезде к своей матери.

Света пугается. Розалия Никитична не Андрей.

Она отлично знает Лялечку и мгновенно поймет, что перед ней не Нина. Да и девочка узнает бабушку. Что делать? Не поехать невозможно. Света в панике кидается в детскую больницу и помещает Ляльку в платное отделение на обследование. Сейчас за деньги возможно все. Пусть девочка сдает анализы, а там, глядишь, и Ася вернется.

Но Бабкиной делается все хуже и хуже, Света понимает: ей придется прожить со свекровью довольно долго, а Розалия Никитична ненавидит невестку, более того, она что-то подозревает. На поминках еще до болезни Аси пожилая дама зазвала Свету в ванную и сказала:

— Значит, так. Тихо и спокойно уходишь из нашего дома.

— С какой стати? — возмутилась Света. — Вам моча в голову ударила?

— Смотри, как бы тебе по голове не дало, когда расскажу всем правду, — пригрозила Розалия.

— Вы о чем? — пытается сохранить лицо Светка.

— Сама знаешь, — фыркает свекровь.

Истины сейчас, после кончины Розалии Никитичны, нам не узнать, но думается, пожилая женщина просто догадалась, что Света изменяет Андрею, и решила избавиться от невестки. Скорей всего, бабушка и не предполагала, у кого оказалась та, кого она считала своей любимой внучкой. Но Света решила: старуха непостижимым образом все узнала о подмене. Кое-как справившись с эмоциями, жена Андрея бормочет:

— Хорошо, но я не могу вот так, сразу, дайте мне десять дней.

— Ладно, — соглашается незлобивая Розалия Никитична, — но по истечении этого срока — все!

В безумной тревоге Света лихорадочно пытается сообразить, как поступить. Но в голову ничего не приходит, тогда, поняв, что делать нечего, невестка угощает Розалию творожной запеканкой. Другая бы свекровь насторожилась, получив из рук невестки, которой объявлена непримиримая война, любимое блюдо на ужин. Любая, но только не Розалия. Матери Андрея и в голову не приходит, что Света задумала плохое. Пожилая дама наивно полагает, что «захватчица» осознает неправильность своего поведения и попросту уйдет, сгорая от стыда. Но Света поступает по-другому. Сладкий творожник нафарширован сердечным лекарством, самым элементарным препаратом, который не может нанести вреда больному, если, конечно, не глотать его по двадцать таблеток сразу.

Розалия мирно ужинает, причем съедает почти всю запеканку. Свете хорошо известно, что старуха обожает творог. Посуда вымыта, дело сделано. Осталась ерунда, войти утром в спальню и закричать:

— Андрюша! Скорей! Господи, ужас какой!

Розалия Никитична давно болеет, она перенесла несколько инсультов, никто не заподозрит плохого.

Но на следующий день Света изо всех сил оттягивает момент входа в спальню свекрови, у нее просто не идут туда ноги. То, что Розалия умерла, убийца поняла сразу. Обычно около восьми пожилая дама просила подать ей судно, а сегодня из-за двери спальни свекрови не доносится ни звука. Света собирает все мужество в кулак, но тут, на ее счастье, появилась я и пошла к Розалии Никитичне.

Услыхав последнюю фразу, Света вскочила:

— Сколько ты хочешь за молчание?

— Пятьдесят кусков.

— В доме есть только тридцать.

— Давай, остальные можно позже.

Света убежала, я спокойно оглядывала гостиную. Надо посоветовать Аське переклеить обои, синие слишком мрачные.

— Вот, — выпалила Света, вносясь назад. — Бери, можешь не пересчитывать. Хочешь чаю?

Поняв, что гостья полностью в курсе дела, хозяйка стала приторно любезной.

— Наливай, — разрешила я и стала пересчитывать купюры.

Через секунду перед моим носом оказалась чашка с дымящимся напитком.

— Угощайся, — улыбалась Света, — специально заварила.

Я кивнула и сказала:

— Давайте, пора.

— Это ты мне? — удивилась Света.

— Нет.

— А кому?

— Сейчас увидишь.

Она недоумевающе глянула на меня, и в ту же секунду комната наполнилась мужчинами. Мигом оценив ситуацию, Света кинулась к столику и попыталась сбросить на пол чашку, но была поймана милиционерами.

— Очень глупо, — сказала я, отодвигая подальше «чай», — пробу можно и с ковра взять. Что ты мне подсунула? Чего добавила во вкусный чаек? Средства для борьбы с садовыми грызунами, или решила угостить, как Розалию, ударной дозой медикаментов?

Абсолютно белая, Света забормотала:

— Но... откуда... Как они вошли...

— Экое удивление, — фыркнула я, — они еще слышали весь наш разговор.

— Каким образом?

— Пока ты бегала в домоуправление, тут установили «жучок», оперативная группа сидела в автобусе и записывала все на пленку, — спокойно пояснила я.

Внезапно Света рухнула на колени и заголосила.

— Замолчи, — сурово велел ей Олег, — лучше быстро рассказывай, кого наняла, чтобы убили Ежи, ну, живо!

Противная баба закатила глаза и рухнула в обморок. На этот раз она не притворялась, поняв, что все тайны раскрыты, она и впрямь лишилась чувств.

Естественно, я рассказала обо всем Томочке. Подруга ахала и охала, без конца повторяя:

— Господи, как же она не побоялась, что Андрей узнает Лялю!

Я пожала плечами:

— Знаешь, он очень редко бывает дома, маленькие дети быстро меняются. Вот я, например, достаточно часто сталкивалась с Ваняшей во дворе, а когда он оказался у нас на кухне, не узнала его сначала. Ляля и Нина были очень похожи...

— Так вот почему Ежи сказал Маргарите, будто девочку зовут Алисой! — воскликнула Тамарочка, прижимая к себе Никиту.

Я кивнула:

— Ну да. Во-первых, Ежи не хотел называть ее настоящее имя, а во-вторых, наверное, думал, что девочке следует привыкать откликаться на имя Алиса.

— А кто задавил Маргариту?

— Водителя не нашли, знаешь, к сожалению, это частое явление. Многие наезды так и остаются безнаказанными.

— Это не Светка наняла шофера?

Я покачала головой:

— Нет, она вообще ничего не знала о Маргарите. Как ни прискорбно осознавать, но в ее смерти косвенно виновата я.

— Ты?!

— Ну да. Пришла к ней в кабинет и с бухты-барахты ляпнула: «Где девочка?» Маргарита перепугалась, решила, что видит перед собой мать похищенного ребенка. Она в тревоге выскакивает из кабинета, чтобы спрятаться от разъяренной родительницы. Есть только одно место на земле, где ее не станут искать, — квартира Сергея. К тому же она находится в двух шагах от больницы. Маргарита Федоровна, игнорируя подземный переход, сломя голову несется через проезжую часть и не замечает вылетающей из-за поворота машины...

— А Ежи? Он почему повесился? Совесть замучила?

Я мрачно усмехнулась. Томочка, чистое, наивное существо, она будет терзаться от раскаяния, даже если просто подумает плохо о ком-нибудь.

— У некоторых субъектов вообще отсутствует понятие совести. Нет, Ежи убила Света.

— Ужасно! — закричала Томочка. — Сама! Мужчину, которого любила!

— Ну, Света сделала много такого, что не укладывается в голове у нормального человека, — вздохнула я, — похоронила свою дочь под чужим именем и, похоже, совсем не горевала, не дрогнувшей рукой поднесла творожник Розалии Никитичне... И еще собиралась убить Аську, боялась, что Ляля узнает свою мать. Бабкину спас инфаркт. Светка, правда, пыталась проникнуть в больницу, но ее не пустили. Вот она и решила подождать, авось первая жена Андрея сама загнется, а если нет... Но с Ежи ей было не справиться, пришлось нанимать исполнителя. Знаешь, о чем она говорила на допросах с невероятным возмущением?

— Нет.

— О сумме, которую заломил киллер. Света торговалась с ним до последнего, но так и не сбила цену.

— Где же она нашла убийцу?

— В Интернете, на сайте, среди тех, кто ищет работу. Наткнулась на объявление «Устраню любую вашу проблему. Быстро, дорого».

— Кошмар, — прошептала Тамарочка, — так просто! Прямо дрожь берет.

— Ага, — кивнула я, — вот такая сказочка про любовь!

— При чем тут любовь? — изумилась подруга.

— Аська любит Лялю и из-за этого затевает невероятную историю, Сергей вроде тоже обожает дочь и собирается похитить ее, Розалия Никитична желает счастья Аське, Андрей души не чает в Ниночке, и по этой причине Светка похищает Лялю... Но что-то мне подсказывает: их действия не имеют никакого отношения к настоящей любви.

— Вот странно, — пробормотала Тамара.

— Что?

— Помнишь, ты рассказывала, что, когда Ежи был в монастыре, ему звонила Рита и потребовала срочно купить ей игрушки для капризничающего ребенка? Евдокия потом очень удивилась, увидав Маргариту, которая шла на поклон к иконе, которая помогает бесплодным. Она еще сказала тебе: «Похоже, девочка у нее».

— Ну и что?

— Но это было задолго до похищения Ляли! Как же такое могло получиться?

— Евдокия ошиблась, — пояснила я, — Ежи-то не называл любовницу по имени, вот она и решила, что речь идет о Маргарите. Монашке и в голову не могло прийти, что ее братец крутит одновременно со многими, матушка слишком порядочна. Ежи говорил со Светой. Это она, любительница скандалов и истерик, в момент отсутствия Андрея, требовала от кардиолога срочно купить игрушку для Нины.

— Господь сурово наказал ее, — прошептала Томочка, — отнял ребенка.

Я посмотрела на взволнованное лицо подруги. Тамаре всегда всех жаль, а вот мне нет. Светка должна получить по заслугам.

ЭПИЛОГ

Не знаю, какую меру наказания определили бы жене Андрея, но до суда она не дожила. Однажды утром ее нашли на нарах бездыханной. Тюремное начальство сообщило, будто Света покончила с собой, удавилась, сделав веревку из разорванной простыни. Но что-то мешает мне поверить в эту версию. Во-первых, Света была не из тех людей, которые испытывают муки совести, а во-вторых, на зоне и в СИЗО терпеть не могут тех, кто обижает детей. Но что бы ни случилось, Светлана умерла, дело было прекращено в связи с кончиной основной подследственной. Наше государство не осуждает мертвецов, смерть снимает все обвинения.

Аська выздоровела, вышла из больницы и развелась с Сергеем. Тот не стал чинить препятствий и без звука отдал ей Ляльку. Несколько недель тому назад Аська и Андрей опять поженились, но как идет их вторая семейная жизнь, я не знаю. Бабкина усиленно зазывает меня в гости, а я постоянно придумываю причины, чтобы не наносить ей визита. Честно говоря, мне совсем не хочется видеть ту, которую я считала своей самой давней подругой.

Ленинид закончил ремонт, Маринка и баба Клава переехали к себе. Ваняшка получил в подарок железную дорогу. Он стал считать нас родственниками и часто прибегает покушать. Правда, совсем ругаться он не перестал, но мы не оставляем надежды искоренить эту привычку.

Позавчера мы с Олегом поехали в Репнево и узнали о смерти Полины. Мне жаль несчастную, но смерть принесла ей избавление от мучений.

— Тебе не кажется странным платить деньги за чужую бабушку? — спросила я у мужа, когда мы ехали назад.

Куприн тяжело вздохнул:

— Эта бедная никому не нужная старуха Степанида Петровна так боится снова оказаться в муниципальном отделении... Две тысячи — не такая уж страшная сумма, впрочем, ты напишешь новый роман и получишь гонорар, пусть уж бабка последние деньки проведет в нормальных условиях.

Я молча смотрела в окно, Олег повернул направо, притормозил у светофора и сказал:

— Знаешь, какая простая мысль пришла мне в голову? Не надо стараться помочь сразу всему человечеству, достаточно просто посмотреть вокруг и увидеть того, кому плохо. Если каждый из нас пригреет брошенную собаку, утешит обиженного ребенка или поможет одинокому старику, в мире не останется несчастных. Не нужно бросаться спасать голодающих шахтеров Британии, нет, помоги своему ближайшему соседу по подъезду, и на земле будет меньше зла. Разве не так?

Я, ничего не сказав, кивнула.

Что-то моего муженька потянуло на патетические высказывания. Хотя, он прав, следует быть добрее друг к другу...

Я не успела додумать интересную мысль. Из-под ног вырвался сноп искр, раздался громкий звук «бам», и на секунду я словно ослепла и оглохла. Через пару мгновений глаза открылись, и я увидела на тротуаре остатки петарды. В окне второго этажа, в том, которое расположено на лестнице у мусоропровода, мелькнуло чье-то лицо, и раздалось довольное хихиканье. Олег понесся в подъезд, я за ним. Муж оказался намного проворнее. Когда я поднялась по ступенькам, он уже добежал до цели и держал за ухо ревущего Ваньку...

— Дядя Олег, — плакал безобразник, — я не разглядел, что это вы, думал, кто другой. Ой, не надо!

— Очень даже надо, — свирепым голосом ответил Куприн, — за такое следует примерно наказать. А если бы петарда упала нам прямо на голову?

— Так не попала же, — ныл Ваняша, пытаясь выкрутиться из железной хватки майора.

— Отпусти его, — попросила я.

— Ни за что. Вот выдеру, и пускай идет.

— Он больше не будет.

— Вот и хорошо, получит свое и поостережется в следующий раз безобразничать.

— Ты же только говорил, что нам следует быть добрее друг к другу!

Олег, левой рукой держа Ваньку, правой начал расстегивать брючный ремень.

— Ну не до такой же степени проявлять христианское милосердие, — сказал муж, потом глянул на зареванного безобразника и шлепнул его ладонью по попке, обтянутой грязными джинсами.

Ваня заорал так, словно у Олега были не пальцы, а иглы.

— Ладно тебе, — пробурчал Куприн, отпуская «преступника», — смотри, больше так не делай.

— Ага, — всхлипнул Ванька, — ни в жисть не буду.

— Пошли, — сказал мне Олег, — эх, сигарет забыл купить.

Мы вернулись к метро, а когда пришли назад, обнаружили во дворе соседа Николая Сомова, стоявшего с задранной головой.

— Здравствуйте, — вежливо сказала я.

Николай сердито ответил:

— Вот гады!

— Кто? — удивился Олег.

— Да пацаны, — пояснил сосед, — шел себе из магазина, а они мне под ноги петарду кинули. Сумку уронил, банки побил. Найду, кто эту забаву придумал, уши оторву.

Олег быстро втолкнул меня в подъезд.

— Это ты виновата!

— Я?! Что же я совершила?

— Не дала наказать Ваньку, и вот результат.

Куприн кипел от гнева, я молчала, понимая полную бесполезность спора с мужем. Ну почему так получается? Что бы ни стряслось, виновата всегда я.

Конец.

Фиговый листочек от кутюр

главы из
нового
романа

ИРОНИЧЕСКИЙ ДЕТЕКТИВ

ГЛАВА 1

Июнь в этом году выдался отвратительный. На небесах кто-то решил, что немного дождика на земле не помешает, и открыл кран с водой. Первого, второго, третьего и четвертого числа ливень был просто тропический, ни одного просвета в тучах. Тот, кто открутил кран, очевидно, лег спать или просто забыл о том, что водопровод работает.

Пятого июня вечером Кирюшка простонал:

— Если завтра продолжится потоп, я просто сойду с ума!

— Тебе это не грозит, — хмыкнула Лизавета.

От тоски Кирюша перестал ловить мышей и подставился:

— Почему?

— Потому, — мигом заявила обрадованная его ошибкой Лизавета. — Нельзя лишиться того, чего никогда не было. Я имею в виду твой ум!

Обозленный Кирюша швырнул в девочку горбушкой белого батона и не попал. Лиза не осталась в долгу и шлепнула его посудным полотенцем. Через секунду они уже вовсю дрались на террасе, в разные стороны разлетались газеты, продукты, вещи. Истосковавшиеся без долгих прогулок собаки, истошно лая, носились вокруг «воинов». Я поспешила ретироваться с поля битвы на второй этаж и затаилась у себя в спальне, укрывшись одеялом. Кирюша и Лиза просто извелись от постоянного пребывания в доме. Они-то надеялись гонять на велосипедах, лазить по деревьям, купаться в пруду и строить шалаши, а пришлось лежать на диване, тупо пялясь в телевизор, который, как назло, не показывал ничего хорошего.

Если разобраться, на даче, даже благоустроенной, во время дождливой погоды тоска. Наверное, поэтому Лиза и Кирюшка без конца ругаются, спорят, а когда аргументы заканчиваются, переходят к прямым боевым действиям. Призвать их к порядку невозможно, разобраться, кто виноват, тоже.

Стоит только в сердцах воскликнуть: «Лиза, отстань от Кирилла», — как девочка, плавно въехавшая в подростковый возраст, кричит: «Ага, он первый начал, вечно ты его защищаешь!»

С надутыми губами она так хлопает дверью о косяк, что наши собаки подскакивают на диванах и начинают гневно лаять. Справедливости ради следует отметить, что Кирюша, если мой укор обращен в его адрес, поступает точно так же. Не знаю, каким образом другие женщины, у которых в семьях имеются те, кого немцы зовут backfisch[1], сохраняют психическое здоровье, мне частенько хочется схватить Кирюшку с Лизаветой за шиворот и столкнуть лбами. От этого поступка меня удерживает только хорошее воспитание. Моя мама, оперная певица, говорила:

— Интеллигентный человек обязан всегда держать себя в руках.

Впрочем, у нее был только один ребенок, девочка, то бишь я, болезненная, тихая, просидевшая все детство и юность за арфой. Именно на этой самой даче, где сейчас дерутся Кирюша и Лиза, я молча коротала часы у стола, вырезая куколок из бумаги. Подруг у меня не было, велосипед родители не хотели покупать, боясь, что дочь упадет и расшибется, а хлопать дверью о косяк на замечание родителей мне просто не приходило в голову.

Один раз я попыталась было заняться воспитани-

---

[1] Backfisch — подросток *(нем.)*.

ем Кирюшки с Лизаветой и произнесла сакраментальную фразу:

— Вот когда я сама была маленькой, дети вели себя совершенно по-другому...

Сладкая парочка перестала драться, повернула ко мне разгоряченные лица и обрушила на голову незадачливого «Макаренко» гневную отповедь.

— В твое время, Лампа, — заорал Кирюшка, — дети ходили строем, в одинаковой одежде, не имели компьютера...

— И видика, — подхватила Лизавета, — ужас! Каменный век! Естественно, старики издевались над детьми как хотели.

— Сама говорила, что тебе разрешали смотреть телик только двадцать минут в день, — хихикал Кирюша.

— И косу велели заплетать до десятого класса!

— Просто рабовладельческий строй!

— А на лето вам задавали читать Горького!!!

— Он совсем не такой уж плохой писатель, — пискнула я.

— Отстой, — хором сообщили Кирюша с Лизаветой и упоенно продолжили драку.

Я в глубокой задумчивости ушла в свою комнату. Естественно, талантливого прозаика-самоучку нельзя сравнить с Диккенсом, но, с другой стороны, это ведь не комиксы о жизни Покемонов, которые обожает Лизавета, а литература, призывающая...

Так и не додумавшись, куда зовет школьников Горький, я приняла решение: хотят драться — на здоровье, мешать не стану. И теперь, лишь только в доме начинают летать столы и стулья, я преспокойно удаляюсь к себе, отвечая на любые негодующие вопли:

— Сами разбирайтесь.

Под оглушительные крики, доносящиеся с террасы, я стала мирно засыпать, веки потяжелели, наши мопсихи Муля и Ада залезли ко мне под одеяло и навалились на спину теплыми, совершенно шелковыми боками. Я хотела спихнуть обнаглевших собачек, но не было сил, Морфей окончательно затянул меня в свое болото.

Внезапно раздался оглушительный треск. Я подскочила на кровати. Ей-богу, это уже слишком! Они что, решили разломать дом? Я встала, надела тапки, халат, и тут вновь донесся жуткий грохот.

— Блин, — завопил Кирюша, — спасай животных, Лизка, беги за Лампой! Землетрясение!

Схватив Мулю и Аду, я ринулась по лестнице вниз. Ступеньки ходили под ногами ходуном. Сейсмологическая активность в Подмосковье? В поселке, который расположен совсем рядом со столицей? Да быть такого не может. Но раздумывать было недосуг, половицы тряслись как под током, стены шатались. Сунув по дороге под мышку кошку Пингву, я вылетела в сад, там уже, поливаемые дождем, стояли Кирюша и Лизавета.

— Что случилось? — проорала я, пытаясь смахнуть с лица воду.

— Не знаем, — крикнули в ответ дети, и в ту же минуту, издав оглушительный скрежет, наша дача сначала завалилась на один бок, потом рухнула, превратившись в кучу обломков и битого стекла. Мы остались под дождем, в тапках и домашней одежде.

— Ох и не фига себе! — закричала Лиза. — Что это было?

— Не знаю, — ошарашенно ответила я.

— Нас подорвали чеченские террористы, — высказал предположение Кирюша.

— Не мели чушь, — отмахнулась Лизавета.

Испугавшись, что они сейчас начнут драться на остатках того, что еще десять минут назад было пусть не новым, но очень уютным домом, я быстро сказала:

— Ну-ка, давайте сообразим, с чем мы остались.

Через секунду стало ясно: все животные с нами.

Я выволокла мопсих Мулю и Аду, прихватив по дороге кошку Пингву. Кирюшка вытащил стаффордширскую терьериху Рейчел и кота Клауса. Лизавета спасла киску Семирамиду и двортерьера Рамика.

— Так, — облегченно сказала я, — вроде потерь нет!

— Жаба Гертруда! — взвыл Кирюшка. — Бедняжка! Она погибла в мучениях.

Слезы потекли по его курносому личику.

— Ну успокойся, — забубнила, шмыгая носом, Лизавета, — жабы, они знаешь какие живучие, вылезет.

— Она не сумеет жить в природе, — рыдал мальчик, — я ей даже мух ловлю, сама не умеет.

Лиза помолчала и тоже заревела. В этот момент в кармане моего халата началось шевеление. Я сунула туда руку и выудила совершенно живую, здоровую и довольную жизнью Гертруду.

— Лампа, — заскакал по жидкой грязи Кирюшка, — дай я тебя поцелую, ты спасла Гертруду, нет, какая ты умная! Умнее всех!

Я скромно улыбнулась. Может, я и впрямь умнее всех, только, ей-богу, не понимаю, каким образом жаба оказалась в кармане. Я ее абсолютно точно туда не клала, может, она впрыгнула сама?

Поежившись под ледяным, совершенно не летним дождем, я вздохнула. Животные все спасены, но никто не вспомнил о деньгах, документах или хотя бы о куртках с ботинками, и сейчас мы представляем собой живописную группу: Кирюша в рваных шортах и футболке, запачканной шоколадом, Лиза в голубом платье-стрейч без рукавов и я в халате. На ногах у детей резиновые шлепки, мои конечности украшали хорошенькие розовенькие тапочки в виде зайчиков. Правда, сейчас они больше походили на две половые тряпки невразумительного цвета. Сердясь на себя за непредусмотрительность, я довольно резко велела:

— Пошли к Редькиным.

Макар Сергеевич Редькин, генерал в отставке, является председателем правления нашего дачного городка. Бравый вояка отлично знал моих родителей, к тому же у него огромный дом и взбалмошная семья: дети, невестки, внуки, родственники всевозможных мастей. По участку Редькиных бегают три собаки и две кошки, нашим животным там будут рады, а еще у Макара Сергеевича тринадцатилетний племянник Егор и пятнадцатилетняя дочка Нюша. Генерал самозабвенный бабник, гордится тем, что никогда не изменял женам. Кстати, это правда. Макар Сергеевич просто бросал надоевшую супругу и заводил новую спутницу жизни, поэтому в его детях и внуках можно запутаться, к тому же возникла странная ситуация: последняя его дочь, Нюша, младше первых внуков...

Но мне наплевать на моральный облик Макара Сергеевича. Главное, у них полно ребят, значит, Лизе и Кирюшке мигом принесут подобающую одежду, скорей всего, предложат переодеться и мне.

— Давайте, — поторопила я детей, — вперед и с песней.

Мы зашлепали по жидкой глине. Рамик и Рейчел, обладатели длинных, мускулистых ног, неслись по грязи словно вездеходы, этим собакам плевать на непогоду. Рейчел, как все стаффоры, полная пофигистка, а Рамик не испытывает никаких комплексов. Вот мопсихи недовольно ворчали, сидя у детей на руках. Опустить их на землю было невозможно, мигом лягут и откажутся идти; кошки тоже негодовали и время от времени издавали сдавленное фырканье, особенно возмущалась Пингва.

— Ексель-моксель, — прогремел Макар Сергеевич, увидев на ступеньках своего дома нашу компанию, — вы что, из плена вырвались?

Я стянула с ног «зайчиков», швырнула их под крыльцо и пробормотала:

— Почти.

— Что случилось?

— Вы не поверите!

— Нашу дачу подорвали чеченские террористы! — гордо заявил Кирюшка.

— ..., — сказал генерал, — врешь!

— Дом рухнул, — вздохнула я, чувствуя дикую усталость, — весь развалился.

— Анька! — заорал Редькин.

На террасу высунулась его последняя жена, моя одногодка.

— Ой, Лампа, привет! Хорошо, что заглянули, только пирог вынула из духовки, будете?

— Да!!! — взвизгнули дети.

— К ... матери плюшки, — взвился Макар Сергеевич. — Объявляю осадное положение. Всем приготовиться к эвакуации! Сухой паек и смена белья! Анька, собирай детей. Ленка, Сонька, Ритка, сюда, шалавы!

Выскочили невестки.

— Живо, живо, — распоряжался генерал, — закрыть окна, обеспечить запас питьевой воды, керосин, свечи и спички.

Невестки разинули рты. Лена ошарашенно спросила:

— Папа, ты с крыльца не падал?

— Молчать, — грохотал генерал, — во вверенном мне поселке факт терроризма налицо!

Аня тяжело вздохнула:

— Марик, надень дождевик, сапоги и сходи лично посмотри, что случилось. Юра, Сеня, проводите отца. А я пока всех переодену и накормлю.

Генерал, который неизменно оказывался под каблуком у каждой жены, тут же притих и вполне мирно сказал:

— Твоя правда, Кисонька, нужно провести разведку на местности.

Стоит ли говорить, что следующие три дня в поселке только и судачили о нашей даче. Макар Сергеевич развел бурную деятельность. По участку, где еще недавно высился дом, носились какие-то люди, размахивающие бумагами, а генерал, словно Наполеон, управлял процессом. В среду Макар Сергеевич заявил:

— Иди сюда!

Я вылезла из гамака и в сопровождении мопсов явилась в генеральскую светелку на первом этаже.

— Садись и слушай, — велел старик, — вот заключение комиссии.

Чем дольше он читал, тем больше у меня отвисала челюсть.

Алябьево, где разместились наши дачные владения, застраивалось в 60-е годы. Никита Хрущев, тогдашний главный человек Страны Советов, любил военных, а мой отец, хоть и был доктором наук, профессором и академиком, имел на плечах генеральские погоны, работал на военно-промышленный комплекс. Никита Сергеевич был человек широкий, совершенно не жадный, поэтому, когда военные попросили себе кусок земли под дачи, генсек велел нарезать им ее столько, сколько они хотят. В результате участки тут у нас такие, что мы даже не знаем, что находится в лесу за домом. Да еще наш надел оказался последним на линии, за ним опушка, а далее — просто чаща, в которой, как уверяет Кирюшка, водятся волки.

Долгие годы в поселке жили только свои, продать или купить дачу в Алябьеве было невозможно, но затем времена переменились. Сейчас тут появилось много новых красивых особняков. Честно говоря, старые дома смотрятся возле них убого. Один из таких дворцов возник и около нашей дачки, на опушке возле леса. Дом стоит очень близко от нас, впритык к забору, мы еще недоумевали, отчего хозяева не поставили его чуть подальше. С новыми соседями мы познакомиться не успели. Прошлой осенью, когда мы уезжали в город, на опушке росла высокая, в пояс, трава, а когда в этом году в конце мая прибыли, чтобы открыть новый дачный сезон, обнаружили высоченный бетонный забор и выглядывающую из-за него крышу, покрытую красивой красной черепицей. Из-за забора, больше похожего на заграждение от бронетехники, не доносится никаких звуков, только видеокамеры иногда поворачиваются с легким шуршанием, когда кто-нибудь подбегает к бетонным блокам совсем близко, а по ночам ярко вспыхивает свет прожекторов. Местное «сарафанное» радио утверждает, что там живет карлик, без семьи, разъезжающий по дому в инвалидном кресле. Услышав в первый раз эту версию, я оторопела и удивилась:

— Почему карлик?

— Такой уродился, — развела руками главная сплетница, вдова генерала Лялина Марья Гавриловна.

— Отчего в инвалидной коляске? — не успокаивалась я.

— Так он мафиози, — охотно принялась растолковывать Марья Гавриловна, — что-то они там не поделили, и ему прострелили ноги.

На мой взгляд, она несла дикую чушь, но Лизе с Кирюшкой эта версия пришлась по вкусу.

И вот теперь выясняется, что именно из-за пристанища безногого карлика мы лишились нашей любимой дачки.

— Вот, — тыкал мне в нос кипой бумаг Макар Сергеевич, — тут все, смотри, почва в поселке...

Минут через двадцать до меня дошла суть дела. Не стану мучить вас подробностями, объясню вкратце. Оказывается, милая опушка с густой травой возле леса превращалась в болото. Новые хозяева осушили его, но дом поставили на «твердом» месте, поэтому здание оказалось почти вплотную придвинуто к нам. Огромное, трехэтажное, с бассейном, оно потребовало тяжелого фундамента, да еще бетонный забор, гараж на четыре машины, домик садовника... К несчастью, именно на границе наших участков обнаружился дефект почвы. Место оказалось не таким твердым, как считали новые жильцы, и в один далеко не прекрасный момент получился перекос земли. Может быть, все бы и ограничилось легким наклоном нашей дачи, но длительные дожди сделали свое черное дело, и бревенчатое сооружение рухнуло.

— Это они виноваты, Ларионовы, их предупреждали, что дом надо ставить поодаль, нет, не послушались! И что вышло, мать их с музыкой, — злился Макар Сергеевич, — вот сейчас он сюда явится...

— Кто? — я продолжала ничего не понимать.

— Да ты чем слушаешь, ухом или брюхом? — взвился генерал. — Хозяин идет, Ларионов Глеб Лукич. Ты ему должна судом пригрозить, поняла, дурында!

В этот момент раздалось шуршание, я машинально выглянула в окно и увидела, как из большой лаково-черной иномарки легко вылезает стройный парень в джинсах и элегантной светлой рубашке. Тяжелый вздох вырвался из моей груди. Юноша явно из породы нуворишей. Дачу Редькина и дворец господина Ларионова разделяет метров триста, не больше, но парнишка предпочел проехать это расстояние в авто. Боюсь, будет трудно с ним договориться.

— Эй, — ткнул меня в бок Макар Сергеевич, — не вешай нос, храброго пуля боится, смелого штык не берет, язви их мать...

Дверь калитки распахнулась, в светлицу генерала влетел аромат дорогого одеколона, хороших сигарет и качественного коньяка.

— Добрый день, Макар Сергеевич.

— И вам того же, Глеб Лукич, присаживайтесь.

Юноша подошел к столу, я глянула в его лицо и оторопела. Стройное спортивное тело венчала голова человека, много пожившего и повидавшего. Глебу Лукичу было лет шестьдесят, не меньше.

ГЛАВА 2

Следующие полчаса Макар Сергеевич, старательно пытаясь не употреблять крепкие выражения, растолковывал господину Ларионову, что случилось. Глеб Лукич слушал молча, изредка вздергивая брови. Потом, оглядев меня с головы до ног, вежливо осведомился:

— Вы разрешите? — взял папку с бумагами и принялся их изучать.

Мы с генералом терпеливо ждали.

— Что ж, — сказал наконец Глеб Лукич, — дело совершенно ясное, более того...

— Имейте в виду, — налился свекольной краснотой генерал, — я не дам в обиду эту девочку, мы с ее отцом... Э, да что там... Она подаст в суд на вас, так и знайте! Наш поселок особенный, тут...

Ларионов улыбнулся и повернулся ко мне:

— А что, обязательно судиться?

Улыбка волшебным образом преобразила лицо мужика, стало понятно, что он обаятелен и, скорей всего, как и Редькин, опытный ловелас.

— Нет, — пробормотала я, — можно решить дело миром, только как?

— Да просто, — спокойно пожал плечами Ларионов, — я построю вам новую дачу, раз старая рухнула по моей вине. Такую же, как была... Сколько у вас комнат?

— Пять: три внизу, две наверху и веранда.

— Без проблем, — сообщил Глеб Лукич и, вытащив из кармана крохотный мобильник, сказал: — Олег, немедленно бери Константина и дуйте в Алябьево.

Потом, положив аппарат на стол, Ларионов продолжил, взглянув на часы:

— К полудню прибудет архитектор, и начнем.

Ошарашенная подобной оперативностью, я молчала, но Макар Сергеевич, приготовившийся к длительному скандалу, был крайне недоволен и решил хоть немного посвариться:

— Оно хорошо, конечно, что вы так реагируете, только где Лампа станет жить? Между прочим, у нее дети!

Глеб Лукич спокойно поинтересовался:

— Что, и впрямь негде?

Я растерянно кивнула. Дело в том, что в нашей квартире в Москве начался ремонт. Мы специально ждали лета, чтобы начать обустройство. Вообще, в нашей семье много народа. Во-первых, моя лучшая подруга Катя, ее сыновья Кирюша и Сережа, жена последнего Юля, Лизавета и я, Евлампия Романова. Каким образом мы все оказались вместе, рассказывать тут не стану, но, поверьте, дружба соединила нас крепче, чем иных людей родство[1]. Квартира наша, объединенная из двух, тихо ветшала, но мы старательно не замечали пятен на обоях и постоянно отлетающего кафеля. Но когда Кирюше на кровать рухнул увесистый кусок штукатурки, а на следующий

---

[1] История знакомства Кати и Лампы описана в романе «Маникюр для покойника», о появлении Лизы рассказывается в детективе «Гадюка в сиропе». Книги выпущены издательством «ЭКСМО-Пресс» в серии «Иронический детектив».

день сломалась оконная рама в кухне, стало понятно, что откладывать ремонт более нельзя.

Мы с Катюшей рассчитали все замечательно. Сережка и Юля в июне уедут к приятелям в Крым, в июле им предстоят командировки, скорей всего, что и август пройдет в разъездах. Катюша, она у нас кандидат медицинских наук, хирург, отправилась на три летних месяца в клинику города Юм, штат Пенсильвания, это в Америке. Катерину часто зовут «на гастроли», а она не отказывается, желая побольше заработать. Я с Кирюшей, Лизаветой и животными выехала на дачу. На семейном совете мы решили, как «белые люди», нанять прораба, который стал руководить процессом ремонта, избавив хозяев от мучительных переговоров с рабочими. Все шло точно по плану... И вот теперь нам с животными просто некуда деваться, в квартире крушат стены и выламывают дверные проемы, а дача лежит в руинах.

— Совсем негде? — настаивал Глеб Лукич.

Я рассказала ему о ремонте. Пару секунд Ларионов молча смотрел на меня, потом решительно хлопнул ладонью по столешнице:

— Собирайся.

— Куда?

— Поедешь ко мне в дом.

— Нет, это невозможно, — затрясла я головой.

— Почему?

— Мы совсем незнакомы...

— Ерунда.

— Но животные...

— Плевать, у самих собака...

— Нас очень много!

— В доме больше двадцати комнат, добрая половина которых пустует.

— Но...

— Послушай, — тихо сказал Глеб Лукич, — как тебя зовут?

— Лампа.

— Имей в виду, когда Я говорю, остальные слушают и соглашаются, ясно? Быстро собирай детей, собак, кошек, кто там у тебя еще, рыбки?

— Нет, жаба Гертруда, — растерянно уточнила я.

— Жабу тоже не бросим, — рассмеялся Ларионов, — двигайся, машина ждет.

— Спасибо, мы дойдем.

Глеб Лукич вздохнул:

— Давай шевелись, пакуй шмотки и в «мерс».

— Наши вещи пропали, собирать нечего.

— Все?

— Да. То, что сейчас на нас, принадлежит Редькиным.

— Ладно, завтра съездишь в магазин и купишь все новое, за мой счет, естественно.

— Мы не нищие, спасибо...

Сказав последнюю фразу, я примолкла: деньги-то тоже остались в доме.

— Лампа! — строго заявил Глеб Лукич. — Немедленно в машину, эй, как вас там, Лампины дети, шагом марш сюда.

Я порысила к «Мерседесу». Все наши привычки и комплексы родом из детства. Меня воспитывала крайне авторитарная мама, желавшая своей доченьке только добра. Поэтому все мои детство, юность и большая часть зрелости прошли за ее спиной. Иногда я пыталась отстоять собственное мнение, и тогда мамочка каменным тоном приказывала:

— Изволь слушаться, родители плохого не посоветуют.

С тех пор я мигом подчиняюсь тому, кто повышает на меня голос. Злюсь на себя безумно, но выполняю приказ.

Устроившись на роскошных кожаных подушках, Лиза поинтересовалась:

— А куда нас везут?

— Глеб Лукич пригласил пожить у него, — осторожно пустилась я в объяснения.

— Где?

— В тот дом, что построили возле нас на опушке.

— Так там же безногий карлик! — закричал Кирюша.

Ларионов расхохотался и коротко гуднул. Железные ворота разъехались. «Мерседес» вплыл на участок.

— Историю про карлика, — веселился Глеб Лукич, — я слышал в разных вариантах. Сначала говорили про горбуна, потом о больном ДЦП, и вот теперь безногий инвалид, интересно, что вы еще придумаете? Однако у военных какая-то однобокая фантазия, куда ярче бы выглядела история про негра, содержащего гарем из белых рабынь!

— Извините, — пролепетала я, — Кирюша неудачно пошутил. Эй, Лизавета, спихни Рейчел на пол, она когтями сиденье испортит.

— Не стоит волноваться из-за куска телячьей кожи, — пожал плечами Глеб Лукич и велел: — Выходите, прибыли.

Мы вылезли наружу, я окинула взглядом безукоризненно вычищенную территорию, клумбы, симпатичные фонарики и... заорала от ужаса. Прямо посередине изумительно подстриженного газона, на шелковой, нежно-зеленой траве лежал изуродованный труп девочки-подростка. Ребенок покоился на спине, разбросав в разные стороны руки и ноги. Снежно-белая блузочка была залита ярко-красной кровью, но это еще не самое страшное. Горло ребенка представляло собой зияющую рану. Огромные глаза, не мигая, смотрели в июньское небо.

— Мамочка, — прошептал Кирюша и юркнул назад в «Мерседес».

От автомобиля послышались булькающие звуки. Лизавета, ухватившись за багажник, не сумела удержать рвущийся наружу завтрак. У меня же просто померкло в глазах, а изо рта вырвался вопль, ей-богу, не всякая сирена издаст такой. Единственным спокойным человеком в этой жуткой ситуации остался Глеб Лукич. Он громко сказал:

— Эй, Тина, ты начинаешь повторяться, вчерашняя история с утопленницей выглядела куда более эффектно.

Внезапно труп сел и захихикал:

— Ну папуля, мог бы и испугаться, кстати, Рада чуть не скончалась, когда на меня сейчас наткнулась. Прикинь, она вызвала милицию, вот лежу, жду, когда подъедут. Не мог бы ты побыстрей уйти в дом, весь кайф сломаешь.

— Прошу любить и жаловать, — усмехнулся Глеб Лукич, — моя младшая дочь Тина.

— Приветик, — весело кивнула девочка.

Кирюша вылез из машины и пришел в полный восторг.

— Ну, стебный прикол. А в чем у тебя кофта?

— Это кетчуп, — радостно объяснила Тина, — «Чумак», из стеклянной бутылки...

Бледная Лиза прошептала:

— Горло...

— Здорово, да? — захохотала противная девчонка. — Целый час гримировала. Рада так визжала, небось у соседей стекла в их сараюшке повылетали.

Глеб Лукич закашлялся, и тут ворота вновь раздвинулись, и во двор, одышливо кашляя, вползли бело-синие «Жигули» с надписью «ГБР» на дверях и капоте. Тина молча обвалилась в траву.

— Что тут стряслось? — довольно сурово спросил один из ментов, выбираясь из-за руля.

Взгляд его упал на Тину, и мужик присвистнул:

— Чем вы ее так, а? Колян, гляди.

На свет вылез второй служивый и закачал головой.

— Да уж, впечатляющая картина.

Глеб Лукич вытащил золотой портсигар и принялся, насвистывая, выбирать папироску. Кирюшка и Лизавета затаились у «Мерседеса». Милиционеры пошли к Тине, но не успели они сделать и пары шагов, как Муля и Ада, поняв, что я больше не прижимаю их изо всей силы к груди, выскользнули из моих рук и погалопировали к неподвижно лежащему телу. Коротконогие, животастые, толстозаденькие мопсихи проявляют, когда хотят, чудеса резвости. Вмиг они обогнали парней в форме, сели возле Тины и принялись с ожесточением слизывать с нее кетчуп. Девочка замахала руками и расхохоталась:

— Ой, щекотно, жуть! Уйдите от меня!

Шофер выронил ключи, второй мент попятился и ошарашенно спросил:

— ..., как же она жива с такой потерей крови осталась?

— Глянь, ..., Колян, — протянул водитель, — во, блин, чудеса! Горла-то нет совсем, а говорит и ржет!

Тина вскочила на ноги и заорала:

— Обманули дурачка на четыре кулачка...

Распевая во все горло дразнилку, она ринулась в дом, за ней, отбросив всякое стеснение и церемонии, ринулась наша собачья стая. Кирюша и Лизавета, непривычно тихие, стояли у роскошной машины. Пару раз они обманывали меня, но дальше подбрасывания в суп мух из пластмассы дело не шло. Было видно, что их терзает зависть.

— Это чегой-то? — совершенно по-детски охнул Колян.

Глеб Лукич достал мобильник и велел:

— Марина, быстро принеси из бара все для милиции.

Потом открыл портмоне, выудил оттуда две зеленые бумажки, протянул их парням и сказал:

— Вы, ребята, не обижайтесь. Дочка у меня совсем от рук отбилась, без матери растет. Она обычно в колледже время проводит, так сейчас каникулы, вот и бузит, всех пугает.

— А-а-а, — дошло до Коляна, — она живая и здоровая!

— Живее некуда, — подтвердил Глеб Лукич.

Менты спрятали доллары.

— Оно хорошо, что на самом деле ничего не случилось, — вздохнул Колян, — только пусть больше так не шутит.

Глеб Лукич кивнул. На крыльце появилась высокая сухопарая женщина лет пятидесяти в черном костюме, белом кружевном фартуке и такой же наколке на безупречно причесанной голове. В руках она держала несколько бутылок с коньяком.

— Возьмите, ребята, — радушно предложил Ларионов, — хороший напиток.

Менты не отказались и, прихватив емкости, уехали. Глеб Лукич спокойно сказал:

— Пойдемте, с Тиной вы уже познакомились, теперь пора и остальных увидеть.

Спустя неделю мы совершенно освоились в огромном доме и выучили имена всех многочисленных его обитателей. Сам Глеб Лукич практически не появлялся на участке. Для меня так и осталось тайной, кем он работает. Рано утром, около восьми, шофер выгонял из гаража «Мерседес», и хозяин отбывал в Москву. Назад он являлся за полночь, иногда не приезжал вовсе, оставаясь ночевать на городской квартире. Всеми делами в доме заправляла его жена Рада. Была она чуть старше Лизаветы, на вид лет двадцать, не больше, я, естественно, ни разу не попыталась уточнить, сколько на самом деле лет хозяйке. Хорошенькая блондиночка с нежно-розовой кожей, Рада была глупа, как пробка, чем очень радовала Тину, которая не упускала возможности подтрунить над мачехой. Впрочем, Рада не слишком обижалась, поняв, что стала объектом очередного розыгрыша, начинала первая хохотать и приговаривать:

— Ну купила так купила! Прикол клевый!

Судя по всему, Тина и Рада были страшно довольны друг другом. Тот факт, что Тина дочь Глеба Лукича от предыдущего брака, совершенно не тяготил Раду, похоже, у нее был легкий, уживчивый характер. Меня с детьми она приняла весьма радушно и сама отвела в комнаты.

Дом Ларионовых поражал великолепием. В свое время я была женой довольно обеспеченного человека. Мне не слишком приятно вспоминать о той, прежней жизни, но сейчас уместно заметить: апартаменты, которые тогда занимали мы с Михаилом, не выдерживали никакого сравнения с домом Глеба Лукича.

Этажи соединяла белая мраморная лестница, на которой лежала дорожка, прикрепленная латунными прутьями. У подножия лестницы стояли статуи, стилизованные под греческие скульптуры. Правда, на второй день нашего пребывания Рада невзначай сказала, что муж привез Венер из Афин, и я поняла, что они подлинные. Комнат в здании оказалось столько, что я каждый раз путалась, пытаясь их сосчитать. Сам Глеб Лукич обитал на втором этаже. В его распоряжении был кабинет, небольшая гостиная, спальня и библиотека. Дальше шла половина Рады. Той принадлежали спальня, будуар и гостиная. Еще на втором этаже имелись тренажерный зал, зимний сад, оранжерея, небольшой кинозал и две комнаты непонятного предназначения. Первый этаж оказался общим. Тут располагались огромные столовая, гостиная, библиотека, кинозал, бильярдная... Из коридора вы попадали в галерею, которая вела к стоящему поодаль домику, в нем помещались бассейн, сауна, русская баня, солярий, массажный кабинет и тренажерный зал.

Правое крыло третьего этажа отдавалось гостям. Нам выделили по огромной, шикарно обставленной комнате. К моей прилегал небольшой санузел с унитазом, ванной и душевой кабиной. Зато между спальнями Кирюши и Лизаветы простиралось бело-розово-золотое великолепие с джакузи, двумя рукомойниками и неисчислимым количеством шкафчиков. В первый же вечер дети вылили в ванну полфлакона геля и потом в полном восторге визжали, глядя, как пузырящаяся пена подпирает потолок, дальше шли еще комнаты для гостей, но пустые. В левом крыле жила Тина, тоже не обделенная количеством квадратных метров. Все принадлежавшее ей пространство было завалено игрушками, книжками, дисками и дискетами, компьютерными играми, косметикой, журналами, коробками конфет.

Тина понравилась мне сразу. Из этой тринадцатилетней девочки ключом била энергия. Тихо разговаривать она не умела и носилась по дому, словно смерч, частенько роняя стоящие тут и там напольные вазы, статуи и журнальные столики. Глаза ее блестели, волосы развевались, и она ухитрялась быть одновременно на первом, втором, третьем этаже, в саду и бассейне.

Куда меньше пришлась мне по душе другая девочка, вернее, девушка, тоже обитавшая на третьем этаже. Анжелика, внучка Глеба Лукича от какого-то прежнего брака. Девице недавно исполнилось восемнадцать, но она, похоже, задержалась в подростковом возрасте, потому что заявляла порой вещи, более подходящие для капризной тинейджерки, чем для студентки. А Лика перешла на второй курс суперпрестижного института юриспруденции и дипломатии.

— У нас семестр стоит десять тысяч долларов, —

гордо заявила она, когда я, желая завести разговор, поинтересовалась, хорошо ли преподают в этом вузе разнообразные науки.

На третьем же этаже оказался и брат Тины Ефим с женой Кариной. Впрочем, вечером того дня, когда Глеб Лукич привез нас, появился еще и его племянник Максим с девушкой, которую он представил всем как свою невесту Настю. Так что народу обедать тут садилась целая куча.

По дому молчаливыми тенями скользили слуги. Улыбчивые, приветливые, мигом выполнявшие все просьбы и приказания. Стоило мне обронить в столовой, что я люблю перед·сном почитать детективчик, набивая при этом рот шоколадками, как вечером ночник на тумбочке возле моей кровати был заменен на элегантную настольную лампу, а у окна появился стеллаж, заставленный криминальными романами. Метаморфоза произошла, пока я ужинала. Кто-то сгонял в город, скупил целый книжный магазин, а потом расставил тома на полках. Более того, каждый вечер на тумбочке, как по мановению волшебной палочки, возникала коробочка восхитительного бельгийского шоколада.

Я попыталась поблагодарить Глеба Лукича, но хозяин равнодушно пожал плечами:

— Марине вменяется в обязанность ухаживать за всеми, она получает зарплату.

Марина, очевидно, исполняла роль экономки. Я так и не могла сообразить, живет она в доме или приезжает? Вроде комнаты у нее тут нет, но во вторник, выпуская в семь утра во двор объевшуюся курятиной Мулю, я увидела ее в холле, как всегда безукоризненно причесанную, а в среду, спустившись около полуночи на кухню за водой, обнаружила ее, помешивающую какао для Тины, которой приспичило испить горячий «Несквик» в кровати. Вот повар, малоразговорчивый Евгений, уходил после девяти. Впрочем, у Ларионовых имелись еще горничные, шофер, садовник и два совершенно квадратных охранника, посменно сидевшие у ворот. Кое-кто из прислуги жил в маленьком домике в глубине сада.

В понедельник вечером в шкафах таинственным образом появились одежда, обувь, белье и даже косметика с парфюмерией. Я порылась в хорошенькой розовой сумочке, забитой до отказа продукцией «Буржуа». Ладно, предположим, таинственный некто ловко угадал все мои размеры, но как он догадался, что я люблю помаду «золотой песок», коричневатые румяна и бесцветную тушь? К тому же на столике стоял грушевидный флакон «Шисейдо». В конце мая я самозабвенно нюхала продукцию этого опарижевшегося японца и не купила только потому, что задушила жаба.

Одним словом, я никогда до сих пор не жила в подобном доме, обласканная заботой, в комфорте и полном благополучии. Делать мне было решительно нечего: убирали комнаты, готовили еду, стирали и гладили тут наемные люди, поэтому я валялась в саду на раскладушке под балдахином в окружении детективов и тарелок с фруктами. Стоило слопать персики или клубнику, как пустая емкость мигом наполнялась доверху. Собаки и кошки носились по газонам и клумбам, им никто не делал замечания. Садовник, заботливо поправляя сшибленный Мулей куст роз, ласково приговаривал:

— Ах ты, шалунишка, смотри, уколешься, плакать будешь.

Кирюшка и Лизавета вместе с Тиной с гиканьем бегали по огромному участку, истребляя в гигантских количествах мороженое. Погода наладилась, солнце светило вовсю, приятный архитектор притащил план дачи, с нашего старого участка изредка доносился шум. Там разбирали повалившийся дом... Все делалось само собой, быстро, споро, ловко... А еще

Евгений оказался потрясающим кондитером: торты со взбитыми сливками, булочки с корицей, рулеты с маком... Одним словом, это был самый настоящий рай на земле, и лето обещало стать великолепным.

ГЛАВА 3

Любимым развлечением Тины было пугать окружающих. Впрочем, к сердитой Анжелике, мрачному Ефиму, его постоянно молчащей жене, к Максиму и Насте она не привязывалась. Основным объектом для шуток была избрана Рада, с удивительным постоянством попадавшаяся на крючок. Правда, в понедельник Тина налетела на меня в коридоре и, всхлипывая, показала почти отрезанный палец на правой руке, жуткий, окровавленный, тошнотворный... Но я только рассмеялась.

— Э, нет, дорогая, знаю, знаю, видела такие приколы в подземном переходе у метро.

— Тебя не обманешь, — весело подскочила Тина, — слушай, как сейчас Рада завизжит.

Вымолвив эту фразу, девочка полетела в гостиную, откуда незамедлительно раздался сначала вопль ужаса, а потом хохот. Рада вновь наступила на те же грабли.

Во вторник Тина подсунула мачехе резиновую куриную ножку, а в среду заменила в ее спальне ночной крем на некоторое снадобье, от которого Рада мигом пошла синими пятнами. Впрочем, отметины легко смылись простой, чуть теплой водой. Но отчего-то последняя шутка обозлила Раду.

— Ну погоди, — пригрозила она, — я отомщу жестоко!

В четверг мы с Тиной после обеда пошли в бассейн и завизжали. На воде лицом вниз покачивалось безупречно красивое тело Рады. Блондинистые волосы разметались по глади воды. Правда, через секунду я поняла, что шевелюра слишком длинная. Кудри Рады достигали плеч, а у «утопленницы» мотались ниже талии. Впрочем, Тина тоже поняла, что к чему, и, с громким смехом нырнув в бассейн, отбуксировала к бортику резиновую куклу, пугающую своей натуральностью.

— Ну, Радка, — щебетала Тина, — ну, дела! До сих пор она только пугалась!

Рада, окрыленная успехом, решила действовать дальше. В четверг же вечером из гостиной донесся дикий крик Карины. Естественно, все кинулись на звук и обнаружили жену Ефима в полубезумном состоянии, тычущую пальцем куда-то вверх. Я подняла глаза и ахнула. На карнизе висела Рада. Толстая веревка обхватила ее шею, ноги вытянулись, лицо исказилось, наружу торчал синий язык.

— Нет, — взревел Ефим, — когда же прекратится идиотство, а? Сколько можно дурить?

Рада подняла голову:

— Хотела Тину напугать, прости, Кара.

Бедная жена Ефима, бледная, словно обезжиренный кефир, только пролепетала:

— Здорово получилось! Я чуть не умерла от ужаса!

— А вот и нет, — заорала Тина, — видно, что у тебя под мышками петли. Вот с языком здорово, чем ты его? Фломастером?

— Никогда тебе не догадаться, — хихикала, выпутываясь из веревок, Рада, — черники поела. Ловко, да?

— Сумасшедший дом, — злился Ефим, — надоело! От тебя, Рада, я не ожидал.

Мачеха дошла до двери, потом повернулась к пасынку, который был на добрый десяток лет ее старше, показала ему синий язык и заявила:

— Как ты только живешь с таким занудой, Кара? Совсем шуток не понимает!

— Мрак, — подхватила Тина, и они убежали, веселые, словно канарейки.

— Интересно, — рявкнул Ефим, — какая муха укусила отца, когда он решил жениться на этой особе?

— Фима, — предостерегающе сказала Кара.

— Заткнись, — бросил муж и ушел.

Карина, покраснев, попыталась оправдать супруга:

— У Фимы тяжелый момент, он очень нервничает, я на него совершенно не обижаюсь, газета, знаете ли...

— Ой, не могу, — заржал Максим, — только нам не надо вешать лапшу на уши. Бизнес, газета... Да Фимкин листок никому на фиг не нужен, какой у него тираж? Сто экземпляров? Спасибо, дядя Глеб его постоянно финансирует, кабы не он, прогорел бы враз наш Ефимка.

— Мой муж выпускает некоммерческое издание, — дрожащим голосом отбивалась Кара, — сейчас народу нужны рассказы про секс и насилие, а Фима принципиально пишет о возвышенном.

— Нечего парить нам мозги о его коммерческих успехах, — ерничал Макс, — сидит на шее у отца.

— Пошли лучше чаю попьем, — потянула жениха за рукав Настя.

Обнявшись, парочка исчезла.

— Между прочим, — обиженно заявила Карина, — Максим сам работает у Глеба в офисе, тесть платит ему такие деньги! Он живет за счет дяди, как червяк в яблоке, а других упрекает.

Я не нашлась, что ответить на злобное замечание.

В пятницу около обеда, измучившись от жары, я пошла в бассейн и вновь обнаружила там резиновую куклу. Рада начала повторяться.

Я быстренько окунулась, но не стала вынимать

куклу на бортик, в конце концов она предназначалась для Тины.

Обедать мне не хотелось, и я проигнорировала приглашение к столу. Около пяти мимо моей раскладушки, наступив тапкой в тарелку с черешней, промчалась Лизавета, за ней гналась, размахивая мухобойкой, Тина. Я лениво стала следить за детьми, игравшими то ли в догонялки, то ли в салки. Сейчас, когда со всех сторон несутся рассказы о малолетних проститутках и наркоманах, Кирюша, Лиза и Тина радовали своей неиспорченностью. Конечно, они шумные, требовательные, крикливые, покоя не жди, если в радиусе километра вертится эта троица, но забавы их совершенно невинные и понятные. Ей-богу, вопящие дети, гоняющиеся друг за другом с мухобойками в руках, нравятся мне куда больше, чем тихие подростки, сосредоточенно нюхающие клей!

Несмотря на вторую половину дня, солнце пригревало, и я тихо дремала в саду, отдавшись лени. Наверное, трудно будет после такого лета вновь превращаться в домашний «комбайн». К хорошему привыкаешь быстро, а я настолько обленилась, что даже перестала убирать за собой постель. Да и зачем? Все равно в мое отсутствие в комнату тенью проскальзывает горничная, меняет белье и перестилает огромное, заваленное подушками ложе.

К ужину подали куропаток в сметане. На мой взгляд, эти крохотные птички с темным мясом совсем не вкусны, но все присутствующие лихо расправились со своими порциями. Только прибор Рады остался нетронутым.

— А где наша маменька? — ехидно поинтересовался Ефим.

— Не знаю, — ответила Кара, — я ее сегодня весь день не вижу.

— Небось отправилась в салон красоты, — предположил Макс, — она это любит, маски, массажи, то да се.

— Да уж, — не успокаивался Ефим, явно не симпатизировавший Раде, — чем же удержать мужчину ей, бедненькой! Только гладкой мордочкой. Кстати, надо намекнуть отцу на то, что маменька, пользуясь тем, что его никогда нет дома, частенько уходит незнамо куда. Должен заметить, что на прошлой неделе она, громко сообщив, будто едет в салон красить волосы, испарилась до ужина. А когда наша нынешняя мамочка вернулась, я специально пристально посмотрел на ее прическу, поверьте, она совсем не изменилась! С чем уехала, с тем и приехала. Мне наплевать, где Рада шляется, но отца жаль...

— Не советую тебе доводить свои умозаключения до дяди Глеба, — хрюкнул Макс, ковыряя вилкой остатки куропатки, — он человек горячий, можешь и по мордасам схлопотать!

— А вот и вкусный пирог, — Карина попыталась погасить ссору в зародыше.

— О, с яблоками, мой любимый, — подхватила я.

Мне тоже не слишком нравится, когда сидящие за одним столом люди начинают палить друг в друга из артиллерийских орудий.

— Замечательно, он с корицей, — присоединилась к нам Настя.

Мы с Карой посмотрели с благодарностью на невесту Макса и начали упоенно обсуждать выпечку, стараясь, чтобы мужчины не смогли вставить в наш диалог даже восклицания.

— Бисквит удался.

— Дрожжевой пирог вкуснее.

— Согласна, такой с «решеткой» сверху.

— Яблоки в меру кислые.

— Да, чересчур сладкая начинка отвратительна.

— А Рада дома, — неожиданно заявил Кирюшка.

— С чего ты это взял? — поинтересовалась я.

— Так все машины, кроме «мерса» дяди Глеба, в гараже, — пояснил мальчик, — мы в прятки перед ужином играли, и я в тачку Рады залез. Не поехала же она на автобусе?

— Действительно, — растерянно сказала Кара. — Рада никогда не пользуется общественным транспортом.

— Где же она прячется? — удивился Макс. — Чего не выходит?

— Может, на меня обиделась? — предположила Тина. — Я ей за завтраком на стул собачьи какашки из гипса сунула.

— Ты не могла бы воздержаться от объяснений, — взвился Ефим, — меня сейчас стошнит.

На мой вкус разговор об обратной перистальтике так же неуместен за столом, как и беседа об экскрементах животных, но я, естественно, не стала делать Ефиму замечаний, просто сказала Тине:

— Не переживай, вы с Радой вечно подтруниваете друг над другом, ей это нравится.

— Не желает общаться с нами, и не надо, — подвел черту Макс, — плакать не станем. Эй, Марина! — Экономка мигом материализовалась в столовой. — Где хозяйка?

Женщина развела руками:

— Не знаю.

— Она в доме?

— Извините, не видела ее весь день.

Присутствующие молча уставились друг на друга. Неожиданно мне стало страшно, просто жутко...

— В бассейне, — пролепетала я, — с самого утра плавает резиновая кукла, может...

Все понеслись по коридору в «домик здоровья». От испуга Кара зажгла не верхний, яркий свет, а боковые бра. Мы уставились на воду, где, растопырив в разные стороны руки, покачивалось нечто с белокурыми волосами. Я заметила, что локоны манекена не свисают ниже пояса, а колышутся у плеч, и почувствовала, как по спине потекли струйки пота.

— Вы думаете, это она? — сипло поинтересовался Ефим.

— Надо посмотреть, — прошептал Макс.

Парню было явно не по себе. Его физиономия слилась по цвету с голубоватым кафелем, которым были облицованы стены.

— Это она, — сказала я, — у куклы были длинные пряди.

— Ее нужно вытащить, — пробормотала Настя.

— Ты способна на такое? — накинулся на невесту жених.

— Нет, — растерянно ответила девушка, — очень страшно. Ой, у нее на пальце кольцо Рады, ну то, с брильянтом, который ей так нравится.

— Мама миа, — отступил на шаг назад Ефим, — делать-то что?

— Надо папе позвонить, — дрожащим голосом пробормотала Тина, — на!

И она сунула мне мобильный. Не понимая, отчего сия миссия возложена на меня, я приложила крохотную трубочку к уху, услышала довольно раздраженное «да» и пролепетала:

— Глеб Лукич, это Лампа.

— Что стряслось? — мигом отреагировал мужчина.

— Тут небольшая неприятность.

— Короче.

— Э-э-э...

— Быстрей, я занят!

— Понимаете, случилось нечто...

— Лампа, сколько надо денег? Если речь идет о сумме, не превышающей двадцать тысяч долларов, то ступай в мой кабинет...

Я обозлилась. Манера Глеба Лукича все регулировать при помощи волшебных зеленых бумажек меня покоробила, наверное, потому я мигом заорала:

— Рада утонула, насмерть!

— Немедленно еду, — заявил Глеб Лукич и отсоединился.

Сбившись вместе, мы, не в силах более стоять у бассейна, выскочили во двор и сгруппировались на въездной аллее.

— Может, вызвать «Скорую помощь»? — робко предложила Лиза. — Говорят, сейчас могут оживить.

— Она умерла давно, — ответила я, — еще днем видела бедняжку и приняла ее за куклу.

— Надо милицию позвать, — заикнулась Настя.

— До приезда папы не следует ничего предпринимать, — по-взрослому трезво сказала Тина.

Все промолчали, никто не рискнул спорить.

Очевидно, Глеб Лукич нанял вертолет, потому что, несмотря на удручающие пробки, он прикатил в Алябьево через пятнадцать минут после разговора.

— Где? — коротко бросил Ларионов, выскакивая из автомобиля.

За «Мерседесом» во двор влетел микроавтобусик и замер у входа в дом.

— В бассейне, — тихо сказал Ефим.

— Давайте, — махнул рукой хозяин.

Из «рафика» вышло несколько мужчин в безукоризненных костюмах. Они мигом исчезли в доме.

— Как это произошло? — приступил к допросу Глеб Лукич.

— Мы не знаем, — прошептала Кара, — вот, может, Лампа...

Глеб Лукич уставился на меня. Еле ворочая жестким, сухим языком, я начала блеять:

— Пошла купаться...

Но тут послышались шаги, мужчины, приехавшие вместе с Ларионовым, возникли на шикарном крыльце. Мне показалось, что на мраморные ступени села стая кладбищенских ворон. Один держал под мышкой труп Рады. С волос на мраморные плиты текла вода. Я отшатнулась в сторону. Впрочем, остальные тоже шарахнулись кто куда.

— Это что? — просипел Ефим. — О господи!

В ту же секунду мужик бросил тело несчастной женщины оземь. То, что было Радой, прокатилось по ступенькам и упало к ногам Глеба Лукича.

— Кукла! — завизжала Тина.

— ..., — бросил Ларионов, — вы здесь все с ума никак посходили?

Не успели присутствующие прийти чуть-чуть в себя, как донесся веселый голосок:

— Что случилось? Глебчик, ты дома?!

От ворот шла веселая Рада с корзинкой в руках. Несколько секунд все молча смотрели на нее, потом разом заорали:

— Ты где была?

— У Ершовых, — попятилась Рада, — у Никиты и Лены, они рано утром позвонили и пригласили меня посмотреть свой новый дом. Никита купил тут в Алябьево по моей наводке особняк, вот...

— Значит, — нехорошо улыбаясь, сказал Глеб Лукич, — бросила в бассейн идиотскую игрушку и умчалась...

— Нет, — помотала головой Рада, — я даже не ходила к бассейну.

— А кто же решил пошутить? — буравил всех глазами хозяин. — И почему у идиотского манекена на пальце твое кольцо?

В ответ молчание. Потом Тина пролепетала:

— Это я надела, но не сегодня, а снять забыла! Я вообще только сейчас про него вспомнила.

— Значит, так, — голосом, не предвещающим ничего хорошего, сообщил Ларионов, — вы, парни, уезжайте.

Мужчины молча влезли в автобусик и были таковы.

— А вы, дружочки, шагом марш в мой кабинет, — с улыбкой на устах приказал Глеб Лукич и пнул куклу ногой.

Я поежилась. Если бы гадюка умела радоваться, на ее морде небось гуляла бы именно такая улыбочка.

ГЛАВА 4

Гнев, упавший на наши головы, был страшен. Досталось всем: постоянно изображающим из себя трупы Тине и Раде, орущим по каждому поводу Кирюшке и Лизавете, ехидно улыбающемуся Максу, дрожащей Карине, беспрестанно хватающемуся за сердце Ефиму и испуганно молчащей Насте. Чаша возмущения миновала лишь меня, более того, разъяренный Глеб Лукич гремел:

— Одна Лампа ведет себя прилично! Валяется в саду да почитывает детективчики, обжираясь конфетами. Берите с нее пример.

— Меня тошнит от криминального чтива, — попытался изобразить из себя эстета Ефим.

Секунду отец смотрел на проявившего непокорность сына, потом заявил:

— Велено сидеть в саду и читать Маринину, всем!

От его спокойного, глуховатого голоса мне стало так страшно, что я чуть не лишилась чувств.

Утром, около десяти, ко мне поскреблась Тина.

— Сделай доброе дело, — заговорщицки прошептала она, — сходи к папе в кабинет и узнай, какое у него настроение. Обычно папулька больше двух часов не злится, но вчера прямо совсем раскипятился. Кстати, гляди, что у меня есть!

И она вытащила из кармана вставную челюсть, омерзительно натуральную, с выбитыми передними зубами.

— Вот, — принялась пояснять Тина, — натягива-
ешь, и всем кажется, что тебя избили, так и так... Ну
и как?

— Лучше сними скорей, — испугалась я, — Глеб
Лукич еще не дай бог увидит.

Тина засмеялась, но как-то нервно и натянуто:

— Нет, папулька у нас не злопамятный. Наорет
на всех, кулаками помашет, а потом подарки делает.
Он уже раз десять нам с Радкой запрещал веселить-
ся. Голову даю на отсечение — сегодня приедет к
ужину и привезет всем что-нибудь замечательное.
В прошлый раз, месяц тому назад, он тоже летал на
реактивном помеле, а потом Радке досталась шубка,
а мне — браслетик с изумрудиками. Ну иди, сунь голову в кабинет и спроси: «Глеб Лукич, можно?» Если рявкнет: «Занят», быстро убегай, значит, еще не
отошел. А ежели улыбнется: «Залетай, Лампа», то
все в порядке.

— И что я ему потом скажу? Зачем пришла?

Тина призадумалась:

— Денег попроси, скажи, хочешь по магазинам
пошляться, он не удивится! Ну давай, иди!

— Сама почему не хочешь? — сопротивлялась я.

— Вдруг он еще злой, — бесхитростно пояснила
Тина, — пусть уж лучше на тебя наорет!

И она вытолкала меня из спальни. Ругая себя за
мягкий, податливый характер, я дошла до кабинета
хозяина, осторожно поскреблась в створку, не услышала ответа, приоткрыла дверь и спросила:

— Можно?

Глеб Лукич сидел спиной к двери.

— Можно? — повторила я, думая, что он не услышал меня.

Но он не шевелился. Удивленная сверх меры, я
дошла до кресла, взглянула на поджарую, спортивную фигуру и завопила от ужаса.

У хозяина не было лица. Все пространство от волос

до шеи покрывала толстая буро-коричневая корка запекшейся крови. Всегда аккуратно причесанная шевелюра торчала дыбом, там, где ранее проходил ровный пробор, виднелось отверстие, черное, круглое, жуткое.

На крик мигом прибежал Ефим:

— Что?

Не в силах ответить, я тыкала пальцем в останки хозяина. Ефим посмотрел на кресло, глаза его расширились, полезли из орбит, щеки и лоб сначала покраснели, потом побагровели, следом стали белые-белые, еще через секунду, тихо всхлипнув, мужик упал на ковер. Я перепугалась еще больше: первый раз личность противоположного пола рушилась на моих глазах в обморок.

Не успела я заорать во второй раз, как в кабинет влетела куча народу. Впереди шел незнакомый человек, облаченный в роскошный летний костюм из светлого льна, чуть мятые брюки свидетельствовали без слов: ткань, из которой они сделаны, натуральная и очень дорогая. Незнакомец мигом оценил обстановку и тут же выставил всех домочадцев за дверь.

— Ступайте в столовую, — сказал он нам голосом человека, привыкшего раздавать указания.

Все покорно сбились в кучу возле огромного овального стола. Кара рыдала, Рада безостановочно курила, Настя просто тряслась так, словно ее выставили голой на мороз. Максим налил себе за пять минут четыре стакана коньяка... Даже Анжелика выбралась из укрытия и стояла вместе со всеми. До сих пор Лика старательно игнорировала любые семейные сборища. За стол она садилась, только если участие в трапезе принимал Глеб Лукич, в остальных случаях Марина таскала ей еду в комнату на подносе. Девушка не ходила гулять, не ездила в Москву, проводя все время в своей комнате, за письменным столом.

— Она всегда такая? — поинтересовалась я один раз у Кары.

Жена Ефима хихикнула:

— Хочет быть умней всех, ученая наша. Мы для нее слишком примитивны, вот и чурается компании.

Но сейчас Лика изменила своим правилам и тоже растерянно маячила в столовой. Никто не произнес ни слова.

Потом я наклонилась к уху Тины и шепнула:

— Кто этот мужик, в костюме?

Так же тихо Тина ответила:

— Роман Миловидов, папин помощник и лучший друг, правая рука, они вместе в банде начинали.

Я отволокла Тину к окну и, пользуясь тем, что остальные пребывают в прострации, спросила:

— Где? В банке?

— В банде, — спокойно уточнила Тина, — у Тарзана. Папа там был казначеем, но потом часть тарзанцев погибла, а остальные прекратили криминальную деятельность и стали заниматься легальным бизнесом.

— Каким? — ошарашенно спросила я, пораженная, как спокойно Тина говорит о вещах, которые детям знать совершенно не положено.

— Папа вместе с Романом владеют сетью закусочных «Быстро и вкусно», — пояснила Тина, — встречала небось такие бело-синие домики.

Я кивнула, еще бы, наш вызов «Макдоналдсу», альтернатива «Русскому бистро». Сама частенько покупала в «Быстро и вкусно» обед. В отличие от заведений оборотистого американца, там на самом деле съедобная еда, более привычная для российского желудка, и супы подают не те, которые развели из пакетиков, а настоящие бульоны и борщи. К тому же обслуживающий персонал не грубит так, как одетые в красные рубашечки служащие «Русского бистро», и цены в «Быстро и вкусно» намного ниже.

Мне очень нравятся эти кафешки, не прикидываю-
щиеся элитными ресторанами, и вот теперь выяснилось, что они в руках Глеба Лукича.

— Откуда тебе известно об этом Тарзане? — не
утерпела я. — Неужели отец рассказал?

Честно говоря, меня немного удивило спокойствие Тины. Или это от шока?

Тина хмыкнула:

— Когда папа с Романом решили сдуру баллоти-
роваться в Государственную думу, их конкуренты
живо разыскали всю правду о Тарзане, и в газетах
прошла серия статей с такими подробностями! Естественно, никуда их не выбрали, а я просто прочитала
весь отстой. Ежели интересно, могу дать посмотреть, у меня подшивка есть. — Она помолчала и добавила: — Я пришла к папе и, положив на стол вы-
резки, спросила: «Это правда?»

— А он?

— Хмыкнул и сказал: «Лавры Павлика Морозова
не дают спать по ночам?»

— А ты?

— Я ответила: «Просто интересно, ты же мой отец».
Он тогда пояснил: «Многое правда, но не все. Имей
в виду, если покопаться в родословных богатых се-
мей во всем мире, то в каждой, поверь мне, в каждой,
найдется предок, разбойничавший на большой дороге, а Америку и Австралию вообще основали ка-
торжники, наверное, поэтому эти страны так процве-
тают. Но крови на мне нет, я возился с деньгами».

— Добрый день, — понесся от порога приятный
баритон, — прошу всех сесть и постараться успокоиться. Я понимаю, что вы взволнованы, поэтому, думаю, будет лучше, если попытаетесь слегка расслабиться.

Я обернулась. В комнату вошло несколько мужчин, разительно отличавшихся от Ефима, Макса, по-

койного Глеба Лукича и хозяйничавшего сейчас в кабинете Ларионова Романа Миловидова. Несмотря на то, что на дворе было утро, от вошедших не пахло одеколоном. Трое из них были одеты в дешевые джинсы, китайские кроссовки и рубашки, купленные не в дорогих бутиках, а на толкучках. Четвертый, тот самый, который призывал сейчас всех расслабиться, щеголял в светлом летнем костюме. Но провисающие плечи пиджака, морщины на лацканах и плохо обработанные петли без слов сообщали: прикид не из фирменного магазина. В дом прибыла милиция.

Прошла неделя. Рада с Тиной больше не играли в покойников. Тело Глеба Лукича отдали семье на шестой день после смерти. Я не стала спрашивать, отчего правоохранительные органы так долго держали труп у себя.

Хоронили Ларионова в воскресенье. Похороны были очень пышными. Один гроб из цельного красного дерева, снабженный кондиционером и вышитыми вручную подушкой и покрывалом, потянул на бешеную сумму. Честно говоря, я не очень понимала, зачем надо тратить столько денег на то, что без остатка сгорит в огне, но Рада, словно заведенная, повторяла:

— У Глебушки должно быть все самое лучшее.

Спорить со вдовой не решился никто; даже Ефим, постоянно выказывающий при виде Рады неприязнь, сейчас ласково обнимал ее за плечи и приговаривал:

— Конечно, конечно, ты абсолютно права.

После поминок, на которые пришло несметное количество народа, я, чувствуя себя абсолютно разбитой, кулем рухнула в кровать. Кирюшка и Лиза, ни на шаг не отходившие от заплаканной, одетой во все черное Тины, ночевали у нее в комнате. Не успела я погасить лампу, как в дверь постучались.

— Войдите! — крикнула я и схватила халат. Наверное, Лизе или Кирюшке что-то понадобилось. Но в спальню вошел Роман, одетый, несмотря на более чем поздний час, в элегантный черный костюм.

— Что случилось? — удивилась я.

Мужчина мрачно улыбнулся:

— Все плохое уже произошло, пришел поговорить.

Не дожидаясь приглашения, он сел на диван и заявил:

— Завтра в десять утра заявится нотариус.

— Зачем?

— Вскроют завещание, поэтому не планируй никаких дел на этот час.

— Я-то с какого бока при этой процедуре?

Роман пожал плечами:

— Наверное, беспокоитесь, что будет с вашей дачей?

Я пожала плечами.

— Что будет, то и будет, я понимаю, что смерть Глеба Лукича внесла коррективы в планы.

— Вам жаль дома? — спросил Роман.

— Мне жаль Ларионова, — парировала я.

Пару секунд Миловидов смотрел на меня своими темными непроницаемыми глазами, по их выражению было совершенно непонятно, о чем он думает. Взгляд не отражал ничего: ни интереса, ни сочувствия или приязни. Так смотрит на покупателей плюшевый мишка, поблескивая пуговичками, пришитыми по бокам носа.

Неожиданно Роман спросил:

— Если бы некто, провидение, скажем, предложило вам обмен: оживлю Глеба, а ты откажись от дома. Ваше решение?

Забыв, что на мне только крохотный халатик, вернее, шелковая распашонка, я вскочила с кровати и забегала по комнате в полном возмущении.

— К сожалению, у меня на руках дети и животные, иначе...

— Что? — ползал по мне взглядом Роман. — Что иначе?

— Мигом бы ушла отсюда.

— И вам не нужна новая дача?

— Наш дом дышал на ладан, может, и простоял бы еще лет пять, но неминуемо бы и сам развалился. Мы его не ремонтировали.

— Отчего же? Так нуждаетесь?

— Да нет, деньги можно найти, не хотели возню затевать... Я рассказала Глебу Лукичу правду о состоянии дачи, но он только отмахнулся. Спасибо, конечно, Ларионову, однако, думается, стройку надо прекратить.

— Почему?

— Во-первых, у его семьи теперь нет кормильца, и явно возникнут проблемы с деньгами, а, во-вторых, ни Рада, ни Ефим, ни Макс ни в чем передо мной не провинились.

Роман вытащил сигареты:

— Вы разрешите?

— Бога ради.

— Имейте в виду, — хмыкнул Миловидов, — средств у сироток хватит, чтобы построить вам фазенду, грех не воспользоваться.

Слово «сиротки» резануло слух, и я мигом крикнула:

— Пусть лучше потратят эти деньги на образование Тины, мы способны сами, если захотим, возвести дом.

Роман поднялся, открыл окно и, выгоняя рукой в сад дым, неожиданно улыбнулся и мигом превратился в приветливого, обаятельного парня.

— Извини, Лампа, за неприятный разговор, но мне требовалось кое-что уяснить для себя.

— Уяснил?

— Да. Уезжать никуда не надо, дом строится, будет готов к середине сентября.

— Спасибо, обойдусь.

— Обиделась? Ей-богу, зря.

— Сам же говорил о том, что у Ларионовых после смерти Глеба Лукича начнутся проблемы.

— Я? — изумился Роман. — Да никогда я не произносил подобного, это ты заявила. Успокойся, денег им хватит на все, причем не только Ефиму, Максу, Тине и Анжелике, но и тем, кто слетится сюда, как грифы, на падаль.

— Кто?

— Завтра увидишь, — пожал плечами Роман, — может, правда, пока не всех, но многих. А насчет дома... Знаешь, Глеб был странным человеком. Мог возненавидеть собеседника в одну минуту, просто так, без всякого повода и видимой причины. Один раз он рассчитал свою секретаршу, отличную, между прочим, тетку, великолепную работницу, интеллигентную, умную, не болтливую. Я очень удивился и спросил: «Чем же тебе Фаина не угодила?» Знаешь, что он мне ответил?

Я помотала головой.

«Не нравится она мне, не лежит к ней душа». Вот так! Но с другой стороны, Глеб точно так же мог и полюбить человека с первого взгляда. Ты ему очень понравилась, он пару раз сказал: «Лампа отличная баба. Мне такой всегда не хватало. Либо дуры попадаются, либо стервы. Раз уж мне не суждено быть ей мужем, попробую стать хорошим другом».

Я растерянно смотрела на Романа. Сама поняла, что вызываю у Глеба Лукича теплые чувства. Каждый вечер, приехав домой, Ларионов приглашал меня в гостиную и угощал вкусным ликером. Несколько часов мы провели, болтая о всяких разностях, и мне стало понятно, что, несмотря на внушительную разницу в возрасте, у нас много общего. Мы читали одни книги, понимали друг друга с полуслова.

— Ладно, — захлопнул окно Роман, — до завтра. Главное, ничему не удивляйся и ничего не бойся. Имей в виду, подобное цирковое представление не всякий день разыгрывается.

ГЛАВА 5

Когда я вошла в кабинет Глеба Лукича, там уже сидело большое количество народа: Ефим и Кара, Тина, Макс, Анжелика, Рада, Настя отсутствовала. Оно и понятно, девушка, хоть и считалась невестой Макса, формально не являлась членом семьи. Впрочем, меня-то позвали...

На диване, картинно скрестив ноги, сидела холеная шатенка в простом черном костюме. В ушах тетки поблескивали огромные камни, пальцы были унизаны перстнями и кольцами, на запястьях болтались золотые браслеты. В кресле у окна восседала другая дама, милая, уютная старушка, похожая на только что выпеченную булочку. Вся такая розовенькая, пышненькая, гладенькая, симпатичнейшая бабуська, тоже в черном, но без всяких украшений. За письменным столом устроился мужик лет тридцати пяти, очевидно, нотариус, а у камина стоял с непроницаемым лицом Роман.

Увидев меня, Миловидов сказал:

— Хорошо, все тут, начинайте, Олег Павлович!

Нотариус раскрыл красивую кожаную папку и хорошо поставленным, дикторским голосом принялся озвучивать последнюю волю покойного.

Сначала шли мелочи.

— «Роза Константиновна Ефремова может выбрать

себе на память картину, одну из тех, что висят в гостиной».

Старушка всплеснула руками:

— Господи, он обо мне вспомнил! Милый, добрый, ласковый Глебушка!

Дама в черном презрительно хмыкнула.

— Помолчи, мама, — довольно резко сказал Ефим.

Я удивилась. Значит, эта старушка — мать Ефима? Следовательно, она бывшая жена Глеба Лукича? Такая старая? Хотя и Ларионов не был юношей...

Тем временем Олег Павлович прочитал:

— «Строительство дома Евлампии Андреевны Романовой должно быть завершено не позже сентября. Деньги на мебель предусмотрены в сумме ста тысяч долларов».

Я чуть не лишилась чувств. Он что, с ума сошел? Но остальные никак не отреагировали на заявление нотариуса. Потом пошли распоряжения по поводу образования Тины... Но основной сюрприз поджидал присутствующих в конце. Все деньги, все движимое и недвижимое имущество, всю свою долю в приносящем огромный доход бизнесе Глеб Лукич завещал Раде.

— «За то, — торжественно возвестил нотариус, — что она скрасила мои последние годы».

Последняя фраза покоробила слух. Вот уж не ожидала от Глеба Лукича подобной слащавой сентиментальности! Хотя я ведь совсем не знала его, может, он просто производил впечатление циничного и делового, а в душе был нежным, как маргаритка.

Когда нотариус захлопнул папку, наступило молчание. Потом дама в черном довольно нервно воскликнула:

— Не понимаю, к чему было заставлять меня участвовать в этом фарсе?

— Для вас, Ольга Сергеевна, есть конверт.

И Олег Павлович протянул даме довольно большой пакет, перевязанный самой простецкой бечевкой, на концах которой болталась красная сургучная печать.

Женщина быстро схватила конверт, пихнула его, не раскрывая, в свою сумку, встала и заявила:

— Думаю, дальнейшее мое присутствие тут совершенно неуместно.

— Ну что ты, Оля, — тихо ответила Рада, — все рады тебя видеть!

Дама гортанно рассмеялась:

— Не надо лицемерить, дорогая, никакого удовольствия никому мой сегодняшний визит не доставил. Ефим с Кариной, да и Макс тоже, просто перекосились, когда меня увидели, решили, что отхвачу денежный кусок. Надеюсь, теперь они успокоятся. Впрочем, им самим ничего не досталось, все в твоих руках, душенька, отомсти «деткам» за унижения. Знаешь, я бы не утерпела и показала теперь этим кошкам, что отныне в доме хозяйка мышка. Поверь, они это заслужили.

Рада растерянно обвела глазами присутствующих. Ольга Сергеевна тем временем подошла к двери, потом обернулась и спросила у сидящей возле меня Тины:

— Теперь, когда отца нет, хочешь, поедем на неделю к морю? Больше времени уделить тебе не сумею, но семь, нет, шесть дней выкрою.

— Спасибо, — ответила Тина, — я подумаю.

— Ну-ну, — хмыкнула Ольга, — соображай быстрей, предложение действительно только на июнь.

И она ушла, оставив после себя удушающий запах дорогого парфюма.

Олег Павлович принялся громко растолковывать Раде порядок вступления в права наследования. Я тихонько спросила у Тины:

— Эта Ольга Сергеевна, кто она такая?

Девочка помедлила мгновение:

— Моя мать.

От полной растерянности и изумления я задала глупейший вопрос:

— Она бывшая жена Глеба Лукича?

— Нет, они никогда не расписывались. Да Ольге и не хотелось жить при муже, — словно о постороннем человеке начала рассказывать Тина. — Ольга вся в своем телевизоре. Уж не знаю, как ее угораздило ребенка родить, но до пяти лет со мной возились няни, а потом папа женился на Раде, и они забрали меня.

— Погоди, погоди, — быстро произвела я в уме вычитание, — сколько же лет Глеб Лукич жил с Радой?

— Почти десять, — ответила Тина.

Чувствуя, что вообще ничего не понимаю, я ошарашенно поинтересовалась:

— Сколько же ей годков?

— Кому, Раде? Двадцать шесть в августе исполнится.

— Но...

Тина скривила гримаску:

— Папа иногда говорил: «Если хочешь иметь хорошую жену, возьми девчонку-сироту и воспитай ее сам». Рада откуда-то из Подмосковья, ни отца, ни матери, ни каких-либо родственников у нее нет... Отец был доволен, хотя знаешь, что он один раз сказал Роману?

— Нет, конечно.

— Что больно она дура, учиться ничему не желает и совершенно несамостоятельна! А потом добавил: «Хотя, с другой стороны, зачем мне умная, самостоятельная особа? Я такими накушался под завязку».

— Ольга Сергеевна работает на телевидении?

— Ты ее не узнала?

Я замялась:

— Не припоминаю.

— Неужели шоу «Жадность» никогда не видела?

И тут до меня дошло, отчего лицо шатенки показалось знакомым.

— Так это она? Но ведь ведущая — блондинка в очках!

— Образ для сцены, — пояснила Тина, — парик, а стекла в оправе простые, без диоптрий, ясно?

Воспользовавшись тем, что весь народ цугом потянулся в столовую вкушать кофе, я поднялась к себе в спальню и села у окна, глядя на буйно цветущий жасмин.

Шоу «Жадность» — странная передача, привлекающая огромное количество зрителей своей отвратительностью. Так, увидев на улице урода, мы не можем отвести от него глаз. Завораживает не только красота. Пару раз я сама смотрела сие действо, удивляясь тому, какие демоны спрятаны на дне человеческой души. В шоу двое ведущих. Очаровательный юноша, слегка «голубоватой» направленности, этакое инженю-пипи, все в кудряшках, кружевах, серьгах и цепочках. Он ужасно переживает, если участники неправильно отвечают на вопрос, а суть шоу крайне проста: вам задают вопросы, и нужно быстро дать правильный ответ. Кто ошибся — вылетает, правда, не сразу, а по итогам раунда, этакий компот из «О, счастливчик», «Что? Где? Когда?» и «Брейн-ринга».

Отличается от сходных программ «Жадность» другим. Как я уже говорила, ведущих двое. Паренек, который усиленно пытается всем помочь, подсказывает, предлагает еще одну попытку, просит не волноваться, и холеная блондинка в очках, редкой стервозности.

Женщина в этом тандеме главная, парнишка подчиняется ей беспрекословно, мигом затыкаясь, когда соведущая рявкнет:

— А ну прекрати!

Ведет она себя ужасно, не дает подумать, выгоняет из команды не тех, кто и впрямь слаб как игрок, а тех, кто ей попросту не нравится. Может заявить:

— Вся команда в полном составе уходит, а ко мне прошу вон того толстого парня из седьмого ряда, девушку в зеленом из пятого. Кстати, дорогая, вам никто до сих пор не говорил, что вы в этом цвете сильно смахиваете на слегка подгнившую спаржу?

Поэтому зрители в студии всегда в ожидании, в любой миг они могут стать участниками шоу, звездами...

Весь фокус состоит в том, что с ведущей спорить нельзя, а правил, кроме нее, не знает никто. Вернее, она сама их придумывает прямо на ходу. Единственный способ остаться под лучами софитов и продолжать борьбу за главный приз — понравиться омерзительной бабе, и люди пускаются во все тяжкие, дабы услышать вылетающее из ярко накрашенного ротика небрежное замечание.

— Так уж и быть, ты оставайся.

Больше всего ведущей нравится, когда участники начинают старательно кидать подлянки друг другу. Неспортивное поведение на этой передаче откровенно поощряется. Как-то раз один из мужиков, дошедший до финала, не сумел ответить на самый последний вопрос, в ажиотаже выхватил у дамы из рук листок, в который она постоянно заглядывала, и торжествующе выкрикнул:

— Знаю! Остров Таити принадлежит Франции!

Зал замер, впрочем, зрители у теликов тоже чуть не лишились чувств. Парнишка обхватил голову руками и взмолился:

— Оля, не убивай его, он пошел на такое от полного отчаяния!

Дама выдержала эффектную паузу, потом расхохоталась и вручила красному, потному мужику ключ от ящика, где лежит главный приз. Впрочем, когда на следующем представлении другой участник попытался сделать то же самое, ведущая мигом пресекла его поползновения.

Шоу идет в прямом эфире, в прайм-тайм, когда усталые граждане, явившись домой, хлопнулись в кресло и открыли бутылочку пивка. Есть еще одна, пожалуй, самая главная фишка. Никому никогда не сообщается, какой приз ждет победителя. Ему дают ключ от ящика, на дне которого может обнаружиться что угодно. В январе этого года шоу собрало у экранов огромное количество зрителей по одной простой причине. Два раза женщины, успешно преодолевшие все препоны, добыли со дна сундука купчие на трехкомнатные квартиры, а мужчина, выигравший в тяжелом бою победу, чуть не скончался, увидев кредитную карту, на которой лежал миллион. Впрочем, частенько приз никому не достается. Поэтому зрители в середине января следили за игрой, затаив дыхание. Довольно легко победила молодая девушка, ведущая даже не слишком придиралась к ней, делая вид, будто не слышит откровенных подсказок паренька. Представьте теперь всю меру негодования девицы, когда она извлекла... кочан капусты, кое-где подгнивший и омерзительный. Не сумев справиться с собой, девчонка швырнула зеленый шар в ведущую. Та ловко отскочила и ехидно спросила:

— Я так понимаю, что вы отказываетесь от выигрыша?

— Забирайте эту гадость себе, — чуть не плакала девчонка.

— Забирать? — ерничала Ольга. — А вы не передумаете? Смотрите, какая отличная капуста, щец сварите. Берите, в хозяйстве все пригодится.

— Господи, зачем ей эта гадость! — выкрикнул, тряся кудряшками, паренек. — Не берите, бросьте, это издевательство! Знаешь, Оля, извини, но такое уж слишком.

— Молчать! — рявкнула коллега и повернулась к участнице. — Считаю до трех. Раз... Имейте в виду, если откажетесь, то все, не верну. Два... Ну? Что?

— Подавись этой дрянью! — взвизгнула победительница.

— Три! — припечатала Ольга.

Потом она взяла кочан, положила на стол и принялась методично сдирать полусгнившие листья, приговаривая:

— Чего отказалась? Ладно, я согласна, сверху кочан немного попортился, но внутри-то вполне нормальный... А это что?

Ловким движением она выудила из середины сложенный листок, развернула его, подняла над головой и звонко объявила:

— А это приз от нашего спонсора «Камобанка» — чек на сто тысяч долларов!

Зал вскочил в едином порыве. Девица сначала вытаращила глаза, потом обвалилась на пол так, словно кто-то отпилил ей ноги. Рядом, издав всхлип, шлепнулся, звеня цепочками и браслетами, второй ведущий. Думаю, что кое-кому из телезрителей также стало плохо. Сами понимаете, что первого февраля у экранов собралась уже вся страна, затаившая дыхание. Народ не разочаровался. Победитель выудил отвратительно воняющее ведро навоза.

Зажав пальцами носик, Оля прогундосила:

— Берете?

— Да! — завопил юноша, вспомнив кочан.

— Только одно условие: вы не можете унести это ведро просто так, вдруг там что-то лежит на дне, охрана не пропустит.

— Чего делать-то?

— Поройтесь в нем, что найдете — ваше.

Парень не дрогнул:

— Дайте палку.

— Нет, дружок, руками.

Юноша был очень жаден. Он закатал рукава чуть ли не до плеч, сморщился и принялся возиться в навозной жиже. Зал опять вскочил, зрители схватились за сердце, но... ничего. В ведре оказался лишь навоз.

— Уносите, — велела Ольга, — на даче пригодится. Кстати, вот вам бесплатный талон на посещение Сандуновских бань.

Следующая передача была прямо сахарной. Вопросы звучали такие, что даже не слишком образованный Кирюшка радостно ответил на все. Ведущая держалась очень мило, весьма симпатизируя женщине лет шестидесяти, которую уже с самой первой минуты шоу явно предназначила в победительницы.

— Ну, этой сейчас достанется сиденье от унитаза, — грустно вздохнула Лизавета, наблюдая, как тетка с ключом в руках идет к ящику, — вопросы прямо никакие были, эта стервятина к ней не придиралась, что-то тут не так.

Но шоу очередной раз подтвердило свою репутацию непредсказуемого. Из сундука появился бархатный футляр. Женщина раскрыла его и взвизгнула.

— Награда предоставлена нашим спонсором, объединением «Якутские алмазы», — возвестила Ольга, — брильянтовое колье, перстень и браслет.

Зрители в изнеможении загудели. Ерундовые вопросики, полная доброжелательность — и такая красота в качестве приза.

И вот теперь оказывается, что ведущая шоу — мать Тины.

Через секунду мои мысли понеслись в другом направлении. Ну какого черта Глеб Лукич оставил мне такие большие деньги «на мебель»? Ей-богу, неудобно, особенно в свете того, что почти все остальные, кроме Рады, оказались ни с чем. Как отреагируют на подобный дар Катюша и Сережа с Юлечкой? В голове крутилось много разных мыслей.

Повертевшись с боку на бок в горячей, просто раскаленной постели, я вылезла и распахнула настежь все окна. Да уж, совершенно зря москвичи дружно ругали дождливое, холодное начало июня. Погода решила реабилитироваться и расщедрилась на всеми столь давно ожидаемое тепло. Но вот беда, она явно перестаралась. Третий день подряд градусник, привинченный к одному из окон террасы, стабильно показывает тридцать. И это за городом, в тени! Представив, что творится в Москве, я вдохнула ночной воздух, ожидая ощутить прохладу. Но нет, на улице стояла духота, такое ощущение, что сидишь в СВЧ-печке. Если бедные пироги и пирожные испытывают то же самое, мне их искренно жаль. Поняв, что бессонница победила, я в тоске поворошила детективы, стоявшие на стеллаже. Прочитаны все. Ладно, схожу в библиотеку, насколько помню, криминальный жанр представлен в ней романами Агаты Кристи, Рекса Стаута и Дика Фрэнсиса. Но, во-первых, можно перечитать и классиков, а во-вторых, вдруг я ошибаюсь, и на полках найдется нечто восхитительное? Вот только не хочется одеваться, натягивать брюки, футболку.

Я посмотрела на часы — ровно три — и решила идти прямо как есть, в крохотном халатике, больше похожем на распашонку. В доме все давным-давно спят, и я никого не смогу смутить своими голыми ногами. Уже на первом этаже я запоздало подумала, что следовало поддеть под халатик длинную ночную сорочку или пижамные брюки, и ощутила неловкость. В чужом доме и, пардон, с голым задом. Но возвращаться назад было лень, за всеми дверьми, которые я миновала, стояла спокойная тишина, дом был погружен в сон.

Из библиотеки в коридор падал тоненький луч света, но меня это не смутило. Домочадцы регулярно не выключают электричество. Сумма счета их не волнует, поэтому в здании частенько полыхают все люстры. Ночью прислуга гасит «иллюминацию», проделала она это и сегодня, забыв про маленький торшер в библиотеке.

Я вошла в тесно заставленную стеллажами комнату, миновала два кресла, диваны, стол и приблизилась к полкам, расположенным у окна. Глаза побежали по корешкам. Так, что тут есть? Ага, вот собрание сочинений Кристи...

— Ты уже тут? — внезапно послышался быстрый шепот. Звук шел от двери. Мигом вспомнив, что у меня под халатиком ничего нет, а длина его едва ли превышает метр, я испугалась и шмыгнула за занавеску. Глупее поведения и не придумать! Надо было сесть на диван и, прикрывшись пледом, спросить: «Кто там? Простите, я в неглиже!»

Но я отреагировала, словно ребенок или мелкий воришка, забившись мигом за драпировку.

— Эй, ты здесь? — повторил Макс чуть громче. — Кара!

— Не кричи, — сказала жена Ефима, входя в комнату.

На ней, как и на мне, был полупрозрачный коротенький халатик, абсолютно не скрывавший точеную фигурку. Я с трудом подавила вздох зависти. Кара не моложе меня, скорей всего, мы одногодки, но в раздетом виде она выглядит намного лучше и совершенно никого не стесняется. Плюхнулась на диван, закинула ногу на ногу, просто Шарон Стоун в картине «Основной инстинкт».

СОДЕРЖАНИЕ

Литературно-художественное издание

Донцова Дарья Аркадьевна
ЧУДЕСА В КАСТРЮЛЬКЕ

Ответственный редактор *О. Рубис*
Редактор *Т. Семенова*
Художественный редактор *В. Щербаков*
Художник *Е. Рудько*
Компьютерная графика *Г. Булгакова*
Технический редактор *Н. Носова*
Компьютерная верстка *С. Кладов*
Корректор *Е. Дмитриева*

Подписано в печать с оригинал-макета 09.04.2002.
Формат 84x108 ¹/₃₂. Гарнитура «Таймс».
Печать офсетная. Бум. газ. Усл. печ. л. 20,16. Уч.-изд. л. 16,6.
Тираж 220 000 экз. Заказ № 0204790.

ЗАО «Издательство «ЭКСМО-Пресс». Изд. лиц. № 065377 от 22.08.97.
125190, Москва, Ленинградский проспект, д. 80, корп. 16, подъезд 3.
Интернет/Home page — www.eksmo.ru
Электронная почта (E-mail) — info@ eksmo.ru
По вопросам размещения рекламы в книгах издательства «ЭКСМО»
обращаться в рекламное агентство «ЭКСМО». Тел. 234-38-00

Книга — почтой: Книжный клуб «ЭКСМО»
101000, Москва, а/я 333. E-mail: bookclub@ eksmo.ru

Оптовая торговля:
109472, Москва, ул. Академика Скрябина, д. 21, этаж 2
Тел./факс: (095) 378-84-74, 378-82-61, 745-89-16
E-mail: reception@eksmo-sale.ru

Мелкооптовая торговля:
117192, Москва, Мичуринский пр-т, д. 12/1
Тел./факс: (095) 932-74-71

ООО «Медиа группа «ЛОГОС». 103051, Москва, Цветной бульвар, 30, стр. 2
Единая справочная служба: (095) 974-21-31. E-mail: mgl@logosgroup.ru
contact@logosgroup.ru

ООО «КИФ «ДАКС». Губернская книжная ярмарка.
М. о. г. Люберцы, ул. Волковская, 67.
т. 554-51-51 доб. 126, 554-30-02 доб. 126.

Книжный магазин издательства «ЭКСМО»
Москва, ул. Маршала Бирюзова, 17 (рядом с м. «Октябрьское Поле»)

Сеть магазинов «Книжный Клуб СНАРК» представляет
самый широкий ассортимент книг издательства «ЭКСМО».
Информация в Санкт-Петербурге по тел. 050.

Всегда в ассортименте новинки издательства «ЭКСМО-Пресс»:
ТД «Библио-Глобус», ТД «Москва», ТД «Молодая гвардия»,
«Московский дом книги», «Дом книги на ВДНХ»

ТОО «Дом книги в Медведково». Тел.: 476-16-90
Москва, Заревый пр-д, д. 12 (рядом с м. «Медведково»)

ООО «Фирма «Книинком». Тел.: 177-19-86
Москва, Волгоградский пр-т, д. 78/1 (рядом с м. «Кузьминки»)

ООО «ПРЕСБУРГ», «Магазин на Ладожской». Тел.: 267-03-01(02)
Москва, ул. Ладожская, д. 8 (рядом с м. «Бауманская»)

Отпечатано на MBS в полном соответствии
с качеством предоставленного оригинал-макета
в ОАО «Ярославский полиграфкомбинат»
150049, Ярославль, ул. Свободы, 97.